集人文社科之思　刊专业学术之声

集 刊 名：关键词
主办单位：武汉大学文学院
　　　　　国家社科基金重大项目"中国文论关键词研究的历史流变
　　　　　及其理论范式构建"课题组

KEYWORDS No.4

主　　任	于　亭
主　　编	李建中
副 主 编	高文强　程　芸　袁　劲

编　　委（以汉语拼音为序）

曹顺庆　程　芸　党圣元　方维规　高建平　高文强
古　风　胡亚敏　黄　擎　蒋述卓　李春青　李建中
李　立　李　松　李小兰　刘春阳　刘金波　刘　石
汪涌豪　王怀义　王先霈　吴建民　吴中胜　于　亭
余来明　袁济喜　袁　劲　詹福瑞　张金梅　张　晶
张永清　朱志荣

本期编辑　刘纯友　吴煌琨　刘文翰　尚　晓　陈廷钰　何敏燕

第四辑

集刊序列号：PIJ-2023-479
中国集刊网：www.jikan.com.cn/关键词
集刊投约稿平台：www.iedol.cn

CNKI中国学术期刊网络出版总库收录
集刊全文数据库（www.jikan.com.cn）收录

关键词
Keywords No.4

【第四辑】

文化传承与文明互鉴

李建中 主编

社会科学文献出版社
SOCIAL SCIENCES ACADEMIC PRESS (CHINA)

国家社科基金重大项目
"中国文论关键词研究的历史流变及其理论范式构建"(项目编号:22&ZD258)
阶段性成果

关键词 集刊

（第四辑）
2025年7月出版

・**方法论：文明互鉴视域下的关键词研究**・

物的转向与事的视域
　　——"思辨实在论"与《文心雕龙》研究的可能进路…… 黄诚祯 / 1
远读与马克思主义
　　——远读的马克思主义知识谱系及两者的跨学科合作 …… 杨深林 / 20
跨文化语境中周作人"象征"概念的语义之变 …… 来庆婕　牛月明 / 37

・**学者论**・

在世界语境中彰显中国抒情美学原味
　　——王文生先生的古代文论关键词研究 ……………… 石了英 / 55
当代中国古典诗学沉思的典范
　　——评蒋寅先生的中国诗学关键词研究 ……………… 宋　烨 / 72

・**经典接受与文化传承**・

试论关键词"义"：群善之蕴 ………………………………… 张路黎 / 90
"子"与"论"
　　——魏晋子书论体文的文体之辨 ……………………… 杨　康 / 107
苏轼诗文一个耀眼的关键词：陶渊明 …………………………… 阮　忠 / 117
无奇何以为奇？
　　——试论凌濛初"二拍"理论批评体系之建构 ………… 马　麟 / 132

・1・

·要籍叙录·

《中国诗的神韵、格调及性灵说》关键词研究的三重视角 …… 尚　晓 / 151

从比较文字学到比较诗学
　　——论《中国文学的抒情传统》的文论关键词英译 …… 陈廷钰 / 168

责名以实
　　——《中国文论与西方诗学》的关键词比较研究方法 …… 黄秀慧 / 183

《中国古代文学观念发生史》的"语境"研究方法 ………… 吴靖涵 / 198

·学术动态·

当"文心"遇到"机芯"
　　——湖北省文艺学学会第二十届年会综述 …………… 周　睿 / 213

《概念的历史分量》读书会纪要 ………………………………… 薛　苗 / 220

以"文心"会"博雅"
　　——读《博观雅制：〈文心雕龙〉导引》 ……… 胡　灿　袁　劲 / 228

关键词视野中的《汉代经学与文论》 ………………………… 吴星系 / 237

·中华字文化大系（第二辑）出版预告·

作为文学范畴的"游"：词源与演变 …………………………… 陈民镇 / 251

稿　约 ………………………………………………………………………… / 261

·方法论：文明互鉴视域下的关键词研究·

物的转向与事的视域
——"思辨实在论"与《文心雕龙》研究的可能进路[*]

黄诚祯

（安徽师范大学文学院）

摘　要：近些年来，"思辨实在论"与"物转向"思潮悄然兴起，给不少研究领域带来一定的冲击与启益。《文心雕龙》相关研究亦是如此。以"思辨实在论"审视《文心雕龙》，可以发现：从"物"的层面看，《文心雕龙》立足于主体的感官机能，触及了感物、博物、观物与及物的古典叙述传统；从"事"的角度看，刘勰聚焦于特定的历史事件，形成了古人与今人场域性相遇的文化空间，投注了个人的现实关怀。以《文心雕龙》为研究个案，钩稽其言说内容与论述方式的感性与实在特征，既有益于开拓"龙学"研究空间，也有助于还原与建设深具在地性的中国文艺理论体系。

关键词：思辨实在论；物；事；《文心雕龙》

近年来讨论甚热的"物转向"是对康德以来的传统哲学的一种反思，旨在纠正传统哲学（康德式哲学）所存在的过于关注人的主体、本质、理性而相对忽视了客体、现象以及感性诸维度的鲜活性与实在性的研究倾向。故此，在一定程度上可说，"物转向"实际上是"思辨实在论"的进一步延伸。笔者以为，相较于"物转向"，"思辨实在论"的提法更具包蕴性，其理由有三。首先，"思辨"一词，折射的是一种"正—反—合"螺旋上升的动态历史演进过程，它既不舍弃康德主体哲学的"哥白尼式革命"，亦尊重

---

[*] 本文系安徽省哲学社会科学规划青年项目"20世纪'龙学'转型进程中的'章黄学派'研究"（AHSKQ2023D163）阶段性成果。

亚里士多德等人所崇信的客体根基，更旗帜鲜明地张扬了意在弥合二者缝隙以打开新的哲学之门的学术旨趣。其次，"实在"一词，使用哲学性的术语，明白地宣扬了自家的逻辑前提与立论根基，显示出新一代学人的治学路径与传统学人偏于形而上的逻辑演绎的思考方式之不同，宣告了一种基于形而下的感性官能生发的哲学沉思之崛起。最后，"思辨实在论"是一种崭新的哲学主张，它不仅关涉讨论甚热的"物的转向"话题，而且触及"事的视域"，更牵连"人的维度"，以"论"的形式拓展其周边，进而为我们的具体学术研究提供多种可能性。从学理上说，运用一种新视域去考察研究对象，实质上是依凭另类事物的系统性结构或固有知识秩序来揭示研究对象的复杂性，有助于深入认识研究对象的内在本质。有鉴于此，笔者试图借助"思辨实在论"这一理论工具，以《文心雕龙》为具体案例，从"物的转向"与"事的视域"两个层面着手阐述刘勰对于客体的深切关注，希冀为"龙学"乃至中国文艺理论的掘进探照到若干可能进路。

一　物的转向:《文心雕龙》与观物、感物、博物、及物传统

唐伟胜先生近年来在不同的场合指出，中国古典文学存在观物、感物与博物三大叙述传统。[①] 这是很有见地的。作为中国古代文学批评巨著的《文心雕龙》，实际上也与此三大传统紧密相关。而作为诗性文学批评的典型，《文心雕龙》还浸染了"及物"书写的传统。下面，谨立足于文本，对《文心雕龙》所触及的四种传统略作说明。

（一）以"道体物器"为基础的"观物"传统

在古人的眼中，众多的"物"并非独立存在的，它的背后，往往以

[①] 唐伟胜教授撰写了一系列关于"物转向"的论文，包括《思辨实在论与本体叙事学建构》，《学术论坛》2017年第2期；《使石头具有石头性："物"与陌生化叙事理论的拓展》，《思想战线》2019年第6期；《"本体书写"与"以物观物"的互释》，《中国文学批评》2021年第4期；《感事—叙事连续体：抒情诗歌中"事"的修辞形态》，《江西社会科学》2022年第5期；等等。2021年11月17日，唐伟胜教授为海南师范大学师生作《"本体书写"与"以物观物"》的线上讲座；2022年4月22日，唐伟胜教授为浙江工商大学师生作《物转向与中国古典文学中的物叙事传统》的线上报告。

"道"为其存在的原始根基。例如，《老子》第四十二章谓："道生一，一生二，二生三，三生万物。"① 这是强调万物派生于道。第五十一章亦强调了道为内在根基而物为外在形体的观念："'道'生之，'德'畜之，物形之，势成之。是以万物莫不尊'道'而贵'德'。'道'之尊，'德'之贵，夫莫之命而常自然。故'道'生之，'德'畜之；长之育之；亭之毒之；养之覆之。生而不有，为而不恃，长而不宰。是谓'玄德'。"②《庄子》对于万物的理解，也建立在"道体"与"物器"的派生关系之上，认为"道者，万物之所由也"。③ 不过，相较于老子的陈述，在庄子的笔下，"道"的外化不仅具有随物赋形的特点，而且具有洋溢于万物的盎然生机。《庄子·知北游》："东郭子问于庄子曰：'所谓道，恶乎在？'庄子曰：'无所不在。'东郭子曰：'期而后可。'庄子曰：'在蝼蚁。'曰：'何其下邪？'曰：'在稊稗。'曰：'何其愈下邪？'曰：'在瓦甓。'曰：'何其愈甚邪？'曰：'在屎溺。'东郭子不应。"④ 在庄子看来，道是不离物的，从物的角度看物，物有贵贱、高低、大小之分，而从道的角度看物，物无贵贱、高低、大小之分，具有万物齐一的特征。显然，"观物"在老庄那里，实质上等同于"体道"。

刘勰虽然提出"宗经"的学术主张，旗帜鲜明地宣扬儒家的思想，但是，在"物"的理解上，他更多受到的则是以《周易》《老子》《庄子》为本的魏晋玄学之濡染。《文心雕龙》专门设立《原道》与《程器》二篇，一居首一殿尾，一则反映他认可"形而上者谓之道，形而下者谓之器"⑤ 中"道器二分"的主张，二则昭示他认同"道体器用"的观念。刘勰以《原道》冠五十篇之首，实质上是以老庄及玄学的形而上之思为其论文的逻辑起点，纪昀对此心领神会："自汉以来，论文者罕能及此。彦和以此发端，所见在六朝文士之上。文以载道，明其当然；文原于道，明其本然，识其本乃不逐其末。首揭文体之尊，所以截断众流。"⑥ 刘勰论文确乎是从"本然"的高度切入，不过，刘勰论文，亦有其独到的形而下之色彩。《原道》

---

① 陈鼓应：《老子注译及评介》，中华书局，1984，第232页。
② 陈鼓应：《老子注译及评介》，中华书局，1984，第261页。
③ 陈鼓应注译《庄子今注今译》，中华书局，1983，第824页。
④ 陈鼓应注译《庄子今注今译》，中华书局，1983，第574~575页。
⑤ 朱熹撰，苏勇校注《周易本义》，北京大学出版社，1992，第150页。
⑥ 戚良德辑校《文心雕龙》，上海古籍出版社，2015，第6页。

篇论文，开篇便谓"文之为德也大矣，与天地并生者"，即认为"文"作为"道"的属性，是与天地并生的，故而道之有文，实乃"自然之道"。① 接着，他先后列举了天文、地文，言"日月叠璧，以垂丽天之象，山川焕绮，以铺理地之形，此盖道之文也"。继而，他称"傍及万品，动植皆文"，言"龙凤以藻绘呈瑞，虎豹以炳蔚凝姿"，谓"云霞雕色，有逾画工之妙；草木贲华，无待锦匠之奇"②，便是试图说明"道无不被，大而天地山川，小而禽鱼草木，精而人纪物序，粗而花落鸟啼，各有节文，不相凌杂，皆自然之文也"③。所谓"以道观之，物无贵贱"④，刘勰对于天地万物的体认，一方面立足于自然之道，具有形而上之色彩；另一方面又以"文"为龙凤、虎豹、云霞及草木等万物形而下的感性特征，为差异迥殊的万物寻觅到了"文"这一统一属性。

更为值得注意的是，刘勰在撰写《文心雕龙》之时，不仅采取了"以道观文"的角度，而且具有"以物观文"的姿态。换言之，刘勰始终是从"物"的视角观察"文"的，故而他对于所要咏叹的对象"文"有着全面的观察。在他看来，作为"物"的"文"是一个有机的整体。《附会》篇指出，幼小的孩童学习撰写文章，应该从"正体制"的维度着眼，"以情志为神明，事义为骨髓，辞采为肌肤，宫商为声气"，唯有如此，才能把握"缀思之恒数"。⑤ 这里的"神明""骨髓""肌肤""声气"诸词，来源于人的身体构造，说明刘勰将文看作一个有机的系统。"文"是一个近乎人体的有机整体，照此逻辑，作为"文"的派生物的"文论"，自然也是整体性的存在。故而，他依照大衍之数，撰写了五十篇文章来分析"文"的各种要素。《序志》篇便从《文心雕龙》整体结构组成的角度明晰了刘勰的设计初衷。刘勰指出，《文心雕龙》分上、下两篇来探究文学理论，具体包含"文之枢纽""论文叙笔""剖情析采"等部分。在他看来，包含《原道》及《书记》诸篇在内的"文之枢纽"与"论文叙笔"是为"纲领"；包含《神思》及《程器》诸篇在内的"剖情析采"是为"毛目"。所谓"枢纽"，

---

① 刘勰著，范文澜注《文心雕龙注》，人民文学出版社，1958，第 1 页。
② 刘勰著，范文澜注《文心雕龙注》，人民文学出版社，1958，第 1 页。
③ 刘永济校释《文心雕龙校释》，中华书局，2007，第 4 页。
④ 陈鼓应注译《庄子今注今译》，中华书局，1983，第 420 页。
⑤ 刘勰著，范文澜注《文心雕龙注》，人民文学出版社，1958，第 650 页。

原指控制门户开合的关键部分，所谓"毛目"原指裘衣的毛与网的眼，与此处的"纲领"均寓指关键处。刘勰以具象性较为突出的"枢纽""毛目"等词语来对应自己精心撰写的文章，认为抓住了文笔区分以及情采融合等关键性问题便可撰写出合格的文章，亦透出他所持的"文"是一个有机的物性整体的理念。此外，在《风骨》篇，刘勰还使用了"翚翟""鹰隼""鸣凤"等具象性较为明确的喻体来指涉"文""风""骨""采"等理想审美范型的构成要素。诸如此类做法，无疑说明刘勰忠实地贯彻了"以物观文"的客观审视精神。

（二）以"心物交融"为趋向的"感物"传统

叶当前教授指出，如果说"观物"是以一种理性的眼光考察万物，"侧重于达意，重在认识论，以我为主"，那么，以"观物取象"为特征，以"目击道存"为趋向的"感物"则是一种诗意的审美状态，其"重点在物感我，心与物而徘徊，思随物以宛转"[①]。刘勰对"心物关系"的阐述正准确地抉发了这种诗意状态。

首先，刘勰对"感物"传统的认识建立在对"自然之道"的认同基础上。刘勰指出："春秋代序，阴阳惨舒，物色之动，心亦摇焉。盖阳气萌而玄驹步，阴律凝而丹鸟羞，微虫犹或入感，四时之动物深矣。若夫珪璋挺其惠心，英华秀其清气，物色相召，人谁获安！"[②] 这是说，与玄驹、丹鸟这些自然之物会敏感地体悟到四季变迁并为其不同物色所触动一样，人作为万物之灵，对于外在物象的感召同样存在敏感的回应。而在《明诗》篇，刘勰则揭示了这种感物的根源之所在："人禀七情，应物斯感，感物吟志，莫非自然。"[③] 这里的"自然"，实际上就是《原道》篇所谓的"道"。这是从"自然之道"的层面指出，外在的自然物象对于主体的情绪是有引发作用的，而这外物的刺激便是主体创作的动力之所在。

其次，刘勰对"感物"传统的把握立足于他对文学演进历史的深入总结。刘勰指出，在诗人创作中，"江山"发挥着积极的诱发作用。于《物

[①] 参见叶当前《六朝送别诗"感物取象"探论》，《北方论丛》2013年第3期。
[②] 刘勰著，范文澜注《文心雕龙注》，人民文学出版社，1958，第693页。
[③] 刘勰著，范文澜注《文心雕龙注》，人民文学出版社，1958，第65页。

色》篇，刘勰一则云"是以《诗》人感物，联类不穷……故'灼灼'状桃花之鲜，'依依尽杨柳之貌……'"，二则说"若乃山林皋壤，实文思之奥府……然屈平所以能洞监《风》《骚》之情者，抑亦江山之助乎"①。这既是在强调诗文创作中的"江山之助"，也是在表彰《诗经》作家与屈原对外在山水的重视。而在批评汉代以后文学创作出现的"辞人丽淫而繁句"的不良现象时，刘勰一则说"及长卿之徒，诡势瑰声；模山范水，字必鱼贯"，二则说"自近代以来，文贵形似；窥情风景之上，钻貌草木之中"，三则说"庄老告退，而山水方滋"，② 显露出他高度重视自然外物对于文人创作所能产生的深刻影响。

最后，刘勰用"物以情迁，辞以情发"的命题精妙地说明了以"心物交融"为归趋的"感物"现象。《神思》指出，文学想象的一个关键性特征是"神与物游"。此观点在《物色》篇有更深入的阐发。刘勰先以精彩的语言分别形容春、夏、秋、冬四季不同的景物对人的心绪的不同影响："是以献岁发春，悦豫之情畅；滔滔孟夏，郁陶之心凝；天高气清，阴沉之志远；霰雪无垠，矜肃之虑深。"③ 接着，他针对自然外物与作家的创作关系提炼了极为精彩的艺术命题："岁有其物，物有其容；情以物迁，辞以情发。"④ 这里首次将"物—情—辞"勾连起来描述创作的过程，是刘勰对文论史的一大贡献。继而，刘勰还描述了"心物交融"的微妙状态："是以诗人感物，联类不穷，流连万象之际，沉吟视听之区；写气图貌，既随物以宛转；属采附声，亦与心而徘徊。"⑤ 此处用"宛转"与"徘徊"二字，精妙地传达出了主、客互动之际自然外物与内在心象的缠绕、回环与交融。在刘勰看来，优秀的艺术作品之创作，必然存在三个维度。第一个维度是"情以物迁"，创作主体对于自然外物有敏锐的观察与细腻的体会，这是创作的基础；第二个维度是"心物交融"，以作家主体的审美感受（心象）来熔铸客观的自然外物（物象），实现其"目既往还，心亦吐纳"与"情往似赠，兴

---

① 刘勰著，范文澜注《文心雕龙注》，人民文学出版社，1958，第693、694~695页。
② 刘勰著，范文澜注《文心雕龙注》，人民文学出版社，1958，第694、694、67页。
③ 刘勰著，范文澜注《文心雕龙注》，人民文学出版社，1958，第693页。
④ 刘勰著，范文澜注《文心雕龙注》，人民文学出版社，1958，第693页。
⑤ 刘勰著，范文澜注《文心雕龙注》，人民文学出版社，1958，第693页。

来如答"① 的主、客互动目的；第三个维度是"辞以情发"，在有了强烈的创作冲动之后，作家尝试用文辞来将之表达出来。

职是之故，牟世金先生指出，"客观的'物'，主观的'情'，……抒情状物的'辞'，是文学创作的三个基本要素。……刘勰在前人有关论述的基础上，相当系统而全面地论述了这三种关系"②。

（三）以"多识草木"为旨趣的"博物"传统

早在刘勰之前，陆机就关注到自然外界对于作家主体有明显的刺激作用。《文赋》言："伫中区以玄览，颐情志于典坟。遵四时以叹逝，瞻万物而思纷。悲落叶于劲秋，喜柔条于芳春。心懔懔以怀霜，志眇眇而临云。咏世德之骏烈，诵先人之清芬。游文章之林府，嘉丽藻之彬彬。慨投篇而援笔，聊宣之乎斯文。"③ 有论者指出："这一节言作文之由，不外两途：一感于物，一本于学，故开端即以玄览与典坟并起。"④ 意思是说，陆机不唯注意到了"感于物"的自然机制，还注意到了"本于学"这一触发作家创作的人为因素。事实上，在我国的古典诗学中，一直存在以"多识于鸟兽草木之名"（"本于学"）为旨趣的"博物"传统。《论语·阳货》便谓："子曰：'小子何莫学夫《诗》？《诗》可以兴，可以观，可以群，可以怨。迩之事父，远之事君；多识于鸟兽草木之名。'"⑤ 这里的"多识于鸟兽草木之名"就是主张发挥诗歌的认识外物之功能。而经后世文人的增益，原本诗文的认识功能遂演化为炫博斗艳的"博物"传统。在汉代，包括司马相如、扬雄在内的诸多赋家在其作品中列举了大量的奇珍异兽与花草树木，便是对此传统的承续。到了魏晋南北朝，文人群体中这种罗列众物的学术兴趣依然兴盛，《博物志》《世说新语》《文心雕龙》等书中亦出现广泛搜罗奇异物象或人事、大量列举案例、频繁使用典故等类似的"博物"现象。

诚如伊恩·博古斯特所指称的那样，本体之物无限隐退且互不相关，因此本体书写虽然可以涉及揭示物之间的关系，但并不需要提供任何解释

---

① 刘勰著，范文澜注《文心雕龙注》，人民文学出版社，1958，第695、695页。
② 牟世金：《文心雕龙研究》，人民文学出版社，1995，第278页。
③ 陆机撰，张少康集释《文赋集释》，上海古籍出版社，1984，第14页。
④ 郭绍虞主编《中国历代文论选》（一卷本），上海古籍出版社，2001，第66页。
⑤ 程树德撰，程俊英、蒋见元点校《论语集释》，中华书局，1990，第1212页。

或描写，在他看来，罗列（listing）是本体书写的最佳方式。① 与此相似，崇尚"博物"的刘勰亦采取罗列的形式让读者直面事物。具体到《文心雕龙》的行文，"博物"的兴趣集中体现为论点与论据之间的张力关系。一般而言，论据是为论点服务的，为说明问题，列举两个到三个例证便已具说服力，而《神思》篇为了分析创作过程中出现的"迟速异分"现象，大量罗列了文人创作的历史典故。为了说明"思之缓"，刘勰下笔便是六个分句："相如含笔而腐毫，扬雄辍翰而惊梦，桓谭疾感于苦思，王充气竭于思虑，张衡研《京》以十年，左思练《都》以一纪。"② 刘勰的连续举证，无疑是充分沿袭古人广搜博考的"博物"传统。而在刘勰的连番列举中，我们似乎已与不同历史时空中的作家同处一个场域，不唯产生一种"惊梦""疾感"的心理共鸣，而且生发一种"气竭于思虑"的生理呼应，更是从"十年"与"一纪"的流逝之中感受到时光消耗于斯的人生感喟。而为了说明"思之速"，刘勰亦以"博物"的笔调迅疾地勾勒了不同文人的创作画面："淮南崇朝而赋骚，枚皋应诏而成赋，子建援笔如口诵，仲宣举笔似宿构，阮瑀据案（鞍）而制书，祢衡当食而草奏，虽有短篇，亦思之速也。"③ 此处所提供的六个案例，分别出自《淮南子·序》《汉书·枚皋传》《答临淄侯笺》《魏志·王粲传》《典略》《后汉书·祢衡传》诸典籍。据此可知，为了达到"博物"的目的，刘勰此番写作必然经历了精心构思。此种精心构拟的写法颇类似于苏轼的"博喻"，用"一连串五花八门的形象来表达一件事物的一个方面或一种状态"，"仿佛是采用了旧小说里讲的'车轮战法'，连一接二地搞得那件事物应接不暇，本相毕现，降伏在诗人的笔下"。④ 可以说，正是有赖于刘勰近乎"炫技"的"博物"式举证，我们才能够直面不同秉性的作家创作迟速有别的状态，真切地感受到创作中所出现的"艰苦性"（迟）与"直接性"（速），进而对作家创作的复杂性有深入的体会。此类罗列手法，常见于《时序》《程器》《体性》等篇目，充分说明了"博物"传统的强大惯性。

---

① 参见唐伟胜《"本体书写"与"以物观物"的互释》，《中国文学批评》2021年第4期。
② 刘勰著，范文澜注《文心雕龙注》，人民文学出版社，1958，第494页。
③ 刘勰著，范文澜注《文心雕龙注》，人民文学出版社，1958，第494页。
④ 钱锺书：《宋诗选注》，生活·读书·新知三联书店，2002，第99~100页。

（四）以"感性实在"为特征的"及物"传统

如果说"观物"传统立足于本体的层面，"感物"传统从内容的维度切入，"博物"传统强调的是举证的度与量，那么，以"感性实在"为基础的"及物"传统便着眼于诗性的言说方式。

中国文学批评的一个尤为独特的特点便是"及物"。《文心雕龙》中的"及物"传统，从起源上说，与古人"近取诸身，远取诸物"①的思维方式有关。有不少学者已经指出，刘勰在敷陈文理的过程中，颇为注重借助别物为喻。古风先生指出，《文心雕龙》有48处采用了"锦绣"的审美模子，换言之，在《文心雕龙》中，存在"大量的'丝织锦绣话语'和'文论术语'，成为刘勰文论的风格个性"②；吴中胜教授认为刘勰以"根""本""枝""叶"诸词论文，实际上折射了古人采集、狩猎与农耕的诸多劳作形态③；闫月珍教授指出《文心雕龙》形成了特色鲜明的"器物之喻"④，刘勰论文实际上采用了"宫室""车马""兵器""金石"等多种形态的比喻⑤。这些看法都是极富创见的。

在以别物喻文的过程中，刘勰对于外物感性实在的特征有着敏锐的捕捉。其一，他始终紧扣物的质感性。刘勰尤为强调利用人体的味、触、视、听等感官进行文学的创作与鉴赏。在刘勰看来，从整体上说，好的作品应该做到"视之则锦绘，听之则丝簧，味之则甘腴，佩之则芬芳"⑥。落实到不同的文体写作，亦需充分调动人的各种感官机能，如说"赋"的敷写应做到"丽辞雅义，符采相胜，如组织之品朱紫，画绘之著玄黄"，称"诔"之创作宜做到"论其人也，暧乎若可觌；道其哀也，凄焉如可伤"，言"诏

---

① 朱熹撰，苏勇校注《周易本义》，北京大学出版社，1992，第153页。
② 参见古风《刘勰对于"锦绣"审美模子的具体运用》，《文学评论》2008年第4期。
③ 参见吴中胜《采集·狩猎·农耕与〈文心雕龙〉的诗性智慧》，《中国文学研究》2014年第2期。
④ 参见闫月珍《器物之喻与中国文学批评——以〈文心雕龙〉为中心》，《中国社会科学》2013年第6期。
⑤ 参见闫月珍、茅琛雅《兵器之喻与中国文学批评——以〈文心雕龙〉为中心》，《人文杂志》2020年第9期；闫月珍《金石之喻与中国文学批评》，《广东社会科学》2020年第5期；闫月珍《车马之喻与中国文学批评》，《社会科学战线》2021年第2期；闫月珍《宫室之喻与中国文学批评》，《文史哲》2022年第2期。
⑥ 刘勰著，范文澜注《文心雕龙注》，人民文学出版社，1958，第656页。

策"文体的撰写应实现下述效果:"故授官选贤,则义炳重离之辉;优文封策,则气含风雨之润;敕戒恒诰,则笔吐星汉之华;治戎燮伐,则声有洊雷之威;眚灾肆赦,则文有春露之滋;明罚敕法,则辞有秋霜之烈。"① 其二,他始终紧扣物的特殊性。《宗经》所谓的"万钧之鸿钟,无铮铮之细响",便是充分考虑到"鸿钟"的内在结构及其外在声效的正比例关系;《定势》所云的"圆者规体,其势也自转;方者矩形,其势也自安;文章体势,如斯而已",则是注意到方与圆两种不同形状的物体迥异的客观外在特征及其运动倾向;《夸饰》所称"夫鸮音之丑,岂有泮林而变好;荼味之苦,宁以周原而成饴"②,也是充分顾及事物的固有味觉与听觉属性。其三,他始终紧扣物的工具性。刘勰多以刻工、陶工、纺工制作器物的形式论述文章,如《序志》云"古来文章,以雕缛成体",《神思》云"陶钧文思,贵在虚静",《附会》云"若夫绝笔断章,譬乘舟之振楫;会词切理,如引辔以挥鞭",③ 这些正反映了刘勰充分注意到"物"的工具性,进而以之来言说复杂的创作现象。

无论是以"锦绣"论文,还是以"枝叶"论文,或者是以"车马"论文,刘勰笔下均呈现出强烈的"及物性"。这样的"及物性",其本质是调动人的各种感官去模仿、还原、参与文学创作、文学欣赏、文学批评过程中的诸多不可听、不可闻、不可见、不可触的微妙形态,旨在通过唤起人对于"物"的感性直观来深入理解复杂的创作现象,体悟文学理论的深邃之美。借用钱锺书先生评论杨万里"活法"的话来说,便是"努力要跟事物——主要是自然界——重新建立嫡亲母子的骨肉关系,要恢复耳目观感的天真状态"④。

二 事的视域:《文心雕龙》与历史事件的场域性相遇

从一般的意义上说,历史上发生的事件具有即时性,过去在特定的时

---

① 刘勰著,范文澜注《文心雕龙注》,人民文学出版社,1958,第136、213~214、360页。
② 刘勰著,范文澜注《文心雕龙注》,人民文学出版社,1958,第21、530、608页。
③ 刘勰著,范文澜注《文心雕龙注》,人民文学出版社,1958,第725、493、652页。
④ 钱锺书:《宋诗选注》,生活·读书·新知三联书店,2002,第255页。

间、地点基于特定人物所生发的事件是不可重复的,这便是事件形成唯一时空特征的根本原因。不过,特定的历史事件尽管具有一次性的特征,但由于后人的不断受容与阐释,以往已然发生的事件在古人与今人所共同构建的时空之中,其实具有可重复的属性。换言之,后人对于历史事件的关注与复述,使历史事件得以重新复演其缘起、突转至结束的经过,而今人亦能从复演的历史事件中了解古人的遭遇,进而深化其心灵体验。这便是事件再生性之所以可能、事件多维时空性之所以存在的坚实基础。进言之,历史事件既具有即时性与封闭性,也具有一定的开放性与召唤性,它能够在特定的场合下令主体主动参与其中,进而形成古人与今人场域性相遇的文化空间,寄托今人对于既往事实的情感认同与价值判断。从"事"的视域出发,我们可以发现,《文心雕龙》对"孔子南行""文疵武浊""武帝擢士"等既往历史事件的陈述,正真实反映了刘勰对时代政治与文化之走向及自身命运的幽深关切。

(一)"孔子南行"之举与刘勰对于南北文化的不同体认

刘勰《序志》言:"齿在逾立,则尝夜梦执丹漆之礼器,随仲尼而南行。"[1] 针对这一句,首先,需要指出刘勰对于孔子是高度推崇的。我们结合《原道》篇也可了解这一点。《原道》中称孔子是"夫子继圣,独秀前哲。镕钧六经,必金声而玉振;雕琢情性,组织辞令;木铎启而千里应,席珍流而万世响;写天地之辉光,晓生民之耳目"[2],认为孔子继承周公的事业而使六经成为化育万民的经典,这是尤高的评价。至于其后赞词中所言的"道心惟微,神理设教。光采玄圣,炳耀仁孝"[3],则以更为凝练的语言强化了原先的观点。刘勰自称夜梦孔子,不管是否真实发生,其意图是无须置疑的——表达他对孔子的崇敬之情。

其次,如果说"梦"是连接刘勰与孔子的重要通道,那么"事"则是沟通今人对历史事实所生发的情感认同与价值判断的关键纽带。不少学者依照一般性的理解将此句中的"孔子南行"视为一个虚指事件,故而对之

---

[1] 刘勰著,范文澜注《文心雕龙注》,人民文学出版社,1958,第725页。
[2] 刘勰著,范文澜注《文心雕龙注》,人民文学出版社,1958,第2页。
[3] 刘勰著,范文澜注《文心雕龙注》,人民文学出版社,1958,第3页。

多不加注，这显然略为遗憾。例如周勋初先生《文心雕龙解析》便仅注此句中的"丹漆之礼器"，认为"'丹漆之礼器'乃指笾豆之属，象征儒家文化，刘氏自言随孔子南行，表明他将宣扬儒家教义于南土"①。实际上，这里的"随仲尼而南行"中的"南行"，不宜轻轻放过，它实指孔子南行的历史事件。《史记·孔子世家》载，"定公十四年，孔子年五十六，由大司寇行摄相事"②，然好景不长，因国内外政客的排挤，孔子为国君所疏远，治国理想遭逢现实的挫折。为施展抱负、实现理想，孔子遂"适卫""适陈""过曹""适郑""至陈""迁于蔡""如叶""至楚"，及至"（鲁哀公六年）孔子年六十三"，方"自楚反乎卫"。③ 在孔子南行的过程中，既有君臣之轻，亦有陈蔡之厄，然而，孔子以"知其不可为而为之"的悲壮情怀勇毅前行，这无疑折射出了一种伟岸的人格精神。

刘勰自称在梦中"随仲尼而南行"，深切地表达了他对孔子献身政治理想行为的情感认同。更为值得注意的是，孔子自齐鲁大地出发，经卫、陈、蔡诸国，再至楚国，实际上既是自北而南寻求政治活动舞台的奋斗之路，也是宣扬以"仁"为内在核心、以"礼"为外在规范的儒家文化之路。《论语·八佾》云："仪封人请见，曰：'君子之至于斯也，吾未尝不得见也。'从者见之。出曰：'二三子何患于丧乎？天下之无道也久矣，天将以夫子为木铎。'"④ 所谓的"木铎"，正如皇侃所云："言今无道将兴，故用孔子为木铎以宣令闻也。"⑤ 亦如朱熹所提示的那样："或曰：木铎所以徇于道路，言天使夫子失位，周流四方以行其教，如木铎之徇于道路也。"⑥《原道》篇称孔子是"素王述训"，谓孔子镕钧六经是"木铎起而千里应"，⑦ 可见，他尤为熟悉关涉孔子的这个典故。换句话说，除了情感认同之外，对于孔子奉行仁礼精神、宣扬文教的南行之举所蕴含的文化意义，刘勰亦是高度认可的。

---

① 周勋初：《文心雕龙解析》（下），凤凰出版社，2015，第806页。
② 《史记》第6册，中华书局，1959，第1917页。
③ 《史记》第6册，中华书局，1959，第1919、1921、1922、1928、1932、1933页。
④ 程树德撰，程俊英、蒋见元点校《论语集释》，中华书局，1990，第219页。
⑤ 皇侃撰，高尚榘校点《论语义疏》，中华书局，2013，第79页。
⑥ 朱熹：《四书章句集注》，中华书局，1983，第68页。
⑦ 刘勰著，范文澜注《文心雕龙注》，人民文学出版社，1958，第2页。

最后，从心理学的层面上说，梦中的意象实际上是真实心理的曲折反映。游志诚先生说："'南行'一词乃象征'向明而治'，即本'离'卦易理。《周易》每称'利西南'，南向为吉，而南狩得志，出'明夷'卦九三爻，南征吉，出'升'卦象曰，均用'南'字代表南向而文明化道。此刘勰表白内心志向，志在'政事教化'之学，即《程器篇》云：'安有丈夫学文，而不达于政事哉。'此句之涵意，亦即刘勰终生职志。"① 以与《文心雕龙》有密切渊源的《周易》来释读"南"的文化意义，这有一定的道理。不过，需要注意的是，"随仲尼而南行"中的"南"并不仅仅是一个物理空间意义上的方位词，也是文化空间意义上的方位词，既具有特殊的历史意蕴，也富含一定的时代意蕴。孔子南行的过程中，既存在在位者的有意忽略，也遭遇过楚地隐士的多次讥讽，尤其是后者，正反映出一种北方（齐鲁儒家文明）与南方（荆楚道家文明）思想观念的冲突。② 刘勰述梦，表面上是强调孔子南行宣扬文教之历史正面价值，深层里则透露了自己以北人宗经之传统纠正南人崇尚新变的创作风气之现实主张。正如汪春泓先生说："南朝文学宋齐以下，因以沈约为代表的南人群体在文坛的崛起，极尚新变，如萧纲、萧绎、刘孝绰辈倡言文学应以沈约、谢朓等为效法之楷模，明确割断文学与经学之关系，将文学之抒情强调到极致，与文章从'五经'母体衍生的文体及语词规范对立起来。刘勰《文心雕龙·宗经》（虽成书于齐末）等篇便是针对此种早已形成的文学思潮的感发，意在使'讹滥'之文学回复到北人传统上去。"③ 显然，刘勰反复在《文心雕龙》中强调"宗经"与"体要"的观念，与他自陈在梦中执丹漆之礼器追随仲尼而南行，其实质无疑是一致的：他希冀以北方之经学传统纠正南方部分文士所造成的"文体解散"之创作倾向，实现"以北（经）正南（文）"的现实目标。

（二）"文疵武浊"现象与刘勰对于士庶天隔的批评态度

《程器》篇针对历史上的文士与将相的道德瑕疵问题作了专题性的探

---

① 游志诚：《〈文心雕龙〉五十篇细读》，文津出版社，2017，第511~512页。
② 参见陈瑶《孔子适楚及其文学演绎》，《北方论丛》2013年第2期。
③ 汪春泓：《论刘勰〈文心雕龙〉在唐初之北南文风融合中所发挥的理论主导作用》，《镇江师专学报》（社会科学版）2000年第1期。

究。在刘勰看来，理想的人格形态应该如《周书》所言的那样——"贵器用而兼文采"①，做到名与实的两相符合。然而，人非圣贤，由于难以克制自身的喜好、欲念，不少文人身上存在诸多道德瑕疵。他继而密集地罗列了司马相如、扬雄、班固、潘岳诸文人"窃妻而受金""嗜酒而少算""党梁而黩货""贪婪以乞货"②的疵病。接着，刘勰以"文既有之，武亦宜然"一句自然转到对"古之将相，疵咎实多"的描述上来，言"管仲之盗窃"，称"孔光负衡据鼎，而仄媚董贤"，批评"王戎开国上秩，而鬻官嚣俗"；进而以"屈、贾之忠贞，邹、枚之机觉，黄香之淳孝，徐干之沉默"为例说明"岂曰文士，必其玷欤"。③最后，刘勰就世人对于将相与文士疵病的不同评价做出了深刻的分析："盖人禀五材，修短殊用；自非上哲，难以求备。然将相以位隆特达，文士以职卑多诮，此江河所以腾涌，涓流所以寸折者也。"④刘勰先是指出丁仪等文士有道德瑕疵，继而称王戎等将相亦有瑕疵，想以此强调不宜一味指责文人的道德品行。这样的论证策略，从言说的逻辑角度来看是"各打五十大板"式的混淆是非，既难以逻辑自洽也缺少说服力；而从言说的指向上看，不仅在一定程度上忽略了将相的主观能动性，而且具有一味偏袒与回护文人的嫌疑，故而纪昀一针见血地指出"此亦有激之谈，不为典要"⑤。不过，倘若结合具体的历史语境，刘勰将"位隆特达"冠于"将相"面前，将"职卑多诮"置于"文士"之上，这种"进"文士而"退"将相的倾向倒是需要我们深入讨论。

事实上，对于刘勰回护文士而抨击将相的倾向及其形成根源，纪昀早已注意到了。他说："观此一篇，彦和亦发愤而著书者。观《时序》篇，此书盖成于齐末。彦和入梁乃仕，故郁郁乃尔耶？"⑥而刘永济先生更从人才选拔制度的高度指出："尔时之人，其文名藉甚者，多出于华宗贵胄，布衣之士，不易见重于世，盖自魏文时创为九品中正之法，日久弊生……至隋文开皇中，始议罢之，是六代甄拔人才，终不出此制，于是士流咸重门第，

---

① 刘勰著，范文澜注《文心雕龙注》，人民文学出版社，1958，第718页。
② 刘勰著，范文澜注《文心雕龙注》，人民文学出版社，1958，第719页。
③ 刘勰著，范文澜注《文心雕龙注》，人民文学出版社，1958，第719页。
④ 刘勰著，范文澜注《文心雕龙注》，人民文学出版社，1958，第719页。
⑤ 戚良德辑校《文心雕龙》，上海古籍出版社，2015，第285页。
⑥ 戚良德辑校《文心雕龙》，上海古籍出版社，2015，第285页。

而寒族无进身之阶,此舍人所以兴叹也。"① 诚如纪、刘二氏所言,刘勰的笔端是带有无限激愤的,他在《程器》中所批评的表面上是古代的文武将相,而笔锋所指的却为当时的政治现实。诚如王元化先生所指出,南朝士族名士多以拒绝与庶族寒士交际为美德,庶族人物即使地位骤升,往见士族也难免会遭受士族人士的侮辱。② 而这种士庶区别,并非个人的一时喜好,有时乃上升为国家典章。《南史·王球传》便谓:"时中书舍人徐爰有宠于上,上尝命球及殷景仁与之相知。球辞曰:'士庶区别,国之章也。臣不敢奉诏。'上改容谢焉。"③ 这在一定程度上说明,庶族人士难以完全公平地与士族争夺政治上的话语权。

在当时,由于种种原因,部分士族的政治地位逐渐下降,而一些新兴庶族权贵不断涌现。为保护自身的优越地位,一些势力依然强大的士族便以"士庶天隔"的说法来消极对抗庶族的兴起。职是之故,当时的士族群体便可以凭借自己的优越地位,任意拒迎庶族士子乃至决定庶族士子一生的仕途荣辱。左思诗称"世胄蹑高位,英俊沉下僚"④,刘毅文云"上品无寒门,下品无势族"⑤,钱大昕《吴兴闵氏家乘序》言"魏晋六朝,取士专尚门第,由是百家之谱皆上吏部"⑥,无不彰显出士族子弟凭借血缘与家族关系可以在政治上平步青云,而寒族士子由于出身低微,仕途晋升则步履维艰。出身寒族的刘勰自然深知此种"士庶天隔"的社会病相产生的根源及其危害。资料显示,刘勰的远祖刘穆之显然为庶族新兴权贵。不过,刘穆之虽然以军功位极人臣,但是始终不能跻身士族行列,这是因为裁断一人为士族或庶族并非仅仅关注其军功等因素。陈寅恪先生在《唐代政治史述论稿》中就已指出:"所谓士族者,其初并不专用其先代之高官厚禄为其唯一之表征,而实以家学及礼法等标异于其他诸姓。"⑦ 熟悉《文心雕龙》的读者可知,刘勰是一个勇于进取而又富有担当的知识分子。《史传》所谓

---

① 刘永济校释《文心雕龙校释》,中华书局,2007,第169页。
② 参见王元化《文心雕龙讲疏》,上海三联书店,2012,第9~10页。
③ 《南史》,中华书局,1975,第630页。
④ 逯钦立辑校《先秦汉魏晋南北朝诗》,中华书局,1988,第733页。
⑤ 《晋书》,中华书局,1974,第1274页。
⑥ 钱大昕撰,吕友仁校点《潜研堂集》,上海古籍出版社,2009,第449页。
⑦ 陈寅恪:《隋唐制度渊源略论稿·唐代政治史述论稿》,生活·读书·新知三联书店,2001,第259页。

的"奸慝惩戒,实良史之直笔,农夫见莠,其必锄也"和《序志》所言的"予岂好辩哉?不得已也"① 充分证明了这一点。前文所及《程器》对于将相贪浊行为的贬抑,实际上也委曲折射了他针对"士庶天隔"现象的抨击态度。可以说,《程器》之论与《史传》《序志》之言显然是毫无二致的,它们均彰显出刘勰勇于抨击时弊的担当精神。总之,门阀制度所营造的晋升渠道不畅的仕途困境,俨然成为刘勰回护寒士而贬抑将相的内在动因。

(三)"武帝擢士"事件与刘勰对于君臣遇合的满怀期待

刘勰早年具有积极进取的从政之心,无论是从《文心雕龙》的字里行间(如《程器》云"士之登庸,以成务为用……安有丈夫学文,而不达于政事哉"②),还是从他"乃负其书,侯约出,干之于车前,状若货鬻者","出为太末令,政有清绩",以及"时七庙飨荐已用蔬果,而二郊农社犹有牺牲,勰乃表言二郊宜与七庙同改"③ 等具体史迹均可见出。不过,正如前面所指出的那样,由于士庶天隔的政治环境,身为寒族的刘勰要想在政治制度上获得自由的参政机会与广阔的晋升空间便属难事,故而,君主的额外垂青便成为他打破人生困境的唯一希望。年轻的刘勰选择师从与依附于彼时的大法师僧祐,除了史书所记载的家贫之客观因素外,寄望于与皇权有密切渊源的僧祐之大力汲引,恐怕也是一个重要的原因。《文心雕龙》的写作,自难以从此背景中剥离。如此一来,对于君臣遇合的理想期待,极有可能流露于刘勰的笔端。

《知音》篇起首便谓:"知音其难哉!音实难知,知实难逢,逢其知音,千载其一乎!"④ 继而,刘勰便以秦始皇囚禁韩非与汉武帝轻视司马相如的事迹来说明"古来知音,多贱同而思古"⑤。仅就此来看,刘勰对于轻视司马相如的汉武帝是存在批评的。不过,倘若我们结合《时序》便可发现,刘勰对于汉武帝拔擢包括司马相如在内的士人,其实是高度赞许的。

在《时序》中,刘勰认为文学史有九次较大的演变,而由汉武帝掀起

---

① 刘勰著,范文澜注《文心雕龙注》,人民文学出版社,1958,第287、725页。
② 刘勰著,范文澜注《文心雕龙注》,人民文学出版社,1958,第719~720页。
③ 《梁书》,中华书局,1973,第712、710页。
④ 刘勰著,范文澜注《文心雕龙注》,人民文学出版社,1958,第713页。
⑤ 刘勰著,范文澜注《文心雕龙注》,人民文学出版社,1958,第713页。

的崇文思潮便是其中的第三次。叙及汉武帝之前的文坛状况，刘勰指出，经历了焚书坑儒的大灾难之后，以马上得天下的高祖刘邦崇尚武力，对于儒学并未予以充分的重视，故而汉初文坛的整体情况是"虽礼律曹创，《诗》《书》未遑"①。到了文、景之际，传统经术虽然得到了一定程度的复兴，但是像贾谊、邹阳、枚乘等文人依然境遇不佳，其时的特征正可以"经术颇兴，而辞人勿用"②来加以概括。到了汉武帝一朝，刘勰的笔端似乎开始流露出一种不加克制的畅快之感，径言"逮孝武崇儒，润色鸿业；礼乐争辉，辞藻竞骛"③。刘勰继而以近乎歆羡的口吻，大量地列举武帝大力拔擢下层文士的事例，如"征枚乘以蒲轮，申主父以鼎食，擢公孙之对策，叹倪宽之拟奏，买臣负薪而衣锦，相如涤器而被绣"，并指出由于武帝的积极干预，"于是史迁、寿王之徒，严、终、枚皋之属，应对固无方，篇章亦不匮"，总体上是"遗风余采，莫与比盛"。④由此可见，刘勰对于汉武帝拔擢朱买臣、司马相如、枚乘等下层文士带有高度肯定之意。

刘勰注意到，作为个体的枚乘能够实现从沉沦下僚到朝堂征召的人生境遇之转换，完全仰赖于武帝的擢升。事实上，《时序》篇的赞词也已从群体的维度指出，文学的发展具有"枢中所动，环流无倦"⑤的特征。这里的"枢中所动"，涉及的便是前文所述的"风动于上"，"环流无倦"呼应的则是"波震于下"⑥，二句从总体上说明一时文学盛况的出现得益于帝王的提倡。翻检《时序》，我们更可找到类同于"武帝擢士"的典型案例：在刘勰看来，建安时期之所以会出现"俊才云蒸"的一时盛况，显然是由于"魏武以相王之尊，雅爱诗章；文帝以副君之重，妙善辞赋；陈思以公子之豪，下笔琳琅"⑦；而宋代之所以会出现"尔其缙绅之林，霞蔚而飙起"的良好局面，在很大程度上也是由于"宋武爱文，文帝彬雅；秉文之德，孝武多才，英采云构"⑧。诚如西方史学家所指出的那样，一切历史均为当代史，

---

① 刘勰著，范文澜注《文心雕龙注》，人民文学出版社，1958，第672页。
② 刘勰著，范文澜注《文心雕龙注》，人民文学出版社，1958，第672页。
③ 刘勰著，范文澜注《文心雕龙注》，人民文学出版社，1958，第672页。
④ 刘勰著，范文澜注《文心雕龙注》，人民文学出版社，1958，第672页。
⑤ 刘勰著，范文澜注《文心雕龙注》，人民文学出版社，1958，第675页。
⑥ 刘勰著，范文澜注《文心雕龙注》，人民文学出版社，1958，第671页。
⑦ 刘勰著，范文澜注《文心雕龙注》，人民文学出版社，1958，第673页。
⑧ 刘勰著，范文澜注《文心雕龙注》，人民文学出版社，1958，第675页。

刘勰之所以对历史上的"武帝擢士"现象高度重视，无疑是因为他在现实之中窥见了仕途晋升的艰难，而在历史中找到了希望。总而言之，刘勰正是在历史书写之中，在"君王擢士"的事件之上，真诚地倾注了寄意君王的政治念想，折射出期待君臣谐和遇合的文人心态。

当然，对于以上事件的选择与解读，是基于论旨的需求与行文的方便，个别分析也可能存在不尽妥当的地方。而笔者之所以不揣浅陋，作此尝试，是因为大量有史可征的事件在《文心雕龙》中多有直接或间接的反映，尤其是"孔子南行""鸿都门学"[①]等具体的历史事件在刘勰那里完全可能富含极为独到的个人体悟。至于诸多历史事件与刘勰的现实思虑之具体关联，自然需要读者细细咀嚼、慢慢玩味。

余论：回归质感与《文心雕龙》研究的可能进路

诚如论者所指出："近 20 年来，西方学界兴起的'思辨实在论'和'面向物的哲学'大大丰富了之前的'物质文化'研究范式，成为'物转向'的新动力。如果说'物质文化'关注的是物质在人类文化中的意义、价值或者人类文化如何改变了物质，那么'思辨实在论'关注的则是作为本体的物质，即试图超越人类文化和语言的表征，探索物自身。"[②]的确，以回归质感为核心的"思辨实在论"的兴起与重视客体外物的"物转向"思潮之涌现，俨然已经为《文心雕龙》乃至中国文论的研究提供了一些切实可行的研究路径，像前文所及的古风、闫月珍、吴中胜等教授对《文心雕龙》象喻言说方式的深入阐发便是精彩的成功案例。不过，《文心雕龙》的研究，历来具有两个维度或曰两个截面，一个是《文心雕龙》的专门研究，另一个是以《文心雕龙》为中心的学术研究。前者侧重于刘勰的生平事迹、刘勰的思想倾向、《文心雕龙》的创作论、"风骨"的文论内涵、《文心雕龙》的言说方式等具体问题的探究，不仅较为常见，而且由于百家腾跃、万川汇流，已经使《文心雕龙》形成了一门学问中的学问、显学中的

[①] 参见周兴陆《刘勰论鸿都门学发微》，《上海师范大学学报》（哲学社会科学版）2015 年第 2 期。
[②] 唐伟胜：《"本体书写"与"以物观物"的互释》，《中国文学批评》2021 年第 4 期。

显学。而后者，是将《文心雕龙》作为中国文艺批评与中国文化研究的一个基点，旨在通过对《文心雕龙》的分析彰显中国文艺批评与中国文化的渊深思想及其多维美学特质。这方面的尝试尽管也不乏一些名篇佳作，但相较于前者，无论是从深度还是从广度上来看，仍然尚未探尽中国文艺多元而深邃的审美内蕴，所述所论距理想的学术境地还有较大的拓展空间。在笔者看来，"思辨实在论"作为一种观察视角，至少可以为相关探究提供如下资鉴。

其一，就研究的趋势来看，"思辨实在论"侧重于感性现象的描述与客观外物的呈现，将《文心雕龙》作为唤起主体对物、事乃至人的新鲜质感的理论工具去审视传统诗文及其理论，可以深契近代以来文学、美学、艺术学的整体研究从形而上模态向形而下模态过渡的时代走向。

其二，就研究的对象来说，中国文学的诗性智慧与论述体裁存在选择、博弈与互动的关系，[①] 用来往于主、客二元领地的"思辨实在论"来剖析以音形兼美、典雅富丽的骈文为论述体裁的《文心雕龙》这一经典个案，有助于结合辞章与义理二者所具有的内在紧张与和谐律动的辩证关系来揭示中国文艺最为精深与微妙的美感经验。

其三，就研究的方法来看，中国文学批评从整体上看是"批"多于"评"，现象归纳比逻辑演绎更显常见，以"思辨实在论"所标举的"感性"与"实在"特性为视角，选择以大量的文体区分与作品评析为基础的《文心雕龙》作为研究个案，可以为建设深具在地性的中国文学批评体系提供牢靠的基点。

作者简介：黄诚祯，安徽师范大学文学院讲师，主要研究方向为古代文学理论。

---

① 李建中先生说："儒道释文化的诗性精神及其人格诉求，与汉语言特有的诗性品质及其言说方式，共同构成了中国古代文论的诗性空间。在这个'诗性空间'，心物赠答，主客交融，三才一体，情文一体。尤其是当古代文论家自由而自然地选择用文学文体来表述这一'诗性空间'时，古代文论的诗性特质便经由'主体'至'文体'的途径宿命般地铸成。言说方式的文学化、语言风格的美文化和理论形态的艺术化，使得古代文论这一诗性本体很难成为哲学和逻辑的分析对象。"详见李建中《龙学的困境——由"文心雕龙文体论"论争引发的方法论反思》，《文艺研究》2012 年第 4 期。

远读与马克思主义

——远读的马克思主义知识谱系及两者的跨学科合作

杨深林

(江汉大学人文学院)

摘　要：莫雷蒂的远读理论不仅与统计学、计算机科学等自然科学存在密切的关联，其理论核心更是受惠于马克思主义的滋养。远读的马克思主义知识谱系体现为，作为研究对象的观念性总体的世界文学源自马克思主义政治经济学批判视域下的世界文学观，长时段、大尺度、实证性的总体性研究方法间接来自马克思主义历史与总体性地把握事物的方法论。远读与马克思主义结合研究的可能性进路是跨学科合作：首先是远读与关键词研究的跨学科合作，即探究关键词之文化与社会意涵，以及借鉴历史语义学方法论；其次是远读与文学史的跨学科合作，即运用量化分析与可视化研究方法。

关键词：远读；马克思主义；知识谱系；跨学科合作；方法论

目前，以意大利后马克思主义者莫雷蒂的远读理论为代表的数字人文研究在国内学界大行其道，但有两个误读需要廓清。第一，远读不等于数字人文。用莫雷蒂的原话说，远读就是"通过聚合和分析大量数据来理解文学，而不是研读特定的文本"[①]。而以数据的数字化与可视化为主要特征的计算批评或数字人文是远读理论在数字时代的新发展。第二，远读采用文学社会学、统计学等定量分析方法，早于后来数字人文采用软件和算法等计算

---

① Kathryn Schulz, "What Is Distant Reading?" *The New York Times*, Accessed December 24, 2024, https://www.nytimes.com/2011/06/26/books/review/the-mechanic-muse-what-is-distant-reading.html.

机科学的方法。所以远读理论与文学社会学、地理学、统计学等诸种理论有密切的渊源,其理论核心更是受惠于马克思主义的滋养。具有跨学科背景与马克思主义知识谱系的远读理论还有两大明显优势:其一,远读融合了文学、社会学、地理学、统计学与计算机科学等多学科研究方法,契合了强调跨学科、多学科交叉融合发展的国家新文科建设的创新理念;其二,作为新工具与新研究范式的远读可以助力以构建中国哲学社会科学自主知识体系为主要目标的新文科之实现。新文科建设既需要互联网、大数据等新工具和新方法支撑,又需要马克思主义为构建这一自主知识体系提供理论基础和实践指导,从而更有效地扎根中国大地与立足中国实践,提炼标识性概念、推出原创性理论成果。因此,远读理论与马克思主义的跨学科合作,有望为国家新文科建设提供一条行之有效的实践进路。

一 远读的马克思主义知识谱系

莫雷蒂的远读理论直接受惠于马克思主义,从研究对象到研究方法,均有鲜明的马克思主义知识谱系与跨学科特性。

(一)观念性总体的世界文学源自马克思主义政治经济学批判视域下的世界文学观

作为远读的研究对象,观念性总体的世界文学源自马克思主义政治经济学批判视域下的世界文学观。莫雷蒂不关注少数的传统经典性世界文学文本,而是更为注意文学史所忽视的更多数的大规模的世界文学文本。在他看来,要研究大量文本必须转换世界文学的研究范式与批评方式,使世界文学从研究对象变为问题,即从实际性的世界文学变为观念性总体的世界文学。这种观念性总体的世界文学不是基于少数传统经典文本的细读批评方法和思维,而是以总体性眼光关注更小的手法、主题与修辞或更大的体裁与系统等形式研究来代替传统的文本阐释。[①]

莫雷蒂强调其世界文学观不同于歌德和马克思的单数世界文学观。他

---

① 参见弗兰科·莫莱蒂《对世界文学的猜想》,诗怡译,《中国比较文学》2010年第2期。莫莱蒂即莫雷蒂。

的世界文学观直接受到沃勒斯坦"不平等"世界体系理论的影响。沃勒斯坦的世界体系理论把受世界市场驱动的现代世界体系分为核心（core）、边缘（periphery）、半边缘（semi-periphery）的经济和政治上的不平等结构。因此莫雷蒂强调"世界文学作为一个不平等的整体，是世界体系方法的贡献"[1]。莫雷蒂武断地认为马克思的世界文学是单数与整一的，其实马克思在《共产党宣言》中提出的"由许多种民族的和地方的文学形成了一种世界的文学（'文学'一词德文是'Literatur'，这里泛指科学、艺术、哲学、政治等等方面的著作）"[2]的经典论断并不是就文学谈文学，而是泛指包括文学在内的一切人类的精神生产的流通，甚至从根本上说，马克思主义乃是"对文学形式的历史决定性的分析"[3]，从社会总体性的角度探讨文学性得以产生和运作的机制与实践效果，不以做三寸牙雕式的文学性研究为目标，而是主张以小见大，总体性探究文学与社会之间的内在联系。

（二）长时段、大尺度、实证性的总体性研究方法间接来自马克思主义历史与总体性地把握事物的方法论

作为远读的研究方法，长时段、大尺度、实证性的总体性研究方法间接来自马克思主义历史与总体性地把握事物的方法论。莫雷蒂在《对世界文学的猜想》一文中明确指出，他受到以马克·布洛赫和布罗代尔为代表的法国年鉴学派把"经年分析"与"一朝综合"作为一个体系的总体性研究模式的启发，对文学文本拉开距离不做细读，只需对别人研究成果的经验性事实使用概念工具进行抽象和归纳的总体性即少就是多的"二手阅读"。[4] 布罗代尔解释了其长时段的历史研究方法"可以揭示出无论过去的还是现在的所有重大的社会结构问题。它是唯一一种能将历史与现实结合成一个密不可分整体的语言"[5]。他以称赞的口吻说马克思开创的长时段研

---

[1] 莫莱蒂：《进化，世界系统，世界文学》，张子荷译，胡继华主编《跨文化研究》第1辑，社会科学文献出版社，2022，第167页。
[2] 《马克思恩格斯选集》第1卷，人民出版社，2012，第404页。
[3] 托尼·贝尼特：《马克思主义与通俗小说》，马海良译，弗朗西斯·马尔赫恩编《当代马克思主义文学批评》，北京大学出版社，2002，第207页。
[4] 弗兰科·莫莱蒂：《对世界文学的猜想》，诗怡译，《中国比较文学》2010年第2期。
[5] 布罗代尔：《论历史》，刘北成、周立红译，北京大学出版社，2008，前言第2页。

究社会模式深刻影响了自己,是"上一个世纪最有效的社会分析方法",且马克思影响力长盛不衰的奥秘在于"他第一个在历史长时段的基础上构造了真正的社会模式"①。布罗代尔曾以长时段理论对 15—18 世纪的资本主义文明展开研究。泰德·安德伍德指出,莫雷蒂的远读概念借鉴了以马克思主义文论家雷蒙·威廉斯为代表的社会科学所采用的长时段与总体性研究方法,凸显了"文学历史实验的宏观尺度","威廉斯也通过'长时段'(la longuedurée)预示了当代的远读"②,值得专门探讨。

这种总体性研究方法落实到世界文学就是莫雷蒂的"社会学形式主义",他认为"形式是社会关系的表征。所以形式分析是以其隐晦的方式对力量的分析"③。莫雷蒂对形式的社会历史性的观点,受惠于卢卡奇与弗里德里克·詹姆逊的形式社会学研究。莫雷蒂认同卢卡奇在《小说理论》中提出的"每一种形式都是对生活的基本不和谐的化解"④的主张,他说虽然过后生活的不和谐消失了,但是文学形式仍保存着此种不和谐。⑤ 卢卡奇在前期研究中探讨了文学形式与社会历史变迁的相互关系。到了晚年,卢卡奇再次重申年轻时期写作《小说理论》的目的是寻找以文学形式的本质为依据,以历史为基础的文学形式与历史之间关系的艺术辩证法,这种艺术辩证法一直到遇见马克思主义的历史—系统的方法才获得真正的解决。⑥ 莫雷蒂指出,他把远读理论用于世界文学的研究,受到詹姆逊为日本马克思主义者柄谷行人《现代文学的起源》所作英文版序言的启发。詹姆逊提出日本现代小说的生活素材与西方小说的抽象形式有着不和谐与妥协,令莫雷蒂反思了市场与形式之间的关系,并把詹姆逊的这个观点用大范围的远读加以验证。⑦ 遗憾的是,莫雷蒂后期的远读理论无法解决文学形式与历史的矛盾,最终放弃了文学社会学的辩证性,走向了对形式、数字与"编码智慧"过分强调的非历史的抽象实证主义研究,"这或多或少还是由于他的实践仍然缺乏某种具体而微

---

① 布罗代尔:《论历史》,刘北成、周立红译,北京大学出版社,2008,第 55 页。
② 泰德·安德伍德:《远读的系谱》,伊豆原英悟译,《数字人文》2020 年第 2 期。
③ 弗兰科·莫莱蒂:《对世界文学的猜想》,诗怡译,《中国比较文学》2010 年第 2 期。
④ 卢卡奇:《小说理论》,燕宏远、李怀涛译,商务印书馆,2012,第 55 页。
⑤ Franco Moretti, *The Bourgeois: Between History and Literature* (London: Verso, 2013), p.14.
⑥ 卢卡奇:《小说理论》,燕宏远、李怀涛译,商务印书馆,2012,第 7 页。
⑦ 参见弗兰科·莫莱蒂《对世界文学的猜想》,诗怡译,《中国比较文学》2010 年第 2 期。

的历史意识,因而也就很难将种族、性别、阶级等更多的社会性维度涵纳进来","批判性地从事一种真正意义上的文化分析"。①

同时,莫雷蒂追求科学和实证的总体性研究方法还深受意大利新实证主义马克思主义者德拉-沃尔佩主张的科学实证的唯物主义的精神和方法论的影响。② 莫雷蒂称自己的文学研究是可证伪性批评(falsifiable criticism)和计算批评。莫雷蒂在《被当作奇迹的符号》一书中提出可证伪性批评不像传统文学批评那样追求文学文本的多义、开放与差异等非单一性语义特征,而是像自然科学一样以可证伪性数据追求连贯、明晰、完整。③ 德拉-沃尔佩认为马克思主义哲学的方法论不是来源于以黑格尔为代表的抽象思辨德国古典哲学,而是源自从亚里士多德到伽利略的经验实证的自然科学,其方法论是归纳和演绎的循环之"历史的抽象"的科学辩证法:"这个辩证法是一定的(determinate)或历史的抽象的辩证法,同时它从自身内部批判和剔除思辨的辩证法,或一段的(属类的)、不确定的先验的抽象的辩证法。"④ 具体来说,莫雷蒂从统计学、生物学、地理学等自然学科和历史学、社会学等社会学科借鉴具有实证经验的各种跨学科研究范式,这使他截然不同于西方一般的文学研究者,体现出科学精神对他的深刻影响。这也是莫雷蒂的远读理论易被国内学界等同于不成熟的数字人文研究方法的误读之所在。有学者曾结合莫雷蒂的原文对"远读"原意做了认真爬梳,认为莫雷蒂的远读作为一种牺牲细节信息,且牺牲细节信息的方式各异,从而获取宏观视野的一种考察方法,有着从借鉴生物学、地理学、地图学等方法起步,逐渐以定量分析介入文学分析的发展过程。⑤

但是,要注意到莫雷蒂的实证研究方法与马克思主义的实证研究方法存在显著的不同:莫雷蒂是抽象与非历史的实证研究,而马克思主义是历史与辩证的实证研究。即马克思主义不是局部的、对具体事件与现象的经

---

① 赵薇:《从概念模型到计算批评——Franco Moretti 之后的世界文学研究》,《西南民族大学学报》(人文社会科学版)2020 年第 8 期。
② Franco Moretti, *Graphs*, *Maps*, *Trees: Abstract Models for Literary History* (London: Verso, 2005), p. 2.
③ Franco Moretti, *Signs Taken For Wonders Essays In The Sociology* (London: Verso, 1997), p. 21.
④ 加尔维诺·德拉-沃尔佩:《卢梭和马克思》,赵培杰译,重庆出版社,1993,第 197 页。
⑤ 参见向帆、何依朗《"远读"的原意:基于〈远读〉的引文和原文的观察》,《图书馆论坛》2018 年第 11 期。

验分析，也不是不作价值判断、非历史的实证主义，而是对经验事实作历史与辩证的总体性分析。莫雷蒂的远读理论，早期还秉持马克思主义实证与历史相结合的总体性实证的研究方法，到后期的计算批评则完全放弃了社会历史的总体性立场而沦为纯粹的非历史的实证主义研究。正如有学者指出，莫雷蒂对科学精神的关注使他忽略了马克思主义的辩证法、阶级意识和主体性维度，并且其早期作品具有辩证性与文学社会属性，后来的作品拒绝目的论辩证历史观，转向了片面追求唯物主义方法和可验证性的知识，将大数据与量化分析的"数学建模"推向主导地位。[1] 莫雷蒂在访谈中承认了自己理论的矛盾与不确定性：一方面他认为自己的数字人文研究之新在于实证的研究方式和论证方式，前者是说明而不是价值判断，后者是确证的事实而非对概念的完善；另一方面他不确定说明是否比价值判断更重要，在肯定数字人文研究克服了传统人文研究陷于是与否的阐释争论之缺点，具有冷静成熟的优点的同时，又遗憾其缺乏传统人文研究"所具有的蓬勃的灵动"之自由精神。[2]

二　关键词之文化与社会意涵与历史语义学：远读与关键词研究的跨学科合作

如前所述，莫雷蒂的远读理论从研究对象到研究方法有着鲜明的马克思主义知识谱系与跨学科特性，正成为国家新文科研究范式的新秀。远读理论与马克思主义进行的跨学科合作，可以尝试的路径之一便是远读与关键词研究相结合。两者的结合点在于都有其共同的理论渊源即都深受雷蒙·威廉斯的历史语义学所具有的跨学科与总体性理论特质的影响。而雷蒙·威廉斯的历史语义学又受到马克思主义从研究对象到研究方法所具有的跨学科与总体性理论特质的影响。

---

[1] 参见高树博《世界文学的"计算批评"——莫莱蒂的远距离阅读新论》，《外国文学》2024年第1期；张墨研《数字资本主义的幽灵——莫莱蒂与詹姆逊"文学绘图"理论之异同及启示》，《外语研究》2024年第4期。

[2] 梅丽莎·丁斯曼、弗兰科·莫雷蒂：《人文研究中的数字：弗兰科·莫雷蒂访谈》，向俊译，《山东社会科学》2017年第9期。

（一）探究关键词之文化与社会意涵

从研究对象上，远读理论和马克思主义可以从跨学科的角度，整体上探究关键词之文化与社会意涵。莫雷蒂指出，远读是跳过文本细读，依靠别的批评家或民族文学专家的二手阅读。从实际研究出发，莫雷蒂建议远读的范围越广，研究的对象应该越小，比如概念、有限的叙述单位，如莫雷蒂计划梳理19世纪、20世纪小说中"崇高"文体的流变。① 后来，他在《网络理论，情节分析》一文中打破了传统的细读批评只是以莎士比亚名剧《哈姆雷特》同名主人公为主要研究对象，忽视了霍拉旭这个次要人物的固有范式，转而以《哈姆雷特》人物关系网络为研究对象，得出霍拉旭在以主人公哈姆雷特为中心的整个人物关系网中具有同等重要的位置的崭新结论。当然，作为具有马克思主义知识谱系的远读理论并不适用于一切研究对象，而适用于整体性的世界文学、长时段文学史或文类概念演化等抽象批评，② 我们不可不加反思地运用。

从西方文论、马克思主义文论与中国古代文论的文艺学角度出发，对概念的分析尤其是核心概念即关键词的本土化梳理与提炼研究则变得尤为关键，可以帮助中国学者确定研究的重点领域和方向，进而打通学科壁垒，促进不同学科之间的对话和合作，为推进中国式现代化提供强大智力支持。

概念是建构理论体系的基础，核心概念即关键词更是理论建构的主干和理论特色的标识。从词源学来说，关键词既是英语的"keywords"即理论奥秘之启钥解码，又是汉语的"关锁键闭"即理论意涵之关锁与键闭。胡亚敏主编的《西方文论关键词与当代中国》，以及其后来率领的"马克思主义文学批评的中国形态"课题团队，与李建中率领的"中国文化元典关键词研究"课题团队的关键词研究，摆脱了学界关键词研究囿于学科本位与辞典释义的术语汇编之窠臼，关注作为理论核心的关键词的学科概念之外更为广阔的跨学科之文化与社会意涵。以上成果立足于中国现实，以西方文论关键词、马克思主义文学批评中国形态关键词、中国传统文化关键词

---

① 参见弗兰科·莫莱蒂《对世界文学的猜想》，诗怡译，《中国比较文学》2010年第2期。
② 陈晓辉：《世界文学、距离阅读与文学批评的数字人文转型——弗兰克·莫莱蒂的文学理论演进逻辑》，《文艺理论研究》2018年第6期。

为研究对象进行本土化研究，勾连起文学与社会、本土化与全球化，促进了中外文论乃至文化的平等对话。胡亚敏主编的《西方文论关键词与当代中国》选取对1978年以来中国当代文学批评产生深刻影响，并具有代表性、理论深度且有待进一步澄清、阐发的十个关键词为研究对象。胡亚敏《马克思主义文学批评中国形态的当代建构》在坚持经典马克思主义基本原理和方法的同时，以"人民""民族""政治""实践"的标志性概念及文学与资本、文学与技术、文学的价值判断等时代课题做出了"中国形态"的阐发与新解。李建中率领的"中国文化元典关键词研究"课题团队从以儒家、道家、墨家和兵家为代表的中华文化元典当中选取代表中国传统文化核心价值观和深刻影响中国文化进程的诸多关键词，即儒家的"礼"、道家的"道"、墨家的"义"与兵家的"兵"，以及关乎中华文化的源起、原本和原创层面的核心观念，包括文学、史学、经学"三学"与儒墨道法兵佛"六家"的重要术语或范畴的100个关键词为研究对象。

（二）借鉴历史语义学方法论

国内学界关键词研究方法论受到雷蒙·威廉斯的历史语义学的直接影响。雷蒙·威廉斯在《关键词：文化与社会的词汇》导言中说明了作为方法论的历史语义学之历时与共时的总体性，指出历史连续性与非连续性的"共联关系"及其变异、断裂与冲突，"不仅强调词义的历史源头及演变，而且强调历史的'现在'风貌——现在的意义、暗示与关系"，"同时也须承认的确有变异、断裂与冲突之现象"。① 威廉斯的历史语义学可以视为马克思主义历时与共时的总体性研究方法之变体，从莫雷蒂的远读理论角度来看，则是其远读方法论在关键词研究上的运用。有学者将受威廉斯历史语义学影响的国内文论关键词研究的方法论特点归纳为术语、概念和范畴的共时性之思想研究、历时性之历史研究、跨语言跨文化研究与跨学科性研究。②

在历史语义学的方法论基础上，以胡亚敏团队、李建中团队为代表的

---

① 威廉斯：《关键词：文化与社会的词汇》，刘建基译，生活·读书·新知三联书店，2005，第17页。

② 参见高玉《文论关键词研究的多重维度》，《中国社会科学》2019年第8期。

关键词研究提出了独具中国经验的崭新方法论。胡亚敏主编的《西方文论关键词与当代中国》运用威廉斯的历史语义学、萨义德的"理论旅行"和马克思主义历史与总体的方法论相结合的方法,并借鉴布迪厄尔的"场域理论"提出了包含关键词的初始场域、生成场域、延展场域和本土场域之"历史场域"。她提出的复数"历史场域"及其批评实践是《西方文论关键词与当代中国》在研究方法上的独特贡献。后来胡亚敏率领的"马克思主义文学批评的中国形态"课题团队及其代表性专著《马克思主义文学批评中国形态的当代建构》突破威廉斯历史语义学的关键词单一研究方法,提出关键词研究与差异性相结合,主张将差异性研究作为"马克思主义文学批评的中国形态"课题的首要研究方法。这里的差异性方法强调研究的主体性与建构性。中国形态的主体性强调既不是一味对马克思主义经典形态、俄苏形态与西方形态的概念照搬,也不是如同后结构主义和后现代主义般强调与前者绝对的差异,而是基于对西方与俄苏形态的反思,还有对理论或概念趋同性的反拨提出与"他者"进行对话与交流。中国形态的建构性强调在普遍性对话的基础之上能够对中国社会现实提出中国问题。

李建中率领的"中国文化元典关键词研究"课题团队的关键词研究深受历史语义学方法论的沾溉。其关键词研究方法,就总体而言,是从语义层面探讨中华元典关键词的元生义、衍生义和再生义;而就历史层面而言,元典关键词的元生义形成轴心期中华文明之文化根底,衍生义构成中国各个历史时期之文化坐标,再生义铸成现代性语境下中国文化的话语权和软实力。关键词研究之不可定义性、高度语境化与跨学科的三原则是"中国文化元典关键词研究"的方法论。不可定义性是反对传统经义至上的权威与静态的辞典式定义,而是放在具体语境中定义;高度语境化指汉语是高度语境化的语言,脱离具体语境的阐释与接受都无法达成;跨学科元典关键词在无学科的时代属于"文化与社会的词语"。且从古至今,流传下来的中华元典多是时间汇通或空间汇通的交互性文本,元典关键词研究"就是在跨越了学科樊篱之后的'通义':通天下之不通"[1],"打通古今、融汇中西"[2]。这种方法论鲜明体现了马克思主义长时段与大尺度的历史意识、批

---

① 李建中:《元典关键词研究的中国范式》,《河北学刊》2020年第2期。
② 李建中:《元典关键词研究的理论范式》,人民出版社,2021,第11页。

判精神与跨学科视野：研究时段从轴心期到当代中国，跨越时段长达两千多年，对元典关键词的元生义、衍生义进行历时梳理与动态的语境考辨，在与异域文化的对话与批判中对元典关键词的新意涵即再生义进行重新阐释，并以关键词研究突破现代学科的樊篱解读其文化密码。

同时，有学者强调关键词研究要保持历史感，或曰对历史化要具有批判态度。李春青认为，关键词研究要保持历史感，即对历史与研究对象的关系相当了解，要有不把历史现实与作为历史产物的研究对象弄混淆的判断力，同时，关键词研究还应警惕过分强调对历史与空间的考证，以免走上琐碎材料的爬梳之歧途。① 金永兵则认为，要对关键词研究的历史化方法持批判态度——马克思主义的历史化研究方法不是简单将历史作为背景与根源的神圣化与非历史化，也不是实证性的机械历史研究，而是以辩证法为基础，以从概念到问题的实践解决为目的的具体生成性的总体性历史。②

要强调的是，雷蒙·威廉斯的历史语义学、莫雷蒂的远读与马克思主义都是长时段与大尺度的总体性研究方法，但仍有根本区别：历史语义学及其新发展的远读理论是具有后学色彩的西方马克思主义。雷蒙·威廉斯的历史语义学揭示出概念的历史生成性与文化建构性及其受到权力的影响，具有反对历史总体性与本质主义思维的后学色彩；远读理论则放逐作者、人的主体性与理想性之人文性，"唯愿技术可以取而代之，登台唱戏"③，凸显技术与形式，囿于文学形式的总体性，而不是社会历史的辩证总体性。有学者明确指出关键词研究具有跨学科、异质性思维、价值相对主义以及"事件性"历史观的后学学理特质。④ 马克思主义强调历史的连续性与断裂性相统一，以及在具体的社会历史过程与时间中把握人类存在的辩证总体性研究方法，可以弥补历史语义学与远读理论过分强调概念的断裂性与事件性，或者形式总体性，而缺乏社会历史的辩证性与总体性视野之不足。

---

① 参见李春青《谈谈关键词研究的方法与视角》，《中国图书评论》2022年第9期。
② 参见金永兵《关键词研究与马克思主义文论话语体系建设》，《求索》2019年第4期。
③ 陆扬：《莫莱蒂的文学地图学与"远读"》，《上海大学学报》（社会科学版）2024年第4期。
④ 参见冯黎明《理论同一性之梦的破灭——关于〈关键词〉们的关键问题的反思》，《文艺研究》2010年第10期。

三 量化分析与可视化表达：远读与文学史的跨学科合作

远读理论与马克思主义进行的跨学科合作，也可以从远读与文学史的跨学科合作进行。目前，国内文学史研究对远读及其新发展的数字人文在方法层面的借鉴较多。事实上，远读与文学史的跨学科合作可以从研究对象与研究方法的不同路径展开。从研究对象上，我们可以进行微观层面的意象流变、文本网络等方面的研究，也可以进行中观层面被经典所忽视的作家研究，还可以从宏观层面的作家群或批评流派的社会网络、空间分析、长时段文学，文学作品的影响史与接受史等方面进行研究，以此增益与拓展传统的细读批评。

从研究方法上，将远读理论和马克思主义相结合，采用实证性的总体性研究方法打破传统文科研究方法的樊篱，架构以中华文化主体性为前提、以中国价值为内核、以解决现实问题为基本立足点的新研究方法。恩格斯认为"一门科学提出的每一种新见解都包含这门科学的术语的革命"，并把"术语的革命"归纳为一种整体的方法论。[①]"术语的革命"不仅意味着理论方法的根本转变，更是研究范式的变迁与对逻辑体系和基本方法论的崭新建构。

虽然莫雷蒂的远读理论与马克思主义都是实证的研究方法，但二者有根本的区别：前者深受沃尔佩的新实证主义马克思主义的影响，强调分析与归纳相结合的经验抽象，而忽视经验抽象背后的本质与历史，走向见物不见人的机械唯物主义之窠臼。马克思主义不反对经验事实的合理抽象，更强调事物联系与发展的辩证抽象，"这种理论性质区别于抽象的经验论者的僵死的事实的收集，呈现出社会历史的内在运动发展特征"[②]。马克思主义的辩证抽象可以弥补远读理论的经验抽象缺乏历史具体性之不足。

目前国内文学界对莫雷蒂远读理论及其新发展的数字人文研究方法的运用，更多停留于以计算、量化与建模为核心，以网络图、地图、人物图、结构图与人力图作可视化表达的技术工具论层面。一些研究甚至将远读误

---

① 《马克思恩格斯文集》第 5 卷，人民出版社，2009，第 32 页。
② 李天保：《马克思恩格斯语境中的六种"实证主义"》，《现代哲学》2019 年第 3 期。

解为不成熟期的计算批评，有意无意地忽视了远读理论与后来的计算批评的最有价值之处恰在于其鲜明的马克思主义总体性方法论特质。有学者认为，马克思恩格斯的诸多文本群向来重视"总体""整体""统一体"等论述，恩格斯从中发现了马克思对"整体"的高度重视，并将其提炼为具有整体性意义的方法论。① 这也是有学者认为莫雷蒂的世界文学是"观念性"的，而非传统的聚焦于少数文本的"实存性"的世界文学缘由之所在，前者"以抽象概念为思考对象，体现的是世界文学研究的理论化倾向"。②

莫雷蒂提出远读理论伊始，就受到马克斯·韦伯新问题与新方法的出现促成新学科的诞生，以及概念是把握现实经验的主要抽象工具的思想影响，明确远读是大规模阅读文本的崭新的批评方法，其方法论是少即多的抽象："现实有无限的丰富性，概念是抽象而贫乏的。但正因其'贫乏'，才有可能驾驭而解读众多作品。"③ 如前所述，莫雷蒂总体性方法论更多受到与马克思主义有直接理论渊源的布罗代尔、沃勒斯坦、卢卡奇、雷蒙·威廉斯、沃尔佩、詹姆逊等学者的影响。同时，莫雷蒂对其远读理论或计算批评有鲜明的"术语的革命"之方法论自觉，并对学界只是在方法层面简单运用数字人文颇有微词——他认为数字人文不是在人文研究论文当中简单地运用柱形图那么简单，而是更关注"理论和高层次的概念化"，或者说"宏大的理论和大胆的概念"对人文研究重要性的提高更为重要。④ 莫雷蒂认为数字人文本质上不是新事物，"在我看来，数字人文研究本质上是数字时代研究文学史和文化史的一种方法，是科学方法、解读方法、实证方法、理性主义方法等各种研究方法的一种形式"⑤。

有学者说过，采用远读乃至数字人文作为研究方法主要有三种效果：验证、修正与创造。通过"验证"前人研究结果树立其自身的合法性，通

---

① 参见郑要《恩格斯"术语的革命"与建构中国自主的知识体系》，《学术探索》2023年第11期。
② 陈晓辉：《世界文学、距离阅读与文学批评的数字人文转型——弗兰克·莫莱蒂的文学理论演进逻辑》，《文艺理论研究》2018年第6期。
③ 弗兰科·莫莱蒂：《对世界文学的猜想》，诗怡译，《中国比较文学》2010年第2期。
④ 参见梅丽莎·丁斯曼、弗兰科·莫雷蒂《人文研究中的数字：弗兰科·莫雷蒂访谈》，向俊译，《山东社会科学》2017年第9期。
⑤ 梅丽莎·丁斯曼、弗兰科·莫雷蒂：《人文研究中的数字：弗兰科·莫雷蒂访谈》，向俊译，《山东社会科学》2017年第9期。

过"修正"前人研究结果证明其研究的有效性,通过"创造"前人无法提出的问题与结论证明数字人文研究方法的主体性。[①] 要构建中国哲学社会科学自主知识体系,满足于验证和修订前人研究成果是不够的,创造新说,提出具有中国特色与文化主体性的新概念、新方法才是追求的方向。

(一)远读的量化分析方法

国内文学界主要采用数据分析与数据挖掘等量化分析,以及地图、人物图、社会关系、时空关系可视化呈现等研究方法。比如文学史,特别是古代文学、现当代文学与外国文学,成果丰硕。国内不少研究成果立足统计学、天文学的跨学科背景,以量化分析研究文学的版本及诗歌的声律、意象与影响,新见不少。比如刘京臣《盛唐中唐诗对宋词影响研究》以模糊检索技术和编辑距离算法,计算出"影响因子"和"接受因子"比较靠前的作者,把不同文本放在一起比对统计,寻找出彼此相似的诗句或文句,发现盛唐诗中王维的归隐之思、李白的感怀旖旎、杜甫的轻盈婉丽,以及中唐诗歌的"贬谪体验"与"感伤情结"对宋词产生了深远影响。[②] 此外,国内更多研究成果来自语言学、古典文献学专业,或信息资源管理一级学科下属的图书馆学、情报学、档案学专业等二级学科。这些研究用语言学、文体学、统计学等量化方法分析文学的文体、语言、意象、版本,但是研究者缺乏与文学相关的深层知识背景与细读能力,重数据而轻文本,缺乏对相关数据深层的学理分析,故语言学、文体学、统计学等数据驱动大于论证驱动,导致研究结论浮于表面,甚至只是验证前人旧说而已,更谈不上修正旧说和提出新见。量化分析从作为文学研究有力的辅助研究手段变成了见数据不见人、缺乏审美判断与历史感的唯科学主义研究。相比之下,马克思主义实证的总体性研究方法强调实证研究的历史性、主体性与批判性,可弥补以上研究的科学性凸显、审美性与人文性薄弱之不足,凸显跨学科合作的优势。

---

① 参见项蕾、许婷、谭天、雷宁、蔡翔宇《数字与文学的对话——"数字人文规范对传统文学研究方法的挑战"研讨会纪要》,《中国现代文学研究丛刊》2020年第8期。
② 参见刘京臣《盛唐中唐诗对宋词影响研究》,博士学位论文,中国社会科学院研究生院,2010,第1页。

（二）远读的可视化研究方法

网络图、地图、人物图、结构图与人力图、时空轨迹等可视化研究方法的运用。其中网络图与地图的可视化研究方法的使用最为广泛，凸显了文学与地理学、计算机科学的跨学科合作前景。数据的可视化呈现不同于传统的修辞性的照片、地图等插图作为补充用来说明、佐证或解释文本，而是"通过聚合和提取来展示数据"[①]，其本身就构成一种论证，甚至连同研究者对它们的阐释，可以创造一种由图像叙事、数据叙事与文字叙事相结合的新型阐释模式，促进新内容与新问题的显现。

首先是人物关系网、社会关系网等网络图在文学研究中的广泛使用。如前所述莫雷蒂在《网络理论，情节分析》一文中别开生面地以网络理论分析《哈姆雷特》中复杂的人物功能关系，并手绘了许多人物关系图，开创了以网络理论进行文学研究的先例，启发了国内以赵薇、邱伟云、刘京臣等为代表的学者，或运用该研究方法分析现代文学作品的人物网络，或以报章中的关键词建构概念网络，或对古代文学中的宋明清季进士家族作网络分析，颇具影响力。[②]

其次是文学、地理学与计算机可视化技术的深度合作。最具代表性的是地理学从技术到理念层面与文学的跨学科合作，分别体现为王兆鹏主导开发的"唐宋文学编年地图平台"和梅新林提出的地图批评理论及其批评实践。二者都立足于中国古代文学研究的实际与数字人文时代的新要求，提出了具有中国特色的原创性概念与方法论——王兆鹏提出"系地"理论与编年和时空并重的文学研究新方法，梅新林提出"图—文"互释与地图—文学的二元方法论。

---

① 安妮·伯迪克、约翰娜·德鲁克、彼得·伦恩费尔德、托德·普雷斯纳、杰弗里·施纳普：《数字人文：改变知识创新与分享的游戏规则》，马林青、韩若画译，中国人民大学出版社，2018，第45页。

② 参见赵薇《社会网络分析与"〈大波〉三部曲"的人物功能》，《山东社会科学》2018年第9期；邱伟云《词汇、概念、话语：数字人文视野下中国近代"美"之观念的建构与再现》，《艺术理论与艺术史学刊》2019年第1期；刘京臣《大数据视阈中的宋代进士家族研究——基于"历代进士登科数据库"及方志等文献的考察》，《中国地方志》2023年第4期；刘京臣《大数据视阈中的明清进士家族研究——以CBDB、中华寻根网为例》，《北京大学学报》（哲学社会科学版）2019年第4期。

王兆鹏是国内古典文学研究界最早使用地理信息系统（GIS）从事数字人文研究者，他整合了古典文学领域的一百多位中青年学者历时五年才开发出"唐宋文学编年地图平台"。同时他基于古代文学文献固有的编年与系地并重的学理传统，并受到地理信息系统人地关系并重的观念影响，提出了具有原创性的"系地"理论，旨在纠正北宋以来传统文学研究重编年轻系地的观念，把系地的空间观念提升到与时间观念平等的位置，确立了时地并重、时空一体的观念。① "唐宋文学编年地图平台"及其批评实践，将传统以籍贯为中心的静态与长时段的研究方式，转变为以生活为中心的动态的地域文学与流域文学，以及"时段文学史""年度文学史"等短时段与长时段并列的新型研究范式。②

梅新林的地图批评对"图—文"互释的理想境界之追求，以及对地图—文学二元方法论凸显文学与地理学跨学科合作必要性的强调，特别是地图制作应该从第三代地图语言"地理信息系统"向基于人工智能的第四代地图语言"虚拟地理环境"（VGE）迈进等系列主张，是对当下文学界的可视化研究满足于重图轻文或重文轻图的工具论（"图—文"系统"器"层面）的突破。他主张"文本"与"图本"两大释义系统应向"文本"为主体，"图本"为辅助的"图—文"互释、"道—术"合一的跨学科对话与重构的理想境界迈进，这也是"对中国'图''书'合一传统的回归"③。莫雷蒂在《欧洲小说地图集，1800—1900 年》中提出的"空间中的文学"与"文学中的空间"双重空间概念，深刻影响了梅新林的地图批评。④ 梅新林的地图批评最出彩之处是通过地理地图的"文学化"与文学地理的"地图化"的双向互动与交融，向"图—文"互释、"道—术"合一的有机融合与相互重构之理想境界迈进，达成文学与地理学的跨学科合作。

以老一辈学者王兆鹏、梅新林、郑永晓，年轻新锐学者赵薇、刘京臣、

---

① 参见王兆鹏、邵大为《数字人文在古代文学研究中的初步实践及学术意义》，《中国社会科学》2020 年第 8 期。
② 参见王兆鹏、郑永晓、刘京臣《借器之势，出道之新——"数字人文"浪潮下的古典文学研究三人谈》，《文艺研究》2019 年第 9 期。
③ 梅新林：《论文学地图》，《中国社会科学》2015 年第 8 期。
④ 参见梅新林《文学地理学：基于"空间"之维的理论建构》，《浙江社会科学》2015 年第 3 期。

邱伟云、王贺为代表的众多学者，使用可视化的研究方法取得了很多扎实且卓有成效的研究成果。美中不足的是，许多研究成果存在两极化现象：或偏于对文学作品做具体而灵动的微观分析，缺乏对文学经验的理论总结与总体性探讨，稍显不成体系与零散化；或偏于数据库、数据集、知识库、古籍库等数字人文实践，以及文学的时空轨迹、社会网络分析的宏观研究，缺乏具体而精妙的"从小处入手"的细读批评的有力支撑，难免有论证空疏之感。从国家新文科构建中国哲学社会科学自主知识体系，提出具有原创性的学术概念、理论和观点的时代要求而言，我们不能只满足于西方可视化数字人文研究方法对中国文学的个案阐发研究，而要立足中国文学经验实际与传统，对其要有中国立场的理论反思与体系化的总体性探讨，进而提出有中国特色和凸显中国经验的理论体系与系统方法论。马克思主义强调历史具体性与科学实证相结合的实证总体性研究方法，可以弥补以上研究零散化与空疏化之不足，凸显跨学科合作之优势。

结　语

莫雷蒂远读理论的最大创新之处在于提出对文学文本进行大规模阅读，而不是对特定文本进行深度细读的一种崭新批评范式。这种批评理论及其实践背后坚持历时与共时、实证性的总体性方法论，具有鲜明的马克思主义理论底色。但是，莫雷蒂后来放弃了早期远读理论所具有的马克思主义历史与辩证的总体性方法论，走向过分凸显形式、算法与技术，缺乏主体性与历史意识的实证主义窠臼。国内中国文学研究界立足于中国实际，运用莫雷蒂的远读及其后续新发展的数字人文方法研究中国文学取得了丰硕成果，并提出不少具有中国经验的崭新理论与方法论，如胡亚敏"马克思主义文学批评的中国形态"将历史场域、差异性与关键词研究相结合，李建中"中国文化元典关键词研究"对关键词"不可定义性、高度语境化和跨学科"的系统认识，还有王兆鹏的"系地"理论、梅新林地图批评的"图—文"互释与地图—文学二元方法论、赵薇网络分析的"中间概念"等。

但是，国内远读理论及其新发展的数字人文研究方法运用于文学研究还存在以下问题。不少研究成果偏于对远读理论在技术工具论层面的运用，甚至将其误读为不成熟期的计算批评，导致国内量化分析满足于算法优先，数据驱动大于论证驱动，缺乏审美判断与历史具体性的唯科学主义研究。网络分析、地图与时空轨迹等可视化研究偏于空疏的宏观论证，重图轻文，缺乏细读批评与问题意识的有力支撑。另外，远读理论及其后续新发展的数字人文研究方法用于西方文论、中国古代文论与马克思主义文论的文艺学研究领域较少，对相关理论的探讨与反思较为薄弱。除了杨庆峰、赵薇、邱云伟、郑楠、李天等学者外，少有对数字人文方法论的自觉探讨。①

马克思主义强调实证研究的历史性、批判性的辩证总体性可以弥补以上远读理论及其后续新发展的数字人文研究之不足。因此，两者进行跨学科合作，有望使远读及其新发展的数字人文作为文学研究的新方法，既有以具体细读为基础的宏观分析能力，又不失马克思主义的历史意识与批判精神，共同立足中国实际情况，并与中华优秀传统文化紧密结合，提炼概括具有中国特色、世界影响的标识性的新概念、新范畴与新方法，回答好中国之问、世界之问、人民之问、时代之问，为中国式现代化和中华民族伟大复兴提供强有力的支持。

作者简介：杨深林，江汉大学人文学院副教授，主要研究方向为马克思主义文学批评。

---

① 参见杨庆峰《数字人文方法论的四重追问》，《文艺理论研究》2022年第4期；赵薇《作为计算批评的数字人文》，《中国文学批评》2022年第2期；邱伟云、严程《数字人文方法论的有机建构与动态实践》，《南京社会科学》2023年第3期；郑楠《媒介构造与范式生产："远读"方法的演变及其前景》，《文艺理论研究》2022年第4期；李天《数字人文方法论反思》，《中国文学批评》2022年第2期。

跨文化语境中周作人"象征"概念的语义之变

来庆婕　牛月明

(日照职业技术学院公共教学部，中国海洋大学文学与新闻传播学院)

摘　要：周作人从日本与西方双重渠道接受"象征"概念。从概念意义的单独引入到西方象征派理论的系统介绍，从概念的共许意义呈现到文学象征的特性研究，从象征理论与传统美学体系的融合到以此为中国争取一条现实的文学发展道路，周作人的"象征"观形成于"象征"概念的多重语义内涵的互融互通，同时也体现对此概念所承载的美学质素普遍适用的可能性的关注。此外，周作人的"象征"思想变化脉络也昭示了一种对于中国社会转折期文学事业的人文关切。

关键词：周作人；象征；概念史

一　周作人接受"象征"概念的双重渠道

周作人留日期间及回国之后，出于现实需要与个人专业特长，对西方当代文学的前沿发展抱有热切关注，由此着手国外诗歌俳句、古希腊神话及现代短篇小说的译介工作，并借由日本的欧化受到西方人本主义洗礼，开始其全新的"人学"建构。于他而言，文学革命中的思想革命要优先于文字革命，而西方近世思想给他带来了"知"的变革，这从周作人对于"象征"的使用中可窥见一斑。

---

* 本文为教育部人文社会科学重点研究基地北京师范大学文艺学研究中心重大项目"跨文化语境中的中国文论概念古今之变研究"(项目批准号：22JJD750013)阶段性成果。

综观"象征"在中国的概念之旅，有西方象征主义的"直译"与从日本"转介"两条渠道，周作人对"象征"概念的接受也是如此。从周作人对"象征"概念的直接接受和呈现来看，他首次使用"象征"是在1908年的《论文章之意义暨其使命因及中国近时论文之失》一文中，这也是目前可考的中国人最早使用"象征"的书证：

若夫丧败之民，借神明之下，亏挫而复振，百折不回者，尤不罕见，所谓百足之虫死而不僵者尔。如波阑，经六十年大举而后，败亡涂地，而国人终不为屈。识者以知波阑之不可亡，或钦之曰自由之象征（Symbol of freedom）焉。①

从这篇文章的写作规范来看，周作人对外来名词（包括专名）都进行了外文标注，比如"国民（Nation，义与臣民有别）"②，"文章者，学问（Learning）知识（Knowledge）意象（Imagination）之果，借文字为存者也"③，"文章中有不可缺者三状，具神思（Ideal）能感兴（Impassioned）有美致（Artistic）也"④。与之类似，"象征"一语是由西文symbol直接转化对译而来。从概念内涵来看，这段话讲述波兰人民争取民族独立的行动而成为自由精神的象征，但周作人只是对这一现象进行简要评述，并未深入论及"象征"的概念所指，所以"象征"在此解作"表现""代表"都较为合宜，且不涉及任何艺术修辞或思潮流派，是一种普遍共许意义上的使用，但所述事理已涉及文学对政治的促进功能。周作人认为，自波兰以降，国民皆胜民，民众神质不灭，则国祚长存。⑤"盖精神为物，不可自见，

---

① 周作人：《论文章之意义暨其使命因及中国近时论文之失》，钟叔河编订《周作人散文全集》第1卷，广西师范大学出版社，2009，第90页。
② 周作人：《论文章之意义暨其使命因及中国近时论文之失》，钟叔河编订《周作人散文全集》第1卷，广西师范大学出版社，2009，第87页。
③ 周作人：《论文章之意义暨其使命因及中国近时论文之失》，钟叔河编订《周作人散文全集》第1卷，广西师范大学出版社，2009，第94页。
④ 周作人：《论文章之意义暨其使命因及中国近时论文之失》，钟叔河编订《周作人散文全集》第1卷，广西师范大学出版社，2009，第98页。
⑤ 周作人：《论文章之意义暨其使命因及中国近时论文之失》，钟叔河编订《周作人散文全集》第1卷，广西师范大学出版社，2009，第90页。

必有所附丽而后见。凡诸文化，无不然矣，而在文章为特著。"① 精神无形之体，不仅为挽救危亡、谋求独立的集体实践所彰显，更应该诉诸文章，而文章应裁铸高义宏思，阐发时代精神，洞悉世情，发扬神思，才不失其文学使命。借此，周作人阐述了中国文章灌注时代生气、舒展性情与锤炼品格的必要性。尽管如此，在该文中，"象征"与文艺尚未直接关联，而是以某种社会现象为引证来抽显出新式文学与民族精神独立的必然关系。周作人作品中"象征"概念的基本义项是"代表"和"表现"，如《读武者小路君所作〈一个青年的梦〉》（1918）中"Garschin 想拔去'红花'（一切罪恶的象征)"②，又如后期《看云集》中蝙蝠为"福"的象征，等等。

周作人最早论及文学象征是在 1909 年《〈域外小说集〉著者事略》对安特来夫创作风格的简要陈述中（见后文），而"象征"正式成为文学流派的指涉是在 1917 年依讲义所编的《近代欧洲文学史》中，现将有关文本节录如下：

> Charles Baudelaire（1821—1866）行事与著作皆绝异。盖生于自然主义时代，为传奇派最末之一人，而开象征派先路者也……遍探人间深密，求得新异之美与乐，仅借激刺官能，聊保生存之意识。终至服阿片印度麻等，引起幻景，以自慰遣焉。③
>
> ……Baudelaire 之诡异诗风，虽所独有，而感情思想，已与现代人一致。其诗重技工，有高蹈派流风，然不事平叙，重在发表情调（Mood），为象征派所本。Verlaine 继起，益推广之，及 Stéphane Mallarmé 出，新派于是成立。Paul-Marie Verlaine（1844—1896）初亦高蹈派人。既而弃去，以主观作诗，求协音乐，茫漠之中，自有无限意趣，起人感兴。暗示之力，逾于明言。平生嗜饮，日醉于茴香酒（Absinthe）。又放纵不羁，屡下狱，穷困以死。世间谓之曰颓废派（Le Decadent），

---

① 周作人：《论文章之意义暨其使命因及中国近时论文之失》，钟叔河编订《周作人散文全集》第 1 卷，广西师范大学出版社，2009，第 91 页。
② 周作人：《读武者小路君所作〈一个青年的梦〉》，钟叔河编订《周作人散文全集》第 2 卷，广西师范大学出版社，2009，第 27 页。
③ 周作人：《近代欧洲文学史》，北京十月文艺出版社，2013，第 156 页。

同派诗人后遂用以为号。Jean Moréas 始更名象征派（Symbolist）也。①

……Holz 初立自然主义，作诗多民主精神，自称倾向诗人（Tendenz Poet）。后乃主张直抒印感，唯重自然节奏，废绝声韵，当世称之曰电信体，又为象征派先驱也。②

周作人对以波德莱尔、马拉美、魏尔伦、莫雷亚斯等人为代表的象征主义诗风进行了初步介绍，从中可见其对"象征"概念的基本理解：重情绪体验；重暗示；不拘节律。然而，若要深入理解周作人文学"象征"观的具体特征及整体的历时性演变，还需结合具体文本实践进行语义剖析。

从周作人的日本文学履历看，1922 年前后，他开始翻译日本诗人石川啄木的短歌作品，并著有《石川啄木的短歌》等评论文章，1962 年出版的译作《石川啄木诗歌集》中收录了石川啄木 1909 年 11 月的诗论作品《可以吃的诗》，可以算作西方象征派在日本的输入情况及其影响的一种侧显：

> 所谓"诗人"或"天才"，当时很能使青年陶醉的这些激动人心的词句，不晓得在什么时候已经不能再使我陶醉了。从恋爱当中觉醒过来时似的空虚之感，在自己思量的时候不必说了，遇见诗坛上的前辈，或读着他们的著作的时候，也始终没有离开我过。这是我在那时候的悲哀。那时候我在作诗时所惯用的空想化的手法，也影响到我对一切事物的态度。撇开空想化，我就什么事情也不能想了。
>
> 象征诗这个名词当时③初次传到日本诗坛上来了。我也心里漠然的想："我们的诗老是这样是不行的。"但是总觉得，新输入的东西只不过是"一时借来的"罢了。④

象征诗初涉日本文坛，便带给日本文人诸多思考。上田敏在《海潮音·序》中介绍了西方象征派的诗作特点。于石川啄木而言，象征诗只是

---

① 周作人：《近代欧洲文学史》，北京十月文艺出版社，2013，第 157 页。
② 周作人：《近代欧洲文学史》，北京十月文艺出版社，2013，第 176 页。
③ 作者按：此处"当时"应指 1906 年之前，因为据后文，这是周作人 20 岁之前的事。
④ 坂本文泉子、石川啄木：《如梦记·石川啄木诗歌集》，周作人译，中国对外翻译出版公司，2005，第 320 页。

一时风气,他真正关注的是一种基于现实记录个人感情生活的,"生活在现在的日本,使用现在的日本语,了解现在的日本的情况的日本人所作的诗"①。这种诗论思想给了周作人很大震动,与后来在日本兴起的"新村运动"一起奠定了周作人人道主义文学的基本理念。

1913年9月1日,周作人购入并阅读厨川白村《近代文学十讲》,这部1912年出版的著作提到了颓废派在内外不可调和的矛盾中产生的精神苦闷:

> 颓废派的敏锐而不知厌倦的感官与强烈的现实感毫无可能让近代人安分过灵的生活,并且在两方面生活上发生冲突矛盾,这就产生苦闷之因。……灵和肉两方面的要求之不调和就是近代颓废派(decadantism)的凄惨的一面吧。②

"颓废派"指的便是象征派。一方面,颓废派文人凭借异于常人的心理禀赋和创作激情在文学活动中进行着自己的精神蜕变;另一方面,他们也被"常人经验"所压制和损毁。这便是颓废派注定的命运。也可以将《近代文学十讲》看作《苦闷的象征》的雏形,后者由鲁迅于1924年译出。

1918年2月,周作人翻译的俄国作家索洛古勃的《童子Lin之奇迹》在《新青年》上发表,这是国内对象征主义作品的最早译介。③ 一年之后,周作人在其新诗《小河》的引言中提到了波德莱尔对此诗创作的启示:

> 有人问我,这诗是什么体,连自己也回答不出,法国波特来尔(Baudelaire)提倡起来的散文诗,略略相像,不过他是用散文格式,现在却一行一行的分写了。④

---

① 坂本文泉子、石川啄木:《如梦记·石川啄木诗歌集》,周作人译,中国对外翻译出版公司,2005,第329页。
② 转引自小川利康《周氏兄弟的"时差"——白桦派与厨川白村的影响》,《文学评论丛刊》2012年第2期。
③ 陈希:《西方象征主义的中国化》,中山大学出版社,2018,第79页。
④ 周作人:《小河》,钟叔河编订《周作人散文全集》第2卷,广西师范大学出版社,2009,第126页。

《小河》的产生直接受到了以波德莱尔《巴黎的忧郁》为代表的象征诗作的影响，摆脱旧式格律的束缚，以散文的体式谱出清新自然的格调。与此同时，周作人开始翻译法国象征诗歌：1920年11月，周作人从英文转译法国诗人果尔蒙的《死叶》[1]；1921年，周作人以"仲密"的笔名开始在《晨报副刊》翻译波德莱尔的六首散文诗，次年翻译波德莱尔的《穷人的眼》《月的恩惠》两首诗。周作人曾在《三个文学家的记念》（1921年11月）中称波德莱尔为"颓废派文人的祖师"[2]，留学生中有效仿嗜好苦艾酒的象征诗人魏尔伦之辈也曾自称颓废派，可见"颓废派"作为象征派的特殊称谓风靡一时。

周作人《〈波特来耳散文小诗〉附记》（1922年4月）在阐述引进西方文学的必要性时再次提到波德莱尔认为这种"忧郁的情调"可以超越语言文化界限，因此基于这种情感共通性，引进西方象征文学也是一项势在必行的工作：

> 波特来耳的散文诗，去年在本刊上曾经登过六首，现在又从旧稿里录出两首发表……现在中国新文学渐渐兴盛，我希望第一要修养深广的文学趣味，同时能够了解陀斯妥也夫斯奇的爱之福音与波特来耳的现代忧郁；因此我们的介绍波特来耳或者不是毫无意义的事情。[3]

培养深广的文学趣味，是中国新文学发展的必然要求。陀思妥耶夫斯基和波德莱尔作为世界文学巨擘，理应受到中国文坛的关注与重视。两人作品中所体现的人本主义与直悟性灵，也符合周作人的文学性情和趣味。对于波德莱尔表现出的"现代的忧郁"，周作人有着深切的共鸣，而这种情感所氤氲出的文学的美感，也就呼之欲出。周作人在《三个文学家的记念》中对此作如下解释：

---

[1] 参见张大明《中国象征主义百年史》，河南大学出版社，2007，第34页。
[2] 周作人：《三个文学家的记念》，钟叔河编订《周作人散文全集》第2卷，广西师范大学出版社，2009，第476页。
[3] 周作人：《〈波特来耳散文小诗〉附记》，钟叔河编订《周作人散文全集》第2卷，广西师范大学出版社，2009，第501页。

我们所完全承认而且感到一种亲近的，是他的"颓废的"心情，与所以表现这心情的一点著作的美。"波特来耳爱重人生，慕美与幸福，不异传奇派诗人，唯际幻灭时代，绝望之哀，愈益深切，而执着现世又特坚固，理想之幸福既不可致，复不欲遗世以求安息，故唯努力求生，欲于苦中得乐，于恶与丑中而得善美，求得新异之享乐，以激刺官能，聊保生存之意识。"他的貌似的颓废，实在只是猛烈的求生意志的表现，与东方式的泥醉的消遣生活，绝不相同。所谓现代人的悲哀，便是这猛烈的求生意志与现在的不如意的生活的挣扎。①

对于这种颓废情绪的亲近，缘于周作人对纷乱时局的观察、思考与悲慨，波德莱尔在冷寂和绝望中生出的求生意志以及借官能冲击作为自身存在的确证这一文学品格，最为周作人所心折。缘此，周作人对"象征"真正产生兴味，在此后的思想转变中逐步将其纳入自己的文学视野中。

二 周作人"象征"概念的多重内涵

按照周作人的理解，"象征"概念具有多重内涵。这一概念基于宇宙意识的生命内蕴，依托主观想象与阐释，始终与情感表达联系在一起，并与中国的传统美学范畴"兴"存在深度的默契。

（一）基于宇宙意识的生命内蕴

1909年《〈域外小说集〉著者事略》的"象征"仍然具有"表现"的意味，但更多倾向于对总体人生境界的艺术呈现，他以安特来夫的生平与创作为例，指出象征"以小见大，以显入微"的艺术哲思：

安特来夫幼苦学，卒业为律师。一八九八年始作《默》，为世所知，遂专心于文章。其著作多属象征，表示人生全体，不限于一隅，

---

① 周作人：《三个文学家的记念》，钟叔河编订《周作人散文全集》第2卷，广西师范大学出版社，2009，第476页。

《戏剧》《人之一生》可为代表。长篇小说有《赤笑》，记一九〇四年日俄战事，虽未身历战阵，而凭借神思，写战争惨苦，暗示之力，较明言者尤大。又有《七死囚记》，则反对死刑之书，呈托尔斯泰者也。①

象征于作者与读者都连接着一个无限开放的世界，主观想象的任意性连接着现实世界的必然性。这是对"象征"更为深层的洞见。象征的作品是对人生整体的表现，这意味着象征能够超越经验世界有限规则的网束，显现生灭规律。象征内蕴生命整体，将普遍寓于特殊，无限寓于有限，潜藏在文本之后广博的生命尺度和无尽造化才是象征的本质所在。下文"象征神秘之文，意义每不昭明，唯凭读者主观，引起或一印象，自为解释而已"则是说明这种显现以一种极具特殊性的方式投射于直观体验。作为"符号"的"象征"是寻找感性事物作为既有理念的显现，艺术象征则是在具体物中通过内在普遍的必然性，去创造独一无二的心理真实。这种偏重主观的文艺上的"象征"与一般意义上的"象征"便有了较大出入，文艺上的象征本质上以宇宙灵性为铺垫，不需俗工刻镂便能自然地反映和创造社会人生的诸般图景。这是最早对于"象征"所蕴含的艺术形而上质素的挖掘。

再看1920年的《勃来克的诗》：

艺术用了象征去表现意义，所以幽闭在我执里面的人，因此能时时提醒，知道自然本体也不过是个象征。我们能将一切物质现象作象征观，那时他们的意义，也自广大深远。②

这段话着重将艺术的象征当作一种可与他人情志相融、哀乐相感以达到物我无间的方式，将认知转变为体验，以外为内，指明一种理念世界超越现象世界的内在必然性和追寻彼岸世界的真相的意图。物质现象作为对超验

---

① 周作人：《〈域外小说集〉著者事略》，钟叔河编订《周作人散文全集》第1卷，广西师范大学出版社，2009，第153~154页。
② 周作人：《勃来克的诗》，钟叔河编订《周作人散文全集》第2卷，广西师范大学出版社，2009，第222页。

真理的映现而成为艺术象征的素材，象征终究要通过去假还真来接近广大深远的宇宙真义。

（二）依托主观想象与阐释的"象征"

象征的文字因其朦胧暧昧的意蕴，需要接受者以"私意推之"，但绝不可断定此为作者之原意，由此，周作人发现了"象征"隐晦之处蕴藏的意义绽放的可能性。正如《〈域外小说集〉著者事略》所言：

> 象征神秘之文，意义每不昭明，唯凭读者主观，引起或一印象，自为解释而已。今以私意推之，《谩》述狂人心情，自疑至杀，殆极微妙，若其谓人生为大谩，则或即著者当时之意，未可知也。《默》盖叙幽默之力大于声言，与神秘教派所说略同。若生者之默，则又异于死寂，而可怖亦尤甚也。①

《勃来克的诗》也提到这一点：

> 象征的诗，辞意本多隐晦，经我的一转译，或者更变成难解的东西了。俄国诗人Sologub说："吾之不肯解释隐晦辞意，非不愿，实不能耳。情动于中，吾遂以诗表之。吾于诗中，已尽言当时所欲言，且复勉求适切之辞，俾与吾之情绪相调合。若其结果犹是隐晦不可了解，今日君来问我，更何能说明？"②

严云受、刘锋杰的《文学象征论》曾谈及象征在接受层面上的困难：

> 象征阐释中所存在的复杂性、歧义性远未解决。某种透射只能为作品提供一种解释，并且是从作者的愿望出发的，它能否被读者接受，本

---

① 周作人：《〈域外小说集〉著者事略》，钟叔河编订《周作人散文全集》第1卷，广西师范大学出版社，2009，第154页。
② 周作人：《勃来克的诗》，钟叔河编订《周作人散文全集》第2卷，广西师范大学出版社，2009，第227页。

身就是一个未定数……所以，依靠透射来体悟象征寓意时，只有在透射是恰到好处的提示了象征寓意的情况下，读者才能在一窥探一扫视中，真正获得作品的真义。可是，谁也无法保证象征透射必然每一次都安排得十分恰当，这样，象征寓意的把握也就变得摇曳不定、朦朦胧胧了。①

通过对具体文学作品中象征释义自由的分析，论者认为这种有关象征现象错综纷繁的理解"体现出某种共同的人类认知规律"，"在冥冥中起着作用"。由是之故，严云受、刘锋杰提出"阐释极限"这个概念来统筹公共性和私人性，并制定了外延周全、相似指代、文化认同三个原则来支撑和保护这一概念的领地，以便在有限经验层面保证和巩固象征接受的可行性和有效性。

象征文学之所以不同于单纯的符号系统，正在于它的不可透视性，而不可透视性的来源是作者不可复现的情感经验和瞬间的超验体悟。象征思维由此成为经验世界与超验世界的连接通道，私人构设的思维框架需要在认识界寻求它的公共语言形式，因此象征的阐释性又涉及象征的公共性与私人性。象征的公共性指某象征在一个文化及心理共同体之内是有效且通行的，象征的私人性是指象征物的选取代表使用者个人的意志。韦勒克将前者称为"传统象征"，将后者称为"私用象征"。两者存在历时集体经验上的顺承关系。传统象征因约定俗成和重复使用而丧失了当下体验的可能性，它服从于某种相对固定的观念模式，体现着一种共同文化质素和集体意识；私用象征"暗示一个系统，而细心的研究者能够像密码员破译一种陌生的密码一样解开它"②。刘若愚也曾提到过这个问题，采取了同样的分类方法，③但二人均未就此进行学理上的探究。私人象征的理论探讨尤具难度。实际上公共的象征与私人的象征并非泾渭分明——公共象征由私人象征发展而来，私人象征也因情感经验的鲜活和表达方式的新颖而暂与公共象征区别开来。关于私人象征，还必须首先明确这样一个问题：象征的表达、传送与接受过程永远是在个体之间进行的，即便是最为私人的象征，也呈现

---

① 严云受、刘锋杰：《文学象征论》，安徽教育出版社，1995，第288页。
② 韦勒克、沃伦：《文学理论》，刘象愚等译，浙江人民出版社，2017，第179页。
③ 参见刘若愚《中国诗学》，韩铁椿等译，长江文艺出版社，1991，第158页。

于公共语言和普遍生活形式之中,因此破译的不确定性和偶然性必然会遭遇接受问题。

(三)作为手法的"象征"

作为手法的象征始终与情感表达联系在一起,其对情感的暗示、放大、深化效用是周作人论析的关键所在。例如《近代欧洲文学史》有言:

> 凡所著作,多属象征派,表示人生全体,不限于一隅……Andrejev则多用象征,暗示之力,较明言尤大,故《赤笑》之恐怖,尤足令人震惕。①

根据霍尔的语境文化理论,语境文化存在高语境与低语境之分,语境的层次不同造成传播性质的差异,包括象征性行为在内的一切对外在世界产生实质作用的行动都依赖和受制于整体的语言环境。高语境中,"绝大部分信息或存于物质语境中,或内化在个人身上,而极少数则处在清晰、被传递的编码讯息中"②。在越高层次的文化语境中,象征的暗示色彩越浓厚。反之,一个暗示要成立,就需要调动大量的文化心理资源,因为它需要符号和编码信息的填充和转换,这就是暗示与文化之间的简单逻辑。但我们还需要将此推原到人类认知欲求的内在逻辑层面去让这种象征的私人性重见天日。

且看《神话与传说》(1923):

> 中国望夫石的传说,与希腊神话里的尼阿倍(Niobe)痛子化石的话,在现今用科学眼光看去,都是诳话了,但这于他的文艺的价值决没有损伤,因为他所给与者并不是人变石头这件事实,却是比死更强的男女间及母子间的爱情,化石这一句话差不多是文艺上的象征作用罢了。③

---

① 周作人:《近代欧洲文学史》,北京十月文艺出版社,2013,第198页。
② 霍尔:《超越文化》,居延安等译,上海文化出版社,1988,第86页。
③ 周作人:《神话与传说》,钟叔河编订《周作人散文全集》第2卷,广西师范大学出版社,2009,第564页。

情感拥有能够渲染、改变和再塑现实的力量,在此意义上,文艺便是最广义的象征。周作人在《勃来克的诗》中说过艺术用象征去表现意义,表明艺术整体是一个象征,它所表现的也是人生整体的意义以及"我"在宇宙中虚幻的表象,想要寻求真,就必须用艺术的象征思维来中止一切表象。但周作人后来讨论的是文艺上的象征,象征手法是以各种非现实的笔触触及现实,将潜隐的矛盾在生活根源处进行深刻的剖析,以期唤起人们对人类普遍情感的共鸣。

(四)"象征"与传统美学范畴"兴"的关联

周作人在1917年便已发现"象征"的感兴特点,但集中进行两者的比较研究是在1926年之后。他首先在中国新诗创作方面提到"象征"与"兴"最为原始的默契,在《〈漫云〉诗辑附识》(1926)中,周作人点明了新的象征手法同样可以"兴"入文,施用于新诗,形成新旧融合的理论旨趣:

> 我觉得中国新诗有一个毛病,便是说得太清白,大约是胡适博士提倡时留下来的余弊。我想,中国韵文可以无韵,但古来传下来的所谓"兴"却似乎有点意思。近来新名词里所说"象征主义"也不外这个变相罢。"兴"不是比譬,只是一种"不即不离"的联络及暗示。《诗经》中例颇多,十九首:"青青河畔草"亦可为例;如新诗中能运用此种笔法或能造成新的境界。不过这只是理论,要实行起来再看。①

周作人建议新诗作为新式韵文不必遵循古代韵文的严格制式,但也不能过于肤浅直露,有失法度,可取"兴"这种常用手法,而"兴"与近来流行的"象征主义"颇有相通之处,是一种若即若离的联系,也是新诗创新体式而不失诗歌神韵的法门。

如果说上述文字周作人还只是用试探性的口吻来对举两者,那么在

---

① 吕沄沁:《漫云》,海音书局,1926,第127页。

《〈扬鞭集〉序》（1926年6月《语丝》第82期）中，周作人已直接断定"象征"等同于"兴"：

> 我只认抒情是诗的本分，而写法则觉得所谓"兴"最有意思，用新名词来讲或可以说是象征。让我说一句陈腐话，象征是诗的最新的写法，但也是最旧，在中国也"古已有之"。我们上观国风，下察民谣，便可以知道中国的诗多用兴体，较赋与比要更普通而成就亦更好。譬如《桃之夭夭》一诗，既未必是将桃子去比新娘子，也不是指定桃花开时或是种桃子的家里有女儿出嫁，实在只因桃花的浓艳的气分与婚姻有点共通的地方，所以用来起兴，但起兴云者并不是陪衬，乃是也在发表正意，不过用别一说法罢了……凡诗差不多无不是浪漫主义的，而象征实在是其精意。这是外国的新潮流，同时也是中国的旧手法；新诗如往这一路去，融合便可成功，真正的中国新诗也就可以产生出来了。①

这一段话虽集中于论说诗的写法，实质上却道出"诗缘情"的本质。《诗经·桃夭》中之所以借桃起兴，是因为桃子与新娘在传达同一种氛围和情韵，桃花本身也有其"正意"，这并非诉诸认知理解，而是符合直觉体悟的规律的表现。古老的中国与现代西方在表情造境一法上产生奇异的交汇，象征本是中国古已有之的事物，因此我们在新诗上学习象征主义的写法，其实也是回归到自身文学传统中。

在以上两段文字中，周作人明确指出象征法用在中国古典诗歌创作上的渊源已久，新诗创作完全可以从汲取古典象征的内在精神和具体技巧入手。周作人对于新诗一向是讲求古今中西融合的，尤其那些"因了汉字而生的种种修辞方法"，属于不可替代的传统。因此，周作人认为将新的诗歌语言形式与旧的情思寄托手法相结合，新诗就会在两者融合的基础上开拓出一条新的发展路径。

---

① 周作人：《〈扬鞭集〉序》，钟叔河编订《周作人散文全集》第4卷，广西师范大学出版社，2009，第637页。

三 周作人"象征"观背后的整体思想脉络

自1908年周作人首次使用"象征"对译symbol，到1920年前后对象征主义文学的引介和象征文学属性的集中探讨，再到1926年自觉用本土美学范畴统摄这一新学语，可以较为清晰地寻觅到周作人对"象征"所持态度渐次变化的情感轨迹，但如果考察这一概念的使用频次和时间线，可以明显发现在1909—1918年这十年间"象征"没有用例，出现了较长的断档，这一时间段前后，观点也无甚明显变化。而通过对相关作品和资料的考察，可以发现这段空白期周作人的个人生活和文学事业另有重心所在，但在这一时期的文学经历却对"象征"等文学新概念的"朝花夕拾"作了充足的思想储备。

前期的周作人始终对因长期处于专制之下民族精神力和生命力枯竭表现出极大的痛惜与愤懑，发表在鲁迅创办的《越铎日报》上的《望越篇》（1912）这样描述旧制度造成的社会整体面貌的萧条和败落：

> 中国政教，自昔皆以愚民为事，以刑戮慑俊士，以利禄招黠民，益以儒者邪说，助张其虐。二千年来，经此淘汰，庸愚者生，佞捷者荣，神明之种，几无孑遗。种业如斯，其何能臧？历世忧患，有由来矣。
>
> 今者千载一时，会更始之际，予不知华土之民，其能洗心涤虑以趣新生乎？①

能否把握住这千载一时，取决于言论自由的实行、民众自主意识的觉醒和民主共和政治的进程。1911年周作人回国以后在浙江任高中教员，与此同时受进化论影响，开始关注国内儿童教育问题，见《遗传与教育》（1913）："自进化之说起，诸种学说皆受其影响而生变化。遗传之律既渐确实，教育方针亦因之而变……盖性格差别，随人而异，所谓人心不同，各

---

① 周作人：《望越篇》，钟叔河编订《周作人散文全集》第1卷，广西师范大学出版社，2009，第224页。

如其面。究其成因，凡有四端，为性别、民种、遗传、外缘。四者之中，前二最显见，而后二特重要。"① 但周作人所言"儿童"，依精神肉体均发育成熟的标准，涵盖范围是新生婴儿至年满二十五岁者，因此周作人认为新文明生生不息的源流，是在对国内的青年人进行新式民主教育的主张之上。

周作人在发表关于国内教育问题言论的同时持续将目光投向外国文学的广阔领域，在此期间，他翻译了《黄蔷薇》《玉虫缘》等众多西方短篇小说，并以文学"转移性情，改造社会"的现实功用为依凭，与鲁迅共同编译了《域外小说集》。

曹丕曾言："盖文章，经国之大业，不朽之盛事。"在承诺文学独立性地位的同时也赋予其现实的意识形态属性，文学这种矫治人心、变革社会的力量一直被怀有经略大志和政治眼光的高才所拥有和使用。1917年张勋复辟，由于此时周作人已赴北京工作，这次发生在"皇城"中的政治事件给了周作人更为直观的精神刺激，他承认"经过那一次事件的刺激，和以后的种种考虑，这才翻然改变过来，觉得中国很有'思想革命'之必要"②，甚至思想革命的重要性更甚于单纯的文体与语言形式之争。

身处思想革命与文学革命两大潮流之间的鲁迅和周作人对于具体的变革策略有着自身独特的理解，两兄弟开创"直译法"，尽量将作品逐字逐句地进行翻译，保留原始语言的"风气习惯，语言条理"③，这种直译法并非两种语言在文化差异与表达层次不可弥合之下的求次之举，而是有意将异域新语言与新道德通过这一手段进行整体迁移和灌注，以期从根源上改变国人的思维方式。这也体现出此时周作人对于传统文化与外来文明所持的基本态度，对旧道德文化进行激烈的抨击，对西方文学及新式文明强烈的偏向性塑造了周作人奋力求索的思想界革命斗士的人格。

在此种革命热情的激励下，周作人对外国文学的介绍和接受在持续进行，他在北大负责讲授欧洲文学史，讲稿整理成《欧洲文学史》与《近代欧洲文学史》，前者于1918年10月由商务印书馆出版。《近代欧洲文学史》

---

① 周作人：《遗传与教育》，钟叔河编订《周作人散文全集》第1卷，广西师范大学出版社，2009，第266~267页。

② 周作人：《知堂回想录》，三育图书有限公司，1980，第334页。

③ 周作人：《文学改良与孔教——答张寿朋》，钟叔河编订《周作人散文全集》第2卷，广西师范大学出版社，2009，第78页。

是周作人为北大国文门二年级学生开设课程所编写的讲义,讲述中古时期到19世纪欧洲文坛的总体情况及不同民族国家文学的代表人物、作品、文学活动及创作特点与趋向。2005年其复印件于中国国家图书馆被发现,2007年正式出版。《近代欧洲文学史》提到波德莱尔是象征派的开创者,起初这一新派因魏尔伦错乱无序的人生经历被人冠以"颓废派",随后莫雷亚斯更名为"象征派"。继1908年"象征"被初次介绍到国内之后,此概念再次随着西方文学东渐的步伐以一种专业语词的样态展现在国内学人面前。

周作人在内化象征主义文学的原生特性的同时,开始将目光深入对异域与传统文学同质因素的体察和融合中,其中1926年的两篇文章都提到"象征"与"兴"在手法层面和艺术效果方面别无二致,两者共同代表的表情原则与美学境界也是中国新诗要追求的新路向,这种通约策略在表层上体现了周作人对中国新诗走向的思考与关切及对纯粹文学超越时空与意识形态的坚持,也是周作人20年代中期思想发生"民族主义"转向的结果,更重要的,是周作人为自己下半生找到儒家"调和中庸"这一精神寓所的一次先行文学实践。

1918年周作人写作《人的文学》,提倡一种立足于当今时代的、代表全世界人类共同命运的"人"的文学,直到1921年5月,他仍于公开发表的《宗教问题》中坚持文学要同宗教一致,应结合"全人类的感情"[①]。而同年6月,周作人于西山养病,据他自述,在此期间他的个人思想经历了一次较为剧烈的动荡,对单纯"人类主义"普遍文学的信念也开始发生动摇,见《山中杂信一》(1921年6月):

> 我近来的思想动摇与混乱,可谓已至其极了,托尔斯泰的无我爱与尼采的超人,共产主义与善种学,耶佛孔老的教训与科学的例证,我都一样的喜欢尊重,却又不能调和统一起来,造成一条可以行的大路。[②]

[①] 周作人:《宗教问题》,钟叔河编订《周作人散文全集》第2卷,广西师范大学出版社,2009,第334页。

[②] 周作人:《山中杂信一》,钟叔河编订《周作人散文全集》第2卷,广西师范大学出版社,2009,第339页。

周作人以他最为质朴的伦理情怀试图作一种融汇百川的人道主义文学的创造，但现实情况的复杂性迫使这种无法直接套用的、单纯的抽象降落为经验层次上的拆解程序，由此带来了精神上的困顿。但他很快找到了新的解决方法。首先在《国粹与欧化》（1923）中他隐隐避开传统与西方二者择一的局面，以"国民性"的革新为首要目的，提出建立一种具有独立性和创造性的新式民族文学：

> 我却以遗传的国民性为素地，尽他本质上的可能的量去承受各方面的影响，使其融和沁透，合为一体，连续变化下去，造成一个永久而常新的国民性，正如人的遗传之逐代增入异分子而不失其根本的性格。①

次年，周作人则完全申明自己的新立场，即"回到"民族主义的道路上来，并在《京报副刊》发表《外国人与民心》（1924年12月）一文：

> 到了现在，我们还不能不来提倡"中国人的中国"，实在觉得残念，但是没有法子……我不是作反帝国主义的实际运动的人，但我的思想总是回到民族主义的路上来了。②

周作人的"回归"绝不是"退回"，而是要广纳西方文化资源建造"中国的新文明"③，因此周作人此后致力于中国文学话语体系的重构，他的思想也渐渐偏向传统士大夫文人的中庸与调和。在此过程中，新学语的本土化实践成为一项重要工作，其中"象征"与"兴"的互鉴便体现了两种文学资源与其中美学质素的对照与共通。

---

① 周作人：《国粹与欧化》，钟叔河编订《周作人散文全集》第 2 卷，广西师范大学出版社，2009，第 517 页。
② 周作人：《外国人与民心》，钟叔河编订《周作人散文全集》第 3 卷，广西师范大学出版社，2009，第 545 页。
③ 周作人：《生活之艺术》，钟叔河编订《周作人散文全集》第 3 卷，广西师范大学出版社，2009，第 514 页。

结　语

根据目前资料，周作人是国内最早使用"象征"作为 symbol 的对译语、最早翻译波德莱尔象征诗，以及最早创作中国象征主义风格诗歌的文人，对"象征"概念在中国的传播与应用起到了重要的作用。1922 年，周作人、朱自清及象征诗人刘延陵等文学研究会的成员共同编写出版诗集《雪朝》，其中便收入《小河》《水手》等象征诗作。1923 年，李金发将《微雨》与《为幸福而歌》的文稿寄给周作人，请求推荐出版，不多时便收到了周作人的高度赞赏，《微雨》也成为中国第一部象征主义诗集。1925 年，周作人将包含果尔蒙和波德莱尔象征诗在内的诗歌小品结集成册，命名为《陀螺》出版。1923—1925 年，郑伯奇、穆木天和王独清等中国象征派先驱以《语丝》为阵地倡导"国民文学"，与周作人的"民族主义"直接形成共鸣，其目的都是奠定中国新文学的独立品格。可以看到，在"象征"等新学语背后的推力是各路学人对中国文学在五四之后的十字路口找寻新的发展方向的诉求和努力，更为重要的是，通过对自由独立思想和时代思潮的追寻，探索出一条使中华民族屹立于世界之林的道路。

作者简介：来庆婕，日照职业技术学院教师，主要研究方向为文学理论；牛月明，中国海洋大学文学与新闻传播学院教授，黄海学院教授，主要研究方向为中国文论、概念史。

（栏目编辑：吴煌琨　尚　晓）

·学者论·

在世界语境中彰显中国抒情美学原味

——王文生先生的古代文论关键词研究

石了英

(佛山大学人文学院)

摘 要: 20世纪80年代中后期,王文生先生应邀赴欧美讲学后留美任教。在美国近40年,他以在世界语境中彰显具有中国原味的美学思想为学术原动力,接续郭绍虞等五四学者开辟的中国文学研究现代化进程,思考、探寻中国文论、文学与美学的现代价值和世界意义。他深耕中国古代文论,辨析关键范畴和命题,高举中国抒情诗的主情与审美特质,彰明中国抒情诗情境和谐的结构原则、情味盈溢的美感高格。他审慎借取西方各类文艺理论与方法,以中国抒情诗为基础文类建构的中国文学传统和文学思想体系,散发着浓郁的中国抒情美学原味。

关键词:王文生;抒情诗;诗言志;情境;情味

20世纪80年代中后期,王文生先生[1]应邀赴国外多所大学讲学并留美任教。出国前,他跟随郭绍虞先生学习中国古代文论,曾协助郭先生编

---

[1] 王文生(1931—),1953年毕业于武汉大学外语系并留校任教,1956年在北京大学文艺理论班师从苏联毕达可夫教授学习马列文论,1961—1963年和1977—1980年曾两次到上海师从郭绍虞先生研习中国古代文艺理论。第二次跟随郭绍虞先生学习期间,主要工作为协助郭先生主编修订《中国历代文论选》,并任副主编。20世纪80年代,王先生曾任武汉大学教授、中国古代文学理论学会秘书长、中国文艺理论学会常务理事、湖北省作家协会副主席、湖北省社会科学界联合会副主席,在"拨乱反正"时期,全力推动了中国文艺理论研究的复苏。80年代中后期,王先生应邀赴国外讲学并留美任教,历任法国普罗旺斯大学客座教授、美国耶鲁大学鲁斯学者和研究员、普林斯顿大学客座教授、加州大学伯克利分校客座研究员。

撰出版《中国历代文论选》(1979—1980)并担任副主编,也出版过《临海集》(1983)。出国后,王先生曾沉寂多年,但他并非真的沉寂,而是在中西文化的碰撞与融通之间,探寻具有中国原味的抒情文论、抒情美学的现代价值和世界意义。在美国近40年,王先生主动学习西方文艺理论,审慎吸收西方学术方法,扎根研究中国古代文论,在退休之后集中精力著述,以"案上灯光接日光,几度春去又秋凉"的精神,以"求真不解逐时意,定信名山惜此文"的信念,陆续完成了《诗言志——中国文学思想的最早纲领》(1993)、《论情境》(2001)、《中国美学史——情味论的历史发展》(两卷本,2008)、《诗言志释》(2012)、《西方美学简史》(2014)等著作。这些著作增补成120余万字的《中国文学思想体系》上下册于2017年出版。2016年,王先生曾深情表示:"长久以来,我有一个心愿,想到老师和师母墓前,报告我在海外传播由老师开创的中国文学思想研究的情况。"[①] 话语间的拳拳尊师之情和笃定学术信念,确乎是王先生四十多年来在境外孜孜不倦探寻中国抒情美学原味的学术原动力。目前,94岁高龄的王先生还在修订《中国历代文论选》(一卷本),他希望将中国历代经典文论中的抒情美学精神进一步阐发出来。高龄写作需要克服意志和体力上的巨大挑战,没有笃定的学术信念、执着的学术精神断不能为之。

　　从"中国历代文论选"的编撰到"中国文学思想体系"的构建,从"中国文学史"[②]"中国美学史"到"西方美学简史"的系统梳理,从"诗言志释""情境论"到"情味论",王先生从"中西比较"中"发现自我",将中国文学思想体系的内涵概括为"源于情,形于境,成于味"。王先生在世界语境中探寻具有"中国原味"的文学思想、美学精神,已然构成了中国传统文论现代建构与海外传播的典范,值得深入探究。本文将聚焦王文生先生中国古代文论研究的关键词,探究他在世界语境中系统阐发和彰显具有"中国原味"的抒情美学的学术思想和研究方法。

---

① 石了英:《索源今古明纲领,细较西中辨异同——王文生教授访谈录》,《文艺研究》2017年第11期。
② 王文生曾主编出版《中国文学史》(两卷本,高等教育出版社,1989;五卷本,武汉大学出版社,2009)。

一 中国"抒情诗"的主情和审美特质

在文学研究中,文学观念不仅制约着研究对象和范围的选取,也制约着文学批评标准的制定、文学价值的评估,也在根本上制约着中国文学史、中国文论史、中国美学史等的梳理。王文生先生以抒情诗为基础文类结撰"中国文学传统"和"中国文学思想体系",那么了解他对抒情诗的理解便是打开其学术思想之门的首要问题。王先生认为:

> 抒情诗是强烈感情的自然流露,是情与境的结合。①

这一界定涉及两个层面:一是情感本质,这是从文学内容层面立论;二是情境互动,这是从文学创作层面立论。二者共同构成对抒情诗特有文体属性的说明。

先来看对抒情对象——"情"的理解。王先生认为:"《礼记·礼运》曰:'喜、怒、哀、惧、爱、恶、欲。七者弗学而能。'这个古老而简单的定义,概括了情的形式和本质。它自然存在于人心,而无待于学。它自由地表现于外形,而无关于理;它任性而发,而无涉于功利。"② 显然,这种感情体现为一种不学而能、自然而发,未经世故干扰、理性规范、道德扭曲而自发、原生、内化的情绪。抒情诗是真情的自然流露、直接表现。

为了讲清楚情的本质,王先生细致梳理了情与志、性、意、理等相关概念的区别。

其一,情与志。王先生专门写作《诗言志释》一书,爬梳史料、反复比较,得出中国诗学的开山纲领——"诗言志"的"志",在提出之初的本质即为"情"。历史上人们因受各种因素影响,对于"志"的理解发生了从"情意理"的综合心理活动到知识系统的"意",再到感情系统的"情"的转变。

其二,情与性。中国古人普遍认为"性之好、恶、喜、怒、哀、乐谓

---

① 王文生:《论情境》,上海文艺出版社,2001,第91页。
② 王文生:《论情境》,上海文艺出版社,2001,第91页。

之情","性"由阴阳二气相合而成,是人与生俱来的一种本能,"情"由"性"生发而来。故而有性阳而情阴、性善而情恶、性仁而情贪等尊性抑情的说法,又有"诗本情,情本性,性本天"的观念,所以很多人把性与情联在一起论诗。

其三,情与意。"意,是观察分析的结果,属于理性知识的范畴,是一种有目的的心理活动。"① 中国文论中言"意境"多于言"情境"的问题,是早期人们情、意不分,性善情恶、重意轻情的偏见造成的。

其四,情与理。是非者理也,爱恶者情也。"理"是判断言行是非的标准,"情"是自发于内心的爱恶喜乐的感情。中国诗学中"持人性情"说即是以理格情、以理制情的表现,不利于抒情文学的发展。

总的看来,王先生认为"情"是感性的情绪,"志"的本质是情,而"性""意""理"等都属于理性范畴。这些概念在中国古代文论系统中常常不被明晰区分,甚至混用,导致中国抒情诗成为一个无所不包的文类。通过这些术语的辨析,抒情诗以情感为唯一表现对象和唯一本质的文体属性得以凸显出来。

不难发现,王先生以五四以来的"纯文学"标准设定中国文学思想体系的基础文类——抒情诗,一种不受理性干扰、不受道德约束,保持艺术自身独立性的纯化艺术。他高度认同康德对文学的非功利性属性定位,即不涉及欲念、利害计较、概念和目的的美的欣赏。他高举抒情诗的主情与审美特质,"在抒情文学里,只有情感,惟有情感,才是结构的核心和动力。它如同驭马的'辔','首尾一体''表里一体'的'一',是文学创作总括一切的'纲领'"②。情感把诗的各个部分结合成一个多样统一的整体,是整个文学作品牵一发而动全身的结构核心。至于性、意、理则是哲理诗的特别追求,而抒情诗与哲理诗不能被合置讨论。

从这种纯化的抒情诗观出发,王先生特别区分了抒情诗与哲理诗、叙事诗的差异。虽然在诗歌创作中,理、事、情常常无法截然区分,但根据其主流倾向而言,抒情、言理、记事分别对应于抒情诗、哲理诗与叙事诗,它们在作品中所呈现的结构和美感亦不相同,哲理诗是理胜于情,以揭示

---

① 王文生:《论情境》,上海文艺出版社,2001,第91页。
② 王文生:《论情境》,上海文艺出版社,2001,第105页。

道理为价值；叙事诗是事盈于情，以描述事件为目的。王先生还指出，在中国文学传统中，抒情诗是主流，哲理诗、叙事诗次之。在中国诗论中，主张以情为主的诗论在数量上占了多数，以意为主者次之，以理为主者更次之。王先生建构中国文学传统和中国文学思想体系，却并不把中国诗歌中占一定比重的哲理诗、叙事诗纳入讨论范围，这是一种排他性的建构模式，难免以偏概全。

自然，单从情感表现的角度来界定抒情诗，还不能彰显这一文学文体的特殊性，因为表现情感的艺术还有音乐、美术、舞蹈等，所以在对比了诸多中国文论概念之后，王先生提出"情境"二字作为中国抒情文学的基本质素和深层结构。在文学创作中，情感的兴发无可抗拒、绵延没有终期、投射无远弗届，千情万绪常常纠缠在一起，情感的冲动需要一个相应的客体来表现，即艾略特所说的情感寻找"客观对应物"以表现自己。这个"客观对应物"就是境。如果说王先生对"情"的范围界定较为狭窄的话，"境"显然取材广泛，包括外在客观的一切景物、事件、人物。情、境互动与结合，原则上是情缘境发、情以境显。

从情到境到情境，王先生的思想逻辑是这样的：情感是抒情文学结构的核心、动力和组织原则，境的择取扣住情感的脉动，给予情感以最贴切的表现。情境互动在抒情诗的创作中起着决定性作用，"构成情境的各个部分及其持续部分如语言、音响、节奏、美感等等的形成和变化无不受到情境互动的影响和制约"①。凡构思、选材、布局、用字、造句、择韵、修辞，虽然因不同的力量的交互影响而常处于变动之中，但都要以是否有助于情感的表现来使用。"情感"在情境结构中无可替代，抒情文学中不同的情感主导，创造出不同的情境结构，产生了厚薄短长不同的情味。

总的来说，王先生承传了五四以来的纯文学观，执着地守护着中国抒情文学的审美特质，高举情感大旗，强调文体自觉，力驳各种"旁逸斜出"的非文学文体、非审美因素对中国抒情文学主流的干扰。在纯文学视域下，王先生全面展开对中国抒情文学思想的研究。

---

① 王文生：《论情境》，上海文艺出版社，2001，第63页。

二 "诗言志"释与中国文学的抒情源头

"诗言志"是中国诗学的开山纲领,关于这一命题的研究,朱自清初版于1947年的《诗言志辨》是一个不可忽略的存在。20世纪以来,研究中国文论的学者无不为澄清这一话题的内涵而做出努力,因为"'诗言志'这一简单古语,在中国传统中对后世文学理论的发展提供了所能想见的最大的可能性"[①]。1993年,王文生先生的长文《诗言志——中国文学思想的最早纲领》发表在台北《中国文哲研究集刊》第3期上。由于此刊物在大陆流播不广,此文少为学者们所注意。2012年,在此文基础上增订的《诗言志释》一书由生活·读书·新知三联书店出版。从"诗言志辨"到"诗言志释",一字之差,王先生重拾这一古老的学术命题,不是为了挑战权威,而是为了深化诠释。他高度肯定并遵循了朱自清"用大量艰苦搜集的材料来说明问题,而不是用西方观点来比附、规范中国文学思想"[②]的研究取向,但与朱先生注重从"诗用"的角度考察"诗言志"不同,王先生以情释志、以乐释诗,从发生学、本质论、表现说、语言论、美感论等多个方面确认了"诗言志"这一命题对中国文学所做出的"方向性的提示",以及"纲领性的意义"和"深远影响",从而为中国文学思想的抒情源头提供明证。凌云之木,始于权舆;万里江河,源于滥觞。虽然起源不等于本质,但王先生抱着起源孕育着本质,种子可以发芽长成大树的想法,对"诗言志"这一命题进行了振叶寻根、沿波讨源的源流探索。

首先,突破传统考据学字源循环考证的思路,结合人类心理发展历史来考察"志"的情感内涵的演变,从而确定"情"才是"志"的本质。王先生综合运用了字源考证、心理学推理、历史溯源、现象总结、中西比较等方法讨论"诗言志"。他先从字源上依循了朱自清、闻一多等人对于"志"的内涵的解释——人类普遍的心理活动,即知(knowledge)、情(emotion)、意(idea)合一的综合心理活动,随后在历史主义的视野下梳理了历代文论

[①] 陈世骧:《中国文学的抒情传统——陈世骧古典文学论集》,生活·读书·新知三联书店,2015,第22页。
[②] 王文生:《诗言志释》,生活·读书·新知三联书店,2012,前言第1页。

中"志"的接受史以及"情"的接受史，从而确定了"诗言志"的"志"是以情为中心的感性活动，而不是以"知"或"意"为中心的理性活动。

其次，把"诗言志"放置到一个较广阔的历史范围内，根据它的内容所反映的社会历史情况、艺术发展情况来回答"诗言志"产生时代的问题。王先生从《尚书·尧典》中的"夔不达于礼"、乐教的内容无"仁""义"和"神人以和"三个重要信息出发，根据人类发展由无等差社会过渡到有等差社会，人类心理活动由自发的情感活动过渡到自觉的理性活动，人际关系发展由注重人神关系过渡到注重人人关系，社会教育模式由以乐教/诗教为中心过渡到以礼教为中心，诗歌以声为用过渡到以义为用等一系列对比性认知框架来探讨"诗言志"的源流，力证包含了"诗言志"一语的《尚书·尧典》出自公元前9世纪中叶。这一时期的社会历史情况是以乐教为中心，礼的观念尚未普遍流行，神的权威已经动摇又没有濒于崩溃，以人事为中心的趋势已经孳生而尚未底定，诗歌发展中音义结合而又音重于义。归纳起来，不同角度的阐释实际上都是为了说明在"诗言志"中，"志"并未熏染上后世儒家诗教常常赋予的"礼教"观念，"诗"几乎可同于"乐"来理解。这是一种纯粹诗论，即把诗当作纯粹艺术讨论的诗论。

最后，跳出就内容谈内容的困境，根据内容与形式相统一的原则，以形式反推内容，由表及里，从诗歌语言的特殊要求来探讨其所言之"志"的情感本质。《尚书·尧典》明确记载"诗言志，歌永言，声依永，律和声"，"什么样的内容才需要用拉长了的声音（'歌永言'），高低、长短、轻重的节奏（rhythm）（'声依永'），和不同声调（tone）、调质（tonequality）的变化和谐（'律和声'）去表现它呢？'歌永言，声依永，律和声'，概括起来，就是注意表现形式的节奏感和音乐性。音乐节奏，由于它是传达人的内在感情的最直接最有力的媒介，因而被称为形式化的情绪。这样依赖于音乐节奏的'志'，自然不可能是'知'和'意'而只能是'情'了"。[①]王先生把诗语言的形象性和音乐性归于表"情"的需要，从而确定"志"的情本内涵。在文学创作中，内容决定形式，形式匹配内容，言据志出，志以言显，二者一体。更具体地说，志即是情，情感的表现需要情感

---

① 王文生：《诗言志释》，生活·读书·新知三联书店，2012，第50页。

的语言，透过情感的语言亦能透视情感的表现。

王先生从发生学的角度考证"诗言志"命题产生的时代，以及历代诗论对"志"的接受，以确立中国诗学源头和主流是以抒情为本质的表现论诗学。此外，通过对《尚书·尧典》及"诗言志"命题的阐释，中国抒情文学的纲领体系——"源于情，形于境，成于味"得以搭建，三者分别对应于诗的本质、表现和作用，也分别对应于他后来着力阐发的中国文学思想体系之情源论、结构论、价值论。

三 "情境"论与中国抒情文学的结构主义

在《论情境》一书中，王文生先生自称"《论情境》，究其实质，是论述中国抒情文学的结构主义"①。公开宣称克罗齐之后的西方现代美学、现代文艺理论为"垃圾"的王先生何以会称自己的《论情境》为结构主义？他究竟是在何种程度上接受结构主义，或者说使用结构主义？这值得深入探讨。

结构主义作为西方20世纪文艺理论的重要流派，在当下考察其"遗产"，可以有三个维度：一是作为文化思潮的结构主义，二是作为文艺理论的结构主义，三是作为思维方法的结构主义。20世纪中国学界对结构主义的接受，主要表现在对结构主义的介绍、述评、研究，以及对中国文学作品进行结构主义批评上。王先生不屑于做一个理论的转播者，他认为用产生于西方叙事文学批评的结构主义来诠释中国抒情诗，或把抒情诗曲解成真实、本质、理性的反映，或把抒情诗的结构规律进行削足适履式的改造以符合叙事文学的理论框架，都不能正确理解中国抒情诗的特点和结构规律。但对于西方结构主义把文学研究的重点置诸作品结构的做法，王先生认为是"抓住了文学创作的本质问题，因而引起了东西方文学研究者的广泛回响"②。可见，他对西方结构主义的使用，主要是思维方法层面的资源借取，如把文学作品看作一个独立自主的存在系统，看重系统内部各要素之间的构造与关系、强调表层结构背后的深层结构的找寻、注重总结具有

---

① 王文生：《论情境》，上海文艺出版社，2001，前言第15页。
② 王文生：《论情境》，上海文艺出版社，2001，第101页。

普遍意义的文本规律、强调文学自身的结构规则的艺术本质论价值,根据二元对立原则来分析对象,等等。他认定"把文学各个部分组织、安排、融合成一个有机体的工作叫做'结构'"①。他称《文心雕龙》二十四篇创作论为结构论。总的来说,王先生在研究中所呈现出来的结构主义追求,有以下几方面值得注意。

首先,将中国抒情文学思想的探讨从质素层面转向结构层面。情境在本质上是情感寻找"客观对应物"得以表现,讨论的是艺术结构问题。在抒情文学创作中,主观感情必须与客观的事物相结合,才能成为诗的具体结构。情"是无形式,无界域的,它不可以用具体的大小、长短、厚薄、深浅、高低来度量,也不可以用具体、具有细节真实的画面来表现,而只能用模糊的印象、富有弹性的象征来激发"②。"境"作为能与主体情感相通的客观物象,有两个特质:一是"外物也",范围非常广泛,涵盖了外在客观的一切的物,大至宇宙、小到微尘,一切景物、事物、人物、境况、事件都属于"境"的范畴;二是能与情感相通,不仅给情感兴发提供不尽源泉,也给情感表现提供不尽诗材。作为外物的境,因为"与情有相通、相似、相应的一面被作者选择、改造、渲染用来作为感情的象征的"③。特定的情往往选择相通的境来进行象征性表达。

事实上,在浩瀚的中国诗论中,对于诗之所以为诗的根本质素的相关说法不胜枚举,如陆机的"缘情"、钟嵘的"滋味"、陈子昂的"兴寄"、司空图的"味外之旨"、严羽的"兴趣"、明前后七子的"格调"、谢榛的"气格"、胡应麟的"体格声调、兴象风神"、袁宏道的"性灵"、王夫之的"情景"、王士祯的"神韵"、沈德潜的"格调"、翁方纲的"肌理"、周济的"寄托"、王国维的"境界"等观点。要想翻越这些经典诗论,对中国抒情文学思想进行现代阐释,必须有新的研究思路。王先生指出:"当前研究的重点,不是忙着去界定某一种学说的内容,评价其是非得失;而应该通过如此大量的历史信息,去发现前人在探讨文学基本质素的问题上的持续努力究竟是为了解决文学思想、文学实践上的什么问题,以及这个问题应

---

① 王文生:《论情境》,上海文艺出版社,2001,第101页。
② 王文生:《论情境》,上海文艺出版社,2001,第95页。
③ 王文生:《论情境》,上海文艺出版社,2001,第230页。

该在什么范围内和哪一个层面上来寻求解决。"① 在他看来，前人探讨文学基本质素是为了解决如何写诗的问题，这个问题应在创作论的结构层面来寻求解决。他认为中国文论中虽然出现过诸多概括文学本质的范畴，但均未能把诗的基本质素结合作品结构问题加以讨论，所以均非"探本之论"。客观地说，王先生由于不能认同王国维的"无我之境"说，所以在某种程度上忽略了王国维以来从"情境"结构关系讨论"境界"的理论贡献。

抒情文学的创作过程是"情"寻找"境"并予以表现的过程，从情境互动、自我调节这一深层结构规律出发，王先生提出"情境相谐""多样统一"的结构原则和"圆美流转如弹丸"的审美标准。这三者看似是三种说法，其实密切相关。境以情发，情的流动不居决定了需要适配不同的境予以表现，所谓诗之"流转"，不仅指情的流转，更指诗中境的多样变化，换个角度说，好的抒情诗是许多各自独立的境聚集在一起的多样统一体。各个部分本是互不相连独立存在的，只是由于情感之风的吹拂，它们都染上情感的色彩，成为一个个小的情境，而又朝着一个方向，形成整首诗的多样而统一的大情境。所以在抒情诗中，结构可以是无序的、超时空的、流转的、不合逻辑的、貌似混乱的，然"语或似无伦次，而意若贯珠"，一切情境、一切语言、一切音响、一切象征，共同构成一个以情感为中心的多样统一结构。这正是中国抒情诗区别于西方叙事文学的最重要的结构特性所在。

其次，从"情境"讨论诗歌，回归了关于诗歌艺术本身形式特质的讨论。《论情境》研究的对象是中国抒情文学的结构规律及其有关论说。王先生提到，学者们惯用一种"外在参证型的理性诠释的方法"来诠释中国抒情文学，"它们有一个基本特点，就是对中国的抒情文学作理性诠释，把研究的重点放在抒情文学与客观真实、社会、政治、经济、哲理、道德、知识等外部关系上。而很少对抒情文学的内容、形式、结构特点、表现方法等等进行研究"②。这其实是韦勒克所说的外部研究和内部研究的区别。王文生并不反对学术研究是一种理性认识行为，而是反对把诗歌作为说明某种哲学、道德、知识的媒介，从而导致对诗歌文本、形式的美感的忽视。

---

① 王文生：《论情境》，上海文艺出版社，2001，第7~8页。
② 王文生：《论情境》，上海文艺出版社，2001，第139页。

更重要的是，中国抒情诗作为一种纯粹艺术，往往不以理真而以情真为关键要素、不以认识而以情味为美感追求、不以反映现实而以抒情达意为目的、不以道德训诫而以邀人共听为取向，从外部研究入手研究中国抒情诗，往往会导致对抒情诗的极低评价。王先生一反学界将重诗艺和抒真情互相对立排斥的观点，认为"具有作诗的技巧和功夫……乃是诗人的本行和正业"①。"锻炼精"并不会导致"情性远"的结果，对于颇受学界诟病的江西诗派、王安石、苏轼、黄庭坚等的"以文字为诗"，王先生则认为他们是从诗的创作方法和技巧上提升了诗的情味。

与此相关的是，文学评判应以文学自身的艺术成就为标准。确定了情境结构对于抒情文学价值判断的基础性地位，情之真假深浅和情境结构的疏密就成为评价抒情文学美感价值的重要维度。"一首好诗，既需要情感的真深，还有赖于情与境的完满的结合。"②"诗之所以有工拙之不同，显系诗人在创作中的情感因素和在情境结构中所下的功夫不同。"③ 王先生特别欣赏中国诗歌中表现真情、愁情、怨情、浓情、厚情的作品，对于薄情、寡情、淡情的作品，总是觉得低下一格。值得一提的是，诗表达什么样的情感，并不是决定诗之工拙的标准，他并不否定抒情诗中表现忠君之情、爱国之情的诗，而主要看这种感情是否真诚。

最后，总结了情境表现的方法，探讨抒情文学的内部规律。中国文论中也有大量关于情物关系的论述，如"情以物兴""物以情观""情以物迁，辞以情发"，王先生借此总结提出中国抒情文学情境表现方法有"赋""比""兴""融"四种。对于历史上争议颇纷的赋、比、兴，王先生"只想指出一个基本点。它们是从抒情出发而在长期创作实践中形成的中国诗的表现方法，离开情感和情感的表现，就无法正确了解它们"④。从情境结合、情物互动关系来理解赋、比、兴，会发现它们都是情感寻求物质表现形式的不同方法。不管是直陈与情感有关联的事物以表现情感的"赋"、使用与情感相通相应的事物做类比以表现情感的"比"、描写事物激发情感的过程以

---

① 王文生：《中国美学史——情味论的历史发展》，上海文艺出版社，2008，第95页。
② 王文生：《中国美学史——情味论的历史发展》，上海文艺出版社，2008，第348页。
③ 王文生：《论情境》，上海文艺出版社，2001，第180页。
④ 王文生：《诗言志释》，生活·读书·新知三联书店，2012，第80页。

表现情感的"兴",还是抒写与情感融为一体的事物以表现情感的"融",其目的只有一个,那就是情与境合。相对来说,"融"这种表现手法,能够实现主客观的完满统一,完全消除物我的界限,开拓出我情与物情互相凑泊的妙合无垠之境界,是王先生最为理想、最为推崇的抒情文学方法。

　　细致考察王先生出国前所写文章,不难发现他对"情境"这一术语并没有给予特别关注。显然,这是王先生出国以后,大量接触、阅读西方文艺理论著作,了解了西方文学研究理论与方法之后,反观中国文论的某种程度上的"再发现"之结果。20世纪八九十年代,西方结构主义思潮虽已冷却,但结构主义作为方法论仍然有"市场"。结构作为一个重要的文学形式概念,对于文学意义的生成来说,有着举足轻重的地位。正是出于对结构重要性的认识,他写作《情境论》一书,从结构维度深入考察中国抒情文学的独特价值。王先生坚决反对以西释中,所以他特别重视阐发中国文论的不同结构术语,如傅会(附会)、布置、文法、布局、结构等。这显示出王先生的研究立场:对文学作品结构的研究是中国文论的自有传统,总结这种传统,发扬这种传统,在世界语境中彰显中国抒情文学的民族特质。对西方结构主义的汲取和对中国诗论中结构理论的挖掘,也可以看出王先生对待西方理论资源的态度:并不沉迷于西方理论思想,而是在西方方法论的基础上去发现、总结、提炼中国文学本身、文论本身的美学表现和发展规律。

四 "情味"论史与中国抒情文学的美感

　　文学的价值或指向认识,或指向教育,或指向审美,或兼而用之。中国儒家诗教传统历来深厚,西方理性传统下的认识论亦不逊色。不管是"礼"或"理",其所指涉的文学价值都有鲜明的功利性,唯有审美价值是非功利性的。从纯文学的非功利性出发,王文生先生认为中国抒情文学的唯一价值在于美感,用中国文论术语表达即"情味"。中国抒情文学既不邀人"聆听雅教",也不邀人"参与创造",只在一时情味。他相继写作了《中国美学史——情味论的历史发展》和《西方美学简史》,以七十余万字来梳理、辨析、阐明"情味"是中国抒情文学的特有美感和价值。两部美学史的写作有以下几点值得关注。

（一）纲举目张，直抵精神

所谓"纲"，即聚焦中国情味论史考察中国美学史，这是一种以点带线、以线带面的写法。所谓"目"，即从中国文论史、中国文学史去验证"情味"在中国美学中的统领性地位。

其一，中国文论史梳理重在阐明"情味"的理论发展史。在这条线索上，王先生系统梳理了中国情味理论从提出到成熟的历史进程，孔子首次以味论诗，将味与文艺美感联系起来，以"文学自觉"为标志的魏晋南北朝则是情味论萌芽和形成的关键时期。如果说情味论奠基于唐末司空图，宋代严羽的《沧浪诗话》则是情味论成熟的里程碑。对于历来不受学界重视的明代诗论，王先生细细辨析性灵派、竟陵派、公安派的诗论主张，得出明代"真诗"论是中国以情味为核心的美学思想的理论化、系统化，至于清代情味诗论则进一步集大成式发展，王士禛的"神韵"说、袁枚的"性灵"说、翁方纲的"肌理"说、周济的"寄托"说都从各自层面完善深化了情味论，使之更趋细密、完善、深入。到了近代，由于西方文艺思想的引入，自王国维开始，情味论才丧失其主导地位，隐入历史地表。从孔子论味到魏晋文学自觉时期的相关阐述，再到司空图、严羽、明代真诗论，一条情味的理论发展史昭然隐现于中国历代文论长河中。

其二，中国文学史梳理重在彰明"情味"在中国抒情文学中的表现史。王先生不仅就文学理论谈情味，更从文学创作谈情味。他细细品味王安石、苏轼、黄庭坚、陆游、杨万里等宋诗，以及明诗、清诗的情味，还把宋明以来的词、散文、戏剧、小说均归入抒情文学的范畴，从而赏析这些抒情文学次文类所体现出来的情味。总的来说，这种美学史的写法不求面面俱到展现中国美学的全貌，而是仅仅扣住美感价值这一核心议题做精深细微的辨析研讨，既有理论思辨的深度，又有精神标举的高度，结合丰富的文学批评，读者能够一下子把握到具有中国"原味"的美学"情味"。

（二）理论阐述、历史梳理、批评实践相结合

王文生先生旗帜鲜明地提出：情味是抒情文学的特有属性和独立价值，

是抒情文学存在的唯一理由。他以七十余万字专著，坚守历史与逻辑统一、理论与实践统一的学术立场，采用史中带论、论从评出的方法，对中国以"情味"为唯一美感和价值的抒情美学思想予以阐明。

其一，理论建构层面。"味"，滋味也，本义指辛、酸、咸、甘、苦五味，与体验和感觉相联系，很自然地被人们引申来说明事物的美感趣味。以味论诗本就是中国诗论传统，但缺乏系统的阐述与观照。王先生多角度、多层次地阐明了情味的属性、生成、结构、特点、表现、影响。他以为在中国抒情文学中，味总是与情相连而与理、礼相格，诗味既不具道德的色泽，也不具真理的光辉，而只是情感的韵味。情感的品质和情与境适的水准决定情味深浅短长。情味来自感情的诚、真、深和诗人主观的情与客观的境相结合而形成的情境相谐结构。情味的结构是许多细小情境集合起来的杂多的统一，情味的特点是"妙在含糊"。

其二，批评实践层面。王先生特别重视直接面对中国抒情文学文本进行情味阐发与总结。他的文学批评实践以感悟为基底，以总结为形式。换句话说，他在进行文学批评时充分尊重阅读者的情感体验，重体味而非体会，重情感共鸣而非理性认识。当然，理论是批评的总结，批评是理论的实践，王先生结合二者，既有精深细致的理论辨析，又有入人心坎的文学品赏，充分体现了其理论来源于实践总结又指导实践发展的学术理念。

其三，历史梳理层面。以"情味"为关键词勾勒中国文论史、文学史和美学史，三史一体，互相补充和融合。王先生善于择取历史发展中的关键性问题进行精微细致的辨析，从而更新了诸多关于中国文论史、文学史、美学史的认识。比如他对明代真诗理论的探讨非常精彩，尊重史实，强调史识，辨析公安派与竟陵派文学纷争的实质，并给予二者以客观评价。综观王先生的史述，虽然表现出一元进化论的痕迹，但他既不是从思想史来演化文论史、文学史，也不是连缀代表性理论家、文学家主要观点的历史，更不是比附西方文艺理论史、文学史，而是建构以关键词为核心，以历史演进为分期，以理论归纳、特色总结为目标的中国美学发展史。

（三）比较视野中凸显情味论在中国美学史中的价值

比较作为学术研究的利器，受到古今中外学者的重视。比较的实质是在差异中呈现特点，在对比中反观自我。王先生以情味论中国抒情文学的美感——一种无关诗教的纯粹审美价值。但谈中国情味论发展史，真的可以无视儒家弘扬"惩劝善恶""补察得失"的"风雅比兴"诗教传统吗？自然不行。在"情味—诗教"二元对照中，王先生将儒家诗教观定位为抒情诗论的对立面，他指出"儒家的文艺之道，旨在抑制人情、服务政教，它本质上就是与抒情文学相对立的"①。"以'温柔敦厚'为基本特点的儒家'诗教'的建立。这种思想，无助于强烈感情的自由抒发，甚至对抒情文学的发展有某种负面影响。"② 所以儒家诗教观只能是逆向推动情味论的发展。

换句话说，情味论的美学发展史，就是情味论与诗教论对立并行、相持相峙的发展史，中国文学思想的演进就是明道立政的儒家诗教与直抒真情的情味诗论的斗争历史。唐代摆脱儒家诗教传统，走出了一条抒中情而赋诗从而发展诗的"情味"的路子，才造就了唐诗的繁荣，也才有晚唐司空图在高举"兴寄"大旗的文学主流中提倡辩味论诗，定诗的本质于情味。宋代抒情文学在与各种"以文字为诗，以才学为诗，以议论为诗"的文学实践和理论的斗争中开辟进路，后才有南宋严羽的"兴趣说"，严羽对宋诗坛的非诗倾向和儒家功利诗观进行了针锋相对的争辩。在王先生看来，儒家诗教虽然备受中国诗论推崇，但是文学的每一次真正的内部发展却是中国抒情文学创作的实践经验所正向推动的。

王先生还从"中—西""抒情—叙事"的二元比较中讨论中国抒情文学的审美情味。早在 20 世纪 80 年代，王先生就提出了"比较研究，发现自我"的主张："把两种不同的文论体系作平行的研究，发现其相同和类似的现象，对各自的传统理论寻根探源，以弄清产生这些相同、类似现象的原因和理由，然后将它们进行互相比较，指出其异同，总结其经验。这样，我们在给西方读者介绍中国文论时，往往不是给予一个完全重叠的理论框架和概念，而是给予一个既有相同、类似又有不同或相违的解释。我以为这样做，可以使西方读者虽不那么容易却能更准确地了解中国文论的特点，也可以使中国研究者正确地运用西方文论的合理因素来阐析本民族的文论，

---

① 王文生：《中国美学史——情味论的历史发展》，上海文艺出版社，2008，第 244 页。
② 王文生：《中国美学史——情味论的历史发展》，上海文艺出版社，2008，第 4 页。

而不是给中国古代文论生硬地贴标签，套框框。"① 王先生倡导以发现自我为出发点进行比较，比较只是手段，找寻民族文学自身的特点和规律才是目的。以《罗密欧与朱丽叶》比较阅读《牡丹亭》，《牡丹亭》的优点、缺点、特点更易彰显。对"诗言志"文学思想纲领与亚里士多德《诗学》进行"振叶以寻根，观澜而索源"的比较后，中、西文学与文学思想的品质、取向和特点及其发展规律更易被理解。出国前后，王先生都坚持"有我"的比较主张，两本美学史著作就是通过对西方美学的借鉴和比较来阐发中国美学规律、特点和原味的实践文本。

（四）溯源西方美学史确立美感为研究对象，彰明中国抒情美学原味

如何求证中国抒情美学在世界视域中的独特价值？王先生呼吁重新定义美学的研究对象，他提出美学研究不能套用西方模式，应该转移到美感上来，他"用西方美学经验论证美学是文艺思想的一个部分"②，"美学是研究艺术美感的学科"③。只有这个根源性问题被厘清了，中国美学研究才能真正做到"拨开云雾见月明"。采用求西学之源发中学之本，借镜他人以实现自我省思的策略，王先生在近80岁高龄之时，精读西方十位有代表性的美学家的原著，爬梳、对比、辨析，写作了《西方美学简史》一书，论证了西方美学的发展史其实是一部"美感"的被发现史。西方强大的理性思维传统、哲学传统、逻各斯中心主义以及主流的叙事文学传统，都导致"美感"很难被西方人普遍接受。从文艺复兴前思想家们对美的本质的哲学追问到鲍姆嘉通提出"美学"这一名词，再到康德对"美感"的重视，继而到黑格尔对艺术哲学研究的辩证综合，直到克罗齐借鉴、总结浪漫主义文学创作经验得出美学的美感研究本质，西方对于美感的发现基本同步于美学作为一门学科——研究美感的科学——的建立、成型。一个不可忽略的事实是，西方现代美学又重新抛弃了美感，或者说边缘化了美感。反观对比，情味是中国抒情文学的美感本质和核心价值，情味论作为中国三千

---

① 王文生：《比较研究 发现自我——试论中国古代文论的民族特点》，《社会科学战线》1986年第1期。
② 王文生：《西方美学简史》，生活·读书·新知三联书店，2014，前言第7页。
③ 王文生：《西方美学简史》，生活·读书·新知三联书店，2014，前言第4页。

年文艺创作实践经验的美感总结，源远流长地存在于中国文艺发展史中，所以"情味论的发展史"堪称"中国美学史"。

建构具有中国原味的文学思想体系，是王文生先生一直以来的学术追求。他认为20世纪中国学术研究界过多引入了各种西方理论去诠释中国古典文学反而将中国古典文学的特质隐而不彰，过多讨论了文学与外部的关系而忽略了对中国文学自身特点与规律的探讨，过多口号式地讨论中国文学思想的现代转换、西方接轨而没能立足自身文学传统去做最原始的特色总结和体系建构。反观"自我"，以"味"论诗，是中国文论的传统，中国原味的文学思想体系是中国美学立足于世界的最大价值。王先生的文学观念、研究范式和述学方式是五四以来的现代学术的产物。但在理论形态上，王先生从"情—境—味"出发搭建中国抒情文学思想的立体框架，以中国抒情诗为基础文类阐释中国抒情文学思想和抒情传统，呈现出鲜明的中国原味。在概念术语上，他慎用和避用西方文论术语，总是反复辨析中国文论的各个概念，推定原始、考辨流变、释名定义、阐述差异，以系列原汁原味的中国文论术语阐明中国美学原味。自20世纪80年代中后期出国，到如今94岁高龄，王先生从未停止对中国文论、中国美学现代价值与世界意义的思考与写作，他以非凡毅力建构为中国抒情美学一辨的"中国文学思想体系"，其原动力正在于他要在世界语境中彰显中国美学原味。

作者简介：石了英，佛山大学中文系教授，主要研究方向为海外华人诗学。

当代中国古典诗学沉思的典范

——评蒋寅先生的中国诗学关键词研究

宋 烨

(河北大学文学院)

摘 要：20世纪80年代以来，围绕中国诗学的关键词研究逐渐发展繁荣，蒋寅先生的相关研究无疑是其中最富代表性的成果之一。蒋寅先生的诗学关键词研究，建基于宏巨淹博的文献功底，通过敏锐的问题意识，精良的概念研究以及深度的命题分析能力，将中国诗学研究推进到广阔的沉思领地，提升了诗学研究的思辨程度。蒋寅先生的诗学关键词研究，不仅涉及"意象""语象""意境""诗法"等基础议题，还包括"神韵""肌理""性灵""格调""厚""清""老"等核心概念，以及"文如其人""一代有一代之文学""以禅喻诗""情景交融""以诗为性命"等重要命题。问题意识、概念判断和命题分析能力，促使蒋先生完成了对上述问题的廓清，为中国诗学研究树立了典范。

关键词：古典诗学；普遍性；问题意识；命题分析

一 问题意识和普遍性的学理关切

问题意识是学术沉思的应有开端，这个开端可能不是思想者治学活动时间上的起点，但必然是思想者思考活动的逻辑起点。问题意识并不一定以带问号的外在提问形式呈现，它的存在与否关系到以下三个方面：其一，该问题意识催发了一种新的议题意识或者对旧有议题的新思路；其二，该议题具有独立叩问和探索的价值；其三，该议题自身具有普遍性。我们可以提炼出历史上杰出文艺理论著作中的问题意识，例如（1）孔子《论语》中"为什么应学《诗经》"？（2）柏拉图《理想国》中"诗人为何应当被驱逐出城邦"？（3）刘勰《文心雕龙·原道》篇中"人类为什么需要文学"？（4）钟嵘《诗品》中"为什么需要诗歌"？（5）严羽《沧浪诗话》中"什么样的诗才算佳作"？（6）休谟《论趣味的标准》（*Of the Standard of Taste*）中"文艺上的趣味是否有标准？如果有，标准究竟在哪里"？（7）叶燮《原诗》中"为什么诗当以'识'为主"？（8）韦勒克《文学理论》中"文学研究为什么应当立足于内部研究而不是外部研究"？以上问题意识所推动形成的议题分别是（1）诗歌对于教育的意义；（2）诗人对城邦的危害；（3）文学存在的必要性；（4）诗歌存在的必要性；（5）写出好诗的条件；（6）文艺趣味的标准；（7）好诗与判断力的关系；（8）文学研究的合理方法。在人类文艺思想史上，以上议题均具有独立叩问和探索的价值，它们之中任意一个被澄清或解释，均推动着文艺思想的进步，并且它们也均具有普遍意义。当然，任何一种有关议题的陈说，从其所追求的最终目的而言，均是追求"对世性"的效力。以中国诗学为例，如果正式写一篇文章或者发表一次公开口头研讨，声称"杜甫的《石壕吏》一诗是有文采和韵味的"，即便这一声称仅仅是对《石壕吏》这一个文本的评价，但作者所期待的效果是，其陈述和判断在这个世界上是能够站住脚的，是可以被人们普遍接受的。这就是一个具体判断的"对世性"意义。

但是，这种意义的"对世性"不是本文所谈及的"普遍性"。本文所说的这种"普遍性"，是议题本身在内容上具有的普遍覆盖性，例如陆机《文赋》中"恒患意不称物，文不逮意"、刘勰《文心雕龙·原道》中"文之为德也大矣，与天地并生者何哉"这类议题所反映的普遍性。他们关注的不是具体文学作品，而是普遍的文学议题。再例如，尽管古罗马的西塞罗《为诗人阿尔基亚辩护》与英国的雪莱《为诗辩护》均具有对世性的意义，即二者都希望世人接受他们的论点。但是前者涉及的是"诗人阿尔基亚到底是否具备罗马公民权"[1]这一具体问题，而后者所涉及的则是"诗歌艺术是否值得追求"[2]。这两个问题明显在概括和抽绎程度上有着差异，前

---

[1] 《西塞罗全集·演说词卷》，王晓朝译，人民出版社，2008，第1页。
[2] 刘若端编《十九世纪英国诗人论诗》，人民文学出版社，1984，第119页。

者是为世人解释澄清一个具体问题，即一个具体的法律和政治问题；后者是为世人解释澄清一个抽象问题，即一个永恒的、普遍的学术问题。对于学者而言，显然为诗歌艺术整体辩护比为某人辩护的普遍意义要大得多。

蒋寅先生《古典诗学的现代诠释》一书就淋漓尽致地体现了以上所说的问题意义。蒋寅先生一生以治中国诗学为志业，主要学术成就包含诗歌理论、诗歌创作、诗歌史、中外诗歌比较等四个方面。蒋寅先生继承了程千帆先生既研究"古代的文学理论"又研究"古代文学的理论"的治学方法。对此，他自己总结说："多年来我始终秉承师训，在研究古代文论时都以文学史和作品研究为参照，将理论放到具体的文学语境中去理解，通过前人对作品的诠释和评点来加以印证，力图揭示理论言说的所指及其历史积淀的层累性，而不是将它们还原为文学理论的一般原理——当今一些古典诗学研究著作在我看来便是如此，很大程度上牺牲了古典诗学的丰富性。"[①]《古典诗学的现代诠释》一书主要涉及诗歌理论研究，该研究又主要围绕着中国诗学关键词（基本概念、重要命题）而展开。该书汲取了蒋寅先生古典诗学研究中最前沿与最深刻的理论沉思成果，极大地展示出蒋寅先生中国诗学关键词研究的丰富面貌。

在这本书中，蒋寅先生所关注和讨论的问题，均是引发了独立价值的、有普遍意义和长远价值的新议题，或者旧议题的新思路。事实上，该书问题意识的展开，本身就是建立在关键词之上。例如，他对"语象、物象、意象、意境"的议题，对"诗法"的议题，对诗歌写作中"起承转合"的议题，对"文如其人"的议题，对"一代有一代之文学"的议题，对"以诗为性命"议题等的观照和思考，就典型地彰显了他那令人肃然起敬的问题意识。这些问题意识放在诗学史和文学史上均有着第一流的普遍意义和经典地位。例如关于"语象、物象、意象、意境"这一议题，蒋寅先生一开端最大的问题意识就是"意象虽然经过许多学者讨论研究，它也还是个意指含糊的概念，其所指在不同学者的笔下有很大出入"[②]。他继而指出："在意象的基本问题没弄清楚之前，一切理论体系的构想都只能是空中楼

[①] 蒋寅：《中国诗学之路——在历史、文化与美学之间》，商务印书馆，2021，前言第6页。
[②] 蒋寅：《古典诗学的现代诠释》，中华书局，2023，第1页。

阁。"① 在议题的推进过程中，蒋寅先生通过他的洞察力继而指出一个非常重要的问题："归根结底，一切分歧都缘于：我们一方面肯定意象是意中之象，同时却又总是用它来指称作为名词的客观物象本身。"②

这是个非常重要的诊断，古代批评家在谈论意象时，包含名词之外的其他虚词等连接词。例如《杜诗集评》中引用清人俞玚评价杜甫的一首题画诗中的"得非玄圃裂，无乃潇湘翻"二句，其称"中间得非、无乃等字意象缥缈，故以风雨鬼神接之"。③ 古人这里就是将虚词视为意象的部分。蒋寅先生对此的论述是："他理解的意象是包括虚字在内的一个完整的陈述。"④ 这里就已经看出他关于"意象"概念是超越具体词语，指向完整诗句的效果。在一个更有代表性的例子中，他提出了这样的问题："'两个黄鹂鸣翠柳，一行白鹭上青天。窗含西岭千秋雪，门泊东吴万里船。'照流行的用法，将名物指称为意象，前两句就包含了黄鹂、翠柳、白鹭、青天四个意象。可是仔细想想，'两个黄鹂'算什么意象，'翠柳'算什么意象，又融入了什么意？"最后蒋寅先生指出："实际上，'两个黄鹂鸣翠柳'这个完整的画面才是一个意象。"⑤ 在此基础上，蒋寅先生选择了"语象"这个概念来表达意象之下的具体语词。可见，如果没有这几个关键问题意识的激发，蒋寅先生也将难以得出后面一系列的分析成果，从而提出自己的真知灼见，澄清了历来关于"意象"的混淆。和意象有关的问题关乎理解诗歌艺术最重要的媒介——想象。意象所激发的想象是中国诗歌艺术审美的生命。英国哲学家科林伍德曾指出："只有从审美的观点来看，这个艺术作品才是作品。不想象地考察它，那么它就不是艺术作品。"⑥ 可见该问题意识的中心地位。

再例如在"至法无法"这一议题上，蒋寅先生一开始的问题意识是这样的："研究中国古典诗学，会发现这样一个耐人寻味的现象：中国诗学一方面热衷于研究作诗的技法，产生了为数众多的诗学、诗法、诗话著作；

---

① 蒋寅：《古典诗学的现代诠释》，中华书局，2023，第1页。
② 蒋寅：《古典诗学的现代诠释》，中华书局，2023，第6页。
③ 蒋寅：《古典诗学的现代诠释》，中华书局，2023，第3页。
④ 蒋寅：《古典诗学的现代诠释》，中华书局，2023，第3页。
⑤ 蒋寅：《古典诗学的现代诠释》，中华书局，2023，第11页。
⑥ 罗宾·乔治·科林伍德：《艺术哲学新论》，卢晓华译，工人出版社，1988，第20页。

而另一方面，诗论家又根本瞧不起这些书，将它们视为浅陋而无价值的东西，以至于有'说诗多而诗亡'之叹。"① 很显然，关于"诗法"的问题意识，既具有独立探索价值，又具有抽象和普遍意义，而且从学界对"法"的矛盾态度入手，这也是别开生面的一种问题意识，在当下对"法"研究的一片热闹氛围中，静观洞察到该现象中存在的深刻问题和矛盾之处，这体现了先生独到的判断力。

在对"诗法"的进一步研究中，蒋寅先生又涉及自江西诗派以来逐渐产生的"活法"与"死法"这一对概念。就此，他还提出了一个极有价值的问题意识："学术界对作为具体技巧的'活法'的内涵虽已有相当的论述，但对作为中国诗学基本原理的'死法'与'活法'的关系，尚未见深入的研究。"② 这里可谓洞若观火。"活法""死法"之间的关系议题，最直接切近"诗法"议题的本质。诗歌审美既需要有普遍意义的法，又不能依赖这种法。如果放眼世界思想史的话，我们可以看到，作为西方现代美学之奠基的康德《判断力批判》一书③，其最核心的问题关键就是去揭示艺术之美为什么无法通过一般"确定的概念法则"（即 determinate concept，对应于中国语境下的"死法"）来把握，而只能通过"非确定的概念法则"（即 indeterminate concept，对应于中国语境下的"活法"）来把握，这就催生了他那对后世影响深远的"审美二律背反"问题。④ 可以说整本《判断力批判》的上卷即"审美判断力批判"的立论基础，亦即审美判断如何能既不通过概念的规定性判断，又能同时拥有概念的普遍规范效力，就依赖于对"审美二律背反"的回答和解决。可见，蒋寅先生关于"诗法"的问题意识，直接自发地与康德美学的核心关切不谋而合。

关于问题意识再举一例，当代学界历来对中国古典诗学的评价有着较为一致的看法，即认为"中国文学批评属于感悟式、印象式的"，"没有成系统的理论著作"，"缺少真正科学意义上的理论范畴，没有严格意义上的理论命题"。面对这些声音，蒋寅先生的回应是："如果它们指涉的对象只

---

① 蒋寅：《古典诗学的现代诠释》，中华书局，2023，第 246 页。
② 蒋寅：《古典诗学的现代诠释》，中华书局，2023，第 247 页。
③ Paul Guyer, *Essays in Kant's Aesthetics* (Chicago: The University of Chicago Press, 1982), p.2.
④ 康德：《判断力批判》，李秋零译，中国人民大学出版社，2011，第 160 页。

限于唐、宋以前的文学理论和批评——论者作为例证举出的文献，清楚表明其立论的基础是唐宋以前的资料——那或许也可以说大体不错。但如果要将元明清文论和批评都包括进来，就未免太唐突了。"① 蒋寅先生所列举的如清人赵翼《瓯北诗话》卷四对白居易的专论，其中一连串涉及八个论点和视角，清人贺裳《载酒园诗话》卷一中讨论皎然《诗式》中的"三偷"，共计十则诗话，以古代作品为例，"说明（1）古诗中的'偷法'有'或反语以见奇，或循蹊而别悟'的效果；（2）'偷法'一事，名家所不免；（3）'偷法'每有出蓝生冰之胜；（4）'偷法'意不相同者，不妨并美；（5）蹈袭得失有不同，系于作者见识；（6）聂夷中诗多窃前人之美；（7）'偷法'妙在以相似之句，用于相反之处；（8）诗有同出一意而工拙自分者；（9）历代对'偷法'的态度不同；（10）诗家虽厌蹈袭，但翻案有时更为拙劣。"蒋寅先生继而指出："将这十条稍加整理，就是一篇内容相当全面的《摹仿论》。"② 还有清代诗论家翁方纲的神韵论、格调论、李西涯论，以及李重华《贞一斋诗说》中的"论诗答问三则"均展现出了体量可观、富有学术气息的理辨思维和系统表述。

至于像叶燮的《原诗》更是中国传统诗学史上的理论巨著。美国汉学家宇文所安就认为《原诗》这部巨著旨在探询诗的根基并要全盘清理以往文学理论中的谬见，指出叶燮《原诗》中所标举的"识"，实质上就是关于诗歌艺术作品的一种判断力（judgment），它关涉的是一个以"洞察事物的能力为基础的认识论问题"。③ 以上例子仅仅是代表性的，其他大量的理论著作可以详细参看《古典诗学的现代诠释》一书。这些著作均超越了印象式与感悟式的水平，具备了前代较为缺少的清楚理论范畴和命题主张（如李重华论"诗有三要：发窍于音，征色于象，运神于意"，叶燮论诗当"识为体而才为用"，翁方纲论"为学必以考证为准，为诗必以肌理为准"等）。蒋寅先生为中国传统诗学理论水平的辩护与正名，归根结底是来自其对流行意见和真实情况之间所存矛盾关系的深刻问题意识。当然，蒋寅先生的

---

① 蒋寅：《古典诗学的现代诠释续集》，中华书局，2023，第7页。
② 蒋寅：《古典诗学的现代诠释续集》，中华书局，2023，第18~19页。
③ 宇文所安：《中国文论：英译与评论》，王柏华、陶庆梅译，上海社会科学院出版社，2003，第549页。

学术问题意识极为活跃和丰富，贯穿其一切学术著述，限于篇幅在此处难以尽述，这里只是从"意象""诗法""理论构建"这几个代表性的方面，由小及大地择取示例加以说明。

二 概念规范性研究及其意义

古典文学领域的研究范式，从最广义的局面来说，应当分成"历史叙述性研究"与"概念规范性研究"。历史叙述性研究，旨在呈现与还原历史上某个事物的原貌或者历史上人们对该事物的看法，其核心追求是叩问"待研究对象在历史上曾经是什么样子"。而概念规范性研究，则是为某个事物或者对有关该事物的主张寻找其足以成立的根据，其核心追求是叩问"待研究对象真正是什么样子"。这里，可能有人会反问，一个事物在历史上的样子不就是它真正的样子吗？二者有什么区别？如果说这种说法成立，也只限于历史学科的领域之中。秦始皇历史上曾经是什么样子，这确实就是他真正的样子。但进入思想领域，就会发现情况大为不同。在思想观念的学术治域中，历史上的人们对某个事物的各种看法，显然在逻辑上不等于这个事物真正应然的样子。例如人们对"什么是良知""什么是正义""什么是文学"的看法就是如此。或许还有人会继续询问：人们对"正义"、对"文学"的看法，不就应该是符合正义和文学在历史上曾经的样子吗？这不还是应该归属于历史学科的领域吗？不最终还是一个还原历史的问题吗？但是，事实上，像"良知""正义""文学"这些对象，它们真正的样子只有在观念的正确把握之中才能显现。

以中国文学史为例，上古时期被称为"文学"的现象，不同于东周时期被称为"文学"的现象，也不同于秦汉时期被称为"文学"的现象。以此类推，一直到晚清。所以当我们去思考"什么是中国文学"的时候，我们并不是把历史上所有"曾被"称为文学的现象进行打包汇合，然后再找出它们彼此之间重叠的地方，接着宣布这就是"什么是中国文学"的答案。因为这个答案仍然是对过去现象的历史反馈，只不过一种凝缩简练的历史反馈，因此，这仍然是一种历史性的叙事研究。如果我们真想弄明白"什么是中国文学"，那么，我们就必须在一种规范性的原则下对过去一切的文学现象进行裁剪和取舍。

这是指，尽管在历史上的各个时期有很多现象被称为"文学现象"，但是它们可能均名不副实，不应得到这样的称呼。例如文论家 X 说文学就是现象 A（例如，抒情），或者文论家 Y 说文学就是现象 B（例如，书面文字），文论家 Z 说文学就是现象 C（例如，有文采）。但问题是，当某个现象 A 被单独考察时，我们很可能会认为仅凭现象 A 的存在是不能够保证"文学"的存在的。有很多时候，现象 A 存在，可是其完全不能够被称为文学现象（例如，奥运会上观众们饱含深情地喊出"加油"）。那么我们是根据什么来做出这个判断的呢？是根据过去所有的经验总和吗？答案是否定的。如果我们不事先定义"文学"的概念，那么过去文学现象总和的边界就是不清楚的。有人或许会说，即便人们暂时还没有定义好"文学"的概念，人们仍然不会把"文学现象"与"饮食现象"混淆。但是我们需要知道，在文学的概念尚未定义好的早期阶段，那种足以把文学现象与饮食现象区分开来的东西（尽管文学现象自身的清晰边界尚未被弄清），本身就是一种"带有普遍规范性的根据"，这种规范性的根据并不是由世界的纷繁现象界这一端提供的，而是由人类自身先天具有的规定事物和区别事物的先验能力所引发。这种普遍规范性，体现在人们总是"习惯性地"（disposed to）把某些孤立的事物表象（例如"一棵杨树"的样子）与其他孤立的事物表象（例如"一棵柳树"的样子）综合联系起来，最终会逐渐发展成为普遍性的概念（例如"树"），但在其起作用的最开始阶段，这种活动就已属于人的自我规定性这一端。

围绕着"概念如何从纷杂的世界之中获得其自身独有的普遍规范性能力"这一认识论问题，古典时代的约翰·洛克、贝克莱主教、大卫·休谟以及康德均有过代表性的讨论，较新的前沿性研究可以在当代哲学家、美国加州大学伯克利分校哲学系教授 Hannah Ginsborg 的研究中得到集中的体现。[1] 事实上，概念能力形成之前，人类没有对世界现象进行命名的概括能力。只有当人类拥有概念时，人类才能"理解"世界，从而真正拥有了世界。这意味着对于没有概念能力的动物而言，它们是没有所谓"世界"的，

---

[1] Hannah Ginsborg, "Thinking the Particular as Contained under the Universal," *Aesthetics and Cognition in Kant's Critical Philosophy*, New York: Cambridge University Press, 2006, p. 35.

它们眼前的那个整体的存在只能算是"环境"。所以当考察文学现象时,我们必须首先握有一个可用的文学概念定义,否则就无法判断哪些属于文学现象而哪些不属于。

那么更有趣的问题是:这个"文学"的概念从哪里来呢?事实上,"文学"的概念恰恰首先是被人们自己所规定的,是人们自己对世界进行"立法规定"的结果。但这绝不意味着,人们可以随意地、不受约束地进行这种概念规定,而是指在做规定的时候,必须使这一概念规定在人的整个世界全体经验系统中拥有恰如其分的位置,而这一恰如其分的位置以其他世界经验同样也获得恰如其分位置互为前提,尤其是在与其他相似的邻近概念的关系中获得协调一致的区分和界定,使得整体形成一个融贯(coherent)的概念网络。只有达到这一点,我们才能说我们发现和理解了"这个事物真正的样子"。

例如,苏格兰哲学家大卫·休谟在其享誉全世界文艺界的《论趣味的标准》一文中就为审美趣味找到了一个标准,这个标准就在于去找到一批符合其一系列条件要求的理想鉴赏家。休谟给出了一个鉴赏家的概念界定:"只有良好的判断力和敏锐的情感结合在一起,在实践中提高,在比较中完善,清除所有的偏见,批评家才能获得这样有益的品格,如此情形下,无论他们给出怎样的断言,都是趣味和美的真正标准。"[①] 这篇文章之所以传世,主要原因是它叩问了概念本身的普遍规定性,休谟的这个概念定义,不是随便给定的,其规范性根据就在于他既妥善考虑了鉴赏家的恰当特质与位置,也妥善考虑了非鉴赏家的恰当特质与位置,他们各自概念之间维持了一种协调一致的有效区别。这里,所谓"有效区别"是指事物 A 的概念与事物 B 的概念之间存在明确区别,所谓"协调一致"是指对事物 A 的界定原则,不会破坏对事物 B 的界定原则。"协调一致的有效区别"本质上就是指我们的概念知识在变得更精细、更复杂的同时,仍然能维持住其内部整体分类上的统一性原则。也就是说,我们对"桌子"概念的精恰规定,离不开我们对"椅子""板凳""床""柜子""沙发"等概念的精恰区分能力。总而言之,概念的界定是现象经验成立的逻辑前提,而一个概念获得

---

① 大卫·休谟:《论道德与文学》,马万利、张正萍译,浙江大学出版社,2011,第 107 页。

恰当界定的根据，立足于我们对整个世界秩序的有效理解和安排。

如此，概念规范性研究的价值和意义得以显现。小斯提芬·G.尼克尔斯在韦勒克《批评的概念》一书的序言中写道："新的文学研究工作会因未能界定基本概念而受到很大损害。因此，韦勒克先生才开始为文学研究阐明精确的概念规范。鉴于文学和文学研究中分支很多，这些概念规范也就必须作个别界定。而这些概念规范一经阐明，就会在实际文学研究中不断相互影响，指出什么是理解文学意义和价值的最适当的途径。"[1] 蒋寅先生在概念规范性研究上拥有非常强的自觉并做出了极大的贡献，这在某种程度上确立了其理论家的本色。阅读他的著作，能感受到他对普遍性概念的兴趣以及由此展现出来的智识。例如在谈到"意象"这一核心概念时，蒋寅先生说："'意象'并不只是个历史概念，它至今活跃在我们的诗歌乃至整个文艺批评中。作为日常批评中的工具概念，我们更需要的不是关于它历史含义的描述和说明，而是一种规定性的界说，使它与意境一样，成为拥有众所承认的稳定含义的通用概念。"[2] 这显然证明他有明确的概念规范性研究意识，这尤其体现在与历史性叙述的区别之中。因此，关于"意象"概念，他做出了有别于过往的独立考察和规定，尤其是对"意象"与"语象"的概念辨析，论证非常有力，这在本文第一节已经展示。

再如，在《家数·名家·大家》一文中，蒋寅先生对长期以来含混不清的诗中"大家"概念进行了界定。他将这个概念的构成要素规定为：（1）具有包容而多变的艺术风格；（2）臻于成熟浑化的境地；（3）不可以时代限；（4）独具天才，非学而能就；（5）多有不拘小节处且常人不必学。这五个要素构成了蒋寅先生对"大家"概念的规定，也深刻揭示了该概念的本质。每个要素的提出，均有丰富的历史文献支撑，这里限于篇幅无法展开。然而，需要注意的是，在概念性研究中，历史文献的佐证只应被视为间接证明的作用，它们只能用来从旁加重立论的分量，立论成败的关键仍在于概念自身界定的精恰性上。蒋寅先生对"大家"概念进行考察和规定，精审地界定了诗歌"大家"的内涵，也和与其相近的"名家"概念协调地区别开来，为后人确立了使用概念的普遍规则。可以说，这一界定同休谟对"鉴赏家"的

---

[1] 参见雷内·韦勒克《批评的概念》，张今言译，中国美术学院出版社，1999，第1页。
[2] 蒋寅：《古典诗学的现代诠释》，中华书局，2023，第4页。

著名定义呼应而并美。在此精细定义的背后，如果没有鉴赏家式的审美鉴赏能力，没有自我独立的审美判断，是不能想象的。蒋寅先生正是立足于平日所大量阅读和鉴赏的"名家"和"大家"的作品集，判断出将二者区分开来的妥当边界在哪里，这从侧面也反映出他作为鉴赏家的判断力。

事实上，每一种严肃的概念界定活动均体现出一种人们如何对待世界、把握世界、区分世界、整理世界的价值立场。人们选择如何使用和分配自己的智能以理解和解释世界，不是一个单纯智能的问题，而涉及价值选择和目的论。在这个意义上，事实与价值是合一而不能分离的。不同的概念界定，从源头上讲是不同价值立场上的分歧。任何概念都是在某个价值信念网络之中获得自己的位置，一个人在一个概念规范上的立场，会影响他对其他一些概念的立场。如果一个人将"追寻真理"理解为"追寻虚无"，那么这个人对"传世"的概念，对"求知"的概念，对"知识分子"的概念，对"权威"的概念，均极有可能亦随之有着根本性不同。

美国当代政治哲学家、法哲学家兼道德哲学家罗纳德·德沃金（Ronald Dworkin）说："当我们解释任何某个特定对象或事件时，我们也在解释我们自己参与其中的这类解释的实践：我们通过赋予某种类型的解释对象以我们认为的正当目的（proper purpose）——该对象确实提供并且应当提供的价值——从而对该类型做出解释。"[①]"我们不会试图去发现非洲有多少超过两磅的石头。我们真的这么做，那么这个研究的内在目标就将决定这个事情的真理，但是我们不这么做，因为这个研究不会对任何正当性目标有用，无论是实用性的或理论性的。"[②] 概念研究的起点就是确立概念研究的价值领域，这个价值领域就体现在：在"最好"和"应当"使用概念规范性研究的地方使用规范性研究，在"最好"和"应当"使用概念史研究的地方使用概念史研究。因为给客观普遍的以客观普遍的承认，给约定俗成的以约定俗成的承认，这就是一种价值选择。对两者的选择，要对我们整个概念系统的内部统一性和融贯性负责，对我们更好地理解我们的概念批评系

---

① 罗纳德·德沃金：《刺猬的正义》，周望、徐宗立译，中国政法大学出版社，2016，第146页。
② 罗纳德·德沃金：《刺猬的正义》，周望、徐宗立译，中国政法大学出版社，2016，第169~170页。

统有助益，这也就是概念研究背后价值的来源。

在文学批评史上，对有的概念的恰当解释应独立存在于任何群体的意见之外（如意境、意象、语象、言志、缘情、立意、主识等），而对另一些概念的恰当解释应只能存在于对特定群体意见的依赖之中（如性灵、格调、神韵、肌理等）。对于前者而言，引古人之言佐证只为提供间接证据，因为它是规范性研究；后者引古人之言佐证则是为了提供直接证据，因为它是历史性研究。当然，能恰如其分地确定出哪些属于规范性研究，哪些属于历史性研究，这本身就是一种理论沉思和规范思维的体现，而不是历史叙事思维的产物。

这样就推及概念研究中的历史维度，即给约定俗成的概念以约定俗成的承认。例如在考察"清"概念时，蒋寅先生洞察到诗学概念之间的基本边界，指出："中国古典诗学的基本概念大体分为两类，一类是构成性的概念，如神韵、理气、风骨、格调、体势等；一类是审美性的，如雅俗、浓淡、厚薄、飞沉、新陈等。两类概念应用的领域截然不同，前者是构成本质论、创作论的基础，而后者则是构成风格论、鉴赏论的基础，一般不太交叉。但有一个概念很特殊，那就是'清'。在诗学的历史语境中，它既是构成性概念，又是审美性概念。"[①] 这一区分，非常符合文学批评史上对"清"的使用习惯，是对概念体系大厦的基础部分与上层建筑部分的清晰区分。

再如，在考察"厚"这一概念时，蒋寅先生表现出对概念内涵的深刻敏锐感，通过查慎行、李兆元、吴乔等人的观点佐证指出，诗学中"厚"这一概念的内涵首先最重要的是与"立意"这一概念的深度相关。[②] 这一判断直接准确地把握住了"厚"这一概念在历史上的核心意指。再如谈到贺贻孙的"诗以蕴藉为主"时，蒋寅先生做出了辨析，他说："贺贻孙不同的是，他不是将蕴藉理解为风格或效果，而是视为诗歌必备的本质属性。不仅杜甫、王、孟有蕴藉，就是李白、李贺这样的纵逸不羁之才也必具备蕴藉的素质。"[③] 在讨论翁方纲"肌理"诗学中的核心概念"笋缝"时，蒋寅先生给出的概念澄清是："'笋缝'的含义就是意识到字句意义单位的间隔

---

① 蒋寅：《古典诗学的现代诠释》，中华书局，2023，第70页。
② 蒋寅：《古典诗学的现代诠释续集》，中华书局，2023，第86页。
③ 蒋寅：《古典诗学的现代诠释续集》，中华书局，2023，第98页。

而对衔接方式做出相应的处理,其核心不在于间隔而在于衔接。"① 这一解释精准地把握了翁方纲"肌理"诗学的精髓本质,即"联系"(connection)这个概念。

在辨析明清各个诗学流派标举的核心概念时,蒋寅先生说:"明七子辈的格调论,在整体把握上基于风格意向,而具体入手则完全着眼于字句,以至于堕入空腔俗套而不能自拔。竟陵派欲矫其弊,可是蹊径却仍出一辙,无非用一种格调取代另一种格调。甚至王渔洋以神韵论诗,原本希望超越格调派字摹句仿的鄙陋,从整体把握盛唐诗的风貌,走出一条深度师古的路径,结果也被趣味化的意向所主导而重陷格调派的窠臼。"② 这里,蒋寅先生对"格调派""竟陵派""神韵派"的问题做出共同诊断,即他们均偏爱于自己钟情的一类风格,均是各自主观趣味的推广放大。这一诊断的成功,建立在精审地还原了概念使用的历史。正是因为蒋寅先生在阅读鉴赏以上诗派的诗作时,可以从他们大量相似风格的诗句表达中把握其中的一惯性,以及确证了这种一惯性与趣味概念之间的相互印证,才能发掘出历史上各个诗派的真实意图。

同时值得注意的是,蒋寅先生有着非常深厚的文献功底,在此如果非要枚举,恐怕会变成一部资料长编。有必要表明的是,尽管蒋寅先生历览和掌握了大量文史资料,甚至许多清代以后的文献属于他"独知"而世人不知的冷僻状态。但是他的学术成就并非主要体现在"独知"某些资料上,而是通过持续的深度沉思将这些历史资料贯通起来,调动它们的潜力去服务和贡献于发现真知灼见。

三 文学命题的沉思与分析

蒋寅先生诗学研究的另一个重要领域就是命题,这也是其诗学关键词研究的重要成果。命题是一种可以判断真假的陈述句,它可以通过语言、符号或句子来表达。人类任何领域中的思想史,其本质就是由各种相互竞争的命题所构成的历史。我们知道,概念是人类对世界表象进行思维规定

---

① 蒋寅:《古典诗学的现代诠释续集》,中华书局,2023,第391页。
② 蒋寅:《古典诗学的现代诠释续集》,中华书局,2023,第99页。

的产物，它一方面联系着世界表象一端，另一方面联系着人类思维一端。概念与概念之间的联系形成命题，概念是命题的构成元素。当人类只有概念时，我们对世界万象的抽象把握和分类是一个个孤立和分散的点，例如人是人，河流是河流，踏进是踏进。而当人类发展出命题时，孤立的概念之间便产生了联系，从而催生了命题，例如"人不能两次踏入同一条河流"。所以"命题"就是沟通思想与世界之间的一座座有效的桥梁。概念是人类在实践的过程中规定世界的产物，既然是规定，就代表着一种规则（一种思维上和语言上的规则），而命题就是在丰富的概念规则之上产生的思想。也就是说，命题作为人类拥有的一种复杂思想形式，是一种必须合乎规范的思维方式，所以，命题是可以探讨真假的。

  本质上来说，一切概念曾经也拥有过属于自己的陈述形式。例如"战争"这个概念，就是指"人类不同势力派别之间爆发的足够大规模的以制服对手为目的的武装冲突"。这句话显然也是一个陈述式的语句，但是它无所谓真假，因为它本质上属于规定世界的工具，人类遇到什么事物就会根据该事物特质和人类自己的习惯，使用相关的工具来驾驭和把握。"战争"这个概念就是人类自己创造的理解战争现象的称手的思维工具。这意味着事物是一个变量，而概念是作用在该变量之上的固定函数。清华大学哲学系王路教授在《论真与意义：一种关于认识的认识》一文中引用逻辑学家弗雷格的说法时指出："概念是一个其值总是一个真值的函数，最简单的逻辑关系是一个对象处于一个概念之下。"[①] 但是，当人类创造出足够丰富的概念之后，随即试图在概念之间建立命题式关系，这时的命题内容的真伪就需要受到某种东西的检验。这个检验标准，最符合直觉的说法就是"真实客观状况"。命题的生命确实在于它必须要对世界真实状况负责，而世界的真实状况体现在命题语言与世界状况之间那种相互符合的对应关系之中。然而需要强调的是，任何客观事态，只有进入人类的概念系统之中，才能被人类把握和解释，然后才能用作检验的标准。也就是说，"真实客观状况"的正确显现是由带有规范性意义的概念系统所整理和呈现的。检验命题的标准，就在于那个被概念语言所规范化的世界真实样态。

---

① 王路：《论真与意义：一种关于认识的认识》，《社会科学战线》2023年第1期。

蒋寅先生在考察"文如其人"这一经典命题时，所做的就是去审查这个命题是否为真，是否能成立。蒋寅先生搜罗了大量文献，指出如果"文如其人"的意思是"一个人的文学作品反映出一个人的品德"，那么历史上有大量的反例（如西晋的轻躁之士潘安，隋代的奸臣杨素，唐朝的佞臣宋之问，明代奸相严嵩，明末清初的权奸阮大铖均写出过高风绝尘、清潇自持风格的诗篇）可以驳斥这一命题。① 如果"文如其人"（一个人的文学作品反映出一个人的品德）是真的，那么潘安、杨素、严嵩等人就在历史上写不出那些高风绝尘的诗作。但现实连这个最简单的要求显然都满足不了。因为上述的这些人物其真实的品德已经在历史上有目共睹，形成公论。只要"高风亮节"的概念定义不变，那么这种公论就永不会改变。这意味"文如其人"命题成立与否，取决于世界经过概念的规范化适用后所呈现的真实客观状态。如果有人为了让"文如其人"成立，而修改"德行"的概念，以使得杨素、严嵩等人与岳飞、文天祥一样光辉，那必然是违反了举世皆遵的概念规范。

蒋寅先生还站在因果性上从三个方面给出了"文如其人"成立所需要的前因："第一，作家有'文如其人'的愿望；第二，作家都真实地表达了他的内心；第三，文学作品能够如实地再现作家所欲表达的意思。只有满足了这三方面的条件，'文如其人'才得以成立。"② 这三条提出了如何达到"文如其人"的道路，反映出历史上想达到"文如其人"的难度。这颇具说服力地反映了蒋寅先生审视和分析文学经验的洞察力。除此之外，蒋寅先生还指出了"文如其人"命题成立的限度：如果"文如其人"不是指人的品德，而是指人的气质，那么其成立的难度就会大大降低。因为诗文确实很容易掩盖作者的真实道德品质，却很难掩盖作者的气质。这同曹丕所说的"文以气为主，气之清浊有体，不可力强而致"相一致。历史也确实如此，曹操在《短歌行》之中可以把自己掩饰得像周公一样仁贤，却掩饰不了他作为枭雄的豪迈气质。所以，《短歌行》在反映作者的德操上，"文不如其人"；但是在反映作者的气质上，确实是"文如其人"。因为蒋寅先生精审地把握住了"德行"与"气质"这两个概念的规定性内容，所以在面

---

① 蒋寅：《古典诗学的现代诠释》，中华书局，2023，第329~335页。
② 蒋寅：《古典诗学的现代诠释》，中华书局，2023，第335页。

对同一个世界时，因为选择的概念（"德行"或"气质"）不一样，得到的客观实情也就不一样，因此命题的命运也就不一样。这说明，概念活动对思想世界有着极重的规范作用，命题的正确辨析建立在概念的正确辨析之上。

再如，在谈及"以禅喻诗"的议题时，历史上有些人认为只要诗人达到了某种通悟，即便没有写出任何作品，也可以称为诗人。代表性言论如李树滋所说："极意作诗，不必作诗，深于诗画者，正于不着笔处遇之。"①这和锡德尼所说的"一个人可以是诗人而没有写过诗行"② 不约而同，我们可以将其抽象成"诗人不必有诗"这样一个思想命题。蒋寅先生不赞同这种说法，他认为："这种说法看似通达，实则大谬不然。"③ 他引用钱锺书先生"苟不应手，亦未见心之信有得"的观点，指出："《毛诗序》明明已将'在心'与'形于言'分开，前者只是诗情，后者才是诗。"④ 随后，蒋寅还指出："诗和学问很不一样。一个人读许多书，即便不作任何文章，仍可以说他很有学问，因为学问是一种蕴含。而诗指称的是创造的结果，谁也不能凭着多感或一肚子诗情成为诗人。"⑤ 可以看到，蒋寅先生辨析"诗人不必有诗"这一命题时，所倚重的根据恰恰是"诗人"这一概念自身的规定性内涵及其公认的外延。从古至今，没有哪个公认的诗人是没有诗作的，也没有哪个名人凭其盛名和功德而不凭诗作成为诗人的。这说明自古及今，"诗作"作为诗人这一概念的核心成分一直是被规定好的。可以看到，对"诗人不必有诗"这一命题的辨析，最终还是依赖于概念使用的规范性要求。这恰是因为蒋寅先生平时有着非常敏锐和精良的概念感，所以在面对命题时能保持洞若观火的冷静。这里，与其说是在"尊重事实"，不如说是在尊重"被概念所规范好的事实"。

再如，在《一代有一代之文学——以唐诗繁荣原因的探讨为中心》一文中，蒋寅先生分析了"诗盛于唐"这一命题成立背后的原因。蒋寅先生将长期以来对此问题讨论得出的答案进行整理，形成包括经济、政治、教

---

① 李树滋：《石樵诗话》卷八，道光五年（1825）李氏湖湘采珍山馆刊巾箱本。
② 锡德尼：《为诗辩护》，钱学熙译，人民文学出版社，1964，第42页。
③ 蒋寅：《古典诗学的现代诠释》，中华书局，2023，第120页。
④ 蒋寅：《古典诗学的现代诠释》，中华书局，2023，第120页。
⑤ 蒋寅：《古典诗学的现代诠释》，中华书局，2023，第121页。

育、科举倡导、民族融合、前代积累、格律成熟等七个前因。①但是蒋寅先生颇带有反思精神地指出:"当我将七点一一思索,再看看现有的论著,就感觉问题并未解决。因为问题的关键不在于因素的罗列,而在于如何解释其内在的逻辑关系。"②蒋寅先生指出,任何世界上的现象均是多重原因合力导致的结果,但是一概地说出这种"合力"对我们的理解而言没有太大意义。"我们总想找到一个终极的解释,不是出于对形而上学的某种偏好,而是出于对思想深度的追求。如果说追求单独一个因素已被证明是失败的,而罗列诸多因素又给人治丝益棼的感觉,那么能不能尝试从分析各种因素的作用力和结构关系来着手解决问题呢?"③蒋寅先生的意思是,他想对各种前因的力量做出权衡,找出哪些是一般性、背景性的,哪些是决定性、直接性的。通过分析他指出,经济与政治因素只是"一般文化繁荣的必要条件",民族融合与前代积累只是"一般艺术繁荣的必要条件",而教育、科举倡导和格律成熟对"提高唐诗写作起直接作用"。继而又着重分析这些起直接作用的前因。对前因的分量进行分类可以帮助人们把握因果链条之中的关键要害环节。把前因中属于背景性的前因和属于直接性的前因区分开来,背后有着深刻哲学基础,从约翰·密尔(John Stuart Mill)到希拉里·普特南(Hilary Putnam)均采用这种分析的做法。④

综上,蒋寅先生中国诗学关键词研究的杰出成就,在问题意识、概念规范和命题分析这三个维度集中体现出来,这三个维度间是一种递进关系,前一个维度均是后一个维度的准备和基础。没有好的问题意识,就想不出那些有价值、有分量、有普遍意义、有长远价值的议题;没有精密的概念研究,研究就会要么过度地停留在文献整理之中,要么错误地陷入自说自话之中;没有深度的命题分析,研究就没有广阔的思想驰骋领地。这三个维度背后又需要雄厚的文献功底与精良的审美判断力的支撑。从某种意义上说,蒋寅先生正因同时兼备以上条件与素质,其诗学关键词研究方展现出难能可贵的自足系统,可以不断地、持续地、高产地创造出新的学术成

---

① 蒋寅:《古典诗学的现代诠释》,中华书局,2023,第380页。
② 蒋寅:《古典诗学的现代诠释》,中华书局,2023,第381页。
③ 蒋寅:《古典诗学的现代诠释》,中华书局,2023,第382页。
④ Putnam, "Why There Isn't a Ready-Made World," Reprinted in H. Putnam, *Realism and Reason* (New York: Cambridge University Press, 1985), pp. 205-228.

果,闪耀思想光辉,使他成为当代中国诗学研究领域成果斐然、独树一帜的学术大家之一。

作者简介:宋烨,河北大学文学院讲师,主要研究方向为中国古代文论。

(栏目编辑:刘纯友)

·经典接受与文化传承·

试论关键词"义"：群善之蕴[*]

张路黎

(中南民族大学文学与新闻传播学院)

摘 要：作为关键词的"义"，其渊源当追溯至甲骨文、金文与简帛文献，从上古祭祀礼仪活动庄严吉祥之本义引申演化，不断丰富，可称为"群善之蕴"。孔子引领的儒家将"义"作为君子的道德标识，确立了其肯定性价值与高尚取向。"义"的伦理内涵主要有崇德之美、循理之真、适宜之善；常指正直、正当、正义、高尚、公平、公正、适当、适合、道德崇高，正道直行，众善表征，是各种道德规范和行为准则的集中体现，是对不义的否定。自古以来，庙堂、江湖都崇尚"义"，既为"仁义礼智信"五常之一，又随"情义""侠义"广为流行；既体现于诗词文章表示文辞含义，又在讲究"义气"、崇拜"义圣"的风俗中升华深化，且逐渐向四海传播。

关键词：义；崇德；循理；适宜

中国人自古尚义，耕耘道义，积德行义，勇为见义，伸张正义，尊崇信义，创制礼义，深明大义。入庙堂学府，必讲仁义道德；处江湖民间，推重有情有义。实乃天经地义。故而谈论中国文化，少不了关键词"义"。

孔子说："君子义以为上。"[①] 儒家认为"义"是最可尊贵的。墨家也以"义"为贵，《墨子》一书有《贵义》专篇。《左传》有言："君子动则思礼，行则思义。"[②] 郭店楚简《性自命出》篇云："义也者，群善之蕴

---

[*] 本文系国家社科基金一般项目"跨文化传播视野下当代价值观调查项目的中国认知研究"（项目编号：GSY21014）的阶段性研究成果。
[①] 杨伯峻译注《论语译注》，中华书局，1980，第190页。
[②] 阮元校刻《十三经注疏·春秋左传正义》下册，中华书局，1980，第2126页。

·90·

也。"① 视"义"为众善美德的表征。这些文献足以表明,"义"是中国文化的一个关键词。

一 "义"字考原

"义"字渊源久远,见于甲骨文、金文和上古文献。考察"义"的来源主要指两个方面,一是追溯"义"的造字本源,二是探讨"义"的基本含义的来由。

(一)字源

汉代许慎《说文解字》解释说:"义,己之威仪也。从我、羊。"②说明"义(義)"是由"我""羊"二字组成的会意字。从字形看,"义"字的甲骨文、金文、篆书、隶书至楷书繁体皆为"羊"在上、"我"在下的组合。为什么如此组合?近代发现的甲骨文启示我们从上古祭祀来领会。

殷商甲骨卜辞已有"义"字。从中国社会科学出版社所编《甲骨文合集释文》等资料来看,卜辞中记录的"义田""义行""义京""于义"等,多与祭祀场地相关。考古学者发现在多片甲骨卜辞上都有"义"字,如"于义祖乙""义行"③等,认为卜辞的"义"字都涉及祭祀活动。祭祀是人们敬献神灵或祖先的仪式,起源于原始人类对超自然力的崇拜。施密特的《原始宗教与神话》认为,祭祀与礼仪产生于"对于至上神的崇拜"。在原始文化部族中,"他们举行这种仪式,以为能获得至上神对自己的家庭、部族及全世界的援助与恩宠"。④

自古以来,中国人都以祭祀为重,将其列为头等大事。如《周礼》首篇《天官冢宰·大宰》列举了"八则",第一条就是祭祀:"一曰祭祀,以

---

① 荆门市博物馆编《郭店楚墓竹简·性自命出》,文物出版社,2002,第13页。
② 许慎:《说文解字》,中华书局,1963,第267页。
③ 胡厚宣主编《甲骨文合集释文》第3册,中国社会科学出版社,2009,第1389页。
④ W. 施密特:《原始宗教与神话》,萧师毅、陈祥春译,上海文艺出版社,1987,第345~352页。

驭其神。"①《左传·成公十三年》指出："国之大事，在祀与戎。"② 祭祀与战争是国家最重大的事。创造"义"字的时期是祭祀盛行的时代。记录祭祀的甲骨卜辞中频频出现"义"字。没有祭祀，就没有"羊"与"我"的组合。这种组合的含义当从祭祀过程中追寻。法国学者纪仁博从祭仪生活的"语法"来探讨"祭祀"，认为祭祀实质上"是关于一个秩序的设置"③。其说颇有启示意义。中国古代的祭祀实际上都关系到"秩序的设置"。祭祀需要隆重的仪式进行"秩序的设置"。原来，"羊"与"我"的组合，表达了上古祭祀文化以威严庄重的仪式设置"秩序"的需要。《说文解字》："祭，祭祀也。从示，以手持肉。"又说："祀，祭无已也。"④"祭"就是向神灵或祖先献上供品，举行仪式。"祀"形容永久的祭祀。都表示崇敬以祈求保佑，合言祭祀。祭祀过程需要一定的语言文字，"义"字正是一例。

为什么"义（義）"字选取"羊"为字符，并且放在上方？是由于上古祭祀文化崇尚羊，以羊表示吉祥。《说文解字》："羊，祥也。"又说："祥，福也。"表示有福的"祥"字即由代表祭祀的"示"和"羊"组成。以"羊"为字符还组成"美""善"等字，《说文解字》云："美，甘也，从羊从大。"认为"美与善同意"。又说："善，吉也。"认为"此与义、美同意"。"义（義）""美""善"字都从羊，都把"羊"放在上方，都表示吉祥美好之意。

再说"义（義）"字下部为什么选取"我"为字符。《说文解字》："我，施身自谓也。"其字形"从戈，从禾"⑤。由于"从戈"，"我"字曾被解释为一种兵器。又为什么"从禾"呢？难以说通。近有文字研究者发现甲骨文的字符"我"左部"特殊的形符"可转向朝下，犹如《诗经·郑风》中的"二矛重英"⑥一样。原来"从禾"，是指"悬系英络"。《周礼·夏官》所说"设其饰器"⑦，道出了"我"字的意蕴，原来是指装饰着飘带的戈形饰器，一种美饰兵器，"持戈而有各自的'装饰'或者说是'标记'"，相

---

① 阮元校刻《十三经注疏·周礼注疏》上册，中华书局，1980，第646页。
② 阮元校刻《十三经注疏·春秋左传正义》下册，中华书局，1980，第1911页。
③ 纪仁博：《中国祭仪语法的要素：祭祀》，赵秀云译，《民族学刊》2014年第3期。
④ 许慎：《说文解字》，中华书局，1963，第8页。
⑤ 许慎：《说文解字》，中华书局，1963，第78、7、78、58、267页。
⑥ 朱熹集注《诗集传》，上海古籍出版社，1980，第49页。
⑦ 阮元校刻《十三经注疏·周礼注疏》上册，中华书局，1980，第843页。

当于今之仪仗。① 仪仗即仪式中的道具。"我"乃是仪式中庄严威武的道具。为什么把这些美饰兵器称为"仪仗"？从文字上考察，当与"仪""义"相关。仪仗，源于古代祭祀，隆重威武而庄严，意在一种"秩序的设置"。印证了《说文解字》以"己之威仪"释"义"之语。

由此看来，早期祭祀中的"义（義）"字很可能是用具有美善含义的"羊"和威武的仪仗类兵器"我"组合起来，以表示祭祀的庄严和美好的愿望。于是，"羊""我"会意的"义"或释为"仪仗"、"仪表"、"美饰"、"美善"、"威武"、祭祀典礼的兵舞、出征前的隆重仪式、"对神灵、对王权的崇拜"等。祭祀期望神灵赐福，"义（義）"字中的"羊"正是吉祥的象征；祭祀需要严谨的秩序，"义（義）"字中的"我"以威武的仪仗来维护秩序；祭祀需要敬神的诚意，而"义"正是表示公平合理；祭祀需要适当的祭品，而"义"正是表示正当合宜；祭祀需要牺牲，而"义"正是表示崇高地献身。总之，"义"字表示祭祀活动的肯定性价值，取象于吉祥的仪式与威武的仪仗，取意于"秩序的设置"。其含义随时代演进而丰富，而庄严吉祥之本义始终保存。

（二）义德考原

"义"字产生后，融入伦理内涵，形成"义"德观念，成为关键词，则是春秋后期至战国中期孔孟时代的文化成果。

春秋之前的文献主要保存在"五经"即《尚书》《诗经》《周易》《礼记》《春秋》之中，经过儒家的整理。例如《周书·洪范》所载："无偏无陂，遵王之义。"②《诗经》中《大雅·文王》篇云："宣昭义问，有虞殷自天。"③ 阐说《春秋》经的《左传》记言："多行不义必自毙。"④ 这些零散的记录可以说是"义"德观念形成的前奏。

孔子开始明确将"义"作为君子的道德标识。《论语》记载孔子十多次谈论"义"，屡屡称颂"义"。譬如，子曰："君子义以为质。"（《卫灵公》）

---

① 谷霁光：《有关军事的若干古文字释例（一）——吕、礼、官、师、士、我、方诸字新证》，《江西大学学报》（哲学社会科学版）1988年第3期。
② 阮元校刻《十三经注疏·尚书正义》上册，中华书局，1980，第190页。
③ 朱熹集注《诗集传》，上海古籍出版社，1980，第176页。
④ 阮元校刻《十三经注疏·春秋左传正义》下册，中华书局，1980，第1716页。

意为，道德君子处世以"义"为本质原则。孔子又说："行义以达其道。"（《季氏》）主张依"义"而行来实现道德理想。孔子自言："质直而好义。"（《颜渊》）意为，品质正直，爱好"义"。孔子还说："见利思义。"（《宪问》）"见得思义。"（《季氏》）这两句的意思是，在利益面前首先要考虑是否合乎"义"。① 从这些语句来看，孔子认为"义"是高尚的、美好的、正直无私的、克己奉公的品行，是值得褒扬肯定的道德，明确了"义"的价值取向，树立了儒家视"义"为高尚道德的起点。

孟子继承发扬孔子学说，将"义"与"仁"并称，列为最重要的道德品目，认为"仁""义""礼""智"生于人心"四端"，人皆有之："恻隐之心，仁也；羞恶之心，义也；恭敬之心，礼也；是非之心，智也。仁义礼智，非由外铄我也，我固有之也。"②

并称显学而不同于儒家的墨家，也看重"义"。其著作《墨子》有《贵义》篇，提出："万事莫贵于义。"天下有"义"方能治理好，无"义"则混乱不堪。其《天志下》篇说："义者正也。"《经上》篇又说："义，利也。"主张"一同天下之义"（《尚同中》）。③

批评儒家的还有道家老庄。《老子》言："失德而后仁，失仁而后义。"（第三十八章）④ 认为"仁""义"次于"道""德"。《庄子》也常批评仁义，然而道家等学派对"仁义"的批评反而促使"仁义"传播。

春秋战国时期诸子百家无不谈论"义"。如管仲学派的《管子》将"礼""义""廉""耻"称为国之"四维"（《牧民》）⑤，列为治国纲维。《荀子》更多地研讨"义"的重要性，指出："人有气、有生、有知，亦且有义，故最为天下贵也。"（《王制》）⑥《吕氏春秋》概括性地说："义也者，万事之纪也。"⑦ 把"义"称为万事万物的关键要领。

《周易》的《说卦传》云："立天之道曰阴与阳，立地之道曰柔与刚，

---

① 杨伯峻译注《论语译注》，中华书局，1980，第166、177、130、149、177页。
② 杨伯峻译注《孟子译注》下册，中华书局，1960，第259页。
③ 墨翟撰，毕沅校注《墨子》，《百子全书》第3册，岳麓书社，1993，第2474、2423、2449、2385页。
④ 任继愈译著《老子新译》，上海古籍出版社，1985，第142页。
⑤ 管仲：《管子》，《百子全书》第2册，岳麓书社，1993，第1259页。
⑥ 荀况：《荀子》，《百子全书》第1册，岳麓书社，1993，第155页。
⑦ 许维遹：《吕氏春秋集释》卷八，中国书店，1985，第4页。

立人之道曰仁与义。"① 已然将"义"这一关键词推举到人生哲理基石的高度。

班固《汉书》记载，董仲舒《举贤良对策一》提出："夫仁、义、礼、知、信，五常之道。"② 常，意为恒久。自此"义"列入"五常"，受到历代推崇。

（三）楚简释"义"

关键词"义"字，频频见于出土简牍。主要以郭店楚简为代表，1993年在湖北郭店出土的楚墓竹简已确证为公元前4世纪至前3世纪战国时代的文献，竹简上清晰可见笔墨书写的"义"字。这批楚简中的儒家文献，研究者认为出自思孟学派。③ 其间数十处论及"义"，论述十分精彩，发此前传世文献之未发。例如，其《尊德义》篇说："尊德义，明乎人伦。"又强调说："义为可尊也。"尊奉贤德就是"义"。再如其中《五行》篇所言"五行"即"仁、义、礼、智、圣"五项德行；《六德》篇所谓"六德"即"圣、智、仁、义、忠、信"六项德行。④ 乃是儒家所尊崇的、最重要的人伦道德元素，显然属于关键词，"义"都在其列。

更值得一提的是郭店楚简《性自命出》所书："义也者，群善之蕝也。习也者，有以习其性也。道者，群物之道。"⑤ 此句释"义"振聋发聩，有画龙点睛之妙。"群善"当指各种道德规范和行为准则的总和。"蕝"字，音 jué，《说文解字》："蕝，朝会束茅表位曰蕝。从艹，绝声。"⑥ 蕝，原指古代朝会时表示位次的茅束，有标志、标准、表征的意思。此节楚简意为："义"是众善美德的表征，习惯是性致积累而成的，道是万物本生的自然。以群善美德解说"义"，有概括总结之意。研究郭店楚简的美国学者顾史考说："'义也者，群善之蕝也'，也可以说是人类伦理关系中至善至正的标

---

① 阮元校刻《十三经注疏·周易正义》上册，中华书局，1980，第93~94页。
② 《汉书·董仲舒传》，《二十五史》第1册，上海古籍出版社，1986，第599页。
③ 参见庞朴《孔孟之间——郭店楚简的思想史地位》，《中国社会科学》1998年第5期。
④ 参见陈来《早期儒家的德行论——以郭店楚简〈六德〉〈五行〉为中心》，《北京大学学报》（哲学社会科学版）2018年第2期。
⑤ 荆门市博物馆编《郭店楚墓竹简·性自命出》，文物出版社，2002，第13~14页。
⑥ 许慎：《说文解字》，中华书局，1963，第24页。

准,而此种义道亦未尝不是奠定于人们心性之情以为其基础的。"[1]《性自命出》还说:"君子美其情,贵其义。"即以"义"为贵。"群善之蕴",指群善之极,至善之征,就是说"义"是各种美德善行的集中表征。"群善之蕴",是对"义"之含义最精妙的解说。

二 "义"的道德内涵

作为"群善之蕴",关键词"义"的道德伦理意蕴丰富深广,具有崇德之美、循理之真、适宜之善。

(一)崇德之美

"义"之意,首先是道德崇高,正道直行。

《论语》载孔子言:"主忠信,徙义,崇德也。"(《颜渊》)又曰:"直道而行。"[2](《卫灵公》)自主忠诚守信,践行道义,就是崇高美德;将正道直行视为道德原则。郭店楚简所载"尊德义",即尊义崇德,"义为可尊也"。义,是最可尊贵的。尊德、崇德、直道,就是"义",就是正直、正当、正义、高尚,是正确的值得肯定的首要价值。在先贤的运用中,"德"字"直行"之意转由"义"字承担。"义"表达的是正义,正道直行。"义以为上",即以义道直行为上,具有崇德之美。

《孟子》也说:"尊德乐义,则可以嚣嚣矣。故士穷不失义,达不离道。"(《尽心上》)又说:"贵贵、尊贤,其义一也。"(《万章下》)孟子提倡"居仁由义",说:"仁,人之安宅也;义,人之正路也。"(《离娄上》)"仁"就是人的精神安居的空间;"义"就是人生正道直行之路。其重要性不可轻视,由此提出"舍生而取义"的著名观点:

> 鱼,我所欲也。熊掌,亦我所欲也。二者不可得兼,舍鱼而取熊掌者也。生,亦我所欲也。义,亦我所欲也。二者不可得兼,舍生而

---

[1] 顾史考:《郭店楚简先秦儒书宏微观》,上海古籍出版社,2018,第111页。
[2] 杨伯峻译注《论语译注》,中华书局,1980,第127、167页。

试论关键词"义":群善之蕴

取义者也。(《告子上》)①

在生死存亡的关键时刻,二者不可得兼,只有唯一的选择。人,为了坚持正义,宁可舍弃生命,决不苟且偷生,赴汤蹈火,义不容辞。

舍生而取义——这是一个多么崇高而具有圣洁美的道德命题!浩然正气,人生正道。

追根溯源,"义"的崇高与神圣来自远古祭祀仪式。就像仪仗队高举祭品或旗帜、迈着正步履行典礼之时,在场的人都会情不自禁,一种严肃恭敬的崇高感油然而生。特别是当整个部族、国家遭遇灾难之时,需要牺牲,需要献身,此时有人勇敢地站出来,甘愿舍己而利众利他,危亡之际敢于牺牲,这就叫"义",舍生取义,表现出崇高的神圣的美德。所以说"故国有患,君死社稷谓之义"②(《礼记·礼运》)。当国家遭遇灾祸,国君牺牲而殉国就称为"义"。《说文解字》:"义,己之威仪也。"慷慨就义,方显威仪。"义"有利他之举,舍己之德,而不需要任何前提条件。在五常九德中,唯有"义"称得上崇高。

例如,孔子的弟子冉有投身于保卫鲁国之战,持长矛英勇地抵抗入侵的齐军,《左传·哀公十一年》记述说:"冉有用矛于齐师,故能入其军。孔子曰:'义也。'"孔子称赞冉有之"义",执干戈以卫社稷。③

从"舍生取义"来读孔子之语,"君子义以为质"(《卫灵公》),"行义以达其道"(《季氏》),可以加深对"义"的认识。高尚之义,就是君子的本质。践行大义,就是君子的理想。"行义""取义",就是人生崇高境界。道德高尚的人,为了"义"可以舍弃生命、舍弃功名利禄、舍弃自己,成为中华民族仁人义士的做人原则。

正如宋代抗元英雄文天祥正道直行,以身殉国,英勇就义,光耀史册,是为舍生取义的典范。《宋史·文天祥传》记载,文天祥临刑之时从容不迫,视死如归,衣带中有绝笔诗云:"孔曰成仁,孟曰取义,惟其义尽,所以仁至。"文天祥身心皆入"成仁取义"的人生境界。史书评赞他"信大义

---

① 朱熹注《孟子集注》,上海古籍出版社,1987,第102、79、55、89页。
② 阮元校刻《十三经注疏·礼记正义》下册,中华书局,1980,第1422页。
③ 阮元校刻《十三经注疏·春秋左传正义》下册,中华书局,1980,第2166页。

于天下","求仁而得仁"①。文天祥胸怀正气、舍生取义的崇高人格彪炳史册,"丹心照汗青",成为中华民族精神的代表,高山仰止,景行行止。

(二)循理之真

"义"不仅表征美德,还有循理厉性、禁恶除害、公平公正、合理合法的含义,义,是必须承担的责任。仅仅从正面肯定"义"德还不够,必须否定不义。

孔子在肯定"义"的同时,就已否定"无义"。《论语》记载:"子曰:君子义以为上,君子有勇而无义为乱,小人有勇而无义为盗。"②孔子不仅肯定"义"的崇高至上,而且指出"无义"则可能沦为"乱"与"盗"。因此需要否定不义。

对不义的否定,就是对"义"的肯定。荀子说"义者循理"的同时主张"禁暴除害"。荀子指出"义"就是禁止有人为非作歹的道理,"夫义者,所以限禁人之为恶与奸者也"(《强国》)。"义"就是对"恶与奸"的否定。荀子分析说:"彼仁者爱人,爱人故恶人之害之也;义者循理,循理故恶人之乱之也。彼兵者所以禁暴除害也。"(《议兵》)③

《礼记》也说:"除去天地之害,谓之义。"④ 又如《周易》言:"禁民为非曰义。"(《系辞下》)孔颖达《周易正义》解说:"禁约其民为非僻之事,勿使行恶,是谓之义。义,宜也,言以此行之,而得其宜也。"⑤ 禁止为恶就是义,就是适宜。

《国语·晋语七》"司马侯荐叔向"一节记司马侯语:"德义之乐则未也。"又说:"以其善行,以其恶戒,可谓德义矣。"此节韦昭注:"善善为德,恶恶为义。"⑥ 其中,"善善""恶恶"都是动宾句式。善善,就是称美善良、褒奖好人。恶恶,就是惩罚凶恶、戒恶除害。"善善"肯定善,"恶恶"否定恶。"恶恶为义",可见"义"具有其他道德术语未有的杀伐含义。

---

① 《宋史·文天祥传》,《二十五史》第 8 册,上海古籍出版社,1986,第 6593 页。
② 杨伯峻译注《论语译注》,中华书局,1980,第 190 页。
③ 荀况:《荀子》,《百子全书》第 1 册,岳麓书社,1993,第 187、181 页。
④ 阮元校刻《十三经注疏·礼记正义》下册,中华书局,1980,第 1610 页。
⑤ 阮元校刻《十三经注疏·周易正义》上册,中华书局,1980,第 86 页。
⑥ 左丘明撰,韦昭注《国语》,上海古籍出版社,2015,第 295 页。

除害与厉性,是义理的两个方面。一方面依法惩恶,另一方面厉性修身。荀子说"夫义者,内节于人而外节于万物者也"(《荀子·强国》),强调"义"对人的行为的节制,提倡"敬义"和"砥厉"。《劝学》篇说"金就砺则利",主张磨砺以成人。《强国》篇以莫邪宝剑为喻,强调冶炼和砥砺的必要,说:"彼国者亦有砥砺,礼义、节奏是也。"即主张通过礼义节制,砥砺人性。"循理"是为了尊义。"君子之能以公义胜私欲。"(《修身》)荀子期望达到儒家理想的伦理和谐:"贵贵、尊尊、贤贤、老老、长长,义之伦也。"合乎人伦之义,若如此,方可称:"义,理也,故行。"(《大略》)①

郭店楚简《性自命出》篇记载:"厉性者,义也。"②正与荀子的"砥厉"说相呼应。厉,通"砺"。其意也是磨砺性情,砥砺、提高,从而达于"义"。

中国文化之"义"往往包含法治的公平正当。"恶恶"除害,涉及执法的公平公正、合理合法。又如《管子》说:"至平而止,义也。"③(《水地》)公平,才是正义。如美国学者罗尔斯的《正义论》所称"公平的正义"和"公平的正当"。④

相传我国第一位著名法官就是虞舜时代的皋陶。他提出选拔官员的"九德",见于《尚书·皋陶谟》记载,其中包含"强而义"。用九项道德品行选任法官,首先表明皋陶自身公正合义。传说皋陶善理狱讼,遇上疑案,就让独角神羊"獬豸"来决狱,獬豸能分辨曲直是非,以角触不直者,据说从来无误。有意思的是,神羊断案的传说与"义(義)"和"善"字密切相关。二者字形都是羊在上,来源于上古崇尚羊的祭祀文化。

在中国老百姓心目中,铁面无私的包公就是公平正义的化身。包公,名拯,北宋进士,曾任大理寺卿,为官清正廉洁。《宋史·包拯传》记载:"拯立朝刚毅,贵戚宦官为之敛手,闻者皆惮之。人以包拯笑比黄河清,童稚妇女,亦知其名,呼曰'包待制'。京师为之语曰:'关节不到,有阎罗

---

① 荀况:《荀子》,《百子全书》第1册,岳麓书社,1993,第187、130、184、134、223页。
② 荆门市博物馆编《郭店楚墓竹简·性自命出》,文物出版社,2002,第68页。
③ 管仲:《管子》,《百子全书》第2册,岳麓书社,1993,第1358页。
④ 约翰·罗尔斯:《正义论》,何怀宏、何包钢、廖申白译,中国社会科学出版社,2001,第14页。

包老。'"① 宋代民间流传包公断案的故事,包公被誉为"包青天",传奇戏剧小说不断传播包公维护公平、伸张正义的故事,表达了平民百姓的善良愿望。

(三)适宜之善

义者,宜也。即适宜、适合、适当。人的行为合乎情理、合适恰当,指处理人际关系的法则、方式得当。

《论语·里仁》记述孔子语:"君子之于天下也,无适也,无莫也,义之与比。"意为君子对于天下的人和事,没有固定的模式,不限于厚薄亲疏,只是按照适当的理义去交往,通权达变,唯义是从。由此亦可理解"义"就是适宜、通变与妥当。《学而》篇记载:"信近于义,言可复也。"意为守信之言符合义,说的话就能兑现。②

《周易·文言》曰:"利者,义之和也。"接着说:"利物,足以和义。"这是《易传》对《周易》四德"元亨利贞"的解说。孔颖达《正义》曰:"利者义之和者,言天能利益庶物,使物各得其宜,而和同也","利物足以和义者,言君子利益万物,使物各得其宜,足以和合于义,法天之利也"③。以"各得其宜"来解释"义"。

《礼记·中庸》的诠释简洁明确:"义者,宜也。尊贤为大。"④ 意为"义"就是适宜得当,最重要的是尊敬贤德。与郭店楚简"尊德义"之说一致。郭店楚简《语丛三》记载:"义,宜也。"又说:"义,善之方也。"解说"义"为适宜,并且在道德语境中进行诠释,关注到"贤"的尊崇、"德"的引领、"善"的法则。

《管子》一书也以"适宜"论"义"。其《心术》篇说:"义者,谓各处其宜也。"其《形势解》篇赞美说:"德义者,行之美者也。"⑤

春秋后期著名的贤相有郑国的子产、齐国的晏婴(平仲)。其特点正是处事适宜,有德有义。孔子曾多次称赞。《论语·宪问》篇记载,孔子评价

---

① 《宋史·包拯传》,《二十五史》第 8 册,上海古籍出版社,1986,第 6334 页。
② 杨伯峻译注《论语译注》,中华书局,1980,第 37、8 页。
③ 阮元校刻《十三经注疏·周易正义》上册,中华书局,1980,第 15 页。
④ 阮元校刻《十三经注疏·礼记正义》下册,中华书局,1980,第 1629 页。
⑤ 管仲:《管子》,《百子全书》第 2 册,岳麓书社,1993,第 1353、1397 页。

子产："惠人也。"《公冶长》篇记载，孔子称赞"晏平仲善与人交"。同篇记载孔子称赞子产"有君子之道四焉：其行己也恭，其事上也敬，其养民也惠，其使民也义"①。就是说，子产合于君子之道有四个方面：一是处事行为恭谨，二是尊敬国君，三是让老百姓得到实惠，四是用人适当，合乎理义。《左传·昭公十年》记述有晏子论及"义"之语："利不可强，思义为愈。义，利之本也。"② 指利益是不能强要的，时时想着道义才能超过别人。道义，才是利益的根本。

汉初《素书》传为黄石公所授张良之书。其中有言："义者，人之所宜，赏善罚恶，以立功立事。"③ 宋代张商英注解说：理之所在，谓之义；顺理决断，所以行义。赏善罚恶，公平公正，因此"义足以得众"。人们认同"义"，就在于处事公平，合乎道理。

总之，"义"是值得肯定的道德价值，体现真善美。现将以上所述简要概括一下。

首先，"义"是崇德、正义、高尚，正道直行，能舍生取义，具有崇德之美。

其次，"义"是循理、禁恶、厉性、担当、公平、公正、合理、合法、义不容辞，是对不义的否定，具有循理之真。

最后，"义"为适宜、适合、适当、和善、合乎情理、适得其宜，具有适宜之善。

"义"的真善美的含义是交相兼通的，正直崇高，循理"恶恶"，适宜得当，"义"就美善之德、群善之蕴。

三 "义"的演化传播

随着中国文化的演进发展，"义"的含义也不断演变，在传播流行中不断扩展丰富。古往今来，无论是庙堂官场、授业传教还是民间江湖、人际交往，"义"都与中国人的人生息息相关。纵向延续，与时俱进，历久弥

---

① 杨伯峻译注《论语译注》，中华书局，1980，第148、47~48页。
② 阮元校刻《十三经注疏·春秋左传正义》下册，中华书局，1980，第2058~2059页。
③ 黄石公撰，张商英注《素书》，《百子全书》第2册，岳麓书社，1993，第1178页。

新；横向拓展，交互融汇，广为传播。

根据《汉语大字典》等辞书，"义"的释义有正义、正当、合法、道义、准则、适宜、节义、善意、美德、恩义、仪式、仪容、意义、意思、公益性的、名义上的等十多种，实际运用中由"义"生发的词语层出不穷，而都根源于祭祀威仪之庄严吉祥的本义。从而体现出正当性和肯定性价值，既有道德理性，又有民间世俗性、广泛代表性和多义兼通性等基本特点。"义"的衍变与组合多种多样。这里仅从"文义演变""江湖传义"" '义圣'崇拜"等方面说明。

（一）文义演变

古代学者为解读文本，往往用"义"字来表示文辞含义。譬如《周易》解说经文的《易传》中，解释"需卦"的《象》辞曰："其义不困穷矣。"解释"小畜卦"的《象》辞说："复自道，其义吉也。"解释"随卦"的《象》辞云："随有获，其义凶也。"《系》辞言及"六爻之义"。其中的"义"皆指卦爻辞的含义、意思。

于是，义字并不限于"仁义""礼义"的"义"，而扩展为表示文辞意思，出现"文义""辞义"等词语，在汉魏六朝逐渐普遍运用。

例如西汉孔安国《尚书序》写道："以所闻伏生之书，考论文义，定其可知者。"[1] 其中"文义"指文本的义理内容。《毛诗序》提出"诗有六义"。所谓"六义"指《诗经》中的六种要素：风、雅、颂、赋、比、兴。东汉班固《汉书·张禹传》记载："禹见之于便坐，讲论经义。"曹丕《与吴质书》写道："《中论》二十篇，成一家之言，辞义典雅。"[2] 范晔《后汉书·蔡邕传》记载："章帝集学士于白虎，通经释义。"南朝宋代刘义庆《世说新语》记述，东晋谢安在某个寒雪天聚集本家族人"与儿女讲论文义"引出谢道韫"咏雪"名句。（《言语》篇）[3] 南朝梁代萧统编成第一部《文选》，作《序》赞曰："文之时义远矣哉！"[4] 钟嵘《诗品序》认为：

---

[1] 孔安国：《尚书序》，阮元校刻《十三经注疏·尚书正义》上册，中华书局，1980，第115页。
[2] 郭绍虞主编《中国历代文论选》第1册，上海古籍出版社，1979，第165页。
[3] 刘义庆撰，刘孝标注《世说新语》，上海古籍出版社，1982，第84页。
[4] 萧统编，李善注《文选》，中华书局，1977，第1页。

"故诗有三义焉：一曰兴，二曰比，三曰赋。"① 刘勰的《文心雕龙》更多地以"义"论文，"魏文帝下诏，辞义多伟"（《诏策》），"拙辞或孕于巧义"（《神思》），"释名以章义"（《序志》）。②

由此可见在历代文化传播中，人们已将"义"引入文章解读，或消解其伦理道德之义，而普遍用以指称文字含义、文章内容、文本意义。诸如"字义""诗义""本义""多义""广义""褒义""含义""义旨""义疏""义训"等。这一类"义"字的用法不同于春秋战国各家典籍，发生了新的演化，而用于作品内涵与文本分析，为作者、评论者和广大读者普遍熟悉，习惯自然，流传至今。

（二）江湖传义

自古庙堂、江湖，无不尚义，此乃中国文化特有的一种现象。江湖，往往指远离官场的民间。"义"既被官方列入"五常"而传播，同时，民间也流行情义与侠义。

江湖多义士。"义士"，即见义勇为的民间人士。《左传》曾有记载。先秦时期还出现一种以"义"为重的墨家江湖，例如《吕氏春秋》所言"钜子"孟胜及其弟子殉城，以死捍卫"墨者之义"③。人在江湖，"信义"第一，生命可以舍弃，决不能背信弃义。故墨家被称为"墨侠"。"侠"，指行侠仗义之士。侠士尚义重信，锄强扶弱，除暴安良。法家韩非替帝王献策说，"侠以武犯禁"④，可见帝王统治害怕民间侠义，但又屡禁不止。"侠"最关键的特点正是江湖之"义"。

首先为民间"侠义"伸张正义的是司马迁，他在《史记》中专设《游侠列传》，将民间游侠之士著于史册。其中记述了朱家、剧孟、郭解等侠客的事迹，称赞游侠之士"千里诵义""救人于厄""已诺必诚"的"侠客之义"。尽管后来官方史书不再赞赏侠士，但民间侠义之风仍然长盛不衰。

---

① 郭绍虞主编《中国历代文论选》第1册，上海古籍出版社，1979，第309页。
② 刘勰著，范文澜注《文心雕龙注》，人民文学出版社，1958，第359、495、727页。
③ 许维遹：《吕氏春秋集释》卷一九，中国书店，1985，第12页。
④ 韩非：《韩非子·五蠹》，《百子全书》第2册，岳麓书社，1993，第1790页。

汉魏隋唐、宋元明清，民间侠义在诗歌中洋溢挥洒。例如被称为"建安之杰"的诗人曹植所作《白马篇》，诗曰："借问谁家子？幽并游侠儿。"[1] 高歌"游侠"，可称咏侠诗的开篇。唐代"诗仙"李白颇有任侠之风，喜爱吟唱侠义，譬如他的《侠客行》吟道："纵死侠骨香，不惭世上英。"[2] 另一位唐代名士李德裕曾撰《豪侠论》称赞侠义："气盖当世，义动明主。"[3] 认为正义气节是侠的根本，高度弘扬"侠义"。

唐代李朝威根据民间传说所撰《柳毅传》，写柳毅传书义救洞庭龙女的神话传奇，就是一个"尚义"的故事。柳毅曰："吾，义夫也。"讲义气的柳毅为龙女传书，又申明："始以义行为之志。"而龙女对柳毅依依不舍，经过几番波折，二人终于团聚。[4] 这篇传奇赞扬柳毅的义，也表现柳毅的情；抒写龙女的情，也描写龙女的义，可称融合江湖情义之作。

古代传奇、笔记、小说与戏曲中多描写士民尚义与江湖义气的故事，特别是元末明初文人施耐庵所著《水浒传》，更将民间侠义之情推向高潮，其中多处写到"聚义""结义""忠义""义士""义气"，赞扬梁山好汉"仗义疏财""义气深重""义胆忠肝"。

清代蒲松龄的《聊斋志异》中多写侠义，例如《聂小倩》篇感慨"义气干云""拔生救苦"，《聂政》篇称赞"抱义愤而惩荒淫者"[5]，借花妖狐魅鬼怪的虚拟故事来表达人间真情侠义，以浪漫幻想之笔谱写了一曲曲侠义之歌。

（三）"义圣"崇拜

正如《聊斋》所言"义气干云"，民间尚"义"不胫而走，越来越旺，不仅传遍中华大地，还走向四海五洲。当一个字的含义超越了日常普通意义时，往往就会有神奇性。"义"就是这样的一个汉字、一个关键词、一个心灵意象，当它与历史上的关公形象融为一体时，便产生了无比神奇的力量，关公也成为亿万人崇拜的"义圣"。

---

[1] 曹植：《白马篇》，逯钦立辑校《先秦汉魏晋南北朝诗》上，中华书局，1983，第432页。
[2] 李白：《李太白全集》，上海书店，1988，第107页。
[3] 李德裕：《豪侠论》，董诰等编《全唐文》第3册，上海古籍出版社，1990，第3224页。
[4] 李朝威：《柳毅传》，李昉等编《太平广记》第9册，中华书局，1961，第3410、3416页。
[5] 蒲松龄：《聊斋志异》，上海古籍出版社，1979，第69、357页。

试论关键词"义":群善之蕴

关羽是三国时期"万人敌"的英雄,又是"义重如山"的典范。汉末群雄纷争,义士特立。义气最突出的代表自然是关羽。据陈寿《三国志·关羽传》裴注记载,曹操当年就称关羽为"义士"。先是曹操待关羽"礼之甚厚",而关羽斩颜良"以报曹公"依然离去,"曹公义之"。裴松之注引《傅子》云:"太祖曰:'事君不忘其本,天下义士也。'"《傅子》是汉末傅玄的著作。《三国志》裴注:"曹公知羽不留而心嘉其志,去不遣追以成其义。"①

值得感叹的是,关羽尚义的故事在民间广为流传,诗词歌赋、话本说书、戏曲传奇都少不了关羽的故事。南北朝陈代在当阳建关公祠,隋朝在山西解州建关公庙,佛教借助关羽为"护法"菩萨,道教称关公为天尊。北宋皇帝封关羽为"义勇武安王",此后各代帝王继续加封,一位义勇将军生前封侯,身后成为神,建庙封王、封大帝、封武圣。官方提倡的忠义与民间义气的合一于关公崇拜。

唐代就有说书人讲三国故事。宋代瓦舍众艺中也有"说三分"与表演关公形象的"弄影戏"即皮影戏,宋元时期出现讲史话本《三国志平话》和以三国历史为题材的元杂剧,其中就有关公戏,譬如关汉卿的《单刀会》就以关羽为主角塑造尚义的英雄形象,广大观众喜闻乐见。元末明初罗贯中的《三国演义》小说传播以来,关羽的形象与故事更是家喻户晓。小说戏曲依据关羽原型展开描写,如桃园三结义、温酒斩华雄、解白马之围、封金挂印、过五关斩六将、华容道义释曹操、单刀赴会、刮骨疗毒、水淹七军等。《三国演义》小说回目中多次强调"义",例如第一回"宴桃园豪杰三结义"、第二十八回"会古城主臣聚义"、第五十回"关云长义释曹操",②有声有色地表现了关公义勇神奇的"义绝"形象,即最高的"义"的化身。

关羽尚义的故事在亿万老百姓之间流传,在他们的心目中刻印了义勇神化的形象,四方百姓自发兴建关公庙宇,称关羽为关公或关帝,奉之为神,几乎各县都有关庙。关庙武圣或与孔庙文圣并称,形成关公崇拜,并通过诗歌、戏曲、小说乃至庙宇香火而纵向延伸,实为中国"义"文化的

---

① 《三国志·关羽传》,《二十五史》第2册,上海古籍出版社,1986,第1180页。
② 罗贯中:《三国演义》上册,人民文学出版社,1973,第1~3页。

奇迹。

更令人感叹的是，随着崇尚关公的华人走出国门，"义"文化已传播到世界上100多个国家和地区，特别是在东南亚、韩国、日本等地有许多民众钦佩关公，例如马来西亚就曾多次举办国际关公文化节。① 关公形象还进而走向欧洲、美洲和非洲，引起了西方学者的兴趣与思考。譬如德国汉堡大学的一位荷兰籍汉学家田海出版了专著《关羽：由凡人神的历史与想象》，他认为口头文化传播在关公信仰塑造过程中有着极其重要的作用。② 一些国外学者把关羽称为"战神"，譬如美国学者杜赞奇著有《刻划标志：中国战神关帝的神话》；澳大利亚学者雷金庆所著《男性特质论：中国的社会与性别》一书的第二章题为"战神关羽：性，政治与'武'的男性特质"。③ 许多国外读者认为关羽的仁、义、智、勇到现在仍有意义。

诚如刘勰《文心雕龙》所言："义吐光芒，辞成廉锷，则为伟矣。"④在中西文化传播中，"义"不仅是一个关键词，还是一面旗帜，是"群善之蕤"，在人类文化交流中起着美好的标志性的引领作用。

作者简介：张路黎，武汉大学新闻与传播学院博士后，中南民族大学文学与新闻传播学院副教授。

---

① 参见高莉莎《正典化的多元互构：对马来西亚马六甲关公文化节的人类学考察》，《广西民族研究》2020年第4期。
② 参见戴昇《评田海〈关羽：由凡人神的历史与想象〉》，《宗教学研究》2024年第3期。
③ 参见王骏光《神格与凡人之间：关羽神话的历史表现议题》，《晋阳学刊》2021年第2期。
④ 刘勰著，范文澜注《文心雕龙注》，人民文学出版社，1958，第395页。

"子"与"论"

——魏晋子书论体文的文体之辨*

杨 康

(中国社会科学出版社)

摘 要：魏晋是继先秦两汉以来子书发展的又一繁荣期。魏晋子书内容庞杂，多采用论体文的形式，对政治、社会风俗、人物品评和文学批评等诸多领域都有涉及。以保存下来较为完整的魏晋子书为主要研究对象，分析其中论体文的文体价值论和创作论，可发现魏晋子书论体文受儒家思想影响，认同和肯定"经世致用"的文体价值观和"有贵教化"的文体功用论，并彰显出融社会关怀与人生理想于一体的"立言"之旨。魏晋子书论体文的文体辨析，有助于拓展魏晋文体学的研究视域，并深化对魏晋时期文学批评的研究。

关键词：魏晋子书；论体文；文体

魏晋是先秦两汉以来子书发展的又一活跃期，由《隋书·经籍志》子部的相关记载可知，此时期子书创作之繁盛。论体文作为先秦两汉文章的重要载体，在魏晋子书中得到了继承发展。学界有不少关于论体文的研究，[①]但是魏晋子书中的论体文却鲜见有专门的分析文章。究其缘由，大概是对于魏晋子书的研究多从诸子的角度切入，从而遮蔽了魏晋子书论体文的文体特

---

* 本文为国家社科基金一般项目"汉末魏晋子书与文学批评研究"（19BZW006）阶段性成果。

① 比较有代表性的成果有：彭玉平《魏晋清谈与论体文之关系》，《中国社会科学》2001年第2期；彭玉平、刘石泉《论西汉论体文的创作》，《烟台大学学报》（哲学社会科学版）2011年第2期；王京州《子与论的边界与代兴》，《燕赵学术》2007年第2期；杨朝蕾《魏晋南北朝论体文的致思理路》，《广西社会科学》2014年第11期。

征。诸子与论体文有重合的部分，因而给子书中的论体文研究带来了困难。但子书与论体文既重叠又有区分的阐释空间，使得分析子书中论体文的文体特征别有意义。本文着眼于子书与论体文并存的魏晋时期，选取比较有代表性的子书如《中论》《人物志》《抱朴子外篇》，分析其中论体文的文体批评价值观和功能论，考察魏晋子书中论体文的文体特征及其对中国古代文学批评发展的影响。

一 "经世致用"的文体价值观

  魏晋子书的论体文中，浸润着儒家思想。先秦时期，孔子以"兴观群怨"奠定了儒家文学价值观的传统，到了两汉，"诗教观"成为主导一时的文学观念。处于文学自觉时代的魏晋子书中的论体文，行文以阐述义理为主，具有强烈的现实指向性和社会针对性，传统儒家文体观在此文体中得到了继承和发展。这种现实政治指向通常表现为子书作者将论体文作为自己传达对现实政治看法的途径，并借以表达自己的政治立场和政治观点，以及对社会风俗的批判等。

  徐幹的《中论》，从整体来看是一部阐发儒家义理的著作。其书大体可分为两部分，一部分讲修身处世之道，另一部分讲治国为政之方。《中论》二十篇，其中《考伪》《谴交》《历数》《务本》《审大臣》《慎所从》《亡国》《赏罚》《民数》都与现实的国家治理有关。《考伪》《谴交》直接针对的是汉末之际冠族子弟结党权门以求名爵的风气，其意在批判虚伪、浮华的交游之风，提倡"重才重德""名实相符"的人才观；《历数》回顾了历史上的数家历法，强调历法对于一个国家的重要性；《务本》《审大臣》《慎所从》都是讲的为君之道，特别论述了对于臣子的选拔和任用之道；《亡国》则是通过回顾历史强调了君主任用贤才的重要性；《赏罚》也向君主强调如何使用法律；《民数》阐释了人口之数详备乃是治国之本。除了这些具体指向社会治理的篇章，《中论》的另一部分重点论述的乃是修身之道，但徐幹的"修己"之道也有现实指向，其《治学》篇曰："学者，心之白日也。故先王立教官，掌教国子，教以六德，曰智仁圣义忠和；教以六行，曰孝友睦姻任恤；教以六艺，曰礼乐射御书数；三教备而人道毕矣。"① 由此可见，徐幹的"修己"旨在成教化、求治世。在《艺纪》篇中，徐幹也说："造艺者，将以有理乎。"② 意思是说，圣人造艺，也是为了能治于民。《中论》的论体文成为徐幹传递治世观念的载体，现实政治指向之明确不言而喻，文体价值观尤为体现出"经世致用"。

刘劭《人物志》是一部专门品评人物的著作。刘劭与曹魏政权关系密切，他被曹操提拔为御史大夫、太子舍人和秘书郎，在曹丕称帝后同样被重用，担任尚书郎和散骑侍郎，在曹叡时期官至骑都尉、散骑常侍等要职。由此可见，刘劭可谓曹魏政权的三朝元老。而这部"辨才析能"的《人物志》，就是为了解决人才选拔标准问题。《人物志》开篇即言明，此书就是为了记录辨识人才、使用人才的理论和方法，以助于国君治理国家。刘劭在书中着重分析了人物的才性、品德与才干，为君主发现和使用人才以及人才如何提升自己的才能和修养提供了完整的参考标准。《人物志》由三卷十二篇组成，各卷和诸篇之间有着紧密的逻辑联系。上卷包括《九征》《体别》《流业》《材理》，重在说明人物情性、气质、才能的多样性，以及这种多样性会体现在不同的外在形貌中，对人的外在言谈行为到内在性情才干进行审视分析；中卷包括《材能》《利害》《接识》《英雄》《八观》，重在说明人才各有所偏，应根据人物的能力大小而有所选用，扬其所长，避其所短；下卷包括《七缪》《效难》《释争》，重在说明鉴别人物过程中通常易于犯下的错误及原因，以及如何避免由此产生的人际关系中的斗争。《人物志》为统治者提供了一套系统的人才选拔使用论，直接影响了当时的人物品评观念，其文体价值观的现实政治指向十分清晰。此处值得一提的是，《人物志》中的人物品评体系，也影响到后世的文学评论，钟嵘《诗品》的诗学品第方式就明显受到了《人物志》的影响。

葛洪虽一般被看作道教人物，但其《抱朴子外篇》却更多体现儒家思想的影响。与《中论》《人物志》一样，《抱朴子外篇》也重点讨论了君主的治国之道和人才选拔使用问题。其中，《君道》篇论述为君之道，最为强调的一点就是明主应选拔贤才，而不应以附和谄媚者为先，并批评了用人唯亲的现象；《贵贤》篇进一步强调君主的首要职责是选拔人才，重视贤

---

① 徐幹撰，孙启治解诂《中论解诂》，中华书局，2014，第1页。
② 徐幹撰，孙启治解诂《中论解诂》，中华书局，2014，第112页。

者；《任能》篇更深一层，指出君主要任用比自己贤能的人。葛洪对于人才问题的论述，在《抱朴子外篇》中始终伴随着对用人不正之风的批判。在《汉过》《吴失》《审举》《交际》《名实》《疾谬》《穷达》等篇目中，他也多次提到前朝在选用人才方面的过失，对诸如以家世钱财晋身、阿谀谄媚之道、朋党之风等进行了大力批判。葛洪在《行品》篇中用大篇幅详细讨论了人们品性的差异，通过正反等一系列对比描述了人才的复杂性，强调在选拔人才时要仔细谨慎，以免被蒙蔽；在《仁明》篇中提出了智慧比仁德更为重要的理念。此外，葛洪在《讥惑》《刺骄》《百里》等篇目中针对当时放荡不羁的社会风俗着力进行了批判，以期能够扭转礼教颓丧下的世风。由此可见，《抱朴子外篇》这部子书同样不乏现实的政治指向，其反思历史的鲜明态度和批判精神使书中的论体文体现出"经世致用"的价值观。

二 "有贵教化"的文体功用论

"有贵教化"是魏晋子书论体文所体现的功能论。魏晋子书作者都认识到，学习圣人的文章、写作文章的重要价值之一就在于能够推动教育以使人们得到启蒙，有益于建构一个风清俗澈的社会。

徐幹《中论》重点论述的另一主要内容就是治学与修身。在《治学》《法象》《修本》《贵验》《贵言》《核辩》《智行》等篇章中，徐幹从儒家角度多方面阐释了修身之道，多次将"君子"作为道德典范，其社会教化之意也不言自明。徐幹将著书目的阐述为："见辞人美丽之文并时而作，曾无阐弘大义、敷散道教、上求圣人之中、下救流俗之昏者，故废诗赋颂铭赞之文，著《中论》之书二十篇。"[1] 由此可见，徐幹将"阐弘大义、敷散道教"作为著书的旨向，需要说明的是，这里的"道教"并非宗教意义上的道教，而是"传播儒教"之义，同时，也是为了"救流俗之昏者"，实现"有贵教化"之目的。

徐幹之所以强调君子的自我修行，也源于对当时社会风气的反思，希望通过教化澄澈风俗。汉末动乱之际，经学的瓦解使士人失去了原有的行

---

[1] 徐幹撰，孙启治解诂《中论解诂》，中华书局，2014，第395页。

为指南和目标，社会上弥漫着一股浮躁、矫饰的风气，对于外在名利和荣位的追求超越了一切。在传统儒家价值观的瓦解中，士人的行为也失去了准则。面对世风日下的乱象，徐幹有感而发，在《中论》中一再强调传统儒家的礼法行为准则。因此，徐幹特别强调君子的自我修养："人心莫不有理道，至乎用之则异矣。或用乎己，或用乎人。用乎己者谓之务本，用乎人者谓之近末。君子之理也，先务其本，故德建而怨寡；小人之理也，先近其末，故功废而仇多。"① 修身重在修己，应保持谦虚的态度和持久的恒心，注重修炼自己的内在品质，按照礼的要求来规范自己的言行举止："无敬无以行礼，无礼无以节敬，道不偏废，相须而行。"② 他对于君子之言的要求，也是从"重道立教"的要求来说的，《贵言》曰："君子必贵其言，贵其言则尊其身，尊其身则重其道，重其道所以立其教。"③ 徐幹认为，君子之言有助教化，因而十分重要。

在《抱朴子外篇》中，葛洪也从有贵教化的角度出发，肯定子书的社会价值不逊于正经："正经为道义之渊海，子书为增深之川流。……虽津涂殊辟，而进德同归；虽离于举趾，而合于兴化……百家之言，与善一揆。"④ 不同于以往儒家文体观的"崇古"思想，葛洪的文体价值观突破了传统对于子书的看法，强调子书的文章在传播"道义"、有助教化方面与经书具有同样重要的作用，并因此高度肯定了子书之文的价值意义。不过，强调子书的文体价值，不代表对儒家经典的否定。在《抱朴子外篇》中，葛洪引用儒家经典之处不胜枚举，反映出他将五经作为文章写作的渊薮，儒家的文体价值观在其子书论体文的表达中愈加彰显。

此外，葛洪还在《抱朴子外篇》中专设有关教育的《勖学》《崇教》，旨在强调教育对于治理国家的重要性，《勖学》篇曰："夫学者所以清澄性理，簸扬埃秽，雕锻矿璞，砻炼屯钝，启导聪明，饰染质素，察往知来，博涉劝戒。仰观俯察，于是乎在，人事王道，于是乎备。"⑤ 葛洪将教育最终的落脚点放在了治国之上，他在文中慨叹，"世道多难，儒教沦丧，文、

---

① 徐幹撰，孙启治解诂《中论解诂》，中华书局，2014，第42页。
② 徐幹撰，孙启治解诂《中论解诂》，中华书局，2014，第35页。
③ 徐幹撰，孙启治解诂《中论解诂》，中华书局，2014，第93页。
④ 杨明照：《抱朴子外篇校笺》下册，中华书局，1991，第98~99页。
⑤ 杨明照：《抱朴子外篇校笺》上册，中华书局，1991，第111页。

武之轨，将遂凋坠"①，由此可见其对儒教之推崇和重视。在《崇教》篇中，葛洪回顾了儒家沦丧导致的一系列奢靡、浮华、贤人不纳等各种社会问题，再次提出"竞尚儒术"，认为推行儒学之教才能"保国安家"。

不仅如此，葛洪也一再强调子书所具有的社会价值，《嘉遁》："立言助教，文讨奸违，摽退静以抑躁竞之俗，兴儒教以救微言之绝。"② 著书立言，可以讨伐奸人，振兴儒教，澄清社会风气。文章的价值在于"刺过失"，而不是追求表面的虚浮赞美："今诗纯虚誉，故有损而贱也。"《应嘲》中也重申了这一文学观念："立言者贵于助教，而不以偶俗集誉为高。"③ 葛洪虽着力强调子书的文学功用，但由于其选择了论体文作为思想载体，这一文体选择本身即赋予了论体文以同等价值功能，在这种"诸子"体与"论体"相互重叠的情况下，我们更应当审慎辨析二者的内在关联与独特价值。

立言的目的在于有贵教化，针对当时的浮华文风，葛洪认为写文章应该避免形式雷同、玩弄辞藻的徒有空靡华丽之文，更加倡导"言苦辞直"不以"扬声发誉"为目的的"贵道"之文，他认为自己的文章是"非所以扬声发誉，见贵之道"之文，由此可见，《抱朴子外篇》的论体文特别注重文章"助教""贵道"之功用。此外，刘勰曾在《文心雕龙》中提出"文源五经"之说，魏晋子书中的论体文之所以呈现出重视"有贵政教"的价值观，也可从一个角度说明魏晋时期文体的发展确实有这一脉络。

三 融社会关怀与人生理想的"立言"之旨

早在先秦时期，《左传》中就有"立德""立功""立言"之说，之后汉代司马迁提出"成一家之言"，可见"立言"在文人著述中有着悠久的传统。在魏晋，士人创作子书是一种流行风尚，通过子书来表达对生命的认同，体现了当时士人的人生觉醒意识。人们看重子书，与其所承载的内容和价值意义息息相关。但细细来看，子书所承载的精神思想却需要落实到

---

① 杨明照：《抱朴子外篇校笺》上册，中华书局，1991，前言第5页。
② 杨明照：《抱朴子外篇校笺》上册，中华书局，1991，第61页。
③ 杨明照：《抱朴子外篇校笺》下册，中华书局，1991，第414页。

每一篇文章中,在魏晋子书的论体文中,"立言"同样是其立论为文之目的,这是子书中的论体文区别于其他形式论体文的重要特征,也是"诸子"体与"论体"相互重叠交叉的领域,但魏晋子书中的论体文同样具有"立言"的功能和特质,这点需要特别明辨之。

曹丕在《典论·论文》中率先提出了文章的价值和意义,就是可以实现"经国之大业"和"不朽之盛事"之从国家到个体的双重价值。这一文体观,一方面注重文章的经世致用之价值功能,另一方面融入了个体精神价值的传递,通过著述以达到生命的不朽。与此同时,徐幹在其书中也同样认为,立言是君子不朽之道。《中论·夭寿》:"故司空颍川荀爽论之,以为古人有言,'死而不朽',谓太上有立德,其次有立功,其次有立言,其身殁矣,其道犹存,故谓之不朽。"①葛洪在《抱朴子外篇》中更是多次申述这一创作之旨,其《自叙》有言:"洪年二十余,乃计作细碎小文,妨弃功日,未若立一家之言,乃草创子书。"②"美不寄于良史,声不附乎钟鼎。故因著述之余,而为《自叙》之篇,虽无补于穷达,亦赖将来之有述焉。"③而他在《抱朴子内篇·黄白》中也说:"余所著外篇及杂文二百余卷,足以寄意于后代……"④在葛洪看来,文章是融入自己生命意识和思想精神的重要载体,是树立流传后世不朽之名的重要途径,而葛洪在《抱朴子外篇》中采用的基本就是论体文这一形式。伴随子书的形成,论体文的文体功能观也逐渐构建起来。

刘劭虽在书中没有明确彰示"立言"之旨,但从其所构建的完整的人物批评体系不难看出,刘劭其实也已经借此为自己立言了,他的人物分类体系、人物批评体系都是他基于自身思考并结合当时的君主选人角度设立起来的,其中他将阴阳五行与仁义礼智信创造性地结合起来,并将人的性情概括为精、神、筋、骨、气、色、仪、容、言等九种表现,在此基础上提出了"偏杂之材"的概念,尤其注重分析了清节之家、法家和术家这三大类人才,将对人物的品评从德、名转向了个体具体的个性、气质及其所

---

① 徐幹撰,孙启治解诂《中论解诂》,中华书局,2014,第 265 页。
② 杨明照:《抱朴子外篇校笺》下册,中华书局,1991,第 697 页。
③ 杨明照:《抱朴子外篇校笺》下册,中华书局,1991,第 721 页。
④ 王明:《抱朴子内篇校释》(增订本),中华书局,1985,第 283 页。

处的周围环境上，彰显出自己对于人物才能、性格的深入思考，奠定了魏晋人物重神的思想基础。也正是在对人物内在秉性的深入思考之上，才有了文与人之间的观念探索。鉴于其言对当时及后世产生的影响，刘劭通过有关人物的论体文已经实现了"标心于万古之上，而送怀于千载之下"的著述之旨。

上文分析提到，三人在各自子书的论体文中都有着鲜明的社会政治指向，其论体文成就了各自融社会关怀与人生理想于一体的"立言"之作。在此，子书与论体文的文体功能论出现了重合，魏晋子书中的论体文不仅仅是"立论"之言，其"立论"与"立言"相结合，呈现出一种与"诸子"体交融的态势，而"诸子"体又借助论体文，实现了"入道见志"的写作旨向，二者交融互动。

四 "子"与"论"的文体之辨

一提到子书，人们很容易和诸子联系起来。在刘勰的《文心雕龙》中，"诸子"和"子书"是被当作两种不同的文体来进行分析的。余嘉锡在《古书通例》中认为："刘勰之言欲使'论'与'子'分，然汉、魏子书，大抵适辨一理而已，未见其能博明万事也。"[1] 他在书中还说："论文之源，出于诸子，则知诸子之文，即后世之论矣。"也就是说，诸子、子书、论体文之间有着上承下继的渊源。对于诸子，刘勰认为："诸子者，入道见志之书。太上立德，其次立言。……君子之处世，疾名德之不章。唯英才特达，则炳曜垂文，腾其姓氏，悬诸日月焉。"[2] 由此可见，"诸子"也可以说子书的特征之一是提出自己的见解，有"立一家之言"的特征，是作者向后世传递自己精神思想之作。"身与时舛，志共道申，标心于万古之上，而送怀于千载之下"，通过"立言"以求不朽，是诸子之文体的突出特征。

"诸子"被看作一种文体，始于刘勰，但"诸子"在我国古代典籍中还具有目录学分类上的意义。我国古代典籍有经、史、子、集之分类传统，子部是作为一个独立的目录分类的，而子部的源头，就在先秦诸子。先秦

---

[1] 余嘉锡：《余嘉锡说文献学》，中华书局，2001，第224页。
[2] 刘勰著，范文澜注《文心雕龙注》，人民文学出版社，1958，第307~308页。

是诸子发展的鼎盛时期，诸子之书与论体文有着密切关系，诸子之文集是由论体文组成的，诸子的每个单篇都可以看作一篇论体文。①

对于"论"这种文体，刘勰认为"论者，伦也；伦理无爽"，"论也者，弥纶群言，而研精一理者也"，即论体文不仅要说明情况，更应精研某一道理。刘勰还指出，"所以辩正然否；穷于有数，追于无形，钻坚求通，钩深取极，乃百虑之筌蹄，万事之权衡也。故其义贵圆通，辞忌枝碎，必使心与理合，弥缝莫见其隙；辞共心密，敌人不知所乘；斯其要也"②，意思是论体文重在明辨是非，对现象进行彻底探究，把道理讲得圆满而通达，使文辞与思想保持一致。由此可见，和"诸子"体相比较而言，"论"体文强调作者针对所要论说的问题或者观点有着缜密通畅的论证。大致同一历史时期的文士也有类似的论说。曹丕《典论·论文》认为"书论宜理"，陆机《文赋》提出"论精微而明畅"，李充《翰林论》总结"论贵于允理，不求支离"，萧统《文选序》的观点与陆机相似，认为"论则析理精微"。从这些论说不难发现，当时对"论"的文体特征的认识可归为两方面：一是内容上，重在说理；二是言辞上，要求严谨明畅。

整体来看，魏晋子书中的论体文既有"博明万事""适辨一理"的特征，更是一种彰显自我精神、传递自我思想的途径。魏晋子书中的论体文，其内容既涉及政治领域，又广泛涉及社会风俗、人物品评和文学批评等诸多领域，具有强烈的政治指向性和现实针对性，其中所包含的人物批评更是成为魏晋文学批评发展的直接理论来源。从思想来源看，魏晋子书的论体文仍然深深浸润着儒家思想，文体价值观中依然显示出对"经世致用"的认同和肯定，在魏晋之际显示出别样的风格。而且，魏晋子书中的论体文也为此时期的文学批评提供了理论滋养，对此时期文学批评发挥了重要作用，是魏晋文学批评的重要组成部分，也为此时期文体论研究提供了有力的补充。

"诸子"体强调一家之言，从魏晋子书的内容来看，他们多是体现了对传统儒家思想的继承，相比先秦诸子，他们缺少开宗立派的内容，这也是后世并不称呼此时的作者为"诸子"的原因；从其所采用的论证形式来看，

---

① 参见杨思贤《从诸子到子书：概念变迁与先唐学术演进》，《江苏社会科学》2018年第4期。
② 刘勰著，范文澜注《文心雕龙注》，人民文学出版社，1958，第328页。

他们单篇文章使用的是论体文的形式。"诸子"这一文体概念，并不仅仅是强调文章的形式，而是强调文章的内容与形式的结合。而论体文则不然，从这一名称来看，其多强调的是文章的形式。在魏晋之后，子书逐渐走向衰落，因为能和先秦诸子比肩的人物鲜有出现，子书的作者多继承了先秦诸子百家的思想。而论体文却能够延续下去，也正是因为这种文体并没有"诸子"这一文体概念中突出的对思想性的要求，从而被广为使用，并成为诸多文体中的重要一类。

诸子和论体文在魏晋时期的部分重合，也是先秦至两汉以来诸子与论体文发展形态的一种延续。魏晋时期，子书其实是由多篇论体文组成的。之所以强调"子"，重点在于"源出五经"，魏晋子书确实体现出"尊经"的倾向，上文所论三部子书尤其体现出对儒家思想的尊崇，书中所涉及的社会风俗批判尤其体现了这点。但是，他们并不是一味地尊经，而是基于时代所提出的问题做出了一些理论思考并进行了深度辨析，而这正是魏晋"诸子"与"论体文"最大的区别之处，这些理论思考表现在，对人的个性的深入辨析、对世风日下的批判、对文章风格的体认以及反对"贵古贱今"等观念上。而在魏晋之后，子书逐渐走向衰落，但是论体文却一直延续了下去，这也是文体不断发展的自然演变结果。分析此时期子书中的论体文，对我们深入辨析魏晋南北朝时期文学观、文体观发展有重要意义。

通过分析总结魏晋子书论体文的文体特征，可以见出其文体观对于该时期文学批评观念发展的重要影响。子书中的论体文在论析问题时，总体上呈现出对传统儒家文体价值观的认同，但并非亦步亦趋。文体的批评功能值得我们重视，论体文所提供的批评范式、文学思想和文体观念，以及论体文的批评功能和方法，也值得深入探讨与阐发。将魏晋时期代表性子书论体文作为一种批评式样，体认其批评特点，分析其批评导向与功能，有望拓展与更新魏晋文体学研究的视域与方法。

作者简介：杨康，中国社会科学出版社副编审，主要研究方向为中国古代文学批评。

苏轼诗文一个耀眼的关键词：陶渊明

阮 忠

（海南师范大学文学院）

摘　要：苏轼因与王安石变法政见不一，离京前往杭州任职，从那时开始，他的诗文里出现"陶渊明"，此后不衰，直到晚年在儋州尽和陶诗。他对"陶渊明"的接受，效其诗而学其人，故"和陶"诗文成为苏轼诗文中亮丽的风景，"陶渊明"成为他诗文中耀眼的关键词。"陶渊明"既是苏轼仰慕的人格范式，也代表了归田隐居生活和田园诗风韵。苏轼说他的前生是"陶渊明"，但他为官时不曾辞官，遭贬时"谪籍"在身，自具的旷达洒脱终不是"陶渊明"的自得自适，故晚年仍欲自托于"陶渊明"，难以忘怀。

关键词：苏轼；诗文；陶渊明

就元典关键词而言，李建中有两段很重要的论述，一是元典关键词的产生与延续："元典的创制者用'关键词'昭示他们对宇宙、社会和人生的观察与思考，元典的阐释者借'关键词'赓续、传承、阐扬、新变中国文化。"[①] 二是元典关键词的存在与延伸形态："中华元典关键词，以'词根'的方式沉潜，以'坐标'的方式呈现，以'转义'的方式再生，既是轴心期华夏文明生生不息的语义学根源，亦为中外文化和而不同的话语前提。"[②] 他特别强调元典关键词强大的再生能力，如天、道、人、文等，还说关键词既是研究对象，也是研究方法，笔者很赞同这一说法，但这一说法脱离了"元典"，会有更为宽泛的内涵，实际上，经、子、史的元典中有关键词，非元典的作家诗文中也有关键词，这里讨论苏轼诗文里的关键词"陶

---

① 李建中：《元典关键词研究的理论范式·总序》，人民出版社，2021，第 1 页。
② 李建中：《元典关键词研究的理论范式·总序》，人民出版社，2021，第 2 页。

渊明"，就是如此。

陶渊明，名潜，字元亮，私谥"靖节"，世称"靖节先生"。因做过彭泽县令，人称"陶彭泽"。在苏轼诗文中，出现"陶渊明"17次、"渊明"97次，专指陶渊明的"陶"52次、"元亮"7次、"陶潜"12次、"靖节"14次、"陶生"1次、"陶彭泽"5次。"渊明"与"陶"是省略式"陶渊明"，为本文所论关键词"陶渊明"的正态，"陶潜"为异名，"元亮"为字，"陶生"为昵称，"靖节"为谥号，"彭泽"以地、官为名，这些则为关键词"陶渊明"的异态。

一 "陶渊明"进入苏轼视野

陶渊明是东晋末至南朝刘宋初年的另类诗人，在玄言诗风行诗坛时，他虽作有《形影神》，算是呼应时兴的玄言诗，但不为时人所重。南朝刘宋沈约在《宋书》里为他立传，随后南朝萧梁的萧统写了《陶渊明传》，初唐令狐德棻等将他收在《晋书·隐逸传》中、李延寿将他收在《南史·隐逸传》中。萧统当时还收罗了陶渊明诗文，编为八卷本《陶渊明集》，并为之作序，称其"文章不群，词彩精拔；跌宕昭彰，独超众类；抑扬爽朗，莫之与京。……能读渊明之文者，驰竞之情遣，鄙吝之意祛，贪夫可以廉，懦夫可以立，岂止仁义可蹈，亦乃爵禄可辞！不劳复傍游太华，远求柱史，此亦有助于讽教尔"[①]。萧统既赞赏陶渊明之文，又称颂陶渊明人格及其对后世的影响，为后来的学陶者、说陶者开了先路。

陶渊明为人喜爱，一则是其人。陶渊明先世显赫，曾祖陶侃做过晋大司马。至渊明家道中落，他原本也想为官，做过江州祭酒、镇军参军、建威参军，最后官彭泽县令，既为家庭生计，又为自己好酒，但生性"颖脱不群，任真自得"[②]。在彭泽县令任上不愿为五斗米折腰，挂印归田。他作《五柳先生传》自况：好读书不求甚解，每有会意则欣然忘食；好酒，造饮则尽，不醉不休；家徒四壁，箪瓢屡空，自得自乐；为文自娱，忘怀得失。后二者加上他在《归去来兮辞》里表白的乐乎天命，乘化归尽，从而有了

---

① 袁行霈：《陶渊明集笺注》，中华书局，2003，第613~614页。
② 袁行霈：《陶渊明集笺注》，中华书局，2003，第611页。

苏轼诗文一个耀眼的关键词：陶渊明

后人仰慕的"陶渊明"人格。二则是其诗文。陶渊明的诗名胜于文名，有田园诗之祖、隐逸诗人之宗的美誉。陶文今存甚少，所传《桃花源记》《五柳先生传》《归去来兮辞》均为后人称颂的美文。

苏轼何时开始读《陶渊明集》不可考，他欲效陶渊明，最早是宋神宗熙宁四年（1071）。这一年，王安石为中书门下平章事，推行"熙宁变法"；苏轼之师欧阳修自称年迈多病，65岁以观文殿学士、太子少师致仕；苏轼因与王安石等政见不合，请求外放，以太常博士直史馆通判杭州。苏轼赴任路过陈州时，写了《出都来陈，所乘船上有题小诗八首，不知何人有感于余心者，聊为和之》，其三说："烟火动村落，晨光尚熹微。田园处处好，渊明胡不归？"这年苏轼36岁。次年，他在杭州前往汤村督开盐河，有《汤村开运盐河雨中督役》诗说："居官不任事，萧散羡长卿。胡不归去来，滞留愧渊明。"这两首诗是苏轼产生归田想法的最初表达。他仕途不畅而生退隐之心，从陶渊明的归去，想到自己也应如此。后到密州，在给同乡黎眉州的诗中说"且待渊明赋归去，共将诗酒趁流年"①。后一句他在密州填的《望江南·超然台作》里也说过，"休对故人思故国，且将新火试新茶，诗酒趁年华"。但这时苏轼没有真正追求陶渊明的隐居生活，在密州固然写了超然脱俗的《望江南·超然台作》，但还有意欲建功立业的《江城子·密州出猎》。在词中他成了一个英姿飒爽的猎人，还自拟为三国时吴国的孙权，说40岁的自己年岁未老，以"持节云中，何日遣冯唐"隐喻希望得到朝廷任用，让他能够立功报国。苏轼42岁在徐州做太守，在《答任师中家汉公》里说不能像"陶渊明"一样把犁躬耕。那时他没想到离开徐州到湖州做太守才四个月，就遭遇了"乌台诗案"，被贬为黄州团练副使。

居黄州时，生活的困顿促使苏轼找黄州府衙要了城东五十亩满是瓦砾、蓬蒿的坡地，在坡地建了雪堂、自行耕种，写下了《江城子·梦中了了》一词："梦中了了醉中醒。只渊明，是前生。走遍人间、依旧却躬耕。昨夜东坡春雨足，乌鹊喜，报新晴。雪堂西畔暗泉鸣。北山倾。小溪横。南望亭丘、孤秀耸曾城。都是斜川当日境，吾老矣，寄余龄。"②其词序说："陶渊明以正月五日游斜川，临流班坐，顾瞻南阜，爱曾城之独秀，乃作斜川诗，

---
① 王文诰辑注，孔凡礼点校《苏轼诗集》，中华书局，1982，第685页。
② 邹同庆、王宗堂：《苏轼词编年校注》，中华书局，2002，第353页。

至今使人想见其处。元丰壬戌之春，余躬耕于东坡，筑雪堂居之，南挹四望亭之后丘，西控北山之微泉，慨然而叹，此亦斜川之游也。"① 这是苏轼被贬黄州的第三年，他说："某谪居既久，安土忘怀，一如本是黄州人，元不出仕而已。"② 安于本分，自行生活。这首词最让人关注的是"只渊明，是前生"，意为他前生就是"陶渊明"。虽是想象之词，但也是苏轼重要的人生取向。

因此，苏轼在东坡自然想到陶渊明的斜川景致与躬耕。陶渊明有《游斜川》道："开岁倏五十，吾生行归休。念之动中怀，及辰为兹游。气和天惟澄，班坐依远流。弱湍驰文鲂，闲谷矫鸣鸥。迥泽散游目，缅然睇曾丘。虽微九重秀，顾瞻无匹俦。提壶接宾侣，引满更献酬。未知从今去，当复如此不？中觞纵遥情，忘彼千载忧。且极今朝乐，明日非所求。"其序与诗相配，更多地描写斜川景致以及"中觞纵遥情，忘彼千载忧"的快意。贬居黄州的苏轼原本有忧思，却全然不语，而是站在黄州东坡上，想象东坡之景仿佛是陶渊明的斜川之景，以"昨夜东坡春雨足，乌鹊喜，报新晴"表现内心的平和与喜悦。而所谓的"吾老矣，寄余龄"，暗含了他谪居黄州，犹如陶渊明隐居柴桑。

正是这时，躬耕东坡的苏轼自号"东坡居士"，从而有了他人生的两个转折：一是从士大夫苏轼到"东坡居士"，不再为浮名浮利虚苦劳神，而是"且陶陶、乐尽天真。几时归去，作个闲人。对一张琴，一壶酒，一溪云"③。二是从出仕的苏轼到隐居的"陶渊明"，从此，他更多地挂念陶渊明，延续到59岁贬惠州任建昌军司马、62岁贬儋州任琼州别驾。这两个职务像黄州团练副使一样不能签署公事，让仍有谪籍在身的他，过着类似于陶渊明隐居躬耕的生活。

二 "和陶"诗文的"陶渊明"接受

苏轼诗文中多次出现的"陶渊明"与他和陶相关，在说和陶诗以前，先说一下他的和陶文。苏轼有《和陶桃花源并引》，也说陶渊明《桃花源

---

① 邹同庆、王宗堂：《苏轼词编年校注》，中华书局，2002，第352~353页。
② 孔凡礼点校《苏轼文集》，中华书局，1986，第1711页。
③ 邹同庆、王宗堂：《苏轼词编年校注》，中华书局，2002，第725页。

记》之事，想象桃花源的避世生活，像陶渊明一样杖藜小憩，躬耕自得。而苏轼更喜爱陶渊明的《归去来兮辞》，契顺、毛国镇等人向他索取书法作品时，他都书写了陶渊明的《归去来兮辞》相赠。这且不说，苏轼在黄州将《归去来兮辞》櫽栝为词《哨遍·为米折腰》，还把它改写为可歌的《归去来集字十首》。在《哨遍·为米折腰》序里，苏轼说："余治东坡，筑雪堂于上，人俱笑其陋。独鄱阳董毅夫过而悦之，有卜邻之意。乃取归去来词，稍加櫽栝，使就声律，以遗毅夫。使家僮歌之。时相从于东坡，释耒而和之，扣牛角而为之节，不亦乐乎。"还写信给鄂州太守朱康叔说："旧好诵陶潜《归去来》，常患其不入音律，近辄微加增损，作《般涉调哨遍》，虽微改其词，而不改其意。"① 苏轼在词的创作上开启了凡事皆可入词之先，他把《归去来兮辞》櫽栝为词，歌以为乐，歌道："归去来兮，我今忘我兼忘世。……委吾心，去留谁计。"在陶渊明归田避世以自乐的思想中，掺进了庄子的忘我忘世思想。尽管后来李清照曾说苏轼的词是"句读不葺之诗"②。苏轼又在《归去来集字十首》序里说："予喜读渊明《归去来辞》。因集其字为十诗，令儿曹诵之，号《归去来集字》云。"其十歌道："寄傲疑今是，求荣感昨非。"③ 本于陶渊明"倚南窗以寄傲""觉今是而昨非"，这时的苏轼说"陶渊明"，想的是"归去来"。其实他还在一些诗词里也吟过"归去来"，上述提到他的《汤村开运盐河雨中督役》诗是一例，又如他从黄州移官汝州时写的《满庭芳》道："归去来兮，吾归何处，万里家在岷峨。"苏轼这样念叨"归去来"，心里装着"陶渊明"，却不能像陶渊明那样真正地"归去来"。

苏轼去海南，随行带了《陶渊明集》，除此之外只有柳宗元诗二卷。之所以会携柳诗，是因为"柳子厚晚年诗，极似陶渊明"④。在海南，苏轼写了《和归去来兮辞》，与上述櫽栝的词、集句的诗不一样，这和辞像"和陶诗"一样，用了《归去来兮辞》的体制和原韵，但他和陶渊明的生活处境不一样，当陶渊明自问"归去来兮，田园将芜胡不归"的时候，东坡没有

---

① 孔凡礼点校《苏轼文集》，中华书局，1986，第1789页。
② 李清照著，王仲闻校注《李清照集校注》，人民文学出版社，1979，第195页。
③ 王文诰辑注，孔凡礼点校《苏轼诗集》，中华书局，1982，第2356、2359页。
④ 孔凡礼点校《苏轼文集》，中华书局，1986，第2109页。

说故园之事。在"登高望中原，但见积水空。此生当安归，四顾真途穷"①之际，他问的是"归去来兮，吾方南迁安得归"。"归"说的是北归，"安得北归"表达了他身陷海南渴望北归的愿望。无奈写道："已矣乎，吾生有命归有时，我初无行亦无留。驾言随子听所之，岂以师南华而废从安期。"无所谓北归还是待在儋州，跟随南华真人庄子或跟随仙人安期生，也任心所往。他还说"谓汤稼之终枯，遂不溉而不耔"，以汤种的庄稼也会枯萎，不必灌溉也不必期待结出果实，劝人顺应自然，最后说自己要"师渊明之雅放，和百篇之新诗"。

苏轼晚年有信给苏辙，跟他说古代诗人有拟古之作，而无"追和"之篇，他追和"陶渊明"，"吾前后和其诗，凡一百有九篇，至其得意，自谓不甚愧渊明。今将集而并录之，以遗后之君子，其为我志之！"②这些诗辑为《东坡先生和陶诗》，在北宋末年刊行。苏辙说过："公诗本似李、杜，晚喜陶渊明，追和之者几遍，凡四卷。"③苏轼说尽和陶诗，金甫暻在《苏轼"和陶诗"考论——兼及韩国"和陶诗"》一书中做过比对，说："我们还不能排除苏轼当时写过一百零九首以上的'和陶诗'的可能性。"④但他比对的是袁行霈《陶渊明集笺注》本，该本以毛氏汲古阁藏宋刻《陶渊明集》十卷本为底本，参校南宋诸刻本，但这都不足以说明苏轼当年的《陶渊明集》是否有他未和的 23 首陶诗。

一般地，和诗对于所和的对象来说，要遵循所和对象的体制和韵律，故所和对象就有范式的意义。这与南梁江淹的《拟陶征君田居》、中唐白居易的《效陶潜体诗十六首》不一，白的效陶诗作于他退居渭上，会家酝新熟而在雨中独饮，懒放自得，又觉得此忘彼，心有会意而效陶渊明诗，用古风形式和平易语言说古道今，有陶诗的风韵但不是"和陶诗"。苏轼"和陶诗"始于黄州躬耕东坡时，与他作《江城子·梦中了了》同时，最终完成尽和陶诗于海南。这些"和陶诗"以陶诗之题为题，一般诗前有小序，从小序可知他对陶诗的响应和自我的表达。如陶渊明好酒，有《饮酒二十

---

① 王文诰辑注，孔凡礼点校《苏轼诗集》，中华书局，1982，第 2247 页。
② 孔凡礼点校《苏轼文集》，中华书局，1986，第 2515 页。
③ 陈宏天、高秀芳校点《苏辙集》，中华书局，1990，第 1127 页。
④ 金甫暻：《苏轼"和陶诗"考论——兼及韩国"和陶诗"》，复旦大学出版社，2013，第 33 页。

首》，其序说："余闲居寡欢，兼比夜已长。偶有名酒，无夕不饮。顾影独尽，忽焉复醉。既醉之后，辄题数句自娱。纸墨遂多，辞无诠次。聊命故人书之，以为欢笑尔。"而苏轼《和陶饮酒二十首》序说："吾饮酒至少，常以把盏为乐。往往颓然坐睡，人见其醉，而吾中了然，盖莫能名其为醉为醒也。在扬州时，饮酒过午，辄罢。客去，解衣盘礴，终日欢不足而适有余。因和渊明《饮酒二十首》，庶以仿佛其不可名者。"二者相较，陶序说饮酒、醉酒、欢笑，苏序也说饮酒、醉酒、欢笑，而二者的诗说各自的生活，内容不同，风格相近，如陶渊明《饮酒二十首》其五："结庐在人境，而无车马喧。问君何能尔？心远地自偏。采菊东篱下，悠然见南山。山气日夕佳，飞鸟相与还。此中有真意，欲辨已忘言。"苏轼《和陶饮酒二十首》其五："小舟真一叶，下有暗浪喧。夜棹醉中发，不知枕几偏。天明问前路，已度千重山。嗟我亦何为，此道常往还。未来宁早计，既往复何言。"这里无意比较二诗的优劣，而是审视苏轼"和陶诗"体现的陶渊明接受情况，以见苏轼"和陶诗"的陶渊明印记。他的人生经历和陶渊明大不一样，即使是贬居黄州、惠州、儋州有隐居的意味，但他没有真正享有陶渊明式的人生自由自得，以诗和陶是慕陶。因饮酒想到陶渊明的饮酒，则是其一时的生活。

又如陶渊明的《咏贫士七首》说贫士闲居孤独、安贫守道，其四道："安贫守贱者，自古有黔娄。好爵吾不荣，厚馈吾不酬。一旦寿命尽，蔽覆仍不周。岂不知其极，非道故无忧。从来将千载，未复见斯俦。朝与仁义生，夕死复何求。"这首诗用了黔娄、孔子等典故，借诉贫表达朝闻道夕死可矣的儒士精神。苏轼的《和陶贫士七首》也诉贫，其小引称："余迁惠州一年，衣食渐窘，重九伊迩，樽俎萧然。乃和渊明《贫士》七篇。"那时，爱食肉的苏轼无肉可食，在惠州集市上买羊脊骨用酒浸渍后烤而食之。他在其四中写道："人皆有耳目，夫子旷与娄。弱毫写万象，水镜无停酬。闲居惜重九，感此岁月周。端如孔北海，只有樽空忧。二子不并世，高风两无俦。我后五百年，清梦未易求。"诗用了师旷、离娄、孔北海即孔融的典故称道陶渊明，而说陶渊明与孔融都有杯中无酒的贫困，五百年后的他亦然。

苏轼的和陶诗对"陶渊明"的接受，循陶诗之意而和是常态，类似的还有他痼疾复发，谪海南渡海之际因疼痛呻吟不已，苏辙陪侍诵陶《止酒》，劝他戒酒，他写了《和陶止酒》；在惠州他从嘉祐寺迁居合江楼，作《和陶移居》；在儋州他做梦回到惠州白鹤山居，作《和陶还旧居》；在儋州劝农，作《和陶劝农六首》；仍是在儋州，得郑嘉会用海船运来借给他的千卷书，于是读陶渊明的《赠羊长史》而作《和陶赠羊长史》以谢郑嘉会。就诗的叙事言情而论，苏轼全然可以像作文一样，让如泉诗思涌出，行于所当行，止于不可不止。诗题也可自命，不必用陶的诗题。但他的"和陶诗"附着于陶诗，把自己的生活、感受放在陶诗的框架中，使之有"陶渊明"的标志。对此，苏辙有一个总体评价："东坡先生谪居儋耳，置家罗浮之下，独与幼子过负担渡海。葺茅竹而居之，日啖荔芋，而华屋玉食之念不存于胸中。平生无所嗜好，以图史为园囿，文章为鼓吹，至此亦皆罢去。独喜为诗，精深华妙，不见老人衰惫之气。"①"独喜为诗"，是针对苏轼的"和陶诗"而言，而"不见老人衰惫之气"则是苏轼的淡然与平和，蕴有他对陶渊明及其诗风的接受。

三 "陶渊明"也是人格范式

苏辙在《子瞻和陶渊明诗集引》里引述苏轼关于和陶诗的来信，其中说："渊明临终《疏》告俨等：'吾少而穷苦，每以家弊，东西游走，性刚才拙，与物多忤。自量为己，必贻俗患，俯仰辞世，使汝等幼而饥寒。'渊明此语，盖实录也。吾真有此病，而不早自知，平生出仕以犯世患，此所以深愧渊明，欲以晚节师范其万一也。"② 苏轼有感于陶渊明这番话，与他相合的是陶渊明自白的"性刚才拙，与物多忤"。他在密州做太守时说："余性不慎语言，与人无亲疏，辄输写腑脏，有所不尽，如茹物不下，必吐出乃已。"③ 如是的真性情贯穿了他的一生，其晚年在儋州还说："吾平生遭口语无数，盖生时与韩退之相似。"④ 他点到的韩退之即韩愈，也是因为

---

① 陈宏天、高秀芳校点《苏辙集》，中华书局，1990，第1110页。
② 孔凡礼点校《苏轼文集》，中华书局，1986，第2515页。
③ 孔凡礼点校《苏轼文集》，中华书局，1986，第376页。
④ 孔凡礼点校《苏轼文集》，中华书局，1986，第2274页。

"性刚才拙，与物多忤"，一贬阳山，再贬潮州。苏轼则是一贬黄州，二贬惠州，三贬儋州。陶渊明没有遭遇仕途的贬谪，而是主动退出官场，过自己隐居田园的生活，苏轼说想起陶渊明，自觉"深愧"，"欲以晚节师范其万一也"。如此说，"陶渊明"在苏轼心中仿佛是神一样的存在。

苏轼曾对陶骥说："渊明吾所师，夫子乃其后。挂冠不待年，亦岂为五斗。我歌《归来引》，千载信尚友。"① 他既以陶为师，又以陶为友。苏轼和小儿苏过赴儋州时，随身带《陶渊明集》以陶写伊郁，宣泄内心的悲愁。诵读之外的唱和即和陶诗是"师范"陶渊明的一部分。在和陶诗的诗题中，"陶"是陶渊明的符号，诗非陶诗的模拟而是自我率性的表达，却也让人看到"师范"的是什么。他在《和陶归园田居六首》其六中说"斜川追渊明，东皋友王绩"，这里他提到初唐的王绩，字无功，躬耕东皋而号"东皋子"，好酒亦好隐，曾仿庄子笔法写了一篇《醉乡记》，说阮籍、陶渊明等人游于醉乡，没身不返，人称"酒仙"；仿陶渊明笔法写了《五斗先生传》，"五斗先生"是他自嘲一饮五斗，因以自号，以酒德游于人间。王绩与陶渊明并提，强化了苏轼对陶渊明的"师范"，想的是能有陶渊明一样的隐居生活，不涉世事，在酒与隐中保持"清真"品性，惬意人生。类似的生活苏轼在《前赤壁赋》里说过："惟江上之清风，与山间之明月，耳得之而为声，目遇之而成色，取之无禁，用之不竭。"而他与友人沉溺其中，相视同笑，洗盏更酌。

不仅如此，苏轼的《和陶饮酒二十首》其一说："我不如陶生，世事缠绵之。云何得一适，亦有如生时。寸田无荆棘，佳处正在兹。纵心与事往，所遇无复疑。偶得酒中趣，空杯亦常持。"这诗和陶渊明原诗表现的人事代谢，衰荣无常，一任自然，得酒则欢不一样，苏轼在诗里表达了三种思想。

首先，"我不如陶生，世事缠绵之"，当学陶渊明，不与世事缠绵。陶渊明在世事中的果决早已是文坛上的佳话，《宋书·陶潜传》记载，陶为彭泽令时，"郡遣督邮至，县吏白应束带见之，潜叹曰：'我不能为五斗米折腰向乡里小人。'即日解印绶去职。赋《归去来》"②。又萧统《陶渊明传》

---

① 王文诰辑注，孔凡礼点校《苏轼诗集》，中华书局，1982，第1231页。
② 《宋书·陶潜传》，中华书局，1974，第2287页。

载，陶渊明羸疾卧床，江州刺史檀道济去看望他，劝他不必自苦如此，给他送来粮肉，陶渊明麾而拒之。① 而陶渊明自己在《归去来兮辞》里说："归去来兮，请息交以绝游。世与我而相违，复驾言兮焉求？"也是不与世事缠绵之举。

苏轼说自己与世事缠绵，果真如此。他21岁出川，22岁参加科考金榜题名，26岁真正进入仕途，直至66岁在常州致仕，官场四十年，做京官，官至吏部、兵部、礼部尚书，做地方官，官密州、徐州、杭州等八州太守，还有十年有余的贬官，他的不合时宜均在与世事缠绵中。尽管他在密州太守任上作《望江南·超然台作》，说自己游于物外，所往皆乐；在黄州作《定风波》，说"一蓑烟雨任平生"；在惠州给程德孺写信，说自己"随缘委命"，但他何曾没与世事缠绵呢？官职不去，缠绵不休。他在《和陶始经曲阿》诗里说陶渊明，强臣擅权时"渊明坠诗酒，遂与功名疏"，疏于功名方能不缠绵世事，而他自觉生逢良时，理当躬行兼济，这也是苏轼一生旷达洒脱却缠绵世事的根本原因。

其次，"纵心与事往，所遇无复疑"，对于苏轼来说，他在仕途上最做不到的就是遇事无疑。因为无疑则当顺应，不置一词。他在"熙宁变法"的问题上，疑其不可行而上书提出己见，并在诗中讽刺新法，故遭遇"乌台诗案"，有命运的坎坷。王安石变法失败被贬后，司马光主持大局而废新法用旧法，苏轼又不同意尽废新法，人生仍不得意。他曾在《和陶饮酒二十》其八里说："我坐华堂上，不改麋鹿姿。时来蜀冈头，喜见霜松枝。谁知百尺底，已结千岁奇。煌煌凌霄花，缠绕复何为。举觞酹其根，无事莫相羁。"为官不改真性情，但不脱红尘怎能做到"无事莫相羁"呢？

最后，"偶得酒中趣，空杯亦常持"。陶渊明与苏轼都好酒，程度有所不同，陶渊明有"三醉"，自饮醉、待客醉、做客也醉，苏轼没有达到他这样的境界。而"平生不止酒，止酒情无喜"② 的陶渊明"酒趣"何在？陶渊明在《九月闲居并序》中说："酒能祛百虑，菊能制颓龄。"所有的思虑在酒的作用之下都不复存在，这还不足以说明问题，他在《连雨独饮》中

---

① 参见袁行霈《陶渊明集笺注·陶渊明集》，中华书局，2003，第611页。
② 袁行霈：《陶渊明集笺注》，中华书局，2003，第286页。

写道:"故老赠余酒,乃言饮得仙;试酌百情远,重觞忽忘天。天岂去此哉,任真无所先。"这"试酌"之后的"百情远"即"酒能祛百虑",不为物累,而"重觞"之后"忽忘天"的"忘天"说出自《庄子·天地》,"忘乎物,忘乎天,其名为忘己,忘己之人,是之谓入于天"可以视为对"忘天"的诠释。饮酒至于"忘己","忘己"是庄子"至人"的最高境界,核心是自然。且陶渊明还说,"天岂去此哉,任真无所先",这"真"是自然的本色,所谓的"任真"实为一任自然,也是陶渊明"酒趣"所在。陶渊明重自然,讲任真,他在《归去来兮辞序》中就说自己"质性自然",而前面提及《归去来兮辞》表达的乐乎天命,乘化归尽,也在于自然。

前二者有苏轼对人生的反思,后者则是他学陶的追求,在这样的时候,"陶渊明"便是自然的化身,苏轼也寻求自然,居黄州安于黄州,居惠州安于惠州,居儋州安于儋州,正是让自己处在生活的自然中,与他"随缘委命"的人生理念相合。他固然曾有忧愁哀伤,却识得陶渊明"酒趣",并将其与庄子的自然相融为一,所以他在惠州时去松风亭,半道腿疲,于是说此处有何歇不得,欣然休息而不以登上松风亭为念。在儋州,说大陆周边是海水,海南周边也是海水,居大陆是在大岛,居海南是在小岛,有何不可,故不以北归为念。陶渊明"酒趣"的自然任真,是关键词"陶渊明"的内核,依此建构了他的人格范式。

与之相应,苏轼以归隐为外在的生活形态,时有归隐的想法,他在《和林子中待制》里说:"早晚渊明赋归去,浩歌长啸老斜川。"但他未能归隐,欲做"陶渊明"而不能。又在儋州写的《和陶怨诗示庞邓》里感慨自我命运坎坷,人生最适宜的生活当是陶渊明式的归乡躬耕。他反思自己"我昔堕轩冕,毫厘真市廛。困来卧重裀,忧愧自不眠",有愧于从前的官宦生活,陶渊明有过的"夏日长抱饥,寒夜无被眠。造夕思鸡鸣,及晨愿鸟迁"[①]的生活,眼下苏轼也有:"如今破茅屋,一夕或三迁。风雨睡不知,黄叶满枕前。"想到陶渊明辞官归隐,他说自己"但恨不早悟,犹推渊明贤"。这一点影响到苏轼写的田园诗及诗风,使他的诗歌以"自然"为特征的"陶渊明味"广为人知。严羽还在《沧浪诗话·诗评》评价汉魏古诗时

---

① 袁行霈:《陶渊明集笺注》,中华书局,2003,第108页。

提到陶渊明的诗质而自然,其实是他人格的映现。

四 效"陶渊明"不妨做田园诗人

苏轼很喜欢陶渊明的"采菊东篱下,悠然见南山",称其境与意会甚妙。陶渊明不是所有的田园诗都这样悠然,在表达中有境与意会的神韵。像他的《归园田居》的"少无适俗韵,性本爱丘山","种豆南山下,草盛豆苗稀";《乞食》的"饥来驱我去,不知竟何之!行行至斯里,叩门拙言辞",确是严羽说的"质而自然"。苏轼也说过:"吾于诗人,无所甚好,独好渊明之诗。渊明作诗不多,然其诗质而实绮,癯而实腴,自曹、刘、鲍、谢、李、杜诸人,皆莫及也。"①"质""癯"是平实自然,"绮""腴"不是文辞的华美,而是诗味的醇厚。陶渊明诗多生于田园,也以田园为诗歌题材,使"陶渊明"成为田园诗的符号,代表淡泊平易的诗歌风格走向。

苏轼躬耕黄州东坡时,写了《东坡八首》,诗序说,他到黄州的第二年,生活日见窘迫,于是找州府要了五十亩老营地,"地既久荒为茨棘瓦砾之场,而岁又大旱,垦辟之劳,筋力殆尽。释耒而叹,乃作是诗,自愍其勤"。在这种状态下产生的《东坡八首》是典型的田园诗,其一说"废垒无人顾,颓垣满蓬蒿。谁能捐筋力,岁晚不偿劳";其四说"秋来霜穗重,颠倒相撑拄。但闻畦陇间,蚱蜢如风雨"。这些诗用赋的笔法直接道来,不加修饰,告诉读者田园及躬耕者的状态。

不单是在黄州,他晚年在儋州,非和陶的《新居》也很有陶诗味:"朝阳入北林,竹树散疏影。短篱寻丈间,寄我无穷境。旧居无一席,逐客犹遭屏。结茅得兹地,翳翳村巷永。数朝风雨凉,畦菊发新颖。俯仰可卒岁,何必谋二顷。"它可与陶渊明的《归园田居》其一相较,陶诗说:"开荒南野际,守拙归园田。方宅十余亩,草屋八九间。榆柳荫后檐,桃李罗堂前。暧暧远人村,依依墟里烟。狗吠深巷中,鸡鸣桑树颠。户庭无尘杂,虚室有余闲。久在樊笼里,复得返自然。"二诗都说所居,初到儋州的苏轼先住

---

① 孔凡礼点校《苏轼文集》,中华书局,1986,第 2515 页。

在伦江驿,后遭朝廷派员驱逐,再住桄榔庵,建新居后才和小儿苏过真正安下身来。诗说"结茅""村巷永",与陶诗说的"草屋""深巷"相似,但苏轼新居与陶渊明旧居气象不太相同,二人的心境也是不同的,陶说"久在樊笼里,复得返自然",而苏轼固然不用像在黄州一样再谋耕地,在新居周边即能躬耕,但他仍然是"谪籍"在身,并不自由。但这不影响苏诗具有陶诗的田园味。苏轼说过:"观陶彭泽诗,初若散缓不收,反覆不已,乃识其奇趣。"①"散缓不收,反覆不已"是铺陈舒张、不急不迫,陶诗正是以这样的节奏给人以自然的感觉。如陶诗《和郭主簿二首》其一的"园蔬有余滋,旧谷犹储今。营己良有极,过足非所钦。春秫作美酒,酒熟吾自斟"。又如《移居二首》其二的"春秋多佳日,登高赋新诗。过门更相呼,有酒斟酌之。农务各自归,闲暇辄相思。相思则披衣,言笑无厌时。此理将不胜?无为忽去兹。衣食当须纪,力耕不吾欺"。这些诗反复说着自己的日常田园生活,具有浓郁的生活气息。

而这里的"奇趣",并非奇异、奇崛所致的"新奇"之"奇"。苏轼在《题柳子厚诗二首》其二里说:"诗须要有为而作,用事当以故为新,以俗为雅,好奇务新,乃诗之病。"他之所以称道陶诗,就在于陶诗不好奇务新。这里言及诗的作法和用心是很有意味的。"诗须要有为而作"是传统"诗言志"的延续,白居易在《与元九书》里说得很透,"文章合为时而著,歌诗合为事而作"②,而与苏轼同代的王安石还为文说,"务为有补于世"③,这些是诗文创作的常态。而"用事当以故为新"可用苏门弟子黄庭坚的"点铁成金""夺胎换骨"论作解。不过黄庭坚以之为"江西诗派"的理论旗帜,走向了诗风的生新瘦硬,使之成为"江西诗派"诗歌的典型风格,彰显学问而少了情韵。苏轼好用事,在以学问为诗上,没有做"江西诗派"的同调,最根本的是他重诗文的自然表达,即使是用事,也求化用无痕,如《和陶归园田居六首》其六的"当时已放浪,朝坐夕不夕",前者用王羲之《兰亭集序》的"放浪形骸之外",后者用《左传·成公十二年》的

---

① 孔凡礼点校《苏轼文集》,中华书局,1986,第2206页。
② 白居易著,顾学颉校点《白居易集》,中华书局,1979,第962页。
③ 王安石著,唐武标校《王文公文集》,上海人民出版社,1974,第45页。

"百官承事，朝而不夕"①。又如《和陶还旧居》的"穷鱼守故沼，聚沫犹相依"用《庄子·大宗师》"泉涸，鱼相与处于陆，相呴以湿，相濡以沫"②的典故。所以他会说诗当"以俗为雅"而非以雅为雅。尽管如此，东坡和陶诗遵循陶诗的范式而作自我生活、情趣及思想表达，这些诗的社会性胜过陶诗，正因如此，终不像陶诗的合体自然。而陶诗的合体自然，正是陶诗的奇趣和本质。

然陶诗的"合体自然"，并非单纯的语言朴素本色，还有诗歌的气韵生动，在看似闲适的生活里，总有难以明言的生命律动和田园精神，如陶渊明《游斜川》从"开岁倏五十，吾生行归休"说起，然后叙斜川之游，在依次而坐、斟酒对酌中，既有酒酣纵情之乐，又有人生易逝之忧，最后以"且极今朝乐，明日非所求"收束，一意流贯，诗短情长。又如陶的《五月旦作和戴主簿》，诗以《庄子·山木》虚舟逸棹为喻，说时光流逝，回复无穷。风物变易，人命有终，既然迁化或平安或危险，人生不必有更高的奢求。他说的是"迁化或夷险，肆志无窊隆。即事如以（一作'已'）高，何必升华嵩"。其《归园田居五首》《饮酒二十首》等都是如此。在看似不经意中，诗歌的生活趣味演化为思想的合适表达，"合体自然"也就圆融无间了。而苏轼的"和陶诗"即事取陶诗之题名篇，二者的时代及社会环境不同，但诗歌的题材及风格有相似之处，故和陶田园诗的苏轼在一定程度上也可视为田园诗人。他曾游于惠州城郊的汤泉，汤泉悬瀑可观，汤池可浴，沐浴之后坐肩舆咏而归，卧觉，闻小儿苏过诵陶《归园田居》，兴起和之。如《和陶归园田居六首》其三："新浴觉身轻，新沐感发稀。风乎悬瀑下，却行咏而归。仰观江摇山，俯见月在衣。步从父老语，有约吾敢违。"诗在气韵的流动中，有田园的风情与宁静。陶渊明诗被南朝宋鲍照称为"陶彭泽体"，被南宋严羽称为"陶体"，还有上述已经提及的白居易称之为"陶潜体"，都基于此。

陶渊明有《咏二疏》，"二疏"是西汉的疏广和其侄子疏受，二人皆官至二千石后，深悉"知足不辱，知止不殆"之道，辞官还乡；回乡后又尽散余财，让子孙的衣食享受同于凡人，最后均得寿终。陶渊明在诗的最后

---

① 杜预：《春秋左传集解》，上海古籍出版社，1977，第 718 页。
② 郭庆藩辑，王孝鱼整理《庄子集释》，中华书局，1961，第 242 页。

说"谁云其人亡,久而道弥著",以此称道"二疏"。苏轼《和陶咏二疏》亦说疏广、疏受事,但他因"二疏"说到陶渊明:"渊明作诗意,妙想非俗虑。庶几二大夫,见微而知著。"这说得很有深意,人生理当知足以避祸,因"二疏"苏轼又想到"陶渊明",称陶诗妙想脱俗,这也是他的追求。他为自己树立"陶渊明"目标,在《与周长官、李秀才游径山,二君先以诗见寄,次其韵二首》诗里说"更凭陶靖节,往问征夫路";而苏辙说他"欲以桑榆之末景,自托于渊明"①,其实苏轼贬黄州之后,即生此心,"陶渊明"成为他诗文中耀眼的关键词,实乃三十多年的人生经验与教训所致。

作者简介:阮忠,海南师范大学文学院教授,主要研究方向为中国古代诗文。

---

① 陈宏天、高秀芳校点《苏辙集》,中华书局,1990,第 1111 页。

无奇何以为奇？
——试论凌濛初"二拍"理论批评体系之建构*

马 麟

（武汉大学文学院）

摘 要：中国古代小说理论批评有一关键词曰"奇"。凌濛初系统发挥"奇"义，在明末文坛独树一帜。凌濛初受冯梦龙"三言"影响而创作"二拍"，如何建构一套属于自己的小说理论体系是他首先需要面对的问题。凌濛初采取两步走的策略，即继承"三言"批评的要点，再加以新变。这一新变集中于小说如何写"奇"。人情论、戏谑论、奇巧论，三位一体，息息相通，构成了一套独特的世情小说理论体系。它使得凌濛初区别于冯梦龙，也区别于其他小说理论家，并影响了《今古奇观》、张竹坡以及后世一批写"奇"的小说。此外，"二拍"批评标举一种奇谑相兼的艺术效果，其喜剧精神与传统语言表演艺术的关系，也非常值得学界重视。

关键词："奇"；凌濛初；"二拍"；小说批评；体系建构

中国古代小说理论批评有一关键词曰"奇"。《说文解字》："奇，异也。"[1] 奇的本义是独特、特异，引申为出人意料、惊异、美妙、极、甚等。[2] 郭璞《山海经序》云："世之览《山海经》者，皆以其闳诞迂夸、多

---

* 基金项目：国家资助博士后研究人员计划（GZB20230551）、中国博士后科学基金第75批面上资助（2024M752448）、湖北省博士后创新人才培养项目（2024HBBHCXB063）。

[1] "奇"字起源甚早，春秋已分此字。如湖北随州文峰塔 M29 出土奇鼎、奇簋、奇壶，器主名"奇"。

[2] 参见李学勤主编《字源》，天津古籍出版社，2012，第 420~421 页。

奇怪俶傥之言，莫不疑焉。"① 《山海经》被四库馆臣视为"小说之最古者"②。唐代裴铏将其文言短篇小说集题名《传奇》，后胡应麟有"唐人乃作意好奇"之说。③ 明清两代，小说谈"奇"成为一种风尚。如吴承恩自称"余幼年即好奇闻"（《禹鼎志序》），袁宏道叹"后来读《水浒》，文字益奇变"（《听朱生说水浒传》），至明末乃有"四大奇书"之称。在中国小说史上，以"奇"标榜且长久立身的作品要数凌濛初的《拍案惊奇》和《二刻拍案惊奇》。此前《云合奇踪》等也以"奇"命名，但影响远不如"二拍"。凌濛初系统发挥"奇"义，在明末文坛独树一帜。其中既有历史的积淀，也有凌濛初自己的创造。关于前者，不得不提及"二拍"与"三言"的关系。

1627年秋，"三言"中的最后一种《醒世恒言》在苏州金阊出版，市场反应热烈。也正是在这一年，凌濛初参加乡试但又落第。正如中国古代小说理论常常标举的那样，冷热相形，最难将息。凌濛初在失意之中不得不另谋出路。这时，出版商安少云（尚友堂）有意与凌濛初合作，商谈小说出版事宜，二者一议即合。1628年，《拍案惊奇》由苏州尚友堂发行。此书果然畅销。几年后，安少云再要凌濛初续作，凌濛初欣然同意。

尚友堂出版的《拍案惊奇》《二刻拍案惊奇》都带有凌濛初自己的评点。这些评点因是凌濛初自作而弥足珍贵。此前学者讨论凌濛初的小说理论，主要依据"二拍"的两篇序言、凡例、小引和一些正文，评点则被认为"简略粗疏"而不受重视。④ 章培恒可能是较早注意"二拍"评点的，他在《试论凌濛初的"两拍"》中引了几条批语，论述"二拍"的思想倾向，但也不多。⑤ 因此，"二拍"评点的具体内容，实际上是模糊的。"二

---

① 郭璞注《宋本山海经》，国家图书馆出版社，2017，第3页。
② 永瑢等：《四库全书总目》，中华书局，1965，第1205页。
③ 胡应麟：《少室山房笔丛》，中华书局，1958，第486页。
④ 参见王达津《古代文学理论研究论文集》，南开大学出版社，1985，第203～212页；袁震宇、刘明今《明代文学批评史》，上海古籍出版社，1991，第824～827页；谭帆《中国小说评点研究》，华东师范大学出版社，2001，第197～198页；陈洪《中国小说理论史》，天津教育出版社，2005，第107～113页；冯保善《凌濛初研究》，人民文学出版社，2009，第119～132页。
⑤ 参见章培恒《试论凌濛初的"两拍"》，《文艺论丛》第17辑，上海文艺出版社，1983，第62～63页。

拍"评点到底讲了什么?"二拍"批评和"三言"批评有什么不同?凌濛初受冯梦龙小说影响很深,他对冯梦龙小说理论是如何继承的?他发展了"三言"的哪些理论,又创造了哪些新的理论以建构自己的小说理论批评体系?继承与新变,这是本文希望讨论的。

一 "二拍"批评对"三言"的继承

冯梦龙曾评价凌濛初曲词"天资高朗,下笔便俊"[1],但凌濛初从事小说创作毕竟稍晚。作为初入行的小说作者,凌濛初在鉴别后,给自己找了两位老师,一个是冯梦龙,一个是《金瓶梅》。凌濛初小说理论于冯梦龙处起家。他在社会人生、小说艺术、心学观点等方面的理论上,都有意无意地与冯梦龙靠近。"二拍"是继"三言"而作,因此称凌濛初继承或发展了冯梦龙的小说理论,当不为过。这里比较"三言"与"二拍"批语数则,以见其意。

(一)社会人生

1. 丧身之媒

> 谁知到是丧身之媒。(《古今》1)[2]
> 杀身之媒。(《初刻》36)
> 筋节之极,岂知是丧命之媒。(《二刻》14)

媒有媒介、相因而至之意。《周礼》"媒氏"郑玄注:"媒之言谋也,谋合异类,使和成者。"[3]《警世通言》第35卷说:"赌近盗,奸近杀。""二

---

[1] 冯梦龙:《太霞新奏》,魏同贤主编《冯梦龙全集》第10册,凤凰出版社,2007,第88页。
[2] 以下卷次用简写,"《古今》1"即《古今小说》第1卷,"《初刻》36"即《初刻拍案惊奇》第36卷。《古今小说》用日本尊经阁文库、法政大学藏本,《警世通言》用仓石文库藏兼善堂本,《醒世恒言》用内阁文库藏叶敬池刊本,《拍案惊奇》用日光轮王寺藏尚友堂本,《二刻拍案惊奇》用内阁文库藏尚友堂本。
[3] 郑玄注,贾公彦疏《周礼注疏》,《十三经注疏》整理委员会整理《十三经注疏》,北京大学出版社,1999,第230页。

拍"写世情，尤其注重那些招致杀身之祸的因素。这类评点实际上也起到一种提点、伏笔的作用。

2. 尽可用兵

  步步精细，薛婆尽可用兵。(《古今》1)
  宜虚则虚，宜实则实，王氏可以行兵。(《初刻》27)
  虚虚实实，皆行兵之法也。(《二刻》39)

将人物精细的行动与兵家用兵作比。这是"三言二拍"批评的一个共同特点。

3. 苏州人

  苏州人尤甚，可恨可笑。(《古今》8)
  奇想，非苏州人不能。(《初刻》1)
  果然苏人杀米价。(《二刻》1)
  苏人伎俩。苏人乖觉。(《今古奇观》9)[1]

冯梦龙是苏州人，凌濛初曾游苏州，"三言二拍"、《今古奇观》也是在苏州发行。但苏州人在小说中是一个嘲讽的对象，往往势利、乖觉、儇薄、侈靡。明清小说嘲讽吴越风俗恶薄，杨宗红有过研究。[2] 文震孟《姑苏名贤小纪·小序》说当时世人嘲讽苏州人，凡是一切轻薄浮靡之习，都笑为"苏意"[3]。冯梦龙笑苏州人是感叹世风日下，有恨其不争之意。

4. 官员无事

  善做官者，只是化有事为无事。(《恒言》8)
  上司多事，救荒无奇策，不扰之足矣。(《初刻》33)

---

[1] 抱瓮老人：《今古奇观》，法国国家图书馆藏明宝翰楼本。
[2] 参见杨宗红《明清白话短篇小说的文学地理研究》，中华书局，2019，第559~560页。
[3] 文震孟：《姑苏名贤小纪》卷上，国家图书馆藏明万历刻本。

官府若肯省事简差，便是造福无量。(《石点头》3)①

冯梦龙、凌濛初都主张古典经济学，② 对王安石变法基本持否定态度。如《警世通言》第 4 卷眉批说："用违其才，真是可惜。"《二刻拍案惊奇》第 5 卷眉批则说："可见王安石用后便不太平了。"此外，《石点头》题墨憨斋评，但是否确为冯梦龙评点，还需要进一步考察。此处提供一则线索，以供参考。

5. 小说醒世

> 醒时之谈。(《初刻》22)
> 议论警世不浅。(《初刻》34)
> 世人各亦警醒。(《二刻》14)

冯梦龙提出"喻世""警世""醒世"的口号。《公羊》曰："君子曷为《春秋》？拨乱世，反诸正，莫近诸《春秋》。"凌濛初虽然也有以小说"警世""醒时"的用意，但实际上对救世的热切程度没有冯梦龙那么深。这除了与两人的个性差异有关，恐怕也与两人的理论素养密不可分，冯梦龙毕竟是以《春秋》名家的。③

(二) 小说艺术

1. 反跌法

> 反说妙甚。(《古今》15)
> 反跌法最妙。(《初刻》23)
> 反跌法，妙，妙。(《初刻》27)

---

① 天然痴叟：《石点头》，国家图书馆藏叶敬池刊本。
② 参见 Patrick Hanan, *The Chinese Vernacular Story* (Cambridge: Harvard University Press, 1981), p. 150。
③ 参见黄道周《纲鉴统一序》，魏同贤主编《冯梦龙全集》第 13 册，凤凰出版社，2007，第 2 页。

反跌法专写放刁。冯梦龙只说"反说",凌濛初则将其提炼成一法。
2. 急脉缓受

> 急脉缓受。(《恒言》23)
> 急来缓受。(《二刻》14)

"急脉缓受"就是故事进行到紧要关头,忽然放缓叙事节奏,插入其他事情,以达到纡徐曲折的效果。"急脉缓受"源自脉法,《灵枢·邪气脏腑病形篇》:"调其脉之缓急、小大、滑涩,而病变定矣。"董其昌《画禅室随笔》说文章有"急脉缓受""缓脉急受"①,但用之评论小说,《醒世恒言》《二刻拍案惊奇》无疑是最早的一批。金圣叹评《水浒传》有"急事缓笔","紧笋反缓,缓笋反紧"②,这已在十多年后。

3. 冷热

> 凡火热的,少不得有冰冷时节。(《恒言》6)
> 冷语有致。(《初刻》1)
> 冷话。(《初刻》29)
> 忙中冷语。(《初刻》35)
> 此书只一味要打破世情,故不论事之大小冷热,但世情所有,便一笔刺入。(崇祯本《金瓶梅》52)③
> 热闹时忽下庄语,如火炕中一盆冰雪水。(崇祯本《金瓶梅》78)

鲁迅《中国小说史略》说"世情书"的特点是"描摹世态,见其炎凉"④。炎凉即冷热。小说理论中,谈"冷热"最出名的是张竹坡。张竹坡评作了一篇《冷热金针》,大意是说"冷热"二字是《金瓶梅》之"金

---

① 董其昌:《画禅室随笔》,上海远东出版社,1999,第177页。
② 金圣叹:《第五才子书施耐庵水浒传》,陆林辑校整理《金圣叹全集》第3册,凤凰出版社,2008,第322页。
③ 兰陵笑笑生:《新刻绣像批评金瓶梅》,北京大学图书馆藏明崇祯刊本。
④ 鲁迅:《中国小说史略》,《鲁迅全集》第9卷,人民文学出版社,2005,第186页。

钥"①，于是"冷热"的命题就推广了。张竹坡的观点又来源于《金瓶梅》崇祯本评点，可是崇批又来自哪里呢？这就不得不导源于"三言"。所谓"世情看冷暖，人面逐高低"，"三言"评点者很重视情节"冷""热"的对比，分析人物也有"冷中着热"的层次，又注意语言中的"冷语好""冷话趣"。至于直叹人情"冷淡""冷清清"为"世途势利，都则如此"，则更多。"二拍"评点继承了这种对"冷热"的关注，又启发来者。后来，金圣叹评《水浒传》，蠡庵评《女开科》，毛纶评《三国演义》《琵琶记》，脂砚斋、张新之、哈斯宝评《红楼梦》，等等，都曾以"冷热"着眼，评点小说艺术。

4. 错认。

见后文。

5. 关注小物件

> 此钗何忍卖之，酸甚，忍甚。（《二刻》23）

"三言"常将"珍珠衫"（《蒋兴哥重会珍珠衫》）、"合色鞋"（《陆五汉硬留合色鞋》）、"三尺线绣香罗帕"（《王娇鸾百年长恨》）等作为故事的起因或线索。"二拍"的写作与批评也延续这样的传统。《二刻拍案惊奇》第23卷，金凤钗原本是订婚之物，在兴娘死后随葬。后来兴娘之妹庆娘春日出游时，从轿中掉落金凤钗，被崔生拾到，由此牵扯出一系列故事。《金瓶梅》之绣鞋、《聊斋·神女》之珠花、《红楼梦》之绣春囊，都是如此针带勾连，千折百回。

6. 闲语

> 闲话都趣。（《古今》1）
> 紧处又添此一段闲话。（《恒言》3）
> 闲话敷衍，有趣。（《恒言》9）
> 闲语有致。（《初刻》1）

---

① 张竹坡：《冷热金针》，《皋鹤堂批评第一奇书金瓶梅》，法国国家图书馆藏本。

闲话好。(《初刻》17)

无端闲话，露出根芽，皆天使之也。(《二刻》4)

小说中的"闲话""闲语""闲笔"，不是随手涂抹，而是有颊上三毫之趣。写"闲话"是白话小说的一个传统。《水浒传》中写了很多"闲话"，世情小说就更多了。

7. 关目

关目好。(《古今》4、9)

好关目。(《古今》22)

关目甚紧。(《通言》5)

关目。(《通言》7、8)

要紧关目。(《通言》11)

关目在此。(《初刻》12)

好关目。(《初刻》23、27，《二刻》23)

"关目"原本是戏曲批评术语，指要紧的情节或核心的事件。容与堂本《水浒传》就有"好关目""关目都好""转转关目""极有关目"等批语。"三言二拍"是一转，后来崇祯本与张竹坡评《金瓶梅》，毛纶、毛宗岗评《三国演义》，冯镇峦、但明伦评《聊斋》，陈其泰、张新之评《红楼梦》就屡用"关目"一词了。

（三）心学观点

1. 良心自发

自心上打不过，也还是有天理的强盗。(《恒言》33)

有人心的强盗。(《初刻》8)

正是天理发见耳。(《古今》35)

良心发矣。(《初刻》17)

原有良心。//义理之勇，出于自发，快哉快哉。(《初刻》38)

所谓良心,就是良知。在心学看来,良知是每个人本有的,出于自发,只是私欲遮蔽,导致良知沦丧,这就是没天理。如果能察"良心发见之微"①,从良心上生发出善念,这就叫天理发见。

2. 转念误事

> 房德初念,尽有分寸。(《恒言》30)
> 好人多被转念所误。(《恒言》9)
> 人之作恶,多自转念得来。(《初刻》14)

世情小说对人心念头转换的问题非常关注,这显然是受到心学的影响。李贽认为"童心"是"最初一念之本心"②。心学强调维护"初念",守住"意之初发",有了转念,就不顺着善念、良知行动了,所以"初念是而转念非"③,冯友兰概括道学家的这种看法为"初念是圣贤,转念是禽兽"④。转念误事,这是"三言二拍"批评中一个较为奇特的用法。袁无涯本《水浒传》第103回批语有"转念间便免惨祸",这是从好的方面说。"三言二拍"和崇祯本《金瓶梅》批语,则主要是从反面说的。崇祯本《金瓶梅》第19回批语:"时时转念,写出瓶儿之浅。"第51回批语:"直写出月娘信谗一时之转念,妙不容言。"第59回批语:"男子汉转念快。"(官哥儿死了,西门庆劝李瓶儿丢开。)这个例子也说明,《金瓶梅》崇祯本批语确实是受到"三言二拍"的影响。

以上我们举出"三言""二拍"同义批语三类十四点,无非说"二拍"对"三言"小说理论批评的继承。凌濛初是在冯梦龙小说理论的基础上继续发展的,在讨论世情小说理论上也有自己的成绩。这就表现在怎么建构一套奇奇怪怪的世情小说理论体系上面,换句话说,就是怎么认识、怎

---

① 黄宗羲:《宋元学案》,沈善洪主编,方祖猷等校点《黄宗羲全集》第5册,浙江古籍出版社,1992,第278页。
② 李贽:《焚书 续焚书》,中华书局,1975,第98页。
③ 黄宗羲:《明儒学案》,沈善洪主编,夏瑰琦、洪波校点《黄宗羲全集》第8册,浙江古籍出版社,1992,第284页。
④ 冯友兰:《中国哲学史新编》第5册,《三松堂全集》第10卷,河南人民出版社,2000,第204页。

评价、怎么写"日用起居"的"诡谲幻怪"。

二 "平平奇奇之外"：一种世情小说理论之建构

凌濛初为何举出"奇"之大旗？有现实和理论两方面考虑。

从现实的角度看，人心好奇，世情小说正在蓬勃发展。凌濛初起初以出版知名，他很理解消费者的阅读需求。《拍案惊奇》发行时，作者和出版商作的承诺是，读者读了这本小说一定会拍案叫奇。他们打出的两个广告一是"我们"写的是日常生活中发生的事情；二是"我们"写的是日常生活中发生的奇奇怪怪的事情。这两点仿佛小猫钓鱼，一下吸引了读者。好奇之心，人皆有之。人们面对的社会生活大同小异，有什么是作者知道而读者不知道的吗？奇怪之事，读者所见亦夥，最离奇神秘的不过牛鬼蛇神，《拍案惊奇》所写奇奇怪怪之事，难道比神魔斗法故事更加奇特？真是先声夺人。

实际上，这里的话锋也扫到了冯梦龙，因为"墨憨氏补辑《新平妖传》"，正是"奇奇怪怪"的。[1] 可凌濛初要自立门户，不得不有所创造。他在理论上看到了好"奇"之失，因此《拍案惊奇序》开篇即批评读者的这种错误见解，认为他们是少见多怪。[2] 序言说，超过人力耳目所知的东西，确然奇特。但读者只知道向外求索，不知道每日生活当中发生了更多离奇、荒诞、诡异、虚幻的事情。这些事情非可以常理忖度。向外求奇，不如向内求真，因此，《拍案惊奇》所写，多近于人情日用。至于神鬼幽冥，该书也涉及一二，但主要取其贴近生活、真实可信。这是凌濛初的宣言。

应该说，"二拍"确实达到了承诺的效果。那么"二拍"是怎么在"三言"之外，建构一套新的世情小说理论的？"日用起居"之中的"诡谲幻怪"又有哪些？试以"二拍"批语中的三句话述之："神仙也周全世情""秀才怕中举人""有此天然奇巧"。这分别对应"二拍"批评的人情论、戏谑论、构造论。这也确实是凌濛初用心之所在。

---

[1] 可观道人：《新列国志叙》，日本内阁文库藏金阊叶敬池本。
[2] 凌濛初的观点或受郭璞影响，参见郭璞《山海经序》，郭璞注《宋本山海经》，国家图书馆出版社，2017，第3~4页。

（一）人情论：神仙也周全世情

"神仙也周全世情"，是《拍案惊奇》第 7 卷《唐明皇好道集奇人，武惠妃崇禅斗异法》的一条眉批。这卷故事讲唐玄宗崇道，招来了张果、叶法善、罗公远三个高道，其中叶法善、罗公远与武惠妃所尊的金刚三藏斗法。玄宗问叶法善，为何只举方木一头。法善称，是金刚三藏使神众押住了另一头。这是给武惠妃面子，要她面上好看，所以眉批称"周全世情"。在一般人的印象中，神仙本是无情无欲的，《神仙传》描述某类仙人"去人情，离荣乐"[①]。可富贵莫大于帝王，张果、叶法善、罗公远先后亲近玄宗，叶法善又如此"周全世情"，这不能不使人感到滑稽和讽刺。神仙有两个特征，一是长生不死，二是逍遥、有神通。然而叶法善道破张果真身是白蝙蝠精后，忽被张果治死，有如黑帮巨头痛打小弟，怎么能说是长生不死、无情无欲呢？再说逍遥，玄宗要把女儿嫁给张果，眉批即评"原可笑"，这又如何逍遥？至于神通，张果、叶法善目罗公远为村童，可称肉眼。眉批评"不谓张、叶两人也皮相"，则神通也不通了。《拍案惊奇》就这样一点点把神仙下降为高级帮闲，其中穿插了"可笑""献谀者好扯淡""玄宗呆甚"等眉批，瓦解了帝王和神仙的神圣性。它使读者感到小说描绘的不是神仙，而是世情，因为神仙也是凡人，也是肉眼，神仙也要周全人情世故。这是晚明社会风气的一种写照。实际上，明代嘉靖、万历都痴迷道教，斗法环节的设计，折射了当时佛、道斗争的情形。

《拍案惊奇》第 40 卷《华阴道独逢异客》也写了一个神仙。此仙着白衣，但在店内无人搭理，后来有个举子上前攀谈，并认作兄弟。白衣仙兄感其情意，给了三封仙书。眉批评："能从俗中识拔，即神仙亦感知己。"这一卷入话连写多个科举故事，慨叹科第黑暗，没有准定。其中有小鬼作弄的，也见出人情。眉批评："彼人何罪？作弊鬼亦可恨。"冥中无异人间，《郓州司马冥全内侄》写破落户屈突仲任，时时偷盗、残害生灵，死后阴司审判，忽见判官是自己姑父郓州司马张安。张安对众判官说，能否为他分上，还屈突一条生路，后来想出法子打点。眉批反复问读者："冥中也作分

[①] 葛洪撰，胡守为校释《神仙传校释》，中华书局，2010，第 16 页。

上，何故？""冥中也用术笼络，何故？"

"二拍"批语点出许多"人情""世情"，广及世间、阴司、神魔、丑怪，实际多以痛语出之。苏州商人文若虚出海，无钱置办货物，张大道提议助银，可没一人则声。眉批在此感叹："人情也。"返航后，波斯胡以货物的价钱高低排定座次。眉批评："当今之世，不独波斯胡为然矣。"（《转运汉巧遇洞庭红》）王俊家财丰厚，但只要有利益交关，无论亲疏，一点情面也没有。眉批评："富人如此者多。"（《行孝子到底不简尸》）赵娘子原本寂寞地坐在帷屏外，等到丈夫及第消息传来，众亲眷一齐来拉她去同席。眉批评："科第妙处，正在此等。"（《通闺闼坚心灯火》）贾长寿冲撞贫弱的亲生父亲周秀才，拿了一匣金银赔礼。周秀才诧异道，自家儿子，怎么能受他的钱礼？眉批评："金银如何父母前赔得不是？正因有钱人所见，惟此重尔。"（《看财奴刁买冤家主》）程朝奉想以钱勾引李方哥妻子陈氏，于是对李方哥说出钱助他，但要借件东西用用。陈氏一语道破程朝奉想在自己身上讨便宜。眉批评："有银者如此口亦易开，可见钱神之横。"（《程朝奉单遇无头妇》）有钱人也有烦恼，因为一山更比一山高。潘富翁看到有人西湖游船，女眷貌美、酒器珍巧、赏赐无算，不由心生羡慕，恨自己不能如此挥霍受用。于是与客攀谈，掉进了丹客的骗局，反折了不少本钱。眉批评："既算是富的，怨做甚？只是贪心重。"（《丹客半黍九还》）多保说，官员贪剥小民，只要有根基、有脚力，上下打点周到，"有使用，有人情"，就能"万年无事"。眉批评："得毋伤时。"（《钱多处白丁横带》）此外，"富贵人只据现在胸中，人人如此"、"凡事俱看银子面"（《牧童儿夜夜尊荣》眉批）、"小人惟以财为重"（《黑衣盗奸生杀》眉批），比比皆是。总之，一句"世情看冷暖"，"道尽人情"（《卫朝奉狠心盘贵产》眉批），甚至"过桥拆桥"也是"人情也""世情如此"（《小道人一着饶天下》《田舍翁时时经理》眉批）。

《金瓶梅》开晚明世情小说之先河，它的影响是深远的。"二拍"暴露人性的弱点、暴露社会危机，无不受到《金瓶梅》的启发。"二拍"评点中所谓的"人情"，正指向晚明深重的社会危机：皇帝昏聩、官僚贪剥、科举黑暗、亲情寡淡、朋友势利、世风浇薄、骗术横行。这是一个黑暗的世界，用冯梦龙的批语说即是"末世"。但是，"二拍"的真正高明之处就在于，它不是单纯的社会批判,也不是为批判而批判,而是在"神仙也周全世情"这样的戏谑中,引导人们看到人情世故的可笑之处,在笑声中给人以反思。这就是"二拍"的喜剧艺术。

(二)戏谑论:秀才怕中举人

所谓"戏谑论",就是"二拍"批评主张小说要有趣,要使人发笑。"这秀才怕中举人,亦奇",原本是《二刻拍案惊奇》第17卷《同窗友认假作真》批语。故事讲闻蜚娥女扮男装进入学堂读书,一考就考上秀才,后来秋闱要考举人,她担心一下子中了不好收场,于是推病不行。秀才蹉跎乡试是常有之事,闻蜚娥快人快语,说自己"暂时做秀才耍子",害怕自己一下中举,真令秀才汗颜。批语点出问题的核心,更令人忍俊不禁。这不仅表现出闻蜚娥的性格,而且作为一种戏谑,舒缓了小说的节奏。后来,闻蜚娥与同窗杜子中曲折相恋,但无法妥善拒绝另一个同窗魏撰之。闻蜚娥、杜子中初试云雨过后,闻蜚娥猛地一拍床说我有办法了。杜子中吃了一惊,忙问有什么办法。眉批点出杜子中的心事:"不得不惊,此处用不得两全之策。"这也令人发笑。原来杜子中是怕闻蜚娥会提出偕两雄的主意,眉批点破了恋爱初期男女双方患得患失的心理,因为此时男女刚刚确定关系,但关系又不那么深,尤其害怕第三者介入。这样的戏谑确实是点中"人情"的,而且与上面提到的批判性的"人情"有很大不同。"二拍"批语基本是在否定的意义上使用"人情"一词,这时"人情"近于"势利"一词。但"二拍"实际所写"人情"的范围要远远超过批语原本限定的含义。而超出的这部分含义主要是通过戏谑完成的。

当然,这不是说批评否定的部分就没有喜剧因素。"二拍"很擅长在戏谑与笑声中否定所描写的对象。《西山观设箓度亡魂》是一个很有"二拍"特色的故事,颇具今日"犯罪喜剧"的意味。这卷故事讲吴氏少年没了丈夫,到西山观给丈夫做斋醮超度时,一来二去和知观黄妙修勾搭上了。黄妙修借"妙话"(眉批)哄得手了,又思量假托姑舅兄妹好掩人耳目。黄妙修对道童说,二人原是表兄妹,现在是至亲了。道童嘻嘻道,自然是至亲了。眉批:"韵语。"因为道童是知道个中内情的,道童也想分一杯羹,而且道童也是极机灵、极会凑趣的。后来吴氏的儿子刘达生渐渐长大,知道

无奇何以为奇？

事情不体面，因为不好捉奸，就有意破坏吴氏和黄妙修的幽会。达生在家中捉弄黄妙修，与美国电影《小鬼当家》(*Home Alone*, 1990)凯文在家中捉弄匪徒同谑。达生知晓黄妙修进门了，于是掇个尿桶、摆个屎缸，又把房门缠上，好让黄妙修无法出门。黄妙修狂了一夜，拽门不开，只得从窗户跳走，谁知刚好踏进尿桶，一脚不得力，又踩进屎缸，着急忙慌地被桶绊倒，跌了一身污秽，嘴唇也磕破了。眉批评："此景自无限。"又评："不知曾尝些否？"真是戏谑不已。等到吴氏起来看时，窗外满地屎尿，问儿子是怎么回事。达生推说不知情，又说，看一路都是男人的湿脚印，想是他急出来的。真是狡黠灵变。眉批评："谑语有致。"黄妙修经过达生这番道儿，知他"刁钻异常"，但色胆迷天。是日，吴氏故意关了后门，达生知当晚必有些事情，在黑影里蹲着，等到黄妙修闪入，三人叠手叠脚进来，突然猛敲防贼的警锣，大喊有贼。黄妙修惊得魂不附体，往外狂奔，被达生用石头打落一只鞋子。而吴氏、丫鬟已经抖作一团。眉批评："筛锣抛石，童子戏也。达生用之以拒奸，绰绰有余。"

"二拍"及其批评就是这样强调"戏"与"谑"的重要性的，在"戏"中作者描出人情，读者也知晓人情，于是彼此会心一笑。因此"二拍"批语有"戏谑""恶谑""妙谑""趣甚""趣极""谑趣""可笑""韵语""妙"等。这些使人发笑的"妙谑"，很多是"二拍"的创造，有的也沿用"三言"的灵感。比如黄妙修踩进尿桶，恐怕就来自《醒世恒言》。《醒世恒言》第20卷的主线故事是张廷秀逃生救父，支线插入了王玉姐与张廷秀的感情故事。王玉姐原本许配张廷秀，张廷秀因父亲官司出走，王员外就有意把玉姐许配他人。玉姐受到姐姐耻笑，打算上吊，谁知遇到腹满出恭的丫鬟。丫鬟脱得精赤条条地找净桶，昏中磕到小腹，屎尿齐流，滚作一身，但又看到玉姐上吊，大喊不好了，玉姐吊死也。这就惊醒了楼下睡的王员外和徐氏，两人发擂般打门。丫鬟忙着擦身，故意不开门。等到开门了，徐氏误以为玉姐已经死了。《醒世恒言》在此科普了一个先秦以来即周知的封诊要点，即上吊的人若大小便走了，就救不起来了。[①] 实际人将死多有此征，不止自缢。后来玉姐"活"了，第二天丫鬟说出实情，众丫头笑得乐

[①] 参见睡虎地秦墓竹简整理小组编《睡虎地秦墓竹简》，文物出版社，1990，第158页。

不可支。这里的"精赤条条"实是一个很有喜剧感的词,于慌不择路中写出一种手忙脚乱的戏谑。"玉姐吊死也"更是一字一顿,后三字必拉长喊出,"也"字回环往复,真是欢乐不已。此外,《水浒传》中李逵劫法场,脱得赤条条的,也是一个喜剧场面,故不能以杀戮目之。总之,"三言"也有相当戏谑的成分,"二拍"的喜剧因素有一部分自"三言"来。只不过总体比较来看,"二拍"运用得更多一些,且更有意识加入喜剧的成分。因此在戏谑上,"二拍"有"青出于蓝而胜于蓝"的妙趣。

"二拍"戏谑都是不避雅俗的,喜怒哀乐在"二拍"中都成笑料。于是我们看到许多这样的批语:"浑语俱趣"(《转运汉遇巧洞庭红》),"仙人戏人如此""神仙自相戏如此""耍得趣甚""趣极""又趣极"(《唐明皇好道集奇人》),"善戏谑兮"(《崔俊臣巧会芙蓉屏》),"又错认,可笑"(《何道士因术成奸》),"顽皮极,亦趣极"(《宣徽院仕女秋千会》),"怒亦极趣"(《沈将仕三千买笑钱》),"两惊皆有趣味"(《任君用恣乐深闺》),"冷话有致,有谑趣"(《姚滴珠避羞惹羞》),"戏谑,实善戏谑也"(《乔势天师禳旱魃》),"戏得有趣"(《神偷寄兴一枝梅》),"笑中便有谑意"(《王渔翁舍镜崇三宝》)。总之,无戏不成谑,无语不成谑了。人、事无论贵贱、雅俗,在"二拍"中一转都能成为笑柄。凌濛初真有喜剧之笔。"二拍"批评就是这样强调小说要使人欢乐,这是"二拍"批评的一个贡献。

(三)构造论:有此天然奇巧

"二拍"批评提倡欢谑,因此主张构造要巧妙。它在内容上说要写奇人奇事,在情节上说要利用突转(翻转)、误会、错认、巧合等,构成曲折离奇、波澜起伏的情节,最终达到"无奇之所以为奇"(《二刻拍案惊奇序》)的艺术效果。

先说奇人奇事。所谓奇人,就是做出一些在普通人看来是离奇事情的人。按照"二拍"所描述的人情,没有交往、没有金钱、没有权势的人是不可能得到帮助的,因此提出"非分"的理由或做出有违常情的事情,就会被普通人也即大部分读者目为奇人。姚滴珠因受公婆辱骂,要回娘家,哪知路上被汪锡、王婆拐骗,要她去做别人的小老婆。姚乙遍找妹子不着,一个内亲告诉他妹子恐怕在异地为娼。妓女郑月娥与姚滴珠面容酷似，等她听了姚乙之言，又细问是否真的像。姚乙说真像，郑月娥说，既然如此，我就做你妹子吧。这就使人发笑。姚乙以为戏谑。眉批说："月娥亦是奇人，有此奇想奇见。"(《郑月娥将错就错》)其实，设身处地一想，所谓"奇想奇见"也是人之常情，因为郑月娥要跳出火坑。她原本是妾，被大娘发卖，老鸨动不动拷打，而姚乙家因为姚滴珠失踪报官，非找到姚滴珠不能结案，于是郑月娥语出惊人，提出一个瞒天过海的两全之策。妓女向嫖客自荐，要做嫖客妹子，这不能不说是平中见奇的故事。

至于"平中见奇"的方法，"二拍"眉批点出的有很多，如"转""误""错认""巧合""第二番（重复）""不知情"等。批语指出为什么要创造"误"："只此一误，就缠出许多变态来。人事之巧如此。""此转甚妙，真绝处逢生。"(《同窗友认假作真》)所谓"变态"，是相对于常态而言的；因为"一误"，人事即情节上就发生许许多多、奇奇怪怪的故事，这总称为"巧"。不"转"、不"巧"则没有生机，故事无法继续进行，"转"则左右逢源，绝处逢生。因此"二拍"批评主张故事要有起伏，因为"合该有事，或一番即遇，无此变态矣"(《错调情贾母罝女》眉批)，"不然，只是佳处，便少起伏"(《金光洞主谈旧迹》眉批)；要能平地起波澜，所谓"无聊之极，造化来了"(《转运汉遇巧洞庭红》眉批)。

构成巧妙的方法主要有错认。本来"三言"批语中已经点出不少"错认"的妙用，"二拍"更多。如：

> 绝好错认，可做杂剧。(《恒言》6)
> 又好个错认。(《恒言》8)
> 错认，可为笑资。(《二刻》31)
> 又错认，可笑。(《初刻》31)
> 错认皆妙。(《二刻》9)
> 鬼错认。(《二刻》13)

有错认即产生戏剧冲突，戏剧冲突推动故事情节层层发展。冯梦龙、凌濛初都很擅长使用"错认"，我们看标题即可知道这一点。《醒世恒言》

有《钱秀才错占凤凰俦》,《拍案惊奇》有《郑月娥将错就错》《狠仆人误投真命状》,《二刻拍案惊奇》有《李将军错认舅》《春花婢误泄风情》《错调情贾母詈女,误告状孙郎得妻》《两错认莫大姐私奔》。错认又与真假相关,因此,"二拍"还有《恶船家计赚假尸银,狠仆人误投真命状》《同窗友认假作真,女秀才移花接木》《赠芝麻识破假形,撷草药巧谐真偶》等。可见,"二拍"比"三言"使用了更多"错""误"这一类手法,以构成故事。那么"错""误"这一类手法是怎么来的呢?"二拍"的基本逻辑是"良缘天作合也"(《蒋震卿片言得妇》批语),"有此天然奇巧,亦宿因也"(《郑月娥将错就错》批语)。所谓"一饮一啄,莫非前定",突转、错认、巧合等都是由于命运的安排。"天然奇巧",既是说巧事成奇,也是说巧出天然、巧出天构,是一种宿世的因缘。这使我们想到古希腊的戏剧理论与命运观念。在亚里士多德诗学体系中,突转作为悲剧情节的一大成分,按照可然律或必然律而发生。在必然律中,"命运"具有一种无坚不摧的强大魔力。"二拍"也很会利用"命运"这个道具,但突转、错认、巧合似非必然,而多出偶然,是突如其来、毫无征兆,用眉批的话说就是"造化来了"。一切都由命运偶然发出,一切又是命中安排好的。文若虚就是偶然带了几筐橘子,发了一笔横财,又碰巧拾起龟壳,获得更大的财富。"二拍"使人相信,一切没有理由,只是有运没运,因为命中已经注定。这与西方理性主义的命运观念是很不相同的。①

至于重复,《唐明皇好道集奇人》眉批已经点出张果以牙齿戏唐玄宗的手法是"第二番",同时《何道士因术成奸》眉批指出"又错认"。"第二番""又错认"不能单纯以闲语目之,它实是一种巧妙的艺术手法,近于语言艺术中常见的"三翻四抖"(这在小品中很常见,如《吃面条》),在小说艺术中称为"犯中见避"。金圣叹对《水浒传》此类用法多有会心,指出武松打虎与李逵打虎、潘金莲偷汉与潘巧云偷汉,相映成趣。这里再举一例《拍案惊奇》不同卷中的重复。沈灿若娶了一个寡妇,成亲当天却不睡觉,只眼睛不转地盯着灿若看。灿若问蕙娘为何不睡,蕙娘语出惊人,问他在京中认不认识大人物。灿若说自己交游最广,京中相识无数。蕙娘说,

---

① 参见邓晓芒《中西哲学三棱镜》,天津人民出版社,2020,第252~257页。

既然这样,不如我当真嫁给你吧。眉批评:"此问亦奇。"又评:"更奇。"沈灿若也觉得好笑,但是等到蕙娘解释以后,才知这是一个骗局。原来蕙娘不是独居寡妇,而是其丈夫故意设局,好赖他奸骗良家女子。(《陆蕙娘立决到头缘》)卓别林说,喜剧必须对"滑稽人物所陷入的严重困境有着深厚的同情"[①]。从故事构造看,陆蕙娘和前面说过的郑月娥故事实际是一个同构的故事,即有困境—假戏真做—解脱困境(哪怕这种困境是暂时的解脱)。"假戏真做"为什么使人发笑?按陈佩斯的说法,解脱困境才是真正的喜剧。[②] 故事中的人物关系发生错位,这种错位使其出现不同的行动,这就显出反常来。而正是这种正常行动中的反常,才深刻地见出了人情。"二拍"的这种"巧"、这种重复,在艺术效果上是很成功的。所以"二拍"批评所指出的戏谑之处,不能等闲视之。

这样看,"二拍"批评所指出的人情论、戏谑论、构造论实是三位一体的(见图1)。"二拍"就是通过许多"天然奇巧"造成"戏谑"的艺术效果,而人们又从"戏谑"中真正读懂了"人情"。是奇奇怪怪的"人情"使得小说人物的举动"反常",这就又构成一种"奇"。换句话说,人情、戏谑、构造,彼此是息息相通的。所谓"无奇之所以为奇",就是人们从正常"无奇"的行动当中,见出一种由内在"人情"推动之"奇"。这种"奇"实是"人情""变态"之"奇",而人们一旦深刻领悟人物所处之境、所想之情,就会感到离奇曲折,不得不感叹其逼真、合理,因而不由自主

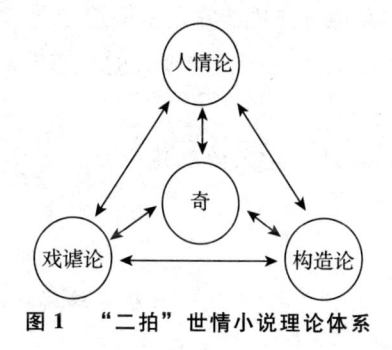

图1 "二拍"世情小说理论体系

[①] 卓别林:《谈谈喜剧》,周传基译,《世界电影》1957年第9期。
[②] 参见陈佩斯、董阳《喜剧,教人智慧地走出困境》,《人民日报》2012年3月16日,第24版。

地拍案叫"奇"。《拍案惊奇》是成功的，它确实写出了日常生活中的反常与人情之歧。"两拍"批评正确指出了许多艺术构造、世情小说理论的艺术经验，需要读者多加留意。

结　语

　　中国文学是长于古今通变的，凌濛初建立自己的小说理论批评体系即分两步走：全面吸收冯梦龙的小说理论，并在此之上选择"一点"突破。凌濛初的小说理论是对冯梦龙的继承，基本没有超出冯梦龙论述的范围，唯独在小说写"奇"上，确有特殊的创造。人情论、戏谑论、构造论，三位一体，息息相通。凌濛初同时也给此后的世情小说理论以借鉴。他从冯梦龙手中接过"冷热"理论，又传给张竹坡。凌濛初说"淫妇未有不妒者"（《拍案惊奇》第31卷批语），张竹坡说"淫妇未有不悍者"（《金瓶梅》第8回批语）。《今古奇观》打出"奇"的招牌、笑花主人序谈奇出于庸常，显然也是模仿《拍案惊奇》。"三言二拍"在清代被禁，唯独它们的选本《今古奇观》和一部《拍案惊奇》留存最多，可见其影响是持久而深远的。

　　此外，"二拍"的喜剧精神与传统语言表演艺术的关系，也非常值得学界重视。现代小品艺术中的误会法、错位法、重复、不知情等，在"三言二拍"中都能看到，"三言二拍"批评指出不少"错认好""好错认"，此并非简单的"闲笔"，实是一种巧妙的艺术构造经验。其中丰富的奥秘值得探寻，这是中国古代小说理论批评留给今人的一座宝矿。

作者简介：马麟，武汉大学文学院博士后，主要研究方向为中国文学批评史。

（栏目编辑：陈廷钰、刘纯友）

・要籍叙录・

《中国诗的神韵、格调及性灵说》关键词研究的三重视角

尚 晓

(武汉大学文学院)

摘 要："神韵""格调""性灵"是明清诗学乃至中国文论的核心关键词。郭绍虞在《中国诗的神韵、格调及性灵说》一书中，从"借外辩之""以词考之""以史观之"三重视角，对神韵、格调、性灵进行了新的阐释。首先，郭绍虞"借外辩之"，指该著借铃木虎雄知人论世之法，又能后出转精，详细辨析了三个关键词的联系、流变与价值。其次，郭绍虞"以词考之"，返回文本语境，诠释了《沧浪诗话》中"禅""悟"对"神韵""格调"的影响，探讨了王士禛的"神韵"重在"韵"与"化"的独特内涵，还原关键词的本来面目。最后，郭绍虞"以史观之"，从阐释史出发，辨明"神韵"非空和"诗""禅"相通；对格调派之李何论争秉持"平心而论"的客观态度，为袁枚及其性灵说拨乱反正，梳理了性灵说的辩证内涵，为中国古代文论关键词提供典范。

关键词：神韵；格调；性灵；郭绍虞；《沧浪诗话》

郭绍虞是中国文学批评史学科的重要奠基者，其主要代表作有《中国文学批评史》《宋诗话辑佚》《沧浪诗话校释》等，这些成果可以概括为批评史的宏观建构和诗话文本的梳理与阐释，而关键词研究在其中扮演着重要角色。在具有开拓性质的《中国文学批评史》中，郭绍虞"以问题为纲"，抓住"许多体现为术语的文论概念的内涵实质"[①]，完成了中国文学批

[①] 董乃斌：《郭绍虞先生中国文学批评史研究的成就与贡献》，《文学遗产》1992年第1期。

评史的初步构建。他的术语批评研究已具备较明显的关键词意识，是我们研究中国古代文论关键词的典范，但是与此相关的研究较少。实际上，以诗话为对象的研究，依靠着关键词研究而获得总结和升华，而批评史的宏观构建，又依赖于关键词的基石作用。一个典型的例子，就是郭绍虞先生从诗话中提炼出神韵、格调、性灵三个关键词，针对它们写了专题论文，又将论文内容汇入《中国文学批评史》中。因此，梳理郭绍虞先生的文论关键词研究，有利于我们认识中国文学批评史的学科史，以及辨清关键词研究的历史源流与方法论意义。

关键词，可分为概念、术语、范畴、命题四种形态。[①] 神韵、格调与性灵是明清文论的重要范畴。郭绍虞于 1937 年在《燕京学报》第 22 期发表了《神韵与格调》一文，于 1938 年在《燕京学报》第 23 期发表了《性灵说》一文。[②] 这两篇论文于 1975 年由台湾庄严出版社结集出版，书名为《中国诗的神韵、格调及性灵说》。台湾华正书局于 1981 年和 1985 年再版该书。这部分论文后来成为《中国文学批评史》一书下册的重要组成部分。《神韵与格调》主要厘清了《沧浪诗话》与"神韵""格调"之间的联系，认为它们都源于《沧浪诗话》，但也有对立关系。《性灵说》则主要阐述了性灵说的起源和发展，并着重探讨了袁枚的性灵观。总体来看，郭绍虞在《中国诗的神韵、格调及性灵说》中钩沉稽古，将文论关键词"神韵""格调""性灵"溯源至《沧浪诗话》并探寻其内在生成路径。他注重"保存古人的面目"[③]，回到"神韵""格调""性灵"的文本语境中辨析关键词的内涵。他主张"诗非一家之诗，论亦非一端之论"[④]，承续前人对关键词"神韵""格调""性灵"的研究，重新阐释袁枚性灵说的独特意蕴。本文旨在揭示该著对关键词研究的方法论意义，为当代中国文论关键词研究提供镜鉴。

[①] 李建中：《关键词建构三大体系》，李建中主编《关键词》第 1 辑，社会科学文献出版社，2024，第 30 页。

[②] 何旺生：《郭绍虞学术年表》，《中国韵文学刊》2008 年第 1 期。

[③] 郭绍虞：《中国文学批评史》，商务印书馆，2010，第 2 页。

[④] 郭绍虞：《中国诗的神韵、格调及性灵说》，华正书局，1985，第 56 页。

一 借外辩之：与铃木虎雄相同异

20世纪上半叶中日的学术交流催化了我国系统的文学批评史研究的展开。铃木虎雄作为研究中国古代文学的著名日本学者，有《中国诗论史》《中国文学研究》《杜少陵诗解》《赋史大要》等代表作。1911年，铃木虎雄在《艺文》杂志发表《论格调、神韵和性灵三诗说》一文，后被收录于《中国诗论史》第三篇中，该书于1925年出版，后被孙俍工译入中国，对我国学者的文学批评史研究有重要影响。如前文所述，郭绍虞对这三个关键词的研究，也是先成"文"再入"史"的，除了研究历程的相似，还有研究视角的关联与异同，更值得深入探讨。

（一）方法之同：知人论世与以意逆志

关于"神韵""格调""性灵"，铃木虎雄已经有较为系统的研究。郭绍虞在《中国诗的神韵、格调及性灵说》的《神韵与格调》中直言"日人铃木虎雄也知道他的重要，于是于《中国诗论史》之第三编即专论格调、神韵、性灵之三诗说，于阐说其义以外，兼述其历史的关系"[①]。可见，铃木虎雄进入了郭绍虞的研究视野中，事实上，郭绍虞的《中国诗的神韵、格调及性灵说》也参考了铃木虎雄的论说框架。铃木虎雄在《中国诗论史》中安排"绪言""三说的词义及其关系之大要""三说产生以前的诗论梗概""格调说""神韵说""性灵说""结论"七个章节来讲述明清诗论，郭绍虞则是将三诗说切分为《神韵与格调》的"绪言""严羽""格调说举例""王士禛"和《性灵说》的"序言""杨万里""袁宏道""袁枚"八个章节来进行探讨。章节安排相似的现象背后，是在论说方法上的相似，那就是知人论世与以意逆志。

孟子曰："颂其诗，读其书，不知其人，可乎？是以论其世也，是尚友也。"（《孟子·万章下》）。铃木虎雄、郭绍虞都极具"知人论世"的自觉意识，在研究文论关键词"神韵""格调""性灵"时均注重探讨各词对应

[①] 郭绍虞：《中国诗的神韵、格调及性灵说》，华正书局，1985，第1页。

的释词主体。在探讨"神韵"时,铃木虎雄和郭绍虞都以王士禛为主要研究对象,并着重分析了他的交友与家学情况。在《中国诗论史》第三篇第四章"神韵说"中,铃木虎雄单独设置了"渔洋诗学与其天才、家学、乡土、师友的关系"一节。此节认为"渔洋则首先已具天才,再培植之于家学,拓展之于学问,故能得其大成"[1]。在家学方面,王士禛的长兄王士禄对王士禛冲澹趣味的诗学取向产生了重要影响,表现在"士禄见渔洋之诗甚善,即取刘须阳所编《唐诗宿》中王维、孟浩然、王昌龄、刘脊虚、韦应物、柳宗元等人诗命渔洋钞读"[2]。在乡土方面,王士禛为明前七子边贡刻印《华泉集》,对李攀龙有所肯定,铃木虎雄指出"以渔洋之敏思睿智,对李何等人的长处的认识与汲取,正在情理之中"[3]。在师友方面,王士禛"受教于南方人钱谦益与吴伟业,因而北方的雄劲与南方的清丽几乎集于渔洋之一身并得到融合统一"[4]。总的来说,铃木虎雄指出王渔洋受以上多种因素影响,其诗学"既不弃李何之格调,同时又不弃初中唐及宋元诸家,并能进而以冲澹趣味为标举形成自己诗学的独特观点和风貌"[5]。

郭绍虞探讨王士禛的"神韵"说时,也注重知其人,论其世,认为"渔洋生在书香门第,家学渊源,自有其传统的习惯"[6]。在家学渊源上,郭绍虞认为明前后七子的"遗风余韵,恐怕只有李攀龙的故乡而又是世家如渔洋的十七叔祖季木其人者,为最足以代表了。而渔洋于诗便是深受八叔祖伯石,十七叔祖季木的启迪",此外,王士禛于"前七子之中所取乃在边徐二家"[7]。"推尊边氏之故,恐怕也在兴象飘逸,语尤清圆上面。姑且退一步说,渔洋之选刻《华泉集》是为乡国文献的关系,那么,看他再选刻徐祯卿的《迪功集》。他把徐氏《迪功集》,与稍后高叔嗣的《苏门集》合刻,称为《二家诗选》"[8],可见,郭绍虞也注重从家学和乡土方面挖掘王士禛的思想渊源,从而探讨关键词"神韵"的真正内涵。

---

[1] 铃木虎雄:《中国诗论史》,许总译,广西人民出版社,1989,第157页。
[2] 铃木虎雄:《中国诗论史》,许总译,广西人民出版社,1989,第157页。
[3] 铃木虎雄:《中国诗论史》,许总译,广西人民出版社,1989,第158页。
[4] 铃木虎雄:《中国诗论史》,许总译,广西人民出版社,1989,第159页。
[5] 铃木虎雄:《中国诗论史》,许总译,广西人民出版社,1989,第159页。
[6] 郭绍虞:《中国诗的神韵、格调及性灵说》,华正书局,1985,第47页。
[7] 郭绍虞:《中国诗的神韵、格调及性灵说》,华正书局,1985,第48页。
[8] 郭绍虞:《中国诗的神韵、格调及性灵说》,华正书局,1985,第48~49页。

除了"知人论世",铃木虎雄与郭绍虞还注重结合理论文本去分析文论关键词的内涵。在研究李梦阳的格调说时,铃木虎雄通过对李梦阳《遵道录序》《文箴》《驳何氏论文书》等文的分析,指出李梦阳"论文必先论道,因而对虚饰浮华或不以事实、趣旨为重之文皆极力诋斥。正是由这些论点,最终构成了'文必秦汉'之说"[1]。在诗与情的关系上,李梦阳在《林公诗序》《鸣春集序》《梅月先生诗序》中认为外物与心情的集合为音,音表现出的外形为诗。结合《观风河洛序》看,李梦阳虽同意"察'风'可以观政,由政而形成俗"[2],但是反对"风"能感化人心,他并不将诗作为教化手段,而是认为"诗始终是本于情的"[3],因而排斥宋儒之诗。在格与调的倡导上,通过分析李梦阳的《潜虬山人记》《驳何氏论文书》《缶音序》,铃木虎雄指出"梦阳对诗中诸要素同时加以强调,似乎并不偏于格调一端,然而细察其诗论实质,仍可窥见其是尤重格调的"[4]。

在《中国诗的神韵、格调及性灵说》中,郭绍虞也着重从李梦阳的文学作品中体会关键词"格调"的含义,在《潜虬山人记》中,李梦阳谈及诗文标准,表明了他"并不专主盛唐。他只是受沧浪所谓第一义的影响,所以于各种体制之中,都择其高格以为标"[5]。关于李梦阳的格调说也主情这一方面,郭绍虞以《诗集自序》《林公诗序》《张生诗序》《梅月先生诗序》《叙九日宴集》《与徐氏论文书》为证。关于格调说并非只强调格与调,郭绍虞认为李梦阳的《潜虬山人记》《驳何氏论文书》也显示出"所谓格调云者,原只是诗文之一端;他固不会主格调而抹煞一切"[6]。综上,郭绍虞和铃木虎雄的文论关键词研究方法皆注重"知人论世"和文本与理论的结合。虽然两者方法相似,但其观点多有不同之处。

(二)观点之异:"神韵""格调"之思辨与"性灵"之同情

在《中国诗的神韵、格调及性灵说》的《神韵与格调》部分,郭绍虞

---

[1] 铃木虎雄:《中国诗论史》,许总译,广西人民出版社,1989,第128页。
[2] 铃木虎雄:《中国诗论史》,许总译,广西人民出版社,1989,第129页。
[3] 铃木虎雄:《中国诗论史》,许总译,广西人民出版社,1989,第130页。
[4] 铃木虎雄:《中国诗论史》,许总译,广西人民出版社,1989,第130页。
[5] 郭绍虞:《中国诗的神韵、格调及性灵说》,华正书局,1985,第32页。
[6] 郭绍虞:《中国诗的神韵、格调及性灵说》,华正书局,1985,第35页。

就称"'有同乎旧谈者非雷同也,势自不可异也;有异乎前论者非苟异也,理自不可同也'。擘肌分理的结果,自不免互有出入的地方"①。

于"格调"而言,郭绍虞和铃木虎雄虽然都将"格调"与"神韵"追溯至严羽的《沧浪诗话》,对格调派的主要代表人物以及内部争论有所讨论,但是铃木虎雄认为严羽的诗学平等地孕育了格调与神韵二说,而郭绍虞则看出格调与神韵二说在严羽诗学体系中的内在紧张关系,并在王渔洋身上得到最终解决。在"格调""神韵"与《沧浪诗话》的关系方面,《中国诗论史》指出"严羽论诗宗旨,固然主要在于力辟江西、四灵之弊,但其具体论述却似乎同时包含着后代格调、神韵二派的诗论内容"②,铃木虎雄认为严羽的妙悟、作诗也注重学与理等著名论点,分别影响了后世的格调说和神韵说。《中国诗的神韵、格调及性灵说》谈论此话题则更为深入。郭绍虞认为《沧浪诗话》之悟有二义,一是透彻之悟,二是第一义之悟。严羽的"透彻之悟"侧重在神韵方面,认为"于学问义理以外去求诗,才能见其别材别趣,才是所谓羚羊挂角无迹可求"③。"第一义之悟"则是要熟参汉魏以下各家诸诗,以李杜为宗,奉盛唐为主,不要受惑于旁门小法。这使严羽"论妙悟而结果却使人不悟,论识而结果却使人无识……这种弊病的症结所在,全在于以神韵说的骨干,而加上了一件格调说的外衣。明代的前后七子只见了他的外衣,所以上了他的当;清代的王渔洋,剥掉了这件外衣,所以觉得易黄钟大吕而为清角变徵之音"④。

以"神韵"来看,铃木虎雄认为王士祯的"神韵"说本于严羽,而郭绍虞则认为王渔洋对严羽是有所通变的。《中国诗论史》认为王士祯的神韵说"实际上是以唐代司空图、宋代严羽为本的"⑤,他的《唐贤三昧集序》诗是最明确的揭示。在王士祯看来,"禅家之悟境与诗家之化境是完全同一的"⑥,"读神韵之诗时,即宛如精神超于物外,顿失物我之别,达到如同庄子所谓的嗒然丧偶、柳子所谓的万化冥合、佛家所谓的坐禅入定之境,这

---

① 郭绍虞:《中国诗的神韵、格调及性灵说》,华正书局,1985,第1页。
② 铃木虎雄:《中国诗论史》,许总译,广西人民出版社,1989,第122~123页。
③ 郭绍虞:《中国诗的神韵、格调及性灵说》,华正书局,1985,第13页。
④ 郭绍虞:《中国诗的神韵、格调及性灵说》,华正书局,1985,第16页。
⑤ 铃木虎雄:《中国诗论史》,许总译,广西人民出版社,1989,第160页。
⑥ 铃木虎雄:《中国诗论史》,许总译,广西人民出版社,1989,第161页。

三端拟喻，就是其以三昧为诗选之名的由来"①。不仅是诗文，铃木虎雄结合《居易录》指出王士祯的画论是主张"始深入后透出，表面古澹闲远而中藏沉着痛快"②，也主张自然天成，不着痕迹。

在王士祯的"神韵"渊源上，郭绍虞指出王士祯的论诗主张出自严羽，严羽论诗拈出"神"，体现的是空阔的境界，王士祯则拈出了"韵"，展现的是超尘拔俗之韵致，具有个性。"渔洋所宗，是沧浪所谓透澈之悟。由透澈之悟言，所以以色相俱空，无迹可求者为极致，而诗格遂近于王孟。他知道神品难到逸品易至，能使逸品入妙，自然也入神境，这便是所谓化。"③格调派虽同出于严羽，但"悬了高格以论诗，所以知其正而不知其变，取径既狭，如何能化"④。

在"性灵"方面，两人对"性灵"的认识和对袁枚的评价也有明显差异。就认识而言，除了杨万里和明晚期的袁宏道，铃木虎雄追溯袁枚的性灵说至晚唐的温庭筠，郭绍虞则指出袁枚的性灵说是从神韵说转变而来的，认为"神韵说与性灵说同样重在个性，重在有我，不过程度不同，神韵说说得抽象一些，性灵说说得具体一些而已"⑤。对于袁枚的性灵说，铃木虎雄与郭绍虞的意见也不一致，《中国诗论史》评价袁枚的性灵为"任凭性情流露并加以自由地叙述，不受一切形式法则之束缚，弃去古人糟粕而行之以清新机巧，是为真诗"⑥，《中国诗的神韵、格调及性灵说》则指出袁枚的性灵说是实感与想象、情与才、韵与趣的综合，"由情与韵的表现则重在真；由才与趣的表现则重在活，重在新"⑦，真为性分的表现，但是也讲究笔性要活，从而不参死句参活句，因而性灵并不单纯是性情的流露。

就评价而言，铃木虎雄和郭绍虞在袁枚的个人生活与思想价值的关系上持有尤为不同的看法。铃木虎雄以王昶的《湖海诗传》指出袁枚生活放

---

① 铃木虎雄：《中国诗论史》，许总译，广西人民出版社，1989，第161页。
② 铃木虎雄：《中国诗论史》，许总译，广西人民出版社，1989，第163页。
③ 郭绍虞：《中国诗的神韵、格调及性灵说》，华正书局，1985，第63页。
④ 郭绍虞：《中国诗的神韵、格调及性灵说》，华正书局，1985，第63页。
⑤ 郭绍虞：《中国诗的神韵、格调及性灵说》，华正书局，1985，第97页。
⑥ 铃木虎雄：《中国诗论史》，许总译，广西人民出版社，1989，第185页。
⑦ 郭绍虞：《中国诗的神韵、格调及性灵说》，华正书局，1985，第103页。

荡,在论说袁枚与诸派别论争和选诗时透露了偏向于贬义的评价。在评价沈德潜、袁枚两人就王次回艳诗的争论时,铃木虎雄赞同沈德潜的意见。沈德潜与袁枚两人选取黄任的诗,前者在《西湖杂书》中选了两首稳重婉曲之作,袁枚则是选取了妓女踏青之作,铃木虎雄对此评价"与其对其掩饰或美化,倒不如直接提出随园是否以近乎'妓女嫖客之性情'为其所谓的'性情'这一疑问"[1]。郭绍虞则认为将袁枚诗论与作风及诗歌混为一谈会降低性灵说的价值,对袁枚的评价也较高,认为"袁子才是性情中人"[2]"一个思想解放的人"[3]"一个极通达的人"[4]。在性灵说的价值评判方面,《中国诗论史》指出"若论各派诗歌风格趣味所达到程度的高低,即使是将其置放于现在的时代,也仍然是不得不将格调、神韵二派列为上等的"[5],而在《中国诗的神韵、格调及性灵说》中,郭绍虞基于当代立场高度肯定了袁枚的性灵说。

　　双方有着相同的学术取向,即以知人论世和理论文本的细读,考究三诗说的历史流变,铃木虎雄于此有开拓之功,然而郭绍虞的思辨更加精审,可以说是后出转精之作。一方面,郭绍虞透视"神韵""格调"在严羽诗学中的矛盾及其在诗学史中的扩散,因而能看出王渔洋继承严羽"神韵"说时的扬弃;另一方面,郭绍虞显然更对古人怀有理解之同情,因此对袁枚的性灵说的阐释较铃木虎雄更具有审美上的纯粹性。

二　以词考之:以文本语境还面目

　　中国文论关键词的重要特点是高度语境化,"文论关键词研究的语境又有大小之别,大语境指历史文化环境,小语境指文学文本语境"[6]。"神韵""格调""性灵"有着各自的生成语境,郭绍虞在《中国诗的神韵、格调及性灵说》中非常注重通过语境还原这三个关键词的真实面目。

---

[1] 铃木虎雄:《中国诗论史》,许总译,广西人民出版社,1989,第210页。
[2] 郭绍虞:《中国诗的神韵、格调及性灵说》,华正书局,1985,第98页。
[3] 郭绍虞:《中国诗的神韵、格调及性灵说》,华正书局,1985,第99页。
[4] 郭绍虞:《中国诗的神韵、格调及性灵说》,华正书局,1985,第100页。
[5] 铃木虎雄:《中国诗论史》,许总译,广西人民出版社,1989,第229页。
[6] 李建中:《经史子集与文论关键词研究的古典范式》,《江西社会科学》2023年第5期。

（一）回归语境

"神韵""格调"皆源自《沧浪诗话》。严羽的诗论思想深受"禅"与"悟"的影响，其中包含"禅悟"与"第一义之悟"两重内涵。要深入理解"神韵"与"格调"这两个关键词的意涵，必须回到严羽的文本语境，体会其"禅"与"悟"的关系。该书认为严羽的"禅悟"是指"夫诗有别材，非关书也，诗有别趣，非关理也；然非多读书，多穷理则不能极其至，所谓不涉理路不落言筌者上也"①，"第一义之悟"是指"夫学诗者以识为主：入门须正，立志须高；以汉魏晋盛唐为师，不作开元天宝以下人物"②。这两种观点皆由严羽提出，但两者的内涵存在潜在冲突。以"格调"为核心的前后七子偏重"第一义之悟"，形成了"文必秦汉，诗必盛唐"的拟古风气，由此催生了不少本应妙悟但无妙悟、本应论识但无论识的剽窃之作。而王士禛则以"禅悟"为重，创立了"神韵"说。然而，这两者是否真的矛盾？若是矛盾，为何严羽未在《沧浪诗话》中明确指出？对此，该书将严羽的诗论观置于其所处的文化语境中，认为严羽"一方面主张别材别趣，以救江西末流之失，一方面复主张读书穷理，以使所谓别材者不流于粗才，别趣者不堕于恶趣，以救江湖诗人之失"③。江西诗派过于拟古，丧失了诗歌的灵动之气，而江湖诗派则流于粗鄙随意，失去了诗歌的雅致与趣味。因而严羽提出既注重妙悟，又倡导"入门须正"的诗论观，意在兼济两派之弊。

关于钱谦益等批评严羽的禅学为"野狐禅"的观点，郭绍虞从辩证角度审视看待。郭绍虞回到严羽的文化环境中，指出"沧浪于禅虽无多大研究，但在他所处的时代，禅学依旧很盛；当时人的文艺与思想殆无不受禅学的影响，所以沧浪虽道听途说，一知半解，似亦不能谓对于禅的意义全不明了"④。虽然严羽对禅学的研究不深，但这并未妨碍其"禅"与"悟"的思想对明代前后七子和王士禛产生深远影响。

---

① 郭绍虞：《中国诗的神韵、格调及性灵说》，华正书局，1985，第13页。
② 郭绍虞：《中国诗的神韵、格调及性灵说》，华正书局，1985，第14页。
③ 郭绍虞：《中国诗的神韵、格调及性灵说》，华正书局，1985，第17页。
④ 郭绍虞：《中国诗的神韵、格调及性灵说》，华正书局，1985，第8页。

（二）突出主体

中国古代文论素有"知人论世"的传统，但后人在理解诗论本意时往往局限于既有的解释，很少真正回归到诗论家的思想体系进行深入的理解与评价。在论及"神韵"时，王士禛的诗论是不可回避的核心。"后人只见到他晚年定论，所以一说到神韵便与盛唐王孟之诗相联系，而似乎觉得与才调格律等等全无关系了"①，殊不知这是一场误会，后人忽视了王士禛思想的演变及神韵说的具体内涵。在《神韵与格调》的"王士禛"中，郭绍虞提到汪懋麟、徐乾学二人的争论，汪懋麟认为其师王士禛论诗未尝不兼取宋元诗风，而徐乾学则主张王士禛诗论未废唐诗之规绳，并在汪懋麟去世后选编《十种唐诗》，重申了王士禛宗唐的立场，这在一定程度上加深了后人对神韵具体内涵的误解。郭绍虞从王士禛的《渔洋诗话序》切入，指出其"诗论与其论诗主张凡经三变，早年宗唐，中年主宋，晚年复归于唐"②。这两次论诗观点的转变，分别见于顺治十八年写成的《神韵集》和康熙二十八年著写的《池北偶谈》。后人对神韵说的认识主要是基于王士禛晚年的神韵说及徐乾学的解释，未能注意到汪懋麟与徐乾学争论的核心并非神韵说的内涵界定，而在于对唐诗认识的分歧。王士禛对神韵说的先后标举，分别是受格调说的影响和对于宋诗流弊的纠正，神韵说并非仅宗唐，其实也兼采两宋之长。因而对诗论含义的理解，必须回归诗论主体，结合诗人的思想发展轨迹予以解读，而非囿于后人的单一解释。

梳理诗论家的思想接受史，是准确理解诗论内涵的重要途径。后人对王士禛早期神韵说的理解多有不足，这可能源于对其吸收前人思想过程的忽视。郭绍虞指出，王士禛"幼年学诗即从王孟常建王昌龄刘眘虚韦应物柳宗元数家入手，结习难忘，原不足怪。此种诗所以可以语禅者，即因是语中无语，即因其在笔墨之外"③。另外，他深受八叔祖伯石和十七叔祖季木的启迪，而季木又是李攀龙的故乡和世家，承续明前后七子的遗风余韵。王士禛于明前七子尤推崇边贡，认为边贡之诗兴象飘逸，词采圆润。在徐

---

① 郭绍虞：《中国诗的神韵、格调及性灵说》，华正书局，1985，第47页。
② 郭绍虞：《中国诗的神韵、格调及性灵说》，华正书局，1985，第45页。
③ 郭绍虞：《中国诗的神韵、格调及性灵说》，华正书局，1985，第59页。

祯卿《迪功集》和高叔嗣的《苏门集》合并而成的《二家诗选》的序中，王士祯也展现出他对明前后七子有所接受。另外，张九徵的《与阮亭书》和王士祯的《居易录》指出王士祯早年间的神韵说是具有先天与后天二义的，先天的是"沧浪所谓别才别趣"①，这是学步不能得的，后天则需要功夫到家。"由此二义以言，所以渔洋虽宗唐音，而不会与前后七子一样，徒成肤廓之音。"② 因而郭绍虞指出王士祯在诗上是"宗主唐音的正统派，不过他是这些正统派中间的修正者而已"③。

（三）还原面目

格调派虽都主张格调说，但是派内各家对格调的侧重点不尽相同。作为格调派先驱的李东阳，注重论诗的格与声。在声上，他注重声的抑扬抗坠；在格上注重用字的起结承转。虽标举格调，但是他并不主一格。李梦阳作为格调说的中心，以"文必秦汉，诗必盛唐"为宗旨，在学古上标举第一义之格，主张于诗文方面复古，而不是于道的方向复古，简而言之，即"偏重在文之形式复古，而不重文之内容复古"④。何景明又对格调说作一转变，更注重变化和才情。比较李何两人的格调观，李梦阳的法"是规矩，所以方式可变而规矩不可废"⑤，何景明的法"是格局，所以规矩可废而方式反似乎有定"⑥。

神韵说与格调说皆出自《沧浪诗话》，但在意蕴上有所分野。郭绍虞指出《沧浪诗话》重点突出的是"神"，从而指向的是空阔境界，而王士祯拈出"韵"，则具有超尘拔俗的韵致。神韵虽与格调同出自《沧浪诗话》，但两者内涵并不相同，其区别表现即在于"化"：明前后七子的李梦阳有宗汉盛唐之说，李攀龙有唐无五言古诗之说，"他们先悬了高格以论诗，所以知其正而不知其变，取径既狭，如何能化！王渔洋便不是如此，兼取宋元以

---

① 郭绍虞：《中国诗的神韵、格调及性灵说》，华正书局，1985，第51页。
② 郭绍虞：《中国诗的神韵、格调及性灵说》，华正书局，1985，第52页。
③ 郭绍虞：《中国诗的神韵、格调及性灵说》，华正书局，1985，第49页。
④ 郭绍虞：《中国诗的神韵、格调及性灵说》，华正书局，1985，第37页。
⑤ 郭绍虞：《中国诗的神韵、格调及性灵说》，华正书局，1985，第41页。
⑥ 郭绍虞：《中国诗的神韵、格调及性灵说》，华正书局，1985，第41页。

博其旨趣，波澜愈阔，格律愈精，变化愈极其致"①，化即变化，明前后七子因采得《沧浪诗话》的第一义之悟，反而尊古泥古。王士禛中年主宋，是想以清才救治此弊病，后又因宋诗之流弊而宗唐。王士禛在文学思潮中不断汲取各家之长做出相应转变，因而方得化境。另外，格调说"重在第一义，所以只宗汉魏盛唐，重在气象"，"而神韵之说，更是建筑在气象之上的。二者都是给人以朦胧的印象"，但是前者给人的朦胧印象是风格，后者则是意境，"悬一风格而奔赴之，所以成为摹拟，悬一意境而奔赴之，则只有能到与否的问题，不会有能似与否的问题。这也是第一义之悟与透澈之悟的分别"。②郭绍虞还指出，神韵"所表现的不是个性，而是个性所表现的风神态度而已"③，性灵则带有更多的自我表现和对正统的反抗。因此，神韵说与性灵说虽然相近，皆与个性相关，但是两者也不尽相同。

三 以史观之：于历史互动持平论

除了对文本语境的回归，郭绍虞还注重历史的观照。正如恩格斯在《自然辩证法》中说的："每一个时代的理论思维，包括我们这个时代的理论思维，都是一种历史的产物，它在不同的时代具有完全不同的形式，同时具有完全不同的内容。"④ 中国文论关键词承载着历代文学理论思维的精华，凝聚了历代文论家的智慧结晶。研究文论关键词不仅需要具备自觉的历史意识，还需要以纵向视角深入其具体内涵，并持客观中正的立场深刻地阐释这些关键词的意义与价值。

（一）对话前人

"神韵"一词贯穿于清代诗论家的批评中，且不乏重要见解。《中国诗的神韵、格调及性灵说》一书在阐释"神韵"之前重点提及了翁方纲与覃溪两人。郭绍虞肯定了翁氏与一般人的不同之处：其一，翁方纲认为"镜

---

① 郭绍虞：《中国诗的神韵、格调及性灵说》，华正书局，1985，第63页。
② 郭绍虞：《中国诗的神韵、格调及性灵说》，华正书局，1985，第64页。
③ 郭绍虞：《中国诗的神韵、格调及性灵说》，华正书局，1985，第50页。
④ 《马克思恩格斯文集》第9卷，人民出版社，2009，第436页。

花水月，空中之象"是神韵的正旨，它有彻上彻下、无所不该的特点；其二，翁氏指出"神韵"即"格调"，但是为了规避李何之流弊，改"格调"为"神韵"。同时，郭绍虞也指出翁方纲的缺点是"欲以肌理实之所以又不免矫枉过正"①。覃溪与王士禛不同，他写了三篇《神韵论》，虽有详细阐释，却未能准确表达"神韵"内涵，只以善于领会的人自会领会作结，使"神韵"的具体意蕴难以把握。

为什么神韵说难以得到很好的解释而落入空寂？郭绍虞指出了"神韵"难以有效落地的三个原因：其一，"神韵只指出一种诗的境界，与一般诗论之就平地筑起者不同"②，像格调说、肌理说等诗论都可以脚踏实地，从平地筑起理论的大厦；其二，"就诗的境界而论，如所谓自然也，绮丽也，豪放也，典雅也，似乎也都有由入之途"③，而神韵则不可求；其三，神韵说的诗论都"重在语中无语，重在偶然欲书，重在须其自来，重在笔墨之外，重在不着一字，重在得意忘言"④，这些读书作诗的方法都有待领会。郭绍虞认为要想建立神韵说的理论，须知王士禛的"神韵"包含以禅理言诗的成分，他的"神韵"追求的是只能求之于蹊径之外的逸品，其中需要性分与仁兴。当然，王士禛的"神韵"也有进一步"以禅论诗"的成分，这样的诗不必入禅也不必有禅义，"一旦顿悟，得到自己应付生死的智慧，便是舍筏登岸，而工夫便成为陈迹"⑤。针对翁方纲想要通过肌理说来完善神韵说和覃溪仍然模糊的解释，郭绍虞从《沧浪诗话》的"诗"与"禅"出发，剖析了王士禛"神韵"里的"禅"与"诗"的内在关联，指出"神韵"重在体悟，但也不排除学问功夫，两者融合才致诗于化境，使诗"好似漫画，寥寥数笔，神态毕现，然而此中也有学问，也见本领"⑥。

在《神韵与格调》中，郭绍虞专设"严羽"一章，重点讨论《沧浪诗话》的诗论观，并围绕"诗""禅""悟"展开文论关键词"神韵""格调"的研究。在论说"诗"与"禅"能否相提并论时，郭绍虞先列举出反

---

① 郭绍虞：《中国诗的神韵、格调及性灵说》，华正书局，1985，第57页。
② 郭绍虞：《中国诗的神韵、格调及性灵说》，华正书局，1985，第57页。
③ 郭绍虞：《中国诗的神韵、格调及性灵说》，华正书局，1985，第57页。
④ 郭绍虞：《中国诗的神韵、格调及性灵说》，华正书局，1985，第58页。
⑤ 郭绍虞：《中国诗的神韵、格调及性灵说》，华正书局，1985，第62页。
⑥ 郭绍虞：《中国诗的神韵、格调及性灵说》，华正书局，1985，第65页。

对将两者一概而论的观点，代表人物是冯班和李重华，两人皆认为禅与诗不能有比喻的关系。郭绍虞对此提出反驳，用杜甫"老去诗篇浑漫与"中的"漫与云云"与"惊人者"不同来证明不能据一端认为诗和禅是完全对立的，以袁枚的"孔子与子夏论诗曰，窥其门未入其室，安见其奥藏之所在乎？前高岸，后深谷，泠泠然不见其里，所谓深微者也"① 来证明在汉朝之前已经有诗教之说。对于"诗"与"禅"的关系，郭绍虞与徐增《而庵诗话》和付占衡《释竺裔诗序》的态度相同，认为诗禅两者具有相通之处，"绳墨之中，即禅而不禅也，不律而律也；飘然蹊径之外即律而不律也，不禅而禅也"②。在阐明"禅"与"诗"关系后，该书回应冯班对沧浪的驳斥，认为冯班的论诗重在禅义上，那么经教纷纭后其实并无法可说。严羽的诗禅则不同，他并不是将禅义混合在诗中，而是寻找诗禅两者的共同之处。

（二）平心而论

面对各家论说，郭绍虞秉持"平心而论"③ 的心态对待。关于李梦阳的论文宗旨，如《明史》认为他是继杜甫后善用顿挫倒插的唯一之人，有人攻击他泥古之风。郭绍虞认为"这数语批评得也很惬当。不过平心而论，这些话说得过嫌简单"④。他就李梦阳的诗文创作实际，指出其论诗论文皆标举第一义，"所举的各体的标准，都是恰当始盛之时，那么，奉为准的，原亦无可讥议。不过以其盛气矜心，倚第一义以压倒一切，不免矫枉过直之处，所以在当时便不能无异议"⑤。另外，李梦阳的诗亦主情求真，这在《林公诗序》《梅月先生诗序》《叙九日宴集》等文可见端倪。在《潜虬山人记》中，李梦阳提出诗有"七难"，具体表现为"格古""调逸""气舒""句浑""音圆""思冲""情以发之"，其中"格古"与"调逸"只是其中两项，⑥ 这表明李梦阳所谓的"格调"只是诗文的一个方面，他并不会主格

---

① 郭绍虞：《中国诗的神韵、格调及性灵说》，华正书局，1985，第8页。
② 郭绍虞：《中国诗的神韵、格调及性灵说》，华正书局，1985，第9页。
③ 郭绍虞：《中国诗的神韵、格调及性灵说》，华正书局，1985，第31页。
④ 郭绍虞：《中国诗的神韵、格调及性灵说》，华正书局，1985，第31页。
⑤ 郭绍虞：《中国诗的神韵、格调及性灵说》，华正书局，1985，第33页。
⑥ 参见郭绍虞《中国诗的神韵、格调及性灵说》，华正书局，1985，第34页。

调而抹杀一切。而后人因受何景明对李梦阳的批评影响，认为其诗作食古不化，实属误解。

李何之争是格调说的一场有名论辩，该书秉持客观立场看待此场争论。郭绍虞指出李何二人皆是"论诗主宗古，主尚汉魏"[1]，但两人的宗古路径各有不同。通过分析二人书信往来，该书认为，尽管两人同源，却分属异流。李梦阳在诗学上有入宋倾向，而何景明则保持尊崇盛唐。另外，两个人风格亦不相同，李梦阳学识渊博，在学唐上是得其气象，而何景明则是以才情高得其神情。因而，前者是"只于气象方面学唐而求其苍老，所以愈学愈离"[2]。该书深入探究了两者差异的内在原因，认为这种差异源于风格不同。何景明"俊逸"、李梦阳"粗豪"，"因作风之互异，于是遂形成见解之相歧"[3]。在此基础上，该书指出：

> 明人论诗，颇有法西斯式的气焰，而李梦阳即是开此种风气的人。大抵空同不免太好强不同以为同，所以时有盛气凌人之处。李何之类虽同，然在空同看来，犹未能引为真实同志，所以先《赠景明书》，论其诗弊，劝其改步，却不料招到反响，引出了何景明的《与李空同论诗书》。这在法西斯式的诗坛主盟，那能容此情形，于是一驳之不足，则再驳之，直至景明不复答辨而后已。[4]

（三）当代立场

中国古代文论史如泉流般生生不息，需要不断注入新的活力与能量。在《性灵说》中，该书不仅为袁枚的"性灵"正名，还辨清了历史上对其存在的偏见，重新挖掘并肯定了"性灵"说的价值。关于后人对袁枚的误解，该书提出了四个可能的原因：一是袁枚为人风流放诞，其诗及诗论与旧教不容而被抹杀；二是他的诗作淫哇纤佻，与正统派不相合；三是他的

---

[1] 郭绍虞：《中国诗的神韵、格调及性灵说》，华正书局，1985，第38～39页。
[2] 郭绍虞：《中国诗的神韵、格调及性灵说》，华正书局，1985，第41页。
[3] 郭绍虞：《中国诗的神韵、格调及性灵说》，华正书局，1985，第40页。
[4] 郭绍虞：《中国诗的神韵、格调及性灵说》，华正书局，1985，第40页。

诗话不加选择地收取诗作，使观看价值降低；四是袁枚博学多识，但较浅薄。该书认为："一个人的诗论，与其诗的作风，固然有关系，然也不必一定有太密切的关系，《沧浪诗话》之论诗，其所见到的，未必即是《沧浪吟卷》中所做到的。"① 袁枚的门人可能正因这种误解而批评袁枚。一般人对袁枚的诗停留在纤佻的印象，自然认为他的诗论也必然如此，实际上他们混淆了诗歌与诗论的关系。另外，该书进一步补充，袁枚所代表的性灵说其实是对当时格调说与浙派的反抗，也是对清代只知道填书塞典的学者的抗议，因而袁枚广有收取的目的是"建立四平八稳的诗论"②，唯有如此才足以应付他的论敌。

在为袁枚正名后，该书深入阐释了性灵说的内涵与价值。作者认为，袁枚是以真性情建立诗说的，"要着我以存其真"③，讲究通达。后人对性灵说的理解多样，或说是情感，或说是灵悟，或说是性情和灵机。该书从袁枚论诗不执于一端出发，认为其性灵是"诸种近于矛盾观念的综合"④，"性"与"灵"相反相成。作者从三个层面进行解释：一是说"性"近似于实感，"灵"近似于想象，后者需要以前者引起；二是说"性"是情的表现，"灵"是才的表现，天分中具有情的成分，而似重在才；三是说"性"近似于韵，"灵"近似于趣，袁枚倡导诗要言之有味，听起来可爱方妙。这三个层面综合来看，"由情与韵的表现则重在真；由才与趣的表现则重在活，重在新"⑤。袁枚认为诗文要有真意，下笔须有活力，唯活能创新。而后人如铃木虎雄对他的性情的认识，"殆是近于以妓女嫖客的性情为性情，这即是误解了性灵诗论"⑥，以及铃木认为性灵派所崇尚的一言以蔽之是才，亦显示了对性灵说的片面理解。该书指出，性灵诗的流弊是纤佻，袁枚的诗也不乏带有此种弊端，但他的诗论并不如此。袁枚认为诗有先天后天之分，性情使诗存真，学问使诗雅，天分学力两者皆不可废弃。诗有先天后天之分，于是也有天籁与人巧之分，天籁即妙手偶得，人巧即如陈师道作

---

① 郭绍虞：《中国诗的神韵、格调及性灵说》，华正书局，1985，第94页。
② 郭绍虞：《中国诗的神韵、格调及性灵说》，华正书局，1985，第96页。
③ 郭绍虞：《中国诗的神韵、格调及性灵说》，华正书局，1985，第100页。
④ 郭绍虞：《中国诗的神韵、格调及性灵说》，华正书局，1985，第102页。
⑤ 郭绍虞：《中国诗的神韵、格调及性灵说》，华正书局，1985，第103页。
⑥ 郭绍虞：《中国诗的神韵、格调及性灵说》，华正书局，1985，第104页。

诗的功力，两者也都不能执于一端，"要以人巧济天籁"①。袁枚是"一方面讲性灵，而一方面讲音节风华等"②，这是袁枚与一般主性灵说者的不同之处。

综上，《中国诗的神韵、格调及性灵说》是郭绍虞论述文论关键词"神韵""格调""性灵"的重要著作，他以三重视角对"神韵""格调""性灵"进行考察与辨析。在第一重视角"借外辩之"下，郭绍虞与域外学者铃木虎雄都重点关注了明清的重要文论关键词"神韵""格调""性灵"。在研究方法上，两人强调"知人论世"，并注重将文学作品与理论紧密结合。对于关键词的具体内涵，两人的观点则有明显差异。以第二重视角"以词考之"看，郭绍虞回到文论关键词的文本语境，深入分析释词主体，力图还原"神韵""格调""性灵"的真实面目。在第三重视角"于史观之"中，郭绍虞秉持"诗非一家之诗，论亦非一端之论"③的自觉意识，积极与前贤对话，并以客观中允的态度对文论关键词做出评论，重新审视和诠释袁枚的"性灵"说，为中国文论关键词研究树立了典范。

作者简介：尚晓，武汉大学文艺学专业硕士研究生。

---

① 郭绍虞：《中国诗的神韵、格调及性灵说》，华正书局，1985，第107页。
② 郭绍虞：《中国诗的神韵、格调及性灵说》，华正书局，1985，第110页。
③ 郭绍虞：《中国诗的神韵、格调及性灵说》，华正书局，1985，第56页。

从比较文字学到比较诗学

——论《中国文学的抒情传统》的文论关键词英译

陈廷钰

(武汉大学文学院)

  摘 要：《中国文学的抒情传统》的关键词研究发端于文论关键词的英译。面对中国文论的概念、术语、范畴、命题，陈世骧秉持追寻语根、探问语境与致力语用的翻译策略，走向关键词的辨析与提炼。以英译为方法，陈世骧由"姿"与gesture的深度翻译转向比较文字学研究，在"诗"与poetry、"诗"与life、"兴"与carol的比较研究中建构"抒情传统"，引起了后继者的"照着说"、"接着说"与"对着说"，展现出重要的范式意义。"在西言中"是海外华人中国抒情传统学派必然的处境，内化为学术著作中的一手材料、二手材料与研究手段，彰显着海外汉学家独特的言说语境。从比较文字学走向比较诗学，《中国文学的抒情传统》标示了一条独特的关键词研究取径。

  关键词：陈世骧；《中国文学的抒情传统》；比较文字学；比较诗学；文论关键词

  《中国文学的抒情传统》论文集于2015年在中国大陆出版，由张晖编辑而成，收录了陈世骧在加州伯克利大学任教期间的代表性学术成果，标示了一条独特的关键词研究取径。关键词研究可整合为"对象"与"方法"两种属性，[①] 在建构"抒情传统"的过程中，关键词既是陈世骧的研究对

---

① 关于关键词"对象"与"方法"两种属性，参见李建中《关键词建构三大体系》，李建中主编《关键词》第1辑，社会科学文献出版社，2024，第30~40页。

象,也是他自觉运用的研究方法。从对象的角度来看,《中国文学的抒情传统》关键词研究涉及《文赋》《诗经》《楚辞》三大领域。由《文赋》英译发端,《姿与Gesture》比较《文赋》之"姿"与布莱克谟(R. P. Blackmur)之gesture,从深度翻译转向学术研究。在《诗经》研究领域,《中国"诗"字之原始观念试论》与《原兴:兼论中国文学特质》分论"诗"与"兴"的得义成形与原始观念,建构起"抒情传统"的关键词群。在《楚辞》研究领域,《论时:屈赋发微》以长文宏制考察"时"的字义流变与情感深蕴,展现出关键词方法的新变。"姿""诗""兴""时"并非陈世骧的研究旨归,而是他用来论证"抒情传统"的凭借。由此,《中国文学的抒情传统》的关键词研究具有"对象与方法"的双重属性。

回顾《中国文学的抒情传统》的研究取径,可以发现,陈世骧的关键词研究从《文赋》英译发端。面对如何翻译《文赋》中"岨峿""情""意"等字词的难题,陈世骧采取追"根"、问"境"、致"用"的英译策略,在此基础上辨析与提炼中国文论关键词。"译"发展为比较文字学研究方法,在"姿"与gesture、"诗"与poetry、"诗"与life和"兴"与carol的比较中建构"抒情传统",具有重要的范式意义。"在西言中"的英译语境亦存留于海外华人中国抒情传统学派的研究成果中,以一手材料、二手材料和研究手段的形式得以展现。

一 从辨析到提炼:陈世骧的中国文论关键词英译

《中国文学的抒情传统》辑二中收入了《以光明对抗黑暗:〈文赋〉英译叙文》。循着《文赋》英译沿波讨源,可以发现陈世骧不仅仅是海外华人中国抒情传统学派的早期开拓者,更是新诗、《文赋》和《桃花扇》的异域传播者,以英译的形式展现出对中西文论关键词的思考。

作为一位翻译家,早在就读于北大外文系期间,陈世骧便与英国诗人艾克顿(Harold Acton)合译了中国现代诗的第一个选本——《中国现代诗选》(*Modern Chinese Poetry*)。在这部"独具慧眼"[①]的诗选中,艾克顿与陈

---

① 赵毅衡:《对岸的诱惑:中西文化交流记》,四川文艺出版社,2013,第121页。

世骧选入了卞之琳、戴望舒、闻一多等15位诗人的96首诗歌。①此后,陈世骧从北大外文系的学生转变为远渡重洋的青年学者,他选择以《文赋》英译开启加州伯克利大学的古典文学研究生涯。晚年,他接续与艾克顿的师生情谊,二人合译《桃花扇》。与《中国现代诗选》相似,陈世骧的《文赋》英译是最早的《文赋》英译本,于1948年以单行本的形式收入《北京大学五十周年论文集》(National Peking University Semi-Centennial Papers),并于1953年再版。②1948年版的《文赋》英译包括三个部分:"陆机生平与《文赋》之撰定时间考"、"谈译文中部分概念和用语"与"《文赋》英译"。在第二部分中,译者吐露了讨论译文中概念和用语的缘由:"《文赋》中有些表述,译成英文时,需要补充解释,以便完整地揭示它们的含义。《文赋》中有些概念,具有特殊的文学史意义或哲学意义,也需要补充解释。"③陈世骧斟酌《文赋》表述的字词义、《文赋》概念的文学史意义与哲学意义,在这一过程中展现出追寻语根、探问语境与致力语用的翻译策略。④

追寻语根,陈世骧将"岨峿"翻译为 mountainous obstacles,体现出对形符表意功能的把握。《文赋》曰:"或妥帖而易施,或岨峿而不安。"⑤"岨峿"二字以"山"为形符,在陈世骧看来不同于"龃龉"或者是"鉏铻",特指如山一般的障碍。基于赋体的特征,他援引司马相如《上林赋》中的"澎湃"与"砰磅"作为例子,认为"澎湃"以"水"为形符,用以形容水的奔流而下;"砰磅"以"石"为形符,用于模拟撞击岩石的声音。经由对"岨峿"的翻译,陈世骧参与到《文赋》历代注家的争论之中,成

---

① 卞东波:《〈中国现代诗选〉:最早翻译到西方的中国现代诗集》,《中山大学学报》(社会科学版)2014年第3期。
② 1948年版的《文赋》英译有着先鸣之优势,但未能得到足够的重视。在目前的《文赋》英译研究成果中,学者或从总体上梳理八大译本,或聚焦于宇文所安及其他译者的《文赋》英译。除了陈国球在《"抒情传统"论述与中国文学研究——以陈世骧之说为例》第三部分中的精彩论述之外,几乎难以找到针对陈世骧译本的研究论文。
③ 陈世骧:《文学作为对抗黑暗之光》,张万民译,《政大中文学报》2021年第35期。
④ 汉字批评有三条中国路径,分别是追"根"、问"境"与致"用"。分而述之,古文字乃是中国文论的语根,追"根"需要把握汉字最早的音、形、义。语境可以细分为大、中、小三个层次,分别是历史文化语境、文本篇籍语境和文本章句语境。语用指的是汉字的具体运用,各朝代用法不一,各流派用法各异。追"根"、问"境"与致"用"三位一体,构成文论阐释的返本之路。参见李建中《汉字批评:文论阐释的中国路径》,《江汉论坛》2017年第5期。
⑤ 陆机撰,张少康集释《文赋集释》,上海古籍出版社,1984,第43页。

为张云璈的知音。张云璈主张"岨峿"依"山"立义:"岨峿,象山之崎岖,故有不安之义,似与龃龉微别。"① 同样从"山"这一形符的角度来理解"岨峿"的内涵。

与陈世骧形成对照的是,宇文所安(Stephen Owen)在《文赋》英译之中并未突出"山"这一形符,而是选择将这句话翻译为"Or tortuously hard, no ease in it"②。如果不是出于简单的忽略,宇文所安的翻译与朱珔引李善注所得的结论相符。李善引《楚辞》之"钽铻"来解释"岨峿",朱珔则进一步强调,"然则此等叠韵字往往音同而义即同"③,认为"岨峿"的形符虽然不同于"龃龉"和"钽铻",但是音近义通。如何翻译"岨峿"看似简单,却区分出文字训诂学中以形表意与因声求义两种传统。在这里,陈世骧无疑从形符的角度来理解"岨峿",走向了以形表意的轨道。后来,他重新注意到因声求义的重要性,认为"语音的部分或语音的构成,而非文字的部首(radicals)或所谓的符号(signifiers),真正揭示了文字最主要的词源和词义"④。以声符为纽带,他认为"诗"与"志"有同一个字根屮,是"止"与"之"的复合与升华。以形符为区分,他将"言辞乐章"与"自抒胸臆"分派给"诗"与"志",建构起"抒情传统"的关键词群。

探问语境,《文赋》英译结合文本章句语境对"情"进行翻译,在细部的上下文语境之中解读"情"的内涵。陈世骧将《文赋》分为十二节,"每自属文,尤见其情"句出现于序言第一节。他创造性地将"情"英译为 ordeal,即"试炼"。从表面上看,"情"与 ordeal 之间的关系十分渺茫,之所以如此翻译,是因为它切合了"情"作为中国艺术和文学批评术语的内涵。作为术语的"情"具有两重含义:一为主观的经验,也即内在的情感(feeling);二为客观的观察,也即外在的情形(situation)。"情"之义兼具"再现"与"表现",故而唯有 ordeal 才能完整道出它的文论内涵。在其他涉及"情"的语句之中,陈世骧选用的英文词根据上下文语境而不断

---

① 陆机撰,张少康集释《文赋集释》,上海古籍出版社,1984,第52页。
② 宇文所安:《中国文论:英译与评论》,王柏华、陶庆梅译,上海社会科学院出版社,2002,第109页。
③ 陆机撰,张少康集释《文赋集释》,上海古籍出版社,1984,第52页。
④ 陈世骧:《中文意象之重塑》,张晖编《中国文学的抒情传统》,生活·读书·新知三联书店,2015,第311页。

变化，比如将"颐情志于典坟"中的"情志"合译为 spirit，将"情瞳昽而弥鲜"中的"情"翻译为 feeling，将"六情底滞，志往神留"中的"情"翻译为 sense。① 可以说，文本章句语境不同，陈世骧对于"情"的翻译也不同，由此契合《文赋》的上下文语境。

  致力语用，陈世骧对"意"的翻译紧扣"意"的用法。他主张将"意"统一翻译为 meaning，因为在陆机的时代，"意"作为一个专门术语而受到重视，这与其时新道家思想取代传统儒家思想，而佛教思想亦融入中国文化思潮之中有关。在此背景下，陈世骧花费大量的篇幅引述汤用彤的《言意之辨：魏晋玄学方法论》，集中阐释了"得意忘言"说的四大功用："夫得意忘言之说，魏晋名士用之于解经，见之于行事，为玄理之骨干，而且调和孔老。"②即可以归纳为解经之用、贵无之用、调和之用、立身之用。由此，"意"的翻译与魏晋时期"意"的具体功用相结合，展现出致"用"的思路。

  在追"根"、问"境"和致"用"的基础之上，陈世骧还十分注重关键词与关键词之间的辨析。"意""理""义"的英译便是一个典型的例子。根据他的解读，在魏晋文化语境之下，"意"是一个只能凭直觉上下求索的理想，而"理"指的是一个可凭智力加以分析和理解的客体，故而应该将"意"翻译为 meaning，将"理"翻译为 truth。"义"与"意"的含义则更为接近，更加需要仔细地区分。根据陈世骧的解读，"义"指的是字词表达的一般意义，"意"却可以表示字词的言外之意，因此"义"应该被翻译为 sense，"意"则为 meaning。通过"意""理""义"的三种不同翻译，陈世骧实际上区分了三个中国文论的核心范畴，展现出精深的学术底蕴。可供参照的是，与"谈译文中部分概念和用语"相似，方志彤（Achilles Fang）《文赋》英译本的附录三为"术语注释"（Terminological Notes），但他的注释目的却与陈世骧不同。他强调，对《文赋》中的术语进行解读将是一项漫长的工作，他的主要目的是解释翻译，而非解释术语。③ 相形之下，如果说方志彤的《文赋》英译是出色的翻译成果，陈世骧的《文赋》英译已具

---

① 参见许又方《杨牧〈陆机文赋校释〉述评》，《东华人文学报》2008 年第 12 期。
② 汤用彤：《魏晋玄学论稿》，上海古籍出版社，2019，第 54~55 页。
③ Achilles Fang, "Rhymeprose on Literature The Wên-Fu of Lu Chi (A. D. 261-303)," *Harvard Journal of Asiatic Studies*, Vol. 14 (1951): 559.

有关键词研究的雏形。

在辨析关键词的基础上,陈世骧还进一步走向关键词的意义提炼。以"班"为例,《文赋》曰:"选义按部,考辞就班。"① 这里的"班"意指文章中辞与义的安排布置。然而,相比于"情""意""理""义","班"并非一个十分常见的中国文论关键词。正如陈国球的表述:"现代有学者对'选义按部,考辞就班'的比喻性感兴趣,以为这是政治官场的比喻,重点是'考'和'选',而'选义'显然比'考辞'重要。陈世骧却对'按部就班'比较感兴趣,因为横亘于他胸中的是'秩序'的重要性。"② 这里谈到的"秩序"的重要性,指的是柯勒律治(S. T. Coleridge)在《桌边文谈》和《文学传记》中对于"秩序"(order)的论述。陈世骧将《文赋》中的"班"与柯勒律治的"秩序"进行对译,试图打通二者的文论内涵。一方面,"如果不是限于一种成见,可以说,北美汉学家们用西方的文论概念去'提炼'中国文学作品中的文学观念、文学思想的做法是颇具成效的"③。另一方面,比较的语境带来了灵感,却也容易招致各种各样的批评。在"班"与 order 之外,陈世骧也曾用西方的 gesture 提炼中国之"姿",并将之延伸为《姿与 Gesture》一文,实现了由深度翻译向学术论文的转型。然而,"姿"与 gesture 的比较却暴露出脱离语境的缺憾。

面对跨文化翻译的重重障碍,陈世骧将《文赋》英译作为有力的回答,为如何翻译中国文论的概念、术语、范畴、命题交上了一份优秀的答卷,他的关键词研究也由此发端,囊括了追寻语根、探问语境与致力语用三个层面,从关键词的辨析走向了关键词的提炼,从而为以"译"为方法的比较文字学研究奠定了基础。

二 "译"作为方法:基于比较文字学的"抒情传统"

以"译"为方法,陈世骧从关键词的英译转向比较文字学研究。何谓比较文字学研究?在《中国"诗"字之原始观念试论》中,陈世骧提出将

---

① 陆机撰,张少康集释《文赋集释》,上海古籍出版社,1984,第 43 页。
② 陈国球:《中国抒情传统源流》,东方出版中心,2021,第 161 页。
③ 黄卓越主编《海外汉学与中国文论·英美卷》,北京师范大学出版社,2018,第 522 页。

比较文学与比较文字学相融合的研究方法："现在我们想试着探求'诗'字原始构成的因素，援引较可适用的比较文学，和比较文字学的方法，看出它最初的得形成义，有其根本的特点，和其他古文化的类似产物有所不同，而又有所相通。"[1] 具体来看，这里谈到的比较文字学方法是陈世骧最为突出的研究方法，指的是比较中西方文论中的关键词，将中国古典的文字训诂之学与西方的字源学理论结合起来，在比较中寻找中西文字、文学、文论与文化之间的差异、相同或者互通的地方。从《中国文学的抒情传统》的具体篇目来看，陈世骧的比较文字学研究不仅集中于"姿"与 gesture 这一个案，还广泛分布于"诗"与 poetry、"诗"与 life 和"兴"与 carol 的比较之中，钩沉出"抒情传统"的研究脉络。[2]

"姿"与 gesture 研究的原初形态为深度翻译。"姿"与 gesture 本是陈世骧用西方姿态理论提炼《文赋》关键词的产物，是一种与学术研究牢牢绑定的深度翻译。这里谈到的深度翻译，由加纳裔美国文化理论家阿皮亚（Kwame Anthony Appiah）提出，指的是一种借助评注或附注，将文本置于丰富的文化和语言语境中的学术翻译，并被张威、王海珠运用于研究宇文所安的《文赋》英译，提炼为"翻译加解说"的体例和"直译加注释"的方法。[3] 陈世骧笔下的"姿"与 gesture 可以视为"翻译加解说"的体例。就翻译而言，陈世骧将《文赋》中的"其为物也多姿"翻译为"A composition comes into being as the incarnation of many living gestures"[4]。在进一步的说明之中，"谈译文中部分概念和用语"比较二者的字源义与文论义，将 gesture 从 posture、gesture、manner、attitude 和 form 等一系列英文词中遴选出来，确定为"姿"的学术翻译。在这种意义上，"姿"与 gesture 的英译将学术观点内蕴于译文之中，与早期的英译实践一脉相承。

---

[1] 陈世骧：《中国"诗"字之原始观念试论》，张晖编《中国文学的抒情传统》，生活·读书·新知三联书店，2015，第83页。

[2] 关于陈世骧对考据之学与西方语言学、义理之学与现代思维方法及辞章之学与文学性研究的结合，参见石了英《"新潮"的发轫——陈世骧"中国抒情传统"建构路径及意义》，《南京师范大学文学院学报》2022年第4期。

[3] 参见张威、王海珠《中国古代文论话语的深度翻译与学术传播——宇文所安英译〈文赋〉的个案考察》，《浙江大学学报》（人文社会科学版）2024年第7期。

[4] Chen Shih-Hsiang, "Literature as Light Against Darkness," *National Peking University Semi-centennial Papers* (Peiping: National Peking University Press, 1948), p. 58.

"姿"与gesture的比较研究从深度翻译转向了学术论文。《姿与Gesture》一文是"姿"与gesture英译的自然延伸,展现出陈世骧从以英译为目的转向以英译为方法的学术自觉:"这样我们把'姿'字当作中国传统文艺批评中一个术语来研究,就发现和现代英美文艺批评中gesture一个新术语的含义和用法极其相似。"[1]他在字源义与文论义两个层面展开比较文字学研究。就字源义而言,陈世骧初步建构起"姿"的关键词群,在"次""意""态""志""思""词"的词群中定位"姿"的内涵,认为其义为:文学作品在其最富于意义的时刻被暂停,凝聚为一种姿态。这与帕特盖(Sir Richard Paget)语言起源论、布莱克谟语言姿态观暗合。就文论义而言,《姿与Gesture》试图证明陆机对于"姿"的运用与布莱克谟对于gesture的理解一致,认为《文赋》中的"姿"就是语言姿态观中的gesture。

可惜的是,陈世骧对于文论义的分析,或多或少地忽略了《文赋》的文本篇籍语境。当陈世骧试图论述陆机的观点与布莱克谟一致时,他并不能论定陆机究竟如何理解"姿","陆机于此是只凭了直觉,还是洞明字源典据,我们固然难定"[2],"所谓天才,也不一定是说陆机一个人的天才,而可能是中国文字的天才"[3]。《姿与Gesture》从"姿"的文论义退回了"姿"的字源义,这恰恰说明《文赋》中缺乏充足的论据。尽管"姿"的关键词群带来了丰富的启示,"姿"的文论义却仍然处于以西观中的缺憾之中。

《姿与Gesture》的比较文字学实践在《中国"诗"字之原始观念试论》中得到了方法论的确立,进一步体现在"诗"与poetry、"诗"与life、"兴"与carol三组关键词中,照见中西文字、文学、文论与文化的相同与相异。就"诗"与poetry而言,二者有着相同的文本语境、相异的文化语境。就文本语境而言,西方之"诗"由亚里士多德在公元前4世纪建立,说明"诗"乃是借语言以摹仿的艺术,与音乐、舞蹈相区分。中国的"诗"字最早可见于公元前9世纪至公元前8世纪间,出现于《诗经》的《崧高》

---

[1] 陈世骧:《姿与Gesture》,张晖编《中国文学的抒情传统》,生活·读书·新知三联书店,2015,第226页。

[2] 陈世骧:《姿与Gesture》,张晖编《中国文学的抒情传统》,生活·读书·新知三联书店,2015,第242页。

[3] 陈世骧:《姿与Gesture》,张晖编《中国文学的抒情传统》,生活·读书·新知三联书店,2015,第243页。

《卷阿》《巷伯》中。其中，《卷阿》尤其突出地将"诗"与"歌"区分开来，使得中国"诗"从诗乐舞一体的艺术形式之中稍稍脱离。由此，"诗"与 poetry 存在于相似的文本语境之中，意指以语言为媒介的艺术。[1] 就文化语境而言，西方与中国的"诗"虽然都是语言的艺术，却代表着不同的文学传统，前者为史诗、戏剧传统，后者为抒情传统。陈世骧认为亚里士多德笔下的"诗"意为"制作"，体现为文学作品则为叙事之长篇，包括史诗与戏剧两种文体；中国之"诗"则多为抒情的短章，也即今天所谓的抒情诗。[2] 由此，"诗"与 poetry 的比较融入"抒情传统"的学术议题之中，获得了持久的生命力。

"诗"与 life 的比较揭示出比较文字学的另一个面向——探寻中西语词中相同的字源理据。就学理依据而言，陈世骧援引中西语言学中有关"相反为义"的论述。在《转注假借说》中，章太炎提出了中国文字的"相反为义"说，主张"快""苦"、"存""徂"、"今""故"皆由一音之转而相对相反。[3] 在西方字源学中，也同样可见"同义-反义词"（syno-antonyms）现象。就平行例证而言，"诗"与 life 的比较进一步证明了这个观点。"诗"的甲骨文与金文字根为 $\mathbf{Y}$，包含"止"与"之"这两重相反的含义，二者相反而相成，升腾并统一于"诗"的内涵之中，意指诗歌节奏的运动与停止。由此，"诗"的字根蕴含着抒情诗的第一要素"言辞乐章"。同样，life 可以推原到古条顿语的 *laib-，兼有去留二义，是逝去与停驻的统一。"诗"与 life 蕴含着相同的字源理据，均符合抒情传统的形式要素，成为"相反为义"说的中西例证。通过对比"诗"与 life，作为中国古代文论关键词的"诗"也被纳入"抒情传统"的关键词群中。

"兴"与 carol 有着相似的民间传统。在陈世骧看来，"兴"的甲骨字形为 $\mathbf{X}$，是初民合群举物旋游时发出的声音。他综合商承祚与郭沫若的解释，取"四手合托一物"与盘碟、盘旋之义，认为"兴"代表着欢欣的咏歌、自在的旋舞，蕴藏着中国诗歌的民间起源。通过援引察恩伯爵士（Sir Ed-

---

[1] 参见陈世骧《中国"诗"字之原始观念试论》，张晖编《中国文学的抒情传统》，生活·读书·新知三联书店，2015，第 86~88 页。
[2] 参见陈世骧《原兴：兼论中国文学特质》，张晖编《中国文学的抒情传统》，生活·读书·新知三联书店，2015，第 106 页。
[3] 参见章太炎《国故论衡》，商务印书馆，2010，第 60 页。

mund K. Chambers）对民间歌谣的考察，陈世骧认为 carol 也是欢乐的舞踊。察恩伯爵士通过文字训诂之学探索中古欧洲民间歌谣的起源，指出 carol（歌谣）在西文字源中具有两重含义：一为希腊、拉丁语源中的 chorus，意为"圆舞"，后演变为 choraules，意为圆舞活动中的萧笛伴奏者；二为 corolla，表示小冠冕和小花环，由舞者所佩戴，象征着环回的舞踊。通过比较"兴"与 carol，陈世骧意在证明中西歌谣都起源于初民的舞踊，蕴藏着造物之初的欢乐之情。这种解读再次契合了"抒情传统"的两重要素，即"言辞乐章"之节奏与"自抒胸臆"之情感，由此将"兴"也纳入了"抒情传统"的体系之中。

陈世骧运用比较文字学方法研究"抒情传统"，发现了中西文字、文学、文论与文化层面的相同与相异，启迪了后来者的研究。《科学革命的结构》总结"范式"的双重含义，认为它一方面是模型和范例，另一方面是学术共同体的成员"所共有的信念、价值、技术等等构成的整体"[①]。《中国文学的抒情传统》的方法与观点引起了后继者的"照着说""接着说""对着说"，具有重要的范式意义。

蔡英俊《中国古典诗论中"语言"与"意义"的论题："意在言外"的用言方式与"含蓄"的美典》探讨了"意在言外"与"含蓄"这两个美学范畴，将它们统摄于"美典"的概念之中。在研究方法上，他吸收了陈世骧的比较文字学方法，认为比较研究"最理想的进路"在于"观念语汇之间的对勘"：

> 既然比较文学的工作必然牵涉到文学以外的文化议题，则分析比对的操作方式如果要避免流于机械化的疑虑，最理想的进路可能在于先行抽绎特定文化传统中某些明确而具有主导性的观念，然后透过这些较具有"后设"性质的观念语汇之间的对勘，进一步阐释这些观念语汇在各自文化脉络中的位置与界说。[②]

[①] 托马斯·库恩：《科学革命的结构》，金吾伦、胡新和译，北京大学出版社，2003，第157页。

[②] 蔡英俊：《中国古典诗论中"语言"与"意义"的论题："意在言外"的用言方式与"含蓄"的美典》，台湾学生书局，2001，第37~38页。

在研究观点上，他通过引用陈世骧的观点来"照着说"，认为"诗"字的字根是"之"与"止"的结合，"言"的形旁说明"诗"是以语言为媒介的艺术。以"言"为基础，他针对陈世骧的观点"接着说"，将"言"区分为有声的语言和有形的文字，一方面探讨"语言"与"真实"之间的复杂关系，另一方面研究书面文字的定型、缀字属篇的技巧、汉赋"爱奇"的特色等问题。[①]

张淑香《论"诗可以怨"》在陈世骧论"诗"的基础上"接着说"，聚焦于"诗可以怨"的命题，探讨什么是"怨"以及"诗"为何"可以怨"这两个核心问题。通过引述陈世骧的"静态悲剧"，张淑香对比中西方的悲剧意识，总结出中国悲剧意识的三大特色："'怨'是一种温和节制的悲剧情感而非强烈的生命力与意志力之奔迸激扬；是向内收敛蕴蓄的情感而非向外发出的行动与力量；是经过调和包容的情感而非充满冲突与对抗的激情意志。"[②]中国的悲剧意识深植于抒情诗的传统，是一种图画性、观照性的"静态悲剧"。

吕正惠《物色论与缘情说——中国抒情美学在六朝的开展》针对陈世骧原"兴"的观点"对着说"，重新估定"抒情传统"的起点。他运用"发生学"方法分析"物色"论产生的原因，认为"感物"以"叹逝"为核心，充满了时间流逝、人生无常的悲情，在情感基调上迥异于《诗经》中充满了生命喜悦的"兴"，继而推定《古诗十九首》是"抒情传统"真正的源头，"物色"论是对于这一传统的理论陈述的开端，而陈世骧所说的《诗经》与《楚辞》，则只能算是"抒情传统"的"远祖"。[③]

在体系建构与范式意义这两方面，比较文字学方法对于"抒情传统"贡献良多。"陈世骧的论说，在前人的基础上发展，自有'后出转精'的优势，但值得注意的还不是陈世骧如何利用'比较文学'和'比较文字学'去解决一个文字学的个案，重点是陈世骧整个思考的方向和态度，特别是他的关怀所在。"[④]其实，比较文字学方法对于"抒情传统"至关重要，为

---

① 参见蔡英俊《中国古典诗论中"语言"与"意义"的论题："意在言外"的用言方式与"含蓄"的美典》，台湾学生书局，2001，第37~103页。
② 张淑香：《抒情传统的省思与探索》，台湾大学出版中心，2022，第36页。
③ 参见吕正惠《抒情传统与政治现实》，华中师范大学出版社，2011，第46~65页。
④ 陈国球：《中国抒情传统源流》，东方出版中心，2021，第55页。

关键词研究的比较诗学范式提供了有益借鉴，理应得到合理的关注。

三 在西言中：陈世骧的译本选择与学术对话

对于"在西言中"的海外汉学家而言，英译并不是一项可以终止的事业，而是一种无法逃离的处境。由于研究对象为汉籍，工作语言却非汉语，想要在西方世界言说"抒情传统"，必须跨过层层的翻译障碍。当"译"从案头之中得到解放，它又悄无声息地潜入了汉学家的学术日常，作为一手材料、二手材料与研究手段而得以展现。

面对有关"抒情传统"的浩瀚材料，研究者们如果想要将之运用于学术写作，则首先要解决一个问题：如何以英文形式引用中华原典。因此，看似无形的翻译成为言说"抒情传统"的第一道障碍。作为海外华人中国抒情传统学派的代表性人物，孙康宜便曾坦言翻译的重要性："学者若想在西方'推销'中国文学，若想把诗词的艺术层面介绍给读者（尤其是不谙中文者），则首要之务当在把作品译成流畅典雅的英文。因此，西方汉学界长年不变的铁则是：'无翻译，则无文学研究可言。'"[①] 不仅如此，她还向诸多翻译家致以敬意，包括傅汉思（Hans Frankel）、华兹生（Burton Watson）、李又安（Adele Rickett）、舒威霖（William Schultz）与倪豪士（William Nienhauser, Jr.）等，英译的基础性作用由此可见一斑。

为保证一手材料的准确性，学者们或选用既有翻译，或投入英译实践。《中国文学的抒情传统》引用大量经典译本，包括李雅各（James Legge）的《论语》英译（*The Chinese Classics*）、魏理（Arthur Waley）的《诗经》英译（*Book of Songs*）和《论语》英译（*The Analects of Confucious*）、高本汉（B. Karlgren）的《诗经》英译（*Book of Odes*）和《尚书》英译（*Book of Documents*）。在《词与文类研究》之中，孙康宜对刘若愚致以特别敬意："斯坦福大学刘若愚教授的大著《北宋词大家》（*Major Lyricists of the Northern Sung*, 1974）所英译的柳永与苏轼的词对我帮助甚大，我要特致谢意。"[②] 在《中国抒情传统的转变：姜夔与南宋词》中，林顺夫也对劳伦

[①] 孙康宜：《词与文类研究》，李奭学译，北京大学出版社，2004，第168页。
[②] 孙康宜：《词与文类研究》，李奭学译，北京大学出版社，2004，第2页。

斯·E. R. 皮肯博士（L. E. R. Picken）致以谢忱，因为其所作《十二世纪中国俗乐》翻译了《鬲溪梅令》《杏花天影》《醉吟商小品》等17首姜夔词。① 在引用现有译本的基础上，孙康宜和林顺夫也常常为了论证的需要而更改译文，甚至不得不另行翻译。或许正是出于这样的需要，汉学家们纷纷投入翻译事业。陈世骧的翻译成果包括《中国现代诗选》《文赋》《桃花扇》，横跨现代诗、中国文论和古典戏剧。孙康宜则与苏源熙（Haun Saussy）合编《中国古代女诗人作品选》，出版第一部大型的中国古代女性英译诗集②，其中很多篇章都是第一次被翻译为英语③。汉学家们往往既是批评家，也是翻译家。在海外汉学的语境中，"译"早已融入"抒情传统"的血脉，二者难舍难分。

　　译本不仅被用作一手材料，还成为重要的二手材料，译者在对译本的援引和商榷中走向深刻的学术思考。也许正因此，刘若愚将陈世骧《文赋》英译、方志彤《文赋》英译、高本汉《诗经》英译归入《中国文学理论》的第二手资料与参考。④ 在《中国文学的抒情传统》中，作为二手材料的译本与陈世骧的观点相颉颃。以"时"为例，《论时：屈赋发微》认为，《诗经》中的"时"流露出神佑意味，不能简单地被训为"是"。然而，魏理与高本汉都依循着将"时"训为"是"的注释进行翻译，这受到了陈世骧的批评。反之，他援引魏理的翻译细节，以之为正面论据。在《小雅·楚茨》中，魏理将"神嗜饮食，使君寿考。孔惠孔时，维其尽之"翻译为祭祀者的歌唱，这说明"时"在《诗经》中可以用作"对"或"好"等属性形容词，与祭祀典礼、神灵祝福密切相关。在另一处，魏理将《大雅·生民》中的"上帝居歆，胡臭亶时"翻译为上帝的赞语，同样透露出"时"的神佑意味，成为陈世骧的论据支撑。

　　在"时"字出现的其他元典之中，陈世骧同样基于自己的观点来评判各家英译的准确性。他认为《尚书》中的"时"与时间的内涵十分接近，然而它并非一个概念性的、抽象独立的实体，而是指更为具体的"季节"。

---

① 参见林顺夫《中国抒情传统的转变：姜夔与南宋词》，张宏生译，上海古籍出版社，2005，第2页。
② 参见孙康宜《抒情与描写：六朝诗歌概论》，钟振振译，上海三联书店，2006，第2页。
③ 参见黄卓越主编《海外汉学与中国文论·英美卷》，北京师范大学出版社，2018，第562页。
④ 参见刘若愚《中国文学理论》，杜国清译，江苏教育出版社，2005，第255~256页。

因此，他推许高本汉的翻译，认为应该将"敬授人时"译为"respectfully gave the people the seasons"，而将"百工惟时"译作"all the functionaries are observant of the seasons"，由此凸显出"时"的"季节"义项。[1] 李雅各对《论语》中"时"的翻译则成为陈世骧的靶子。李雅各遵循宋代新儒学学者的见解，将"学而时习之，不亦说乎"译为"Is it not pleasant to learn with constant perservance and application"[2]。在陈世骧看来，《论语》中的"时"意指适于人类某活动的天时，应该被译作适当的时机。由此，译本承载着译者对于文本之意旨、肌理与结构的理解，或被用为正面论据，或被用为反面论据，分布在论点周围。

除了一手材料与二手材料，英译还可以被看作一种研究手段。正如陈世骧的自述："翻译中的困难可以变成一种优势，可以进一步表明这一重要融合究竟达到了哪种程度。"[3] 在这里，陈世骧所说的重要融合，即"志"与"情"这一对至为重要的中国文论范畴的分离与交融。为了引用《文心雕龙》中的"感物吟志"，陈世骧必须对"志"进行翻译，然而这并非一项简单的工作。"志"究竟应该翻译为 aim、goal、ambition 或 will，还是与"情"直接相对的 purposiveness 呢？这便涉及如何理解《文心雕龙》中的"志"。《文心雕龙·明诗》篇曰："人禀七情，应物斯感，感物吟志，莫非自然。"[4] 陈世骧认为这里的"志"并非"情"的对立面，反而是"情"的统一体，二者含义相近、水乳交融。因此，"志"应该被翻译为"emotions, purposive（or with purposiveness）"，也即"情志"的统一体。无独有偶，高友工也试图翻译《诗大序》与《文心雕龙》之中的"志"，并最终选择将其译为"heart's wishes"（"心愿"）或"wish"（"愿望"）。[5] 这一翻译同样也旨在说明"志"并非仅仅是道德说教，还包含着情感冲动，将"志"与

---

[1] 参见陈世骧《论时：屈赋发微》，张晖编《中国文学的抒情传统》，生活·读书·新知三联书店，2015，第165页。

[2] 陈世骧：《论时：屈赋发微》，张晖编《中国文学的抒情传统》，生活·读书·新知三联书店，2015，第167页。

[3] 陈世骧：《寻绎中国文学批评的起源》，张晖编《中国文学的抒情传统》，生活·读书·新知三联书店，2015，第29页。

[4] 刘勰著，范文澜注《文心雕龙注》，人民文学出版社，1958，第65页。

[5] 参见高友工、梅祖麟《唐诗的魅力——诗语的结构主义批评》，李世耀译，上海古籍出版社，1989，第155页。

"抒情传统"统一起来。陈世骧与高友工都并非为了翻译而翻译，反而是为了论证而翻译。由此，译也自然而然地成为一种手段，以便于英文语境之中准确阐释中国文论关键词的内涵。

结　语

时至今日，"译"依然是海外汉学学者的言说语境。事实上，海外华人中国抒情传统学派面临的问题不仅仅是如何翻译《文赋》中的字、词、句，而是根深蒂固的跨文化言说。在一定程度上，这既是一种困难，也是一种赠予。"抒情传统"的成果如此丰硕，它所面对的批判也如此强力、浩大而绵延。就此意义而言，海外汉学学者与关键词研究面临着同样的困境。作为"西来意"的关键词研究以 keywords 之名迅速席卷，如何将其与"东土法"结合，成为一个与"译"同样艰难的问题。由此言之，《中国文学的抒情传统》不仅有助于中西方文论术语的双向阐发，还启迪着 keywords 与关键词的学术对话。

作者简介：陈廷钰，武汉大学文艺学专业硕士研究生。

责名以实

——《中国文论与西方诗学》的关键词比较研究方法

黄秀慧

（武汉大学文学院）

摘 要：《中国文论与西方诗学》的关键词比较研究方法可总结为"责名以实"。此方法首先明确中国文论与西方诗学的比较前提，提出二者具有"不可通约性"。该方法的目的是让中国文论与西方诗学平等对话，其实施步骤可分为两步：一是搭建平等的比较平台，将语言论基础和生存价值论立场视为中国文论与西方诗学共有的建构基础；二是筛选可平等对话的关键词，将其分解成源关键词和子关键词。站在 21 世纪回望此书的关键词研究方法，可发现"责名以实"的中国文论与西方诗学关键词比较研究方法有独特的镜鉴价值。此方法不仅能反映世纪之交中外关键词比较研究"以中释西""以西律中""以中化西"的三重阐释特色，更关注到"心理攸同"之"同"的基础，同时为"和而不同"之"不同"划下边界。

关键词：中国文论；西方诗学；关键词；不可通约；平等对话

"中西比较诗学"是学界惯用的说法，曹顺庆在《中西比较诗学》中指出"比较诗学"是约定俗成的术语，意指各国文艺理论的比较研究。[①] 此命名便于推进中国文论与西方诗学两大话语体系的异质对话。余虹在《中国文论与西方诗学》中质疑了"中西比较诗学"这一命名的正当性，认为其具体释义是"中国诗学与西方诗学比较研究"，但与"西方诗学"相对应的"名"应为"中国文论"而非"中国诗学"。余虹站在"释名以章义"的立

[①] 参见曹顺庆《中西比较诗学》，中国人民大学出版社，2010，第 2~3 页。

场上，提出了"中国文论与西方诗学"这一命名，并运用"责名以实"的中西文论关键词比较研究方法展开分析。全书分为两部分，上篇为总体性比较研究，分别分析了"中国文论"与"西方诗学"的入思方式、知识眼界和发展流脉，以论证二者的不可通约性；然后依据中西相汇的文化基础，即"语言事实"和"二元对立结构"，搭建出可供平等对话的"第三者"空间。下篇为专题性比较研究，在成形的"第三者"空间之上，选取叙事论、抒情论、形上论、审美论四个中西共有的专题，在专题内进一步筛选出具有"内在同一性"的中西关键词进行比较研究；进而发现可进行深度对话的中西关键词，其源关键词和子关键词都可与另一文明体系对话，且子关键词能够佐证源关键词的可比性。

《中国文论与西方诗学》一书清晰地叙述了"中国文论"和"西方诗学"的流脉与发展，为二者搭建了新的对话平台。从关键词研究的角度观之，余虹在遴选可供比较的中西关键词时甚为严谨，在阐释西方关键词时也具备中国文论名理相因的特色。

一　不可通约：中国文论与西方诗学的比较前提

认知到中国文论与西方诗学之异，为二者划分出各自的论域，方能清晰地看到中国文论和西方诗学之比较何以可能、如何可能。《中国文论与西方诗学》"责名以实"的关键词比较方法论，其比较前提便是看到了中国文论与西方诗学的"不可通约性"。20 世纪的中国人文学者在研究内容的命名上有较大的随意性，把西方的文学理论关键词套在中国文学作品中，忽视了中西方语言文化的差异。曹顺庆、杨清认为："'古代文论的现代转换'这一路径的前提就错了，转换即意味着否定，意味着我们否定了古代文论在当代文学与文学研究领域存在的合理性与适用性，错在我们依附于西方话语，用西方的话语体系来丈量、评判、规定中国文论话语。"[①] 尤其是在"文学"概念自身方面，更是存在这一问题：

---

① 曹顺庆、杨清：《对中国古代文论现代转换的反思》，张福贵主编《华夏文化论坛》第 20 辑，吉林大学出版社，2018，第 94 页。

20世纪近百年的"文学"概念诠释史，其主流倾向是用从西方舶来的"名"应对中国的"实"，责"实"以"名"之后，将"文学"一分为二：合于外来之"名"者称为纯文学（或"文"或审美的文学），溢出外来之"名"者称为杂文学（或"笔"或实用的文学）。①

在《中国文论与西方诗学》的语境中，需要更正的"名"是"中西比较诗学"之名中隐含的"中国诗学"。"西方诗学"对应之"实"是"中国文论"，名应当也是"中国文论"。"名"作为语言，其背后衍生的语义和语境必然影响到使用者对语词的理解，"中西比较诗学"这一命名并未将中西放在客观的比较平台上进行讨论，仍旧是西方中心主义的产物。

由此，余虹提出中国文论与西方诗学之间具有"不可通约性"。"通"指"互通"，"约"指"大略"，"通约"即将"文论"与"诗学"的内在含义等同，忽略了二者的差异性和独特性。"中国文论"与"西方诗学"之不可通约，表现在名实不副。按照《中国文论与西方诗学》的阐释思路，先驳斥"中西比较诗学"命名的正当性。余虹对中西方之"诗"的界定如下：

> 中国古代诗论之"诗"一指《诗经》，二指一部分诗体韵文，这部分韵文主要指抒情诗。西方诗学中的"诗"（poetry）有广义和狭义之分，广义之"诗"包括史诗、戏剧诗与抒情诗，它与后世狭义之"文学"（literature）概念大体相当：史诗→小说，戏剧诗→戏剧、抒情诗→诗。狭义之"诗"则指与小说、戏剧并列的"诗"（抒情诗）。中国古代诗论中的"诗"大体等同于西方诗学中狭义的诗。不过，值得注意的是，中国古代诗论与西方狭义诗论的潜在论域空间是不一样的，因此对"诗"的理解路数也大不一样。②

"诗"在中西方的潜在论域空间都与入"诗"之思紧密相连。中国之"诗"在诞生之初是共名，指向先秦时期可以言志、歌咏、教化的抒情工具，而

---

① 李建中：《关键词建构三大体系》，李建中主编《关键词》第 1 辑，社会科学文献出版社，2024，第 34 页。
② 余虹：《中国文论与西方诗学》，生活·读书·新知三联书店，1999，第 57 页。

后随着文体的增加,"诗"成为特指《诗经》和诗体韵文的专名。西方之"诗"的路径则相反,从专指语言艺术的专名,在经过"诗艺""诗性"的概念延伸后,发展成现代汉语中"文学"的共名。

西方诗学的"诗"脱离了"诗体"本身,指向含有"诗性"的文学作品。中西语境下的"诗"内涵不对等,难以进行比较研究。现代汉语中的"文学"同样是西方语境下的产物,中国古代并没有依附于艺术学的"纯文学"学科意识。现代汉语中表述的"诗学",在西方中心主义的偏见下存在"诗学=文学理论""文学理论=文论"的"非法跳跃"。① 作为称谓,它从根本上取消了中国古代"文论"和西方"诗学"的思想文化差异,独断式地假定了"文论"同一于"诗学"(文学理论)。② 余虹认为广义的"中国文论"指向刘勰《文心雕龙》式的弥纶群言,狭义的"中国文论"指向"文笔之辨"的文韵文藻之论和"诗文之分"的散文论。在文学研究中,"文论"一词的使用语境与阐释方向以"中国"为潜在限定;"诗学"的词义阐释同样以"西方"为潜在限定。

中国文论与西方诗学关键词的比较研究,不能仅依靠内涵的相似,在此,余虹特地强调了二者的"不可通约性"。钱锺书谈及"比喻"时指出:"所比的事物有相同之处,否则彼此无法合拢;它们又有不同之处,否则彼此无法分辨。两者全不合,不能相比;两者全不分,无须相比。"③ 这一说法同样适用于"比较",相比的两方需要既有共通之处也有相异之处。中国文论与西方诗学关键词需要以各自的文化体系为依归。陈钟凡在《中国文学批评史》中指出:"言学术者必先陈其义界,方能识其旨归。"④ 文论和诗学的核心概念和语境各有特点,两方关键词的比较研究,同样需要向内梳理各自的意涵与脉络,通过比较来确立各自的文化界限,方能形成对两方文化体系的完整认识。

在余虹之前,钱锺书先生有言,将"中国文学与外国文学打通"⑤。"钱锺书的'打通'既有'通'(沟通、会通)的含义,更有'新'(创造新

---

① 参见余虹《中国文论与西方诗学》,生活·读书·新知三联书店,1999,第5页。
② 参见余虹《中国文论与西方诗学》,生活·读书·新知三联书店,1999,第3页。
③ 钱锺书:《七缀集》,生活·读书·新知三联书店,2002,第44页。
④ 陈钟凡:《中国文学批评史》,中华书局,1927,第1页。
⑤ 《钱锺书研究》编委会编《钱锺书研究》第3辑,文化艺术出版社,1992,第290页。

意、拈出新意）的含义。'通'只是手段，'新'才是目的。'打通'既是通过'比较'而'沟通'，更是通过'打通'而'拈出新意'。"① 余虹与钱锺书的立场并不相悖，"打通"之"变"是"变化"，在已有的文化基础上创新；"通约"之"变"是"变质"，将关键词已有的文化本质、特性掩盖。须知"关键词研究本身不是目的，关键词的研究在方法论的层面上最终展现出的是以词带论、以词考论、以词论辩的过程，其研究主旨是呈现词语背后的思想和文化"②。提出"不可通约"的目的是强调中国文论与西方诗学关键词各自的差异性与独特性，从差异中迸发新的解读或者提出新的比较研究方法。

余虹通过论证"中西比较诗学"的名实不副、"中国文论"与"西方诗学"之"不可通约性"，带出中西文论诗学关键词研究的要点：责名以实。"中国文论"与"西方诗学"从属于两个文明体系，虽不可通约，但可比较。从责名以实的角度来看，对中国文论与西方诗学关键词的比较研究除了要注重内在同一性之外，更要注重关键词之"名"背后隐藏的文化语境、历史坐标、语义聚合等要素所衍生的差异性，在平等对话空间中产生的差异正是比较的价值所在。

二 平等对话：中国文论与西方诗学关键词的比较目的

《中国文论与西方诗学》的关键词比较研究方法是"责名以实"，这一方法论的出发点是搭建中国文论与西方诗学平等对话的空间。方法的实施可概括为两步：一是搭建平等的比较平台，把中国文论与西方诗学关键词放到同一空间内进行对话；二是在此基础上，筛选可平等对话的关键词，将其分解成源关键词和子关键词，一一比较后，梳理二者的异同，并还原两方关键词的发展演变脉络。

（一）搭建平等的比较平台

余虹认为，"只有在'文论'和'诗学'之外去寻找一个'第三者'

---

① 何明星：《钱锺书比较文学研究的特质》，《学术研究》2010年第11期。
② 段吉方：《作为文化批评传统的文论关键词研究》，《文艺争鸣》2017年第1期。

才能真正居于'之间'而成为比较研究的支点与坐标，这个'第三者'当然是更为基本的思想话语与知识框架"①。作为中西共有的对话平台，"更为基本"自然指向文学发展的客观外部条件：一是文学的语言论基础，二是文学存在的价值，即生存价值论立场。

首先，来看语言论基础，《中国文论与西方诗学》将中国文论之"文"和西方诗学（文学理论）之"文学"回归到"语言事实"这一客观现象上，并通过对中国文论与西方诗学潜在语言观的研究，划分出两大论域，一是以实用主义为中心的"语词与实在"，二是以审美主义为中心的"语词与语词"。同时，从中国文论和西方诗学的历史发展脉络来看，二者对"文"与"文学"的研究，都是在实用与审美的二元对立中不断发展、建立起来的。

以实用主义为中心的"语词与实在"之域阐释如下：

> 在"语词与实在"的关系域中，"实在"被假定为独立于语词表达而先行在那里的东西，语词被看作纯粹用来摹仿、表达实在的工具，它本身并无实存性、它的价值取决于它的工具性效能，亦即取决于它表达、再现实在的程度，而实在本身乃是衡量这一程度的根据。②

"实在"本身具有一定的内涵，语词只是用来表达"实在"的工具。中国文论和西方诗学的初始经验都源自对事物实用性的依赖。中国古代文论的实用主义发端，可追溯到先秦诸子对《诗》的使用。古人重视用《诗》经验而非写《诗》经验，这一倾向暗中决定了《诗》的释义学之为后世实用主义诗论之基础的特点。③ 从儒家的角度看，士人重视的并不是诗句本身，而是诗背后的规则之法。对诗之实用价值的重视，使中国古代的诗艺规则和入诗之思更趋向于重视诗背后的"实在"，也就是诗象征的社会规范和道德准则。诗之词围绕着诗之义展开，反过来看，也是诗背后的"实在"规范了相关"语词"。

西方同样从实用主义出发建构诗艺规则。"亚氏将作诗的行为归于一般

---

① 余虹：《中国文论与西方诗学》，生活·读书·新知三联书店，1999，第6页。
② 余虹：《中国文论与西方诗学》，生活·读书·新知三联书店，1999，第97页。
③ 参见余虹《中国文论与西方诗学》，生活·读书·新知三联书店，1999，第76~77页。

技艺行为,并以器具制作经验为理解诗作的基础"①,亚里士多德将诗学作为一门技艺来理解,以此建构诗学体系。诗被设定为可以生产、需要技巧、能够研习的技艺,自然追求"产品"的功效,西方诗学一般"将诗作的功用定为:教益和娱乐"②,这点与中国古代诗论大致相似。值得注意的是,由于西方诗学更注重作诗经验,所以"是从作者的心理机制出发来思考诗(艺术)的本质的"③,其诗学研究中具有浓厚的作者心性中心立场,不同研究者眼中的"诗""想象力""天才"等诗学概念的内涵都不统一,在相同的"语词"里表述不同的"实在"。

以审美主义为中心的"语词与语词"之域阐释如下:

> 在"语词与语词"的关系域中,实在以及意义是搁置在一边的,语词与语词间抽象的形式结构关系是一种自足的系统,它本身便有独立的审美价值,并被形式主义者和结构主义者看作"诗性"(文学性)的本源。④

"诗"作为语言文字的一种特殊形式,本身便具有形式美,不需要依靠语言背后的"实在"或象征的"意义"。在中西方文化中,实用主义诗论及诗学都是顺应人类需求而被创造出来的,而审美主义往往在实用主义发展到一定的高度后才被推上历史舞台。审美意识的觉醒往往源自对实用主义的反叛,换言之,中国文论与西方诗学都是在实用主义与审美主义的二元对立中发展起来的。

中国古代审美主义诗论的产生,由文人对儒家实用主义诗论的反叛开始。余虹举《文赋》"缘情说"为例,指出在"缘情论"者眼中"自然抒发之情才是'真情',对此真情的言述才是'真声'"⑤,只有抒发真实情感的诗,才是真正的诗。在此,"缘情论"者并不关注"语词"背后应表达何种目的(实在),只关注诗是否呈现了"自然抒发之情"。正因为有儒家

---

① 余虹:《中国文论与西方诗学》,生活·读书·新知三联书店,1999,第80页。
② 余虹:《中国文论与西方诗学》,生活·读书·新知三联书店,1999,第73页。
③ 余虹:《中国文论与西方诗学》,生活·读书·新知三联书店,1999,第76页。
④ 余虹:《中国文论与西方诗学》,生活·读书·新知三联书店,1999,第97页。
⑤ 余虹:《中国文论与西方诗学》,生活·读书·新知三联书店,1999,第82页。

的实用主义诗论,才会出现基于对儒家诗论反思而形成的审美主义文论。西方审美主义诗学则体现为对亚里士多德的"技艺说"的反拨。康德认为"审美的艺术创造与一般技艺制作貌合神离:其关键在于前者是天才的作品,后者是理智的产物"[1]。在康德的论述中,"诗"的创作是一种艺术活动,艺术由天才来推动历史发展,而天才恰恰是无法摹仿、非技艺性的,"诗学"的理性与艺术性质在康德的论述中产生了冲突。康德强调艺术独特的审美价值和创作方式并非理性所能复制,只有天才的想象力才能为艺术建立"规则"。"语词"就是"语词"本身,不存在必须围绕"实在"而诞生的"语词"。

中国文论与西方诗学作为一种"语言事实",都在以实用主义为中心的"语词与实在"和以审美主义为中心的"语词与语词"两大论域的二元对立中不断发展。在建构之初,二者都以"理性"为基础入思方式,出于文化语境的关注点不同,二者的界限逐渐清晰,进一步展现出中西文论诗学概念的不可通约性,并在同一论域基础的对比中找到差异的根源所在。

其次,从"生存价值论立场"的视角来看,中国文论和西方诗学的建构方式极为相似,"其操作策略是设置对立面,否定对立面,进而在此否定关系中确立自身的意义"[2],也即"文"与"文学"在主流与主流(理性与情性)、主流与非主流(人为与自然、理性与神性)中呈现的二元对立结构。在主流的理性与情性层面,"孔子删诗"所删之诗是"邪"诗,"柏拉图非诗"所非之诗是"迷狂"的诗,皆为扰乱人的心智、破坏理性建构的作品。而理性的确立,恰恰建立在对情性的"克服"之上。

主流与非主流的二元对立则体现为中国文论中人为与自然的对立,西方诗学中人性与神性的对立。此二元区分是"对'人的本质力量'的反思性区分"[3]。中国文论的主流是儒家文论,西方诗学的主流则是柏拉图主义诗学,对应的非主流文论诗学分别是道家文论与前柏拉图诗学。儒家文论和柏拉图主义诗学都是本于对"人"自身价值的肯定,儒家文论对理性的肯定、对感性的批判;古典主义诗学强调理性诗学、生发感性浪漫主义诗

---

[1] 余虹:《中国文论与西方诗学》,生活·读书·新知三联书店,1999,第74页。
[2] 余虹:《中国文论与西方诗学》,生活·读书·新知三联书店,1999,第128页。
[3] 余虹:《中国文论与西方诗学》,生活·读书·新知三联书店,1999,第121页。

学，都是在探讨"人性"。道家文论以庄子为代表，以反对"人为"、顺应自然为立场，"将'自然存在'设想为人可能且本该如此的存在，并由此而将诗文写作设想为这种自然存在的结果与表征"①。前柏拉图主义诗学以荷尔德林为代表，他标画出的"神性"指向高于一切的善，其价值超越了生存的价值本身。庄子的"神秘"与荷尔德林的"神圣"是对中国文论和西方诗学主流的颠覆，主流和非主流在对照和自照中确立了自身的存在价值与意义。

（二）筛选可平等对话的关键词

除了对话空间的"平等"，关键词之间亦需要"平等"，故在具有内在统一性的中国文论关键词和西方诗学关键词中，需要进一步筛选出拥有丰富理论资源、可追溯源关键词或子关键词的中国文论与西方诗学关键词。从关键词研究本身来看，能够进行比较研究的中西关键词应符合以下四个条件：一是以中西学科体系为依归，二是丰富的理论资源，三是在两大论域中有可言述空间，四是拥有源关键词或子关键词。

该书选取"兴论"和抒情论为例，展示"责名以实"方法是如何实践的。首先，二者都可放置于语言论基础和生存价值论立场两大论域中进行言说：

> 无论是西方的"表现论"还是中国的"兴论"都是变相的"心性论"，其知识性基础是各自的"心理学"和"心学"。此外，中西"心性论"又都在理性/感性的二元结构中入思，其理性与感性的二元紧张与冲突，以及明显的感性主义立场构成了表现论和兴论之最内在的精神空间。②

从生存价值论立场来看，"兴"和"表现"都是中西文论诗学对其客观价值与主观价值的关注和探讨。在中国文论中，"兴"作为抒发个体情感、表现内心世界的手段，强调个体在道德伦理框架下的情感表达。而在西方诗学中，"表现"则强调个体对自我真实感受的传达，追求个性的独立和自由，

---

① 余虹：《中国文论与西方诗学》，生活·读书·新知三联书店，1999，第 123 页。
② 余虹：《中国文论与西方诗学》，生活·读书·新知三联书店，1999，第 158~159 页。

体现了西方诗学强调个体本位和人性的价值观。

其次,确定了"兴"与"表现"拥有平等的对比基础,便可将"兴"和"表现"设定为两个"源关键词",随之衍生出诸多子关键词,包括"兴起""兴会""兴喻""兴咏""兴象""兴趣"。"表现"也派生出"入情""想象""隐喻""天才""象征""趣味"六个子关键词。它们之间的关系如下:"兴起"与"入情"都主张抒发自然本真之情,但"起"与"入"的方式不同。"兴会"与"想象"是对"兴起"与"入情"的进一步阐释,"兴会"更强调人思当下的感官触觉,具有自然自发性;"想象"则是心的"创造性功能"。"兴喻"与"隐喻"都是文学作品"兴会"和"想象"的表达方式,但"兴喻"将本体与喻体之间的关系设定为天人统一的和谐关系,"隐喻"则关注语词与语词之间如何达成语义的转移。"兴咏"在"兴起""兴会""兴喻"的基础上强调写作态度的自然性,"天才"的提出亦标志着西方浪漫表现论的发展已经逐渐脱离对"人为性"的关注,走向了自然的超越性。"兴象"与"象征"的内在同一性在于"它们之为抒情理论所设计的理想形象在本质上都是一种'心象'(image of mind)和'心境'(state of mind)"[①]。区别在中国文论的"兴象"顺应自然而产生,而西方诗学的"象征"则来自人为创造。"兴趣"与"趣味"这一组子关键词中,西方的"趣味"自然涵盖在道德理性当中,成为实用主义的一部分。而中国文论之"兴趣"则是站在儒家正统的二元对立结构上,标举感性的最高理想。

"责名以实"不仅使中国文论与西方诗学之间拥有了平等的对话空间,关键词之间亦有平等的分量,在论说基础、系统结构和子关键词数量上皆可一一对应,展开比较研究。此研究方法不仅可探寻中国文论与西方诗学之"异",更严谨而精确地展现二者之"同"。

三 三重阐释:《中国文论与西方诗学》的比较路径

"责名以实"的方法提出之时,正处于世纪之交的关键节点。西方中心主义是当时中国文论界面临的共同问题,从《中国文论与西方诗学》一书

[①] 余虹:《中国文论与西方诗学》,生活·读书·新知三联书店,1999,第187页。

的言说方式中，可看出彼时中国文论与西方诗学关键词研究者论述观点时拥有"三重阐释"背景，第一重是以中释西，以现代汉语为媒介，以汉语的思维方式来阐释西方文学理论；第二重是以西律中，用西方观点和理论反观中国文论，以西方文学理论为标杆；第三重是以中化西，在建构当代文化体系的过程中，不可避免地带有中国文化本位的思想痕迹，实为当代思想的特质。三重阐释同时出现在《中国文论与西方诗学》一书的表述中，体现了中国文论与西方诗学关键词互动的动态过程。这三重阐释既是世纪之交的特色，也是"责名以实"关键词比较研究方法的价值旨归。

20世纪70年代末80年代初是中西比较文论的起步期，80年代以来，海外学者有关比较文论的著作开始译入中国，90年代比较诗学研究的新趋向是以跨文化研究为核心，通过多种文化具体文本的比照对话发掘各国诗学的民族特点和共通意识。① 处于世纪之交的学者们大多目睹了中国文论与西方诗学比较研究的起步期，又于80年代西方译著进入中国时，受到西方文化的冲击，其观点无可避免地带有西方中心主义的影子。到90年代，学者们的眼光从追随西方回到关注自身与各民族的差异。在世纪之交出版的《中国文论与西方诗学》，首先，使用现代汉语来对译西方文学理论，是以学者们对西方诗学的理解方式是建立在现代汉语的思维模式之上的"以中释西"。其次，受到西方文化冲击后，在西方中心主义影响下，世纪之交的学术著作与观点都有"以西律中"的影子。最后，回归到中国文论与西方诗学自身的异与同，站在中国本位的立场上"以中化西"，建立具有本民族特色的中国文论与西方诗学关键词比较研究方法。"以中释西""以西律中""以中化西"是《中国文论与西方诗学》的三重阐释语境，同时也是"责名以实"的比较路径。

首先是第一重阐释：以中释西。以现代汉语为媒介来学习西方文学理论知识时，难以忽略语言带来的思维影响，现代汉语本身便带有双重语义空间："由汉译西方概念语义的基本语词所构成的语义空间和由承续古汉语概念语义的基本语词所构成的语义空间。这两大语义空间同时并存于现代

---

① 参见蒋述卓等《二十世纪中国古代文论学术研究史》，北京大学出版社，2005，第214~229页。

汉语世界……这两套语言系统在现代汉语世界中都是活生生的。"① 在双重语义空间的影响下，词义天然带有模糊性。"大量西学术语尤其是日译汉字新语的涌入，对传统的话语结构和学术体系形成巨大冲击，短时间内出现'失语'现象。然而不能否认的一点是：在汉语历史语境中形成的新概念和新术语，与其对应的西方概念、术语之间不仅词形有异，在意义内涵上也存在'落差'。"② 在以汉语的思维模式理解与阐释西方观念的过程中，也许已经产生了误读，既偏离西方文学理论的本义，也不是中国文论的产物，而是类西方的现代汉语式观念。

中西文论诗学关键词的交流与文明互释具有文化差异、语言理解障碍、理论预设和翻译实践的难点。文化差异如中西之"诗"在叙事传统、价值判断、审美标准上的显著差异；语言理解障碍如中国文论术语的模糊性和中西感情色彩词的情感分量不相同，导致阐释中西文艺经验时出现偏差；理论预设如某些具有内在同一性的中西关键词，在阐释异域文化关键词时，被代入本国文化经验，模糊了两者的差异性。"在近代知识转换过程中，以中国古典词对译西方概念的情形颇为普遍，而其间释义的演变，又往往与历史、文化、思想等多层面的意涵密切相关。"③ 在接纳西方文化时便产生了第一重以中释西的阐释。这重阐释是在文化交融的过程中国文论与西方诗学本身都不是孤立的存在，它与社会、历史、哲学等多个领域紧密相连，在现代语境下，更是中西共融。

其次是第二重阐释：以西律中。这个过程既是发现和重构的过程，也是反思和批判的过程。"清末民初以降，无论国学还是新学，无一例外有一种'望今''参古''日新其业'（《文心雕龙·通变》）的世纪性冲动。"④ 在西方文化的冲击下，中国本土学者发现了中国文论中曾经被忽视或未被充分挖掘的理论资源，展开西方文学理论影响研究。同时，在发现和重构的过程中，默认了西方文学理论的潜在正当性。"当我们说起一种文学的特

---

① 余虹：《中国文论与西方诗学》，生活·读书·新知三联书店，1999，第3页。
② 余来明：《建构概念的意义世界：中国现代化进程中概念史研究的思考》，李建中主编《关键词》第1辑，社会科学文献出版社，2024，第8页。
③ 余来明：《建构概念的意义世界：中国现代化进程中概念史研究的思考》，李建中主编《关键词》第1辑，社会科学文献出版社，2024，第5页。
④ 罗剑波：《问题导向与中西文论关键词比较》，《文艺争鸣》2017年第1期。

色为何时，我们已经隐含着将之与其他文学做比较了。而如果我们认为中国抒情传统在某种意义上代表东方文学的特色时，我们是相对于西洋文学说的。"① 以"重建中国文论话语"之名建设起来的现代文论，亦可以说是西方中心主义的产物。在 20 世纪初，部分学者以西方文学理论为依归，将中国文论中能够体现中西内在同一性的关键词与西方关键词进行比较研究，以证明中国传统中也有相似的概念，目的在求同。

在以西律中的过程里，随着研究的深入，部分学者开始将西方文学理论与中国文论相结合，探索出一条具有中国特色的文学理论发展道路。《中国文论与西方诗学》在搭建"第三者"空间时，也有以西律中的影子。无论是"语言论基础"还是"生存价值论立场"皆是西方理论，前者源于索绪尔，后者来自海德格尔，可见"责名以实"的中国文论与西方诗学关键词比较研究方法论的理论基础源自西方。确切而言，是以西方方法为入思方式，发掘出中西文论诗学新的共通点，在论述中并未对任一文化强加意义。文学理论的建构是一个不断发展和变化的过程，需要不断吸收和融合各种有益的理论资源，方能推动中国文学理论的现代化进程。

最后是第三重阐释：以中化西。"概言之，今日之'关键词'方法论的引入，不仅应以中西核心术语、概念的语义清理及异同比较作为学理旨归，更要以兼收并蓄中西异质文化因子、创化发明当代新质文艺理论作为明确的现实导向。"②《中国文论与西方诗学》"创化发明"了"责名以实"的中西关键词研究方法论，连带着构建了新的中国文论与西方诗学关键词比较体系，细观其体系建构的入思方式，便会发现，"当代新质文艺理论"带有"中国本位"的思想特质。《中国文论与西方诗学》反对"中国诗学"之名，肯定"中国文论"之名，责名以实，是站在"中国"的立场上，以老庄"名"学为入思之径，研究一套站在中国立场上的中国文论与西方诗学关键词比较方法。书写用语为现代汉语，运用汉语思维方式，是以该书的论证方法和思路，都是"吸纳西方思维后的中国式思路"，"中国式"为定语。

《中国文论与西方诗学》以中国式思维建立起新的中西关键词研究体

---

① 陈世骧著，张晖编《中国文学的抒情传统》，生活·读书·新知三联书店，2015，第 3~4 页。
② 罗剑波：《问题导向与中西文论关键词比较》，《文艺争鸣》2017 年第 1 期。

系,"选择关键词以展开比较研究的选择本身,既是对原有理论体系之'关键'的提炼,也是对新建理论体系之'关键'的设计"①,"须知,我们今天之所以特别重视'中''西'跨文化视阈下的关键词比较研究,从一开始就是想以此而为建构当代文学理论体系做准备"②。"责名以实"是对"关键"的提炼,由"平等对话"这一目的展开对中国文论和西方诗学两大体系内具有内在同一性的关键词之溯源。21世纪以来,学界提倡"文明互鉴",而互鉴之下,容易重中西之"异"而忽视了中西之"同"的根源。既有研究多注重借鉴"外来",却相对忽视了对"本来"传统的发掘。《中国文论与西方诗学》在20世纪末时,便呈现出"寻中国文论与西方诗学之根"的特点,具有兼性思维。"以兼性思维为方法或路径的兼性阐释理论是'中国智慧',是中西文化比较意义上的'相对之中国';以'兼''通''中''和'等中华文化元关键词为核心理念和意义世界的话语体系体现了'中国特色',是话语重构和范式重建意义上的'必要之中国'。说到底,以关键词建构三大体系,要在镜鉴西方、通变传统的基础上标举学科、学术和话语的'中国性'。"③ 在现代汉语的语义空间里,三重阐释的交织已是当代文论"通变"结果。

通过三重阐释,《中国文论与西方诗学》不仅展示了中国文论与西方诗学关键词的交流与文明互释的复杂性,也为中西的异质对话做出了新的尝试。1999年《中国文论与西方诗学》一书面世后,其观点引起了学界的广泛讨论。如饶芃子肯定了"中西比较诗学"名实不副的弊端,进一步延伸出"中国现代文学批评的发展是以放弃、遗忘、忽略中国传统批评的样式为代价的"④ 的观点。曹顺庆亦肯定了"责名以实"背后的"异质性"意义。⑤ 曹顺庆与余虹的出发点一致,同样认为中国文论与西方诗学之间存在本质上的差异,在强调这种差异的同时,也试图寻找两者之间的对话可能。

---

① 韩经太:《文学理论关键词研究的核心价值问题导向》,《文艺争鸣》2017年第1期。
② 韩经太:《文学理论关键词研究的核心价值问题导向》,《文艺争鸣》2017年第1期。
③ 李建中:《关键词建构三大体系》,李建中主编《关键词》第1辑,社会科学文献出版社,2024,第40页。
④ 饶芃子:《比较诗学》,陕西师范大学出版社,2000,第181页。
⑤ 参见曹顺庆《异质性与变异性——中国文学理论的重要问题》,麦永雄主编《东方丛刊》第3辑,广西师范大学出版社,2009,第3~4页。

因此,"责名以实"的关键词比较研究方法通过对关键词的严格筛选和审视,突出了中国文论与西方诗学各自的特点及独特性,从而避免了简单的等同和一刀切式的比较,在"三重阐释"的意义上,有重要的学术史意义。

结　语

"责名以实"的中国文论与西方诗学关键词比较研究方法以中国文论与西方诗学的"不可通约性"为问题意识,将"平等对话"视为中外关键词的比较研究目的,搭建"第三者"空间,探寻中西平等对话的基础并创新关键词的筛选法则。《中国文论与西方诗学》指出二元对立、名实相依等为中国文论与西方诗学的共有基础,这些命题都可供后学继续研究,比如,为何二元对立能够成为共有基础?中西文化体系的共性产生于什么?诸如此类的问题,皆可进一步讨索。"责名以实"的中国文论与西方诗学关键词研究方法不仅为中外关键词比较研究开辟了新的路径,而且强调跨文化研究中的平等与尊重,更加注重关键词背后的文化体系所反映出来的根本差异与同一本质。借关键词彰显多元文化,以词为媒或以词为纲,呈现语义背后的"心理攸同"与"和而不同",折射"地方知识"与"共同诗学"的多元样态。

作者简介:黄秀慧,武汉大学文艺学专业硕士研究生。

《中国古代文学观念发生史》的"语境"研究方法

吴靖涵

(武汉大学文学院)

> **摘　要**：语境，是历史的场域，它不仅是一种空间性的代指，同时也是人物、活动、话语、思想、社会制度和物质生活相互交织的动态结构。王齐洲《中国古代文学观念发生史》以"语境"为方法，对发生期的中国古代文学观念进行了"怀历史之同情"的澄清与阐发。首先，王齐洲搜集和择取史料，从"是什么观念"到"为什么是这样的观念"，动态还原了古代文学观念的庞大语境。在从"天文"到"人文"的语境转向之中，该书统筹不同形态的文学观念，推敲其中"文学"概念的具体所指及其边界的位置。在此基础上，该书根植于历史语境，联系"文学"概念的多层意蕴和文学创作发展的实际，辨析文学观念的影响与价值。《中国古代文学观念发生史》以"语境"圆览文学观念，观其所指、观其余韵，为关键词研究提供宝贵的发生学方法论。
>
> **关键词**：语境；文学观念；文学；发生学

《中国古代文学观念发生史》(以下简称《观念发生史》)是首部从"发生学"的角度研究中国文学观念的著作。不同于"起源学"研究，"发生学"研究并不将任一观念的产生归因于某个历史原点，而是试图在"动态的历史过程"中发掘中国古代文学观念发生的初始面貌，进而探讨其形成的"社会文化机制和内在结构机理"。[①] 在发生学理论指导下，《观念发生史》着眼于中国古代文学观念的发生期，从上古"天文"之学的巫术传统出发，沿社会文化现象演变脉络追踪"人文"思想的萌发及其在轴心时代

---

① 参见王齐洲《中国古代文学观念发生史》，人民文学出版社，2014，第21页。

的丰富涌现与文学观念最终的明确化，通过"了解之同情"的研究得出更为可靠的结论。

然而，发生期的文学观念之驳杂，以及观念对象化所形成的关键词的驳杂，是发生学研究展开的双重难题。一方面，"天文"与"人文"本身并不等同于文学观念，毋宁说文学观念正是蕴含在前者之中的；"天文"与"人文"也并不等于抽象的思想本身，更多时候是形而下的物质体验与形而上的哲学思考相混合的集合体。因此，从混沌、驳杂的先秦文化现象中捕捉、把握文学观念，正是发生学研究得以开展的难点。另一方面，从具体的研究对象来讲，文学观念总是体现为关键的概念、术语、范畴、命题，它们也和发生期的观念本身一样混沌驳杂，这不仅是文学观念的发生学研究需要解决的问题，更是任一观念及其所认知的关键词对象的研究都需要面对的重大问题。

如何让发生学研究方法成功应用在具体的关键词研究之中？《观念发生史》以"语境"为研究的基本意识和方法，交出了一份优秀的答卷。《观念发生史》高扬"怀历史之同情"的旗帜，多次强调回到历史之中。尽管该书并未直接使用"历史的语境"这样的表述，在使用"语境"时也更多地指向思想家的学说自身，但实际上"语境"是作为一种研究思维贯彻在《观念发生史》之中的。它不仅仅是某种学术对谈的语境，更是作为一个动态构拟的场域，使得人、活动、话语、思想、社会制度和物质生活共同交织在历史的语境之中，让关键词研究者能够站在古人"立场"上思考，最终促使文学观念的发生路径从混沌走向清晰。

一　回到历史的语境：还原文学观念

要想还原文学观念，考察其孕生源头，观察其视角转换，端详其发展、成熟的过程，这一脉络的每一步骤都需要回到历史的语境中进行考察。下文将从破除语障、构拟语境、进入语境三个环节出发，探讨《观念发生史》用以回到历史语境考察文学观念的具体方法及思维逻辑。

（一）破除语障：厘清流行通说

回到历史的语境之中去，第一要务在于构建历史语境的原貌，首先需要辨析的反而是广为研究者所接受的一些流行通说。这些流行通说强有力地塑造了我们对过去历史的基本看法，是我们回看历史时绕不开的一片片透镜。即便现代的关键词研究者再如何尽量避免代入现代性思维，但是现代知识系统教育下的研究者很难完全消去学科教育的流行通说的强力影响。因此，在回到历史语境之前，我们有必要先对现有的文学史、文学观念研究成果进行文献综述式的考察，爬梳其结论来源并判断其可取性。这一步骤不仅可以帮助关键词研究者突破语障，更能为关键词研究提供前人"巨人肩膀"般的助力。

《观念发生史》在文献考据的环节中，时常优先考证学界已存的流行通说，且这种对现有通说的考据对于被研究的学说及其代表人物来说尤为重要。例如在第十章第一节，《观念发生史》首先对老子生平进行简述，紧接着就对道家学术的研究现状进行谱系系联：就老子思想是政治理论—学术论断，先从司马谈的《论六家要旨》开始考据，再追溯至继承他论断的刘向、刘歆、班固，最终指向近代学者张舜徽的判断，并系联持相似观点的李泽厚之说，将"君人南面术"这一关键论断作为自己分析老子思想的破的之句。① 若没有这番对"君人南面术"说法的考据，便没有超越政治理论的论说余地，更没有得老子文学观念真意的语境，《观念发生史》揭示老子文学观念便是不可能的。

《观念发生史》通过追溯流行通说的历史来源，辨析流行通说的可靠性，判断其可信度，最终破除流行通说中不可靠的部分，并以此为基点重新探讨所述语境之中的文学观念。例如，在第十二章讨论文化主体变迁的部分，《观念发生史》本可以顺延前文探讨思路，将《诗》等文学作品看作西周官方文化机构及其相应的贵族群体的文学创造；然而，出于严谨的考虑，其并未直接将《诗经》的文学主体归于贵族，转而充分考虑了近代以来受民间文学影响甚是风靡的"国风"民间创造说，并将此说上溯至朱熹《诗集传序》，最终引朱东润《国风出于民间论质疑》对此说的驳正，证明民间创造说的流行通说并不可靠，由此方才确认先前所论说的贵族创造说是可以成立的，并以此为前提继续探讨文学观念与创作主体变迁的关系。②

---

① 参见王齐洲《中国古代文学观念发生史》，人民文学出版社，2014，第314~317页。
② 参见王齐洲《中国古代文学观念发生史》，人民文学出版社，2014，第414~416页。

由此例可知,《观念发生史》对流行通说进行了周密的考据,通过追溯其成说的历史过程,破除流行通说的迷误成分,最终目的旨在确保观念发生史自身的可靠性,不脱离真实的历史语境探讨文学观念的问题。

实际上,《观念发生史》并非王齐洲首次在观念研究中对学界已有的流行通说进行学术辨析。① 由此可见,厘清流行通说的理论来源,破除语言障碍,对于重返真实的历史语境具有极其重要的意义。

(二)构拟语境:广集古代文献

构拟语境需要考虑在语境之中动态活动的各类要素,再相应地收集各类文献材料。《观念发生史》指出,中国古代文学观念的发生史研究主要有文化主体、文化活动、文学话语、社会生活、学术思想、知识系统这六项内容与文学观念发生着紧密的联系,它们是《观念发生史》构建语境的基本理路,也决定了研究观念发生史必须要同时广为收集古代文献,尤其要收集文物考古材料。观念(concepts)并不只是语言层面的概念,也并不只是语义学概念研究的对象,正如冯天瑜先生在该书序言中所指出的那样,它还潜藏在各类审美的、艺术的活动之中,这些活动蕴含着劳动者丰富的智慧。②

因此,《观念发生史》十分重视反映社会物质生活和社会制度的各类出土文献,并将之与史籍文献对照,相互印证、补足。例如,在探讨中国古代文学观念的教育基础时,《观念发生史》先引半坡遗址的考古证据说明原始时期人类很可能就已有教育活动,再引入《礼记》《史记》《白虎通义》等确切的文献概括夏、商、周三代的文化特点,进而明确"学"作为该部分分析教育基础的基点。在此基础上,指出"物质活动和精神活动是不可能截然分开的"③,从器物层面引西周礼器铭文说明小学、大学分级学制,从符号层面引甲骨文证明古人"学""教"二字混用的情况,再考甲骨卜辞中的"学"字所反映的教育行为,佐以《礼记·学记》有关"教学为先"

---

① 参见王齐洲《"一代有一代之文学"文学史观的现代意义》,《文艺研究》2002年第6期。
② 参见冯天瑜《序二》,王齐洲《中国古代文学观念发生史》,人民文学出版社,2014,第4~8页。
③ 王齐洲:《中国古代文学观念发生史》,人民文学出版社,2014,第390页。

的记载,揭示殷商时期的巫蛊祭祀由一种社会制度、社会仪式走向教育制度、教学活动的发展脉络,最终得出结论:殷商之"学"孕育着后世学校教育的胚芽。若仅仅依从《礼记》等历史文献的记载,《观念发生史》无法发掘出巫觋制度与教育制度之间的关系,也就无法从中发现中国古代文学观念由"天文"转向"人文"的契机。

然而需要指出的是,构拟语境的文献纵然可以涉猎多领域,却仍旧需要对领域中的文献进行筛选和判断。文献收集上的广泛性并非单纯指多样化的文献类型,或采用"二重证据法"这一实证主义做法,更在于所使用文献应该与语境相匹配,在文化主体、文化活动、文学话语、社会生活、学术思想、知识系统这六要素的方向上均有所涉猎并形成互文,最终匹配足以说明文学观念发生的世界运行机制。例如,在对商周时期的文学观念进行辨析时,《观念发生史》针对性地收集与巫觋有关的文献,围绕这一重要社会文化主体,探讨各类出土祭祀仪具所反映的祭祀活动,结合文献记载判定祭祀集团所承担的"格于皇天"的职责以及他们在整个社会中的统治地位,进而分析这种统治背后渗透的殷代社会的"绝地天通"意识形态与"鬼治"思想,最终从这些历史现象中归纳出一种名为"通天"的文化模式,将之定性为中国早期的官方学术,从而勾勒出中国古代文学观念滥觞以人神沟通为逻辑前提的基本面貌。[①]

可以说,《观念发生史》通过选择性地、有针对性地收集文献材料,使得丰富的材料如韵书字书、甲骨文片、出土简帛、文献专著等有效地构拟了一个可以跃然纸上、真实运作的历史语境。

(三)进入语境:站在古人立场

关键词研究者构拟语境之后,还需进入语境,成为那个历史语境之中的人。概而言之,研究者是否能够进入历史语境的关键在于研究"是什么"和"为什么"这两个问题的先后顺序。"是什么"往往是今人的第一视角,无形之中阻拦了研究者走入古人的语境之中,只知实然而不知应然,甚至连实然的面貌也未可知,无法识破语境的真意。倘若不能从"为什么"研

[①] 参见王齐洲《中国古代文学观念发生史》,人民文学出版社,2014,第33~50页。

究文学观念，便难以辨析眼前语境中幌子与工具，也就不知哪些是古人真正想说的话。古人论述成立前提是什么？言说者面临又是怎样的社会局面、学术局面？这些问题在《观念发生史》第十一章有关韩非文学思想和观念的研究中有明确的体现：

> 按照历史唯物论的观点，我们应该以韩非有关文学的论述为根据，结合他的时代，具体回答韩非所否定的"文学"到底包括哪些内涵，他又是在什么条件下容忍文艺的娱乐作用的，从而得出对韩非文学思想的正确评价。[1]

《观念发生史》第十一章在韩非的文学观念"是什么"以及"为什么"会成其所是的问题上，给出了十分精彩的论述和回应。首先，通过分析韩非所处战国时代的现实历史语境及其论说，该章指出韩非否定文学且将文学理解为一种不堪大用的文饰；其次，该章指出韩非论说中的墨、儒之说的影响痕迹，辩证地指出韩非对文饰的否定中隐含着肯定的因素，将韩非置于儒、墨学术影响的语境中；再次，该章指出韩非在孔、孟学术语境中转变了文学的思维路径，在不害政的前提下肯定了文学的娱乐功用；最后，该章指出韩非本人文章颇有文采，侧面证明韩非没有从本质上摈弃文学的表达技巧。在这个案例中，读者可以得见一个韩非的两种面向，一个挣扎在斐然文采和残酷现实之间的复杂人格——这种矛盾的碰撞，亦是春秋战国时期不同文学观念相互碰撞的缩影。

总而言之，站在古人立场，关键在于还原古人在彼时彼刻彼空间，"到底在说什么"以及"他为什么这么说"。倘若用现代的各类的畛域对古人的思想做拆解式的分析，便只会使得研究沦为"平行罗列"的大杂烩，更遑论去追溯文学观念的发生。

二 在语境中寻文：发掘文学观念

还原语境纵然达成了回到历史之中的目的，但离把握历史语境中的文

---

[1] 王齐洲：《中国古代文学观念发生史》，人民文学出版社，2014，第370页。

学观念的目标还有很长一段距离。如何在历史的语境中把握、分析文学观念，既是研究的关键，也是研究的最大难点——发生期的文学观念往往会潜藏在驳杂的历史语境之中，从语境中辨识它们也就变得非常困难。概念不仅表现观念，更影响观念，[①] 因此紧扣概念分析观念是非常重要的。"文"是殷商时期就出现的概念，[②] 但在语境中寻文却并非只追溯"文"这个字眼本身。有时"文"的出现并不等同于文学观念的体现，而有时没有"文"这个字眼，却处处是文学观念的身影。因此，在语境中寻文，是要超越"文"，去追寻文学观念本身，由文学观念解答"文学"是什么的问题，最终再由"文学"概念去反观文学观念。

（一）提炼语境：统筹文学观念

由于发生期的文学观念往往是含混不清、混杂在历史语境之中的，因此提炼语境是一项必要的工作，即识别出各种形态的文学观念。按照《观念发生史》的论述，越是到文学观念发生期的后期，文学观念的边界也就越是明朗，文学观念的识别与统筹工作也就越是容易展开。由辨认难度的变化便可知，文学观念的形态在发生期前后有明显的区别，而形态变化的关键点在于荀子——《观念发生史》认为，是荀子"完成了'文学'作为人文知识体系概念的建构"[③]，认为他对"文学"做出意识形态和社会制度的区分具有划时代意义，[④] 故此处试以荀子的思想为基点将发生期的文学观念划分出两期形态。

首先是"泛文学观/大文学观"，这类观念本身并不直述文学观念，其所指"文学"概念往往与习俗、人才、教育、政治制度等概念相混合，是文学观念的一期形态。这类文学观念主要集中在观念发生期的早期，尤其以商周时期的文学观念最是朦胧、最是难以从语境中提炼出来。为探究这一时期的文学观念，《观念发生史》不仅考据了大量一手文献，综合运用训

[①] 参见余来明《建构概念的意义世界：中国现代化进程中概念史研究的思考》，李建中主编《关键词》第1辑，社会科学文献出版社，2024，第8页。

[②] 参见冯天瑜《序二》，王齐洲《中国古代文学观念发生史》，人民文学出版社，2014，第7页。

[③] 王齐洲：《中国古代文学观念发生史》，人民文学出版社，2014，第8页。

[④] 参见王齐洲《中国古代文学观念发生史》，人民文学出版社，2014，第280页。

诂、文字、音韵等方面的知识，更是拿出整整四章的内容来追溯这一文学观念发生的早期路径。可以说，对发生期早期的文学观念进行统筹时，文学观念的统筹难度更大。这样庞大复杂的工作，是后来春秋战国时期的文学观念研究不可比拟的。而即便春秋时期文学观念在历史语境中的含混程度逐渐减弱，荀子之前的文学观念仍旧与人才培养、政治制度等因素紧紧混合，难以辨认。因此，《观念发生史》第一章除却对《尚书》《周易》《礼记》《汉书》《史记》等大量文史古籍中所记载的"天文"制度、祭祀制度，更对甲骨卜辞中出现的"巫""学""殷""成"等关键字进行重点考据，对殷商时期的官僚制度、教学制度等社会制度进行归纳总结，至第一章第四节才回到文学观念的问题展开重点讨论。①

在荀子思想出现时，发生期的文学观念进入二期形态。由于儒家自身的裂变与分化已经为文学观念在历史语境中的独立成型打下基础，墨家、道家、法家等各学派学说又有意针对儒家学说发表意见，几近于直接对"文学"表达意见，因此这一期的文学观念形态多半已是非常明确的。处理这类具有一定独立性的文学观念时，《观念发生史》采取了区别于研究一期文学观念形态时所使用的策略，将更多的精力从对历史语境之中社会制度等因素的考量转向对思想家本身言辞的关注。可以将该书第九章与前文所述该书第一章的内容进行对比，尽管第九章辨析墨子思想中的文学观念时，深入战国时代的社会特点，但不再对墨子所使用的"志"等关键字以及"天志""志功"等关键词进行字形、字源的辨析；即便墨子的论述涉及社会实践的问题，《观念发生史》也不再使用大量篇幅探讨墨子所处时代及其具体官僚制度，总体以墨子思想为具体叙述语境中分析其中文学观念。《观念发生史》第九章与第一章在研究方法和思维进路上的区别，足以说明《观念发生史》在研究策略上的独到之处。②

在这两类主要的形态之外，实际上还有一类较为特殊的"文学观念"形态值得注意，即思想家彼时书写文章的潜意识所折射出的"文学观念"。本文第一节第三部分所举的韩非子文学观念的矛盾即是一例。而在论及庄子文学观念时，《观念发生史》也用庄子文章极高的文学价值来佐证庄子学

---

① 参见王齐洲《中国古代文学观念发生史》，人民文学出版社，2014，第22~57页。
② 参见王齐洲《中国古代文学观念发生史》，人民文学出版社，2014，第284~311页。

说对文学观念发展的推动作用。但也正是在这个例子中，本研究着重强调这些文章并不是该书研究文学观念的重点。[①] 因此，观念发生史并不将这一类潜藏在思想家文章中的隐性"文学观念"归纳为文学观念。

综上所述，通过对两种文学观念的提炼以及统筹，《观念发生史》成功将文学观念由历史语境中的沉睡状态唤醒，让混沌的文明形态舒展身姿，露出纹络。同时可以得见，不同形态的文学观念对关键词研究者提出的能力要求、研究倾向也是不一样的，这是《观念发生史》给予关键词研究的一大启示。

（二）再炼语境：推敲"文学"概念

尽管文学观念本身内蕴着"文学"这一概念，是对"文学"定义、性质、功用等方面的"看法"，但实际上《观念发生史》十分强调对文学观念中的"文学"概念进行详细推定，分析每一文学观念所指涉的"文学"究竟是什么。对于《观念发生史》来说，推敲"文学"含义究竟是什么，关系到文学观念的基本认识。[②] 在某种程度上，文学观念自身可以作为一种语境，它提供了一个可以让"文学"概念居于其中的场域。在这一步的研究工作中，可以说文学观念本身也成为一种"语境"，而关键词研究工作者的任务就是从中进一步识别"文学"的概念，向文学观念询问"文学"是什么。

在推敲工作中，最为重要的步骤是推敲观念所言"文学"具体所指是内化的概念还是外化的形式，这对于辨析"文学"概念的独立性具有举足轻重的作用。以儒家文学观念的分析为例，《观念发生史》认为儒家将"文"与"学"正式联合为"文学"后，作为社会制度、学术人才、教育体系、礼乐文化等诸多因素混杂在一起的"文学"概念明确分化为内化与外化的两条道路，子游、孟子开启的是"文学"内化之路，子夏和荀子开启的则是"文学"外化之路。[③] 这两条道路持续影响着后续诸子之说，也让《观念发生史》对"文学"概念做持续性的内、外判断。如韩非在否定儒家"文学"时，该书就判断韩非的文学观念明确针对的就是一种具有修饰作用

---

① 参见王齐洲《中国古代文学观念发生史》，人民文学出版社，2014，第351页。
② 参见王齐洲《中国古代文学观念发生史》，人民文学出版社，2014，第163页。
③ 参见王齐洲《中国古代文学观念发生史》，人民文学出版社，2014，第275~283页。

的表达形式的作为外在的"文学"。①

伴随着内化与外化这两种概念所指的辨认,"文学"概念的独立性也得到了进一步确认,"文学"概念的独立性便成为推敲工作的第二步。《观念发生史》在对"文学"概念的独立性进行推敲时,遵守以下两点准则:首先,内化与外化的区别并不意味某一种形式能让"文学"概念获得更好的独立性,真正决定"文学"概念是否具有独立性的是其所处的具体语境。其次,"文学"概念的独立性应放在具体的语境中进行考量,许多文学观念的"文学"概念并不绝对地独立或者绝对地不独立,但可以得到确认的是其独立性价值。以该书对"诗言志"的讨论为例,"诗言志"中的"文学"概念是"诗",可以明确的是,"诗"自身是一种有着明确外化形式的文学表达形式,又因为强调"言志"所以这里的"诗"同时具有私人化倾向的人格精神;它在外化形式上以"诗"而不是"诗乐"的综合体系得以表述,在内化性上强调了个人情感而不是宗族政治情绪,但最终决定"诗"这一"文学"概念具有独立性的原因,在于它在乐教、礼教的背景之下突破性地明确了"诗"的特别价值,因此"诗"的概念才在"诗言志"的语境之中成为具有独立性概念;同时值得注意的是,此时的"诗"并未实际地与礼乐制度这一外化形式完成分离,"诗"的概念仍混合在"教"之中,但是此时"诗"的概念已经实现了一定的独立性价值。②

值得注意的是,并不是所有文学观念都会对其"文学"概念下明确的定义,甚至定义本身对于执言论者来说并不重要,③ 因此从文学观念中推敲"文学"概念的工作并不是死板地给出定义本身,推敲"文学"概念的终极目的是后续更好地反观文学观念、评价文学观念。

三 在语境中观文:辨析文学观念

前文已述,文学观念为"文学"概念提供了一个可以居于其中的场域,

---

① 参见王齐洲《中国古代文学观念发生史》,人民文学出版社,2014,第372~386页。
② 参见王齐洲《中国古代文学观念发生史》,人民文学出版社,2014,第124~160页。
③ 虽然这里王齐洲指出的是孔子不倾向于定义"道",而是将注意力转向去探寻"道"对于社会和人生的意义,但这种定义本身并不重要的情况同时也会出现在"文学"这一概念之上。参见王齐洲《中国古代文学观念发生史》,人民文学出版社,2014,第455页。

那么对语境中"文学"概念的推敲反过来也可以更好地帮助研究者认知文学观念的整体面貌。从"文学"的视角出发，探讨某个人或者某类人的文学观念在主观上对"文学"概念有何认知，且是否客观上对文学的实际发展造成了意料之中或者意料之外的影响，可以帮助研究者实现对文学观念进行公正、全面的价值评估。只有用"文学"概念和文学实际发展来观察文学观念，才能更好地把握历史语境之中或含混或明晰的文学观念，完成在语境中辨析文学观念的使命。

（一）参悟语境：以"文学"概念，辨析文学观念

《观念发生史》在评价不同文学观念时，主要从其所指涉"文学"概念的独立性、社会功用价值、审美价值这三个方面展开论述。在《观念发生史》中，这三个评估维度并非作为一套固定模板套用于每一文学观念的评估工作之中，而是根植于语境之中"文学"概念的所指而做出相应的理论呼应，有的放矢地丰富文学观念价值评估体系的层次。这套模板不能被视为放之四海而皆准的观念评估模板，因为挨个孤立地使用每一条判断标准，关键词研究会沦为百科全书式的复制品。正如该书所强调的那样，研究者不应该强行"以我们今天的文学思想和文学观念作标准，指出他们的哪些思想和观念符合或基本符合今天的标准"[1]。

第一，判断文学观念是否认可"文学"的独立性。《观念发生史》指出，当文学观念越是含混时，"文学"概念越是难以明确；而与之相反，文学观念的内涵越是缩小，"文学"概念也就越是明确和具体——而概念的明确正是思想成熟的标志。[2] 总体来说，《观念发生史》认为"文学"概念越明确，越是认可"文学"的独立性，这样的文学观念也越成熟、越有利于文学的发展。

但伴随着"文学"概念的明确，《观念发生史》指出文学观念的丰富性也会为之减损，阐释空间随之缩小。正如该书在第九章中所指出的那样，孔子的学说能够在后世裂变为"儒分为八"的局面，和孔子文学观念本身的含混性脱不开关系，因为越是普泛圆融的文学观念，就越容易被

---

[1] 王齐洲：《中国古代文学观念发生史》，人民文学出版社，2014，第282页。
[2] 参见王齐洲《中国古代文学观念发生史》，人民文学出版社，2014，第280页。

不用的思想家阐释出各不相同的意涵。① 尽管总体上来说，文学观念的内涵缩小有利于"文学"获得独立性、发展，但《观念发生史》也指出这样的文学观念不再有"儒分为八"那般可以裂变、启发出不同观念的能量场。

第二，判断文学观念是否认为"文学"具有社会功用，这一判断在中国古代文学观念发生期前后都极具重要的地位。由于孔子强调"文学"社会功用的文学观念在中国古代文学观念发生史中具有极其重要的作用，再加之其影响力几乎贯彻此后中国文学观念以及文学发展的总体脉络，因此《观念发生史》始终重视文学观念在"文学"的社会功用上的论说。

当文学观念认可"文学"社会功用时，《观念发生史》认为这种文学观念至少是肯定了文学的价值，并且社会功用说对于文学观念从礼教时期的混沌状态走向自觉与独立的过程具有重大历史意义。而在肯定社会功用说基础上，该书则从不同角度切入肯定"文学"社会功用的文学观念，分辨文学观念是在何种程度上肯定"文学"的社会功用。一种认为"文学"是作为一种社会制度或者人才的培养方式发挥社会功用的文学观念，纵然在高扬人格精神的角度具有价值，却对"文学"的存在形态有着极为片面的理解；而另一种过分强调"文学"政治伦理价值、道德价值的文学观念，其问题不仅仅在于对"文学"审美价值的忽视，更在于试图用文学代替政治，这在王齐洲看来是一种痴情梦幻。②

第三，判断观念所言"文学"是否有情感基础和审美因素。由于儒家发展到荀子之时其文学观念已经存有较为独立的"文学"概念，此后诸家学说又都是在儒家的基础上发表意见，尤其反对"文学"在表达形式上的特征，所以二期形态的文学观念中时常可见有关"文学"审美性质的论述；但又由于中国古代文学观念自一开始就有发乎"天文"的形而下传统，所以中国古代文学观念的早期形态也会不自觉地赋予"文学"以审美因素。因此，在评估文学观念史时，《观念发生史》也会注重对"文学"概念之中的审美性进行分析和判断。该书认为，当文学观念论及"文学"的审美因素时，无论该观念反对还是肯定"文学"，该文学观念都意识到了"文学"

---

① 参见王齐洲《中国古代文学观念发生史》，人民文学出版社，2014，第305页。
② 参见王齐洲《中国古代文学观念发生史》，人民文学出版社，2014，第385页。

的审美价值,这样的文学观念都体现了超越了实用性、功能性理解的思想价值,为后世文学的发展开辟了新的道路。[①]

需要指出的是,从"文学"概念的角度评估文学观念的这三个维度,它们彼此之间是相互联系的。文学观念并不总是在肯定审美性时否定社会功用性,文学观念在阐释"文学"概念时对这两个维度都会有不同程度的侧重;而"文学"的独立性问题,也往往与"文学"的社会功用性和审美性问题息息相关。整体来看,《观念发生史》对所有意识到"文学"独立性与审美性的文学观念给予正面评价,对阐释"文学"社会功用价值的文学观念的评价则更为慎重、仔细,倾向于从积极和消极两个方面对其做出辩证的讨论。

(二)超越语境:以文学领域实际发展,辨析文学观念

《观念发生史》不仅根植于历史的语境对文学观念做出理论性评估,还注意到某些文学观念对后世中国文学的创作和欣赏、中国文学观念的走向造成的重要影响。从目录来看,《观念发生史》的每一章节都会用一节的内容总结该章所论文学观念对文学以及文学观念的实际影响。从影响角度来看,有一类文学观念颇为值得注意:文学观念的最初执言者并未预料到自己的文学观念会支持他们口中的"文学"的发展;其中更有甚者,其文学观念本身是反对"文学"的,但他们并没有想到自己的文学观念会对文学以及后世的文学观念产生正向、积极的影响。因此,《观念发生史》以是否对文学造成客观影响为标准,超越了当下的历史语境,从更为宏观的中国文学历史语境对发生期的文学观念的评估体系做出补充,尤其是在文学否定论者的问题上重新评估其文学观念的价值——而他们文学观念的价值,也正是过去文学理论研究中往往会忽视的。

有一部分文学观念在言说者的语境之中并没有指向"文学"概念,但是其观念之中潜藏的某些因素实际上在后世发展为强力的文学观念,并且对中国古代文学产生巨大影响。从超越言说者当下历史语境的角度来说,这类文学观念具有非凡价值,需要在研究中予以高度重视。例如,《观念发

[①] 参见王齐洲《中国古代文学观念发生史》,人民文学出版社,2014,第474页。

生史》在论及庄子时,尤为注意其"性命说"在个人性和审美性问题上的精彩阐释对后世文学观念以及后世文学发展创作的影响。[①] 值得注意的是,该书并没有因此将评价角度限制在历史影响层面,而是回到最初的历史语境之中对文学观念的本意做出判断。例如,该书第六章在肯定孟子"气志"思想在后世文学领域的深远影响的同时,仍旧不忘对"浩然之气"在孟子语境中的实际含义(即人格指向)进行考据。[②]

还有一部分文学观念,在言说者的语境之中直接反对"文学"概念,但是间接地推动了文学的发展。其中,有一部分文学观念甚至在受儒家文学观念强烈影响下的中国文学主流道路之外开辟了一条有别于"文道论"传统的文学之路。从超越言说者当下历史语境的角度来说,《观念发生史》肯定了以往文学理论研究中被忽视掉的文学否定者的文学观念的价值。如前文所述,韩非的文学思想强烈否定了文学,但是在该书看来,韩非的这种文学否定论却为中国文学观念和文学创作的新发展开辟道路,丰富了中国文学观念的内涵。"尽管这不是韩非的本意,却是历史事实"[③],这句话足以体现《观念发生史》是如何超越言说者当下的历史语境,站在中国文学发展的历史长河中对发生期的中国古代文学观念做出不偏不倚的公正评价的。

结　语

从《观念发生史》之中可以发现,任何观念的发生期研究都会面临这样一个问题:当我们回到一个观念甚是朦胧、概念尚未诞生的时代,我们该如何把握尚在孕育之中,却还未得以明晰或业已获得独立的观念呢?这不仅是文学观念这一母题的发生学研究需要解决的问题,更是任一观念及其所认知的概念对象的研究都需要面对的重大问题。

王齐洲《观念发生史》以"语境"圆览文学观念,观其所指、观其余韵,不仅唤醒了沉睡在发生期之中的文学观念,更为前路不明的发生学研

---

① 参见王齐洲《中国古代文学观念发生史》,人民文学出版社,2014,第349页。
② 参见王齐洲《中国古代文学观念发生史》,人民文学出版社,2014,第215页。
③ 参见王齐洲《中国古代文学观念发生史》,人民文学出版社,2014,第387页。

究提供了难能可贵的实践经验。混沌初开的道路，不仅是文学观念本身由混沌走向成熟的发生期全过程，更指的是关键词研究者将文学观念从混沌驳杂的历史语境中抽丝剥茧出来的完整研究理路。

作者简介：吴靖涵，武汉大学文艺学专业硕士研究生。

（栏目编辑：刘文翰、吴煌琨）

·学术动态·

当"文心"遇到"机芯"

——湖北省文艺学学会第二十届年会综述

周 睿

(武汉大学文学院)

从1942年阿西莫夫提出"机器人三定律"到1998年联合国将互联网视作"第四媒体",再到2023年开启的"AI元年",随着近年来人工智能在应用领域包括文学艺术领域的强势推进,传统的文学观念受到哪些冲击?文学创作有何新变?文艺理论研究者又该怎样应对?当传统"文心"遇到AI时代的"机芯",学术研究亟须回答时代之问。

2024年11月9日,湖北省文艺学学会第二十届年会暨"AI时代的文学理论与创作"学术研讨会在荆楚理工学院召开。此次会议由湖北省文艺学学会、荆楚理工学院、江西省文艺学会文艺理论与批评专业委员会联合主办,荆楚理工学院文学与传媒学院承办。江西师范大学、东华理工大学、赣南师范大学、宜春学院、武汉大学、华中师范大学、华中科技大学、中南财经政法大学等省内外27所高校的97名师友参会。本届年会设置开、闭幕式,大会主题发言与分会场讨论,主要议题包括"中国传统文化与文论""现当代文学与人工智能文学理论""AI时代的文学理论与创作""西方文化与文论"。来自文艺学与古代文学、现当代文学、艺术学、传播学等不同专业的学者汇聚古城荆门,围绕会议主题深入研讨。

开幕式由荆楚理工学院文学与传媒学院院长陈洪友主持。荆楚理工学院校长张友兵,湖北省社科联学会工作部二级调研员、湖北省社科类社会组织党委专职副书记张应武,湖北省文艺学学会会长李建中教授,首届年会承办单位代表湖北师范大学李有光教授先后致辞。李建中教授通过分享

"20周年""智能手机""韩江"三个关键词,回顾了湖北省文艺学学会成立20年来的探索、努力和坚守,又以智能手机和诺贝尔文学奖得主韩江的系列作品为例,引出"人工智能真的是'人'的智能吗""马斯克的'人'与马克思的'人'是同一类人吗""人工智能是对人的解放还是对人的控制""文艺学研究要为AI时代的'人'与'非人'提供何种观念与方法"等本届年会的问题意识与核心话题。

大会主题发言上半场由华中科技大学蒋济永教授主持、武汉大学李松教授评议。武汉大学高文强教授、华中师范大学黎杨全教授、江西师范大学肖明华教授、江汉大学张贞教授、中南民族大学龚举善教授、武汉大学刘春阳教授先后发言。上半场的发言指出,面对AI的冲击,传统写作、艺术、学术的"写",文学意义的确定性问题,文本中心论与读者中心论等方面,出现了理论与现实层面的诸多"问题"。这些"问题"经由"论题"的学术凝练,生成了一系列新的"命题"。例如,在A时代Z世代重审与重申"创意"(高文强教授《AI时代文艺学人才培养的挑战与变革》)、"2.5次元的批评"(黎杨全教授《游戏现实主义与2.5次元的文学》)、"读者素养论"(肖明华教授《论人工智能文学的意义确定性问题》)、"跨媒介、空间化、生成式写作"(张贞教授《AI辅助文学创作的技术美学反思与实践路径探索》)、"人机联创共同体"(龚举善教授《构建AI时代人机文学共同体》)等。刘春阳教授还从术语的移植与改造、命题的形成与深化、表述论说的嬗变与转型三个维度,整体考察中国现代美学话语体系建构的学理(《中国现代美学话语体系建构的知识学构型问题》)。

大会主题发言下半场由江汉大学吴艳教授主持,华中师范大学颜芳副教授评议。武汉大学李建中教授、华中师范大学黄念然教授、赣南师范大学吴中胜教授、湖北师范大学李有光教授、中南财经政法大学阎伟教授、荆楚理工学院黄俊杰教授依次发言。李建中教授对《文心雕龙》的细读,聚焦到"宗""辨""明""诠""镕""裁"等篇名动词(《中国文论的话语行为——以〈文心雕龙〉篇名动词为例》)。黄念然教授从"空"的义、类、观、名,分论"空"的哲学含义、"空"对中国艺术创造的影响与中国艺术创造的"空"观精神(《佛禅"空"观思想与中国艺术创造》)。吴中胜教授在经学、玄学、佛学之外,发现了《文心雕龙》的子学思想资源

（《子学与〈文心雕龙〉思辨性论纲》）。李有光教授论析了中国诗话里的过度诠释与合理阐释各自的重心、目的和特点，将二者一并纳入中国诗话阐释学方法论的有机组成部分（《中国诗话比附式的过度诠释与反穿凿的合理阐释研究》）。阎伟教授调动奏折、公文、函件，报章，日记、文牍、方志三类文献，分析对于同一场疫情的不同书写（《清季庚辛鼠疫中的信息疫情与叙事景观》）。黄俊杰教授从《上吏部裴侍郎启》中细读出王勃的文学观念（《王勃文学观念的儒家立场——〈上吏部裴侍郎启〉的文本细读与内容诠释》）。[1]

下午的分会场围绕"中国传统文化与文论""现当代文学与人工智能文学理论""AI时代的文学理论与创作""西方文化与文论"四个议题分组讨论。

其一，中国传统文化与文论。中南财经政法大学张金梅教授《中国文论关键词研究的"批评通史"范式》着眼于关键词研究，概括《中国文学理论批评史》的内容、研究方法及研究对象的三大特色，又指出该教材在体例创见、彝伦攸叙、附录插图方面的不足。湖北民族大学柳倩月教授《中国古代民间文学批评的历史进程》爬梳、提叙中国民间文学批评的发生发展历史，将之划分为发生期、多元发展期、会通总结期三阶段，并勾勒、描述其各自状况，呈现出中国古代民间文学批评的历史发展脉络。荆楚理工学院毛小芬副教授考察了"中"在儒释道文化中的意义。江汉大学王婧博士《六朝"乐喻批评"探赜——以〈文心雕龙〉为中心》将《文心雕龙》所呈现的"乐喻批评"划分为喻"文"、喻"质"、喻"品"三种类型，又从《淮南子》《典论·论文》中探寻"乐喻批评"之源，认为其成因与音乐和文学之理的内在通融及以刘勰为代表的六朝文人"文乐"并重之特点密不可分。湖北民族大学熊均博士《夷夏之辨与尚"雅"观念的建构》聚焦于夷夏之辨，考察其发生过程以及对构建文化认同的作用。华中师范大学李远副教授《作为思想的中心：墨子"力"观念研究》着眼于墨子"力"观念，剖析墨子"力"在物理学与政治经济学领域的不同内涵，比较儒家尚德与墨家尚力二者观念的异同，认为二者殊途同归，并指出

---

[1] 大会主题发言综述参考袁劲《趋时必果，乘机无怯——湖北省文艺学学会第二十届年会总结》，湖北省文艺学学会微信公众号，2024年11月12日。

"力"的多义性也使自身在文学自觉时代来临后有了更为广阔的阐释空间。武汉大学博士生吴煌琨《据事制范：中国文论关键词研究的叙事范式》考察中国文论关键词研究的叙事范式，认为其名出《礼》经，学出史家，作用于关键词的创生、阐释和运用，流布于中国文论关键词研究两千年的古典历程。华中师范大学硕士研究生印征洋《〈文心雕龙〉"释名以章义"文体学思想研究》、长江大学硕士研究生胡雅静《先秦时期"兰草"意象探析》、长江大学硕士研究生刘妍《论毛诗序中的人格特征》，亦聚焦中国传统文化与文论，借助细读与通读，梳理、剖析经典中的文体学思想、文学意象和人格精神，发掘传统文化的现代价值。

其二，现当代文学与人工智能文学理论。武汉大学李松教授《论荷兰〈中国文学导论〉编纂的传播学范式》重点分析了伊维德与汉乐逸以媒介变革为依据的中国文学史分期及其范式创构。宜春学院高建青教授《从"白话"到"国语"：胡适的语言民族主义想象》在"语言民族主义"视域下重审白话到国语的转换与合流。湖北师范大学王成教授《审美表征与现代性体验：晚清新小说的美学叙事逻辑》从人情书写、文本形式、叙事手法等方面剖析晚清新小说"新"之所在。汉江师范学院杨波副教授《〈兰心大剧院〉：改编处理和风格重塑》细致分析了娄烨电影《兰心大剧院》对小说《上海之死》的改编、对娄烨以往作品风格的重塑以及该电影的意义和价值。武汉大学殷昊翔副教授《网络批评主体的博弈与兼和》认为，在网络时代提供的新环境、新特征、新方式对主体产生重大影响的背景下，"屌丝"和"大V"两大网络主体之间的博弈倾向背后蕴藏着兼和的可能。武汉大学袁劲副教授《文心光影：当代影视作品中的〈文心雕龙〉》从《乔家大院》《觉醒年代》《青谷子》《密查》等当代影视剧中归纳影视化的《文心雕龙》作为记诵之书、启迪之书、误读之书的"古典新义"。荆楚理工学院王卧龙博士《人性的试炼：论作为思想实验的程耳电影》围绕程耳电影文本戏剧性内核问题，聚焦其极端的思想情境与人物"出格"的选择，揭示程耳创作中一以贯之的反思性，以及在历史语境转向中对民族性形成的电影提喻。荆楚理工学院李辅城博士《父权制之外：国产女性电影的偏执叙事与权力反思》着眼于国产女性电影中以"做自己"为女性主体性标识的偏执叙事，指出"长期泛化并支配女性问题研究"的"父权制"概念本身存在错误。湖北民族大学硕士研究生张嘉益《人工智能语言文本"文学性"问题反思》从不同的标准讨论人工智能语言文本的"文学性",认为这一讨论需要建立在讨论"人工智能生成的语言文本是不是文学"的基础上。湖北民族大学硕士研究生薛雨蝶《"文学将死"——人工智能时代下的文学发展》以跨学科的视角,分析人工智能与文学的学科互涉,对比人工智能写作与人类智能的生成逻辑,探寻21世纪文学的"新出路"。中南财经政法大学硕士研究生吴星系《近30年日本电影中的死亡美学》以《情书》《入殓师》《海街日记》《余命十年》为研究对象,剖析其中蕴含的死亡美学的不同侧面。

其三,AI时代的文学理论与创作。武汉纺织大学李展副教授以电影《终结者》系列为例,论述科幻文艺的AI艺术想象与民族性特征。荆楚理工学院吴浪平副教授从主体性的解构与重塑角度,分析了AI文学的"作者"及其"读者化"。武汉大学博士后马麟《AI时代的日常生活审美化与艺术自律的终结》将生活审美化对艺术自律的挑战与颠覆置于AI时代背景下,指出AI对生活美学革命的推动作用。江汉大学丁萌博士借用布鲁姆的概念,论析AI对精神生产的"影响焦虑"。华中科技大学博士生王磊《数字人文视域中的媒介间性融合与AI生成式文学批评话语新构》着眼于数字人文批评范式由数据驱动转向AI驱动这一背景,考察媒介间性在数智化语境中经历的演变与融合,以及其对文学批评生成方式的重构。华中师范大学硕士研究生卢琼在AI时代重审德里达的"延异"理论。中南财经政法大学硕士研究生杨怡《"生生":AI时代下文学传播的一种良策》针对AI时代文学存在方式多样化、文学接受的深度解构趋势和文学传播的去壁垒化导致的现实问题,主张向《周易》"生生"之说汲取智慧。湖北民族大学硕士研究生陈杉《AI合著者与人类作家的文学共生——以交互式叙事生成模型ChatGeppetto为例》聚焦AI与人类共通的叙事逻辑,认为文艺界专职从业者应当超越"鲁德谬误",善用AI合著功能,以AI之长补己身之短。湖北民族大学硕士研究生刘湘《AI写作与维纳控制论:文学生产与意识形态的交互关系》基于维纳控制论人机界限的模糊性前提,讨论大数据文学生产中人工智能与人类文学生产的共生性命运,以及人工智能文学体现的作者意识形态问题。湖北民族大学硕士研究生牟瀚林《新唯物主义下的技术情动——关于 AI 时代人机交互的思考》基于新唯物主义理论视域，从拟人化视角切入，揭示 AI 时代人机关系在情感、理论、实践三重维度的演进。三峡大学硕士研究生陈淑雯《AI 时代下〈诗经·卫风·氓〉女主人公形象分析的传承与发展》通过文本细读，剖析《氓》中女主人公的形象，指出该形象在 AI 时代有更广阔的阐释空间。

其四，西方文化与文论。湖北工程学院杨深林副教授《马克思主义与远读》将莫雷蒂远读理论置于马克思主义知识谱系下，从研究对象、研究主体、研究方法三个层面分析远读与马克思主义跨学科合作的可能性进路，以及马克思主义对远读的纠偏和完善作用。长江大学肖祥副教授将人工智能视为差异性"他者"。湖北民族大学范生彪副教授从审美破域、间性思维、价值重构三个方面概括 AI 对文学观念的冲击。汉江师范学院陈书平副教授分析了华兹华斯对史蒂文斯诗歌创作的影响。赣南师范大学刘浔博士《基于科学知识图谱的人工智能美学研究演进、框架与前沿中外比较》采用远读与计量分析方法，比较国内外人工智能美学研究的发展状况、关注焦点以及未来研究方向。中南民族大学雷登辉博士从苏珊·桑塔格批评思想中解读出从"反对阐释"到"反对后现代主义"的科技话语。武汉轻工大学黄雅婷博士将文化记忆理论引入文学，论析文学记忆的数字化生成与数字叙事。江西师范大学刘楚博士从媒介学阐释米勒的"文学终结论"。华中科技大学王文博博士《从形式、行为到事件：话语分析作为解构策略》梳理 20 世纪语言学发展，分析事件语言学的特质，探讨话语分析作为解构策略的机制。四川大学博士生曹海峰《错觉世界：具身性共同体与后人类时代》着眼于信息时代的控制论与人工智能对错觉世界生成模式的改变，考察在控制论、资本主义生产模式与国家共同体结合的背景下，人类主导的世界阐释图景的动摇，以及文学作品建构具身性共同体潜力的丧失。中南民族大学博士生王帆英《索亚"第三空间"理论建构的语境、逻辑与特征》以索亚学术著述为依据，分析"第三空间"理论建构的多重语境、逻辑理路与现代特征。华中师范大学硕士研究生张小宇《遗忘与记忆：本雅明论卡夫卡》从遗忘与记忆的视角打开本雅明的卡夫卡批评，分析其对远古洪荒世界中的罪行遗忘及其审判、现代性体验中的遗忘与进步假象中的记忆编织，从中探索原初记忆复归与救赎发生的具体路径。

年会闭幕式由湖北省文艺学学会常务副会长黎杨全教授主持。华中师范大学刘涛副教授、湖北师范大学王成教授、武汉纺织大学李展副教授、湖北工程学院杨深林副教授作小组总结。武汉大学袁劲副教授作大会总结，认为文艺学面临 AI 冲击，可从学科体系、话语体系、知识体系三方面"望今制奇，参古定法"。学科体系的"通变"落实到意识和方法两个层面，便是"问题·论题·命题"的逐层推进和"细读·远读·通读"的综合运用。"通变"之于话语体系，既应宏观考察其建构与组成，亦不妨聚焦到关键词个案。就知识体系而言，传统的"文学四要素""话语五要素"等认知框架需要适时更新，而数据、算法、联创共同体等很有可能进入文学理论，成为 AI 时代新的"要素"。黎杨全教授宣读湖北省文艺学学会新任理事名单和下届年会承办单位名单。江汉大学人文学院院长张贞教授邀请与会者明年相聚江城。交接仪式后，本届年会圆满落幕。

作者简介：周睿，武汉大学汉语言文学专业本科生。

《概念的历史分量》读书会纪要

薛　苗

（武汉大学文学院）

  2024年11月30日上午，《概念的历史分量》（北京大学出版社，2018）读书会在武汉大学文学院文艺学教研室召开。李建中、袁劲、吴煌琨、朱钇淼、王文、刘文翰、农文聪、何敏燕、彭博、黄秀慧、陈廷钰、田赵毅恒、薛苗、周睿等14名师生参与本次读书会。2024级文艺学专业硕士研究生薛苗从主要内容、研究方法、学界书评三方面导读《概念的历史分量》。与会者围绕"文化（culture）与文明（civilization）的异同""关键词研究的方法论资源"等话题展开讨论。

一　《概念的历史分量》导读：主要内容、研究方法与学界书评

薛苗（导读）：

  作者方维规先生精通德语，曾在德国学习和工作过多年，获哲学博士学位和德国教授之职，所以他在研究中特别关注翻译词。导读部分简要介绍该书的主要内容、研究方法和学界书评。

（一）主要内容

  《概念的历史分量》的研究对象是"大概念"和"翻译词"，书中对二者的论述基本重合。"大概念"或"基本核心概念"是"富有'整合力'的特定概念"，也是"弃之则无法经验的概念，或曰不可替代的基本概念"

(序言第 7 页)。该书特别关注翻译与概念史的关系,所探讨的绝大部分概念为"翻译词"。

作者使用的材料可分为辞书、政客文人写作材料、政府档案与资料汇编三类。其中,特别值得关注的是第一类材料——辞书。本学期读书会共读的书如《观念史研究:中国现代重要政治术语的形成》《道不远人:中国近代"道"概念的盈虚消长》里较少出现此类材料。《概念的历史分量》倚重辞书材料,又因研究时段是中国近现代,所以多使用早期双语辞书(多半由西洋人修编)。方维规先生指出,辞书的一般特征是能够再现语言的社会运用。他认为一个翻译词没有完全确定之前,恰能展现出编者的理解力和创造力。作者对辞书的使用有三种:一是列举多种同时代辞书,以展现同时代不同人群对同一概念的理解。二是列举不同时代辞书对同一外来词的解释变化,以体现近代中国社会对某概念理解的历时性变化。三是关注辞书解释的义项顺序,并借助义项归类追根溯源,例如作者在"'经济'译名类考"一节中归纳了八类"经济"的译名,并深入研究其翻译的义项(参见第 302~331 页)。第二类是异域纪行、日记、杂感等政客文人写作材料,如郭嵩焘《使西纪程》、曾纪泽《使西日记》、洪勋《游历闻见总略》。第三类是政府档案与资料汇编,如《筹办夷务始末》《中外旧约章汇编》。

全书共七章,研究中国近现代史的一些"大概念"或"基本核心概念",如"夷""洋""西""外""文明""文化""民族""政党""民主""经济""知识分子"等。这些概念多在鸦片战争前后经翻译进入中国,在从传统到现代的过渡期发挥了不可替代的作用。

这些概念也有内在的联系。前三章展现近现代中国国家身份的建构。第四章、第五章关注近代中国政治的关键概念,包括"政党"和"自主"。第六章探讨近代中国人面对积贫积弱现状,重构传统的"经济"概念以对译西方现代的 economy(economics)。第七章从文化方面审视起始于 20 世纪初并在 20 世纪 20 年代承担社会责任的关键角色——"知识分子"及其相关概念。

以上七章研究,具有辩证思维,往往先列举他人观点,再通过对该观点的论说、辩驳来提出自己的看法。

(二)研究方法

作者主要使用了概念史研究方法:一是将概念置于中西长时段语境中,

二是将概念置于概念群或意义群中。

作者将概念置于中西长时段语境中,既对概念在西方传统的演进有清晰的历史把握,又将概念回置到近代中国的具体语境。换言之,作者以概念为切入点,进行中与外、历时与共时的比对,探寻中西概念发展的脉络,以透视其背后的政治文化内涵变化。此方法清晰地展现于第二章的二、三小节——作者先勾勒了文明、文化概念在中国的传播流变,又对比西方的 civilization、culture 等概念。两类词的历时、共时对比,体现出近现代中国对西方 civilization、culture 认识的滞后和模糊性。作者还找到了形成这种滞后和误认的原因(参见第 64~87 页)。

作者将概念置于概念群或意义群中,认为近代国人对外来概念的理解离不开相关的概念或多种意义构成的结构性关系。所以研究概念"关键是把握概念网络中的大概念、下属概念、对立概念等各种概念之间的关系,以揭示概念的内在语义结构"(第 7 页)。第三章关于"民族"概念及其相关概念通考可为证。作者以 nation 的翻译词勾连相关的概念群,构成概念网来回答"民族主义"产生之前,汉语能否表达 nation 含义及如何表达的问题(参见第 111~185 页)。

概念史研究能使人透过语词理解社会历史的改变。概念史的眼光也能使人在更长时段里把握社会变化的总体特征。

(三)学界书评

学界已有不少关于该书的评价。如果我们将该书与此前共读的《观念史研究:中国现代重要政治术语的形成》对比,会赞同李里峰所察觉到的"《概念的历史分量》一书,显然从各数据库中获取了大量一手资料,却完全没有使用金观涛等人所倚重的词频统计、词族分析等量化方法。将方著与金著关于相同或相近概念的论述加以对照阅读,当能体察概念史不同研究取向的价值和限度所在"[①]。两书研究的时段相同,论述的关键词也有重合,但使用的方法却不同。方维规先生没有使用观念史研究常用的量化方法,而是更关注概念的联想内容、情感色彩和具体语境,这也有助于我们

---

① 李里峰:《近代中国情境下的概念史研究——以方维规〈概念的历史分量〉为例的方法论思考》,《学海》2020 年第 1 期。

更全面地思考量化在人文研究中的有效性及其限度。

邱伟云曾总结该书的两大特色："第一点是从单一概念的研究拓展到了概念群体的考察；第二点是关注到近代中国之际，为了描述与指涉前所未见的新事物，会通过组合单音节词汇，形成诸多具有同一词缀的新的多音节词汇概念……"① 他在自己所著的《道不远人：中国近代"道"概念的盈虚消长》中也注重对多音节词汇概念、概念群体的考察。

上述评价有助于了解该书在内容和方法上的创新，也有助于我们拓展关键词研究的方法论视野。

二 文化与文明的异同

李建中：

方维规是我的好朋友，他在德国生活了二十多年，有深厚的西学功底。这本《概念的历史分量》是他送给我的。此次导读聚焦这本书的概念史研究方法，其中西比较和把概念放入概念群的方法很有借鉴价值。

现在学界关于文化、文明的关系是有争论的。就我看到的材料来讲，一种观点是认为文化是总概念，文明是属概念，文明是被囊括在文化中的。一般都说精神层面的文化、物质层面的文化，文化是无所不包的。还有种观点认为，文化是中性词，文明是带有褒义、正面的词。这里有点像美学，其实美学本身并不是美，是关于美的学问。文化实际上是关于文明的学问，不文明的事物也能叫作某种文化。所以可在文化前面加上负面的词，而文明就不可以。从这个意义上说，人文教化，就是用文明来改变落后的、愚昧的、野蛮的文化。

我在中国文化概论课程里用一张图片和三个问题来梳理文化的三层含义。那张图片上有《西厢记》剧照，还有那首莺莺约会张生的诗——"待月西厢下，迎风户半开"。

首先，我提问学生能否读下来这首诗，是否懂得含义。学生肯定会读能懂，此时夸学生"你真有文化"。这里的"文化"是指文化知识、文化教

---

① 邱伟云：《概念群的研究实践——评方维规〈概念的历史分量：近代中国思想的概念史研究〉》，《中国图书评论》2020 年第 11 期。

育，它的对应物是文盲。

其次，问学生知不知道崔莺莺、张生和红娘三人的关系和故事，如果学生不仅知道这些，还知道《西厢记》的作者、故事原型和它在文学史上的地位、影响。此时再夸"你真有文化"。这里的"文化"就指文学艺术，它的对应物是科学技术。

最后，问学生如果你是当代莺莺，想要和你的张生约会，有哪些方式？不用再写诗，而是用多种新方式：打电话、发邮件、发微信……此时再称赞"你真有文化"。这里的"文化"指文明，包括精神文明、物质文明，它的对应物是自然。

对"文化"追根溯源，两字分开使用各有含义，最早共同出现在《周易·贲卦》的"观乎人文，以化成天下"，可精简为"人文化成"，再精简就是"文化"。相较而言，英语中的文化，一开始就和农业、耕种相关。所以，英语的文化，一开始是物质性的；而中国的文化，一开始是精神性的。

我认为广义的文学和狭义的文化是重合的。文化的定义有广义和狭义之分，广义的文化无所不包，太阳、月亮、宇宙全都囊括在里面，但狭义的文化指人类所创造的精神文化产品，如文学、建筑、雕塑、绘画、音乐等。而广义的文学是章太炎提出的"文学者，以有文字著于竹帛，故谓之文；论其法式，谓之文学"（《国故论衡》）。狭义的文学是受到西方影响后被认为叙事的、语言的、陌生化的、抒情的、审美的或者说具有文学性的文学。那么狭义的文化，即精神层面的、有文字记载的文化，就和广义的文学相通。无论是狭义的文化还是广义的文学，其核心实质就是文明。

吴煌琨（2023级博士研究生）：

我提供一个考古学的角度。考古学中文化、文明有比较清晰的概念界分。"文化"指某一人群共有的某种生活方式，既包括形而上的信仰、习俗、审美，也包括形而下的建筑、工具、器物。中国历史上有旧石器时代的蓝田文化、新石器时代的河姆渡文化等。但考古学上的"文明"，是古代社会发展到一定程度的复杂产物，要具有城市聚落、国家机器、系统文字等要素，才能被定义为"文明"，比如古埃及文明。因此在考古学意义上，两个概念分界清楚：文化是文明诞生的基础，文明是文化发展到一定阶段的体现。

《概念的历史分量》读书会纪要

农文聪（2024级博士研究生）：

中国的文明概念自其呈现于《周易》之时便有着近乎自觉的审美内涵，西方的文明概念则不然。《周易》中"文明以止"，侧重礼乐美学的规约作用。王弼注"止物不以威武，而以文明"，以"威武"与"文明"对举。这说明早期的文明含义与尚武尚力无关，反倒以文饰、文章规约着人类原始野性力量。西方的文明概念正式形成于18世纪中叶。彼时已是欧洲资本主义兴起的工场手工业时期，殖民运动体现出尚武尚力的文明形态。14世纪出现的civil则强调秩序的一面，而秩序与审美的结合要等到18世纪。

陈廷钰（2024级硕士研究生）：

culture和"文"有相似与相异之处。首先，两个词都能作动词，culture表示栽培、培养，"文"在《论语》"文之以礼乐，亦可以为成人矣"中表示教化。而culture一词正如书中所举，与"野蛮"是相对的，是现代文明中更为基本且必须获得的，但《论语》"行有余力，则以学文"，将"文"置于教化人的更高阶段，可见二者在中英不同语境中有不同的位次。

王文（2023级博士研究生）：

20世纪80年代的中国有过"文化热"，当时冯天瑜等学者出版了许多与文明史、文化史相关的著作。目前我们能在学界找到多种文明、文化的定义，我认为要区分它们，需先从词性辨别。由于文明、文化涉及多方面内容，要概括出一个精准、完备的定义几乎是不可能的。定义越是精准就越容易出现反例，但概念定义过于宽泛，无所不包，就没有了意义。因此，可以尽力取一个中间值。我的文明定义是：作为群体的人创造的，且区别于自然状态的物质成就和精神成就。文化是包含于文明的，是偏向于精神创造的。

黄秀慧（2023级硕士研究生）：

考虑到语词背后的文化语境，可能不存在与civilization和culture完全对等的翻译词。首先，西方世界对这两个词及相关词语认知并不统一。教会认为文明是宗教带来的成就，世俗则认为文明是独立的价值尺度。其次，中国人对civilization的接受，以及对文明一词的语义建构也是不断改变的。换言之，文明和文化已经在现代汉语里建构起了新的意义，既没有完全与西方的civilization和culture对应，也脱离了《周易》里文明、文化之内涵。

刘文翰（2024级博士研究生）：

文明和文化之间的区别与 civilization 和 culture 之间的区别是相似的，所以它们可以对译。文化更多指行为，刘向"凡武之兴，为不服也。文化不改，然后加诛"，就将"文化"与"武"对举。文明则主要指境界或高度，明的字形是从窗户中望月而明，可引申为照临四方。culture 本指培植，后引申为精神上的培育，它和"文化"都是指人发挥能动性去改变事物的行为，civilization 源于拉丁文 civil，与城市居民有关，也是指和野蛮对立的状态，后引申为先进的社会发展状态。中英之间可对应翻译，正源于它们的相似性。

彭博（2022级硕士研究生）：

雷蒙·威廉斯《关键词》一书从词根谈了 civilization 和 culture 的词义变化。被发明之初，两者意涵便有一定区别。culture 源自词根 cult，由耕种延伸而来，civilization 源自词根 civil，涉及从民事转为刑事的变化。在使用过程中，两者也经历过混乱阶段。1900年开始，两词才在字典里有了明确区分。所以我认为词义的生成和应用，特别是现在使用频率依旧很高的关键词，都是时代沉淀或曰语境沉淀的结果。

朱钇淼（2023级博士研究生）：

西方的文化研究涉猎范围较广，多聚焦于社会信仰、习惯、价值观、行为和物质表达方式。在文化研究的过程中，西方学者多采用跨学科的方法，汲取各个领域的知识，包括考古学、人类学、社会学、文学和艺术史。西方的文化研究强调要深入理解文化背景，厘清其如何运动发展并影响历史事件，旨在通过研究支撑社会发展的文化结构，帮助人类更丰富、更细致地理解社会发展。

三 关键词研究的方法论资源

袁劲（总结）：

这个学期读书会重点读的是观念史和概念史研究。作为比较成熟的研究范式，观念史、概念史，包括思想史、知识史、接受史，以及概念、术语、范畴、命题研究在哲学、美学等学科的成熟运用，都可成为中国文论关键词研究的方法论资源。我们可以借着读书会博采众长，探索关键词研究的新进路。

方法离不开文献的支撑。《概念的历史分量》充分且成功地利用了双语辞书、旅欧日记和近现代报刊。我们也可在常见、常用的材料之外，留意本土化的关键词（字）研究文献。例如，蒙书、家训中的"识字"材料，尤其是与"字"密切相关的字书、字义、字说。《尔雅》《说文解字》等广义的字书，关乎汉字的形音义，从文字、音韵、训诂层面形塑了中国文人对关键词（字）的基本认识。从陈淳《北溪字义》、戴震《孟子字义疏证》到刘师培《理学字义通释》，再到吴林伯《〈文心雕龙〉字义疏证》，作为述学文体的"字义"，以"义理"阐发的形式有别于"字书"的考据。用来说解名与字（有时还包括姓、号、小名、昵称乃至父祖兄弟名、字）关联的"字说"，不乏古人对特定汉字、字群、词组、章句、典故及其所涉文人、文章、文体的深思妙解。上述字书、字义、字说为本土化的关键词研究提供了考据、义理、辞章之方法，常识化、精英化、民间化之维度的立体观照。

方法与文献都与范式相关，还可由范式进一步思考团队与个人的关系。在重大项目"中国文化元典关键词研究"中，李建中老师归纳出关键词研究的原始词根义、历史坐标义和近代转义。其中，梳理历史坐标义的研究渐趋成熟（同时也有模式化的风险），相较而言，在关键词的原始词根义和近代转义方面还有进一步拓展的空间。如能发挥个人专长，在古文字学与考古学、语言接触与跨语际实践等领域用力，将会在方法论与个案研究两个方面丰富与深化整个团队的研究。这不意味着历史坐标义的梳理就无法拓新。"旧词"与"常词"依旧可以出新，例如《"韵"之韵——从形式诗学透视》一书，从"音韵"而非"韵味"的视角谈出了形式诗学之"韵"的新意；又如《"风"——一种被忽略的史学观念》一文，指出"观风势"（任务）与"土风、时风"（时空维度）在中国史学里的重要性。此外，文艺通观、文明互鉴、文献远读，也为关键词研究的与时俱进提供了新的路径。时代在发展，但只要汉字仍作为中国人表情达意的基本单位，着眼于汉字的关键词研究就会保有其效力与魅力。

作者简介：薛苗，武汉大学文艺学专业硕士研究生。

以"文心"会"博雅"

——读《博观雅制:〈文心雕龙〉导引》

胡 灿 袁 劲

(武汉大学文学院)

摘 要:《博观雅制:〈文心雕龙〉导引》并未沿用"《文心》之作"总论、文体论、创作论、批评论的结构,而是围绕"博雅"主题,从知人论世、选文定篇和授人以渔三个板块重新设计了"《文心》之读"。作者以中国式"导引"为方法,既"宣导壅塞",为阅读与鉴赏《文心雕龙》释疑解惑;又"吐故纳新",推动龙学研究与时俱进。该书标举"博雅"为《文心雕龙》的核心关键词,包括择取"博观雅制"为书名,可在字量、字频、构词、造句等原典层面获得佐证。以"文心"会"博雅",从入门到进阶,从习得文术到陶铸文心,《博观雅制》让经久不衰的《文心雕龙》与方兴未艾的通识教育在青春的大学校园里相会。

关键词:《文心雕龙》;博雅;导引

《博观雅制:〈文心雕龙〉导引》(商务印书馆,2023,以下简称《博观雅制》)是"珞珈博雅文库·经典导引系列"丛书之一,该书用"导引"的方式解读《文心雕龙》中的"博雅"精神。作者李建中教授从思想、文本与方法三个维度架构体系,如封底简介所言:"前面三章知人论世,结合刘勰生平际遇,介绍《文心雕龙》儒、道、释兼宗的思想资源;中间四章品藻佳构,在现代文艺学与古典诗文评的双重视域下,精讲《文心雕龙》的创作论、文体论和接受论;后面三章深识鉴奥,从振叶寻根、唯务折衷和弥纶群言三个层面揭橥刘勰独特的思维方式和话语方式。"在结语部分,作者还回顾了自己与《文心雕龙》相伴相随的"一本书,一辈子"。致力于

"将刘勰的文心、刘勰的龙融入当代大学生的青春之思与青春之诗"①,《博观雅制》以"导引"为方法,以"博雅"为旨趣,让"青春版《文心雕龙》"的理念从文学专业走向通识教育。

一 有别于"《文心》之作"的"《文心》之读"

如何让 21 世纪的青年学生亲近 1500 多年前的《文心雕龙》,是每位讲授者都不得不考虑的问题。回顾百余年的现代"龙学"史,从黄侃尤重创作论的《文心雕龙札记》、范文澜以作品印证理论的《文心雕龙注》,到杨明照《文心雕龙校注》、刘永济《文心雕龙校释》、王元化《文心雕龙讲疏》、周振甫《文心雕龙注释》、詹锳《文心雕龙义证》,再到杨明《文心雕龙精读》、童庆炳《〈文心雕龙〉三十说》、龚鹏程《文心雕龙讲记》等名家力作,在版本、校勘、目录、考证、译注、导读等方面分头掘进,共同献力于《文心雕龙》的整理研究与传播接受。大学课堂孕育了《文心雕龙》的诸多讲义和读本,如前述北大的"黄札"、南开的"范注"、川大的"校注"、复旦的"精读"、北师大的"三十说"等。继刘永济《文心雕龙校释》、刘纲纪《刘勰》、吴林伯《〈文心雕龙〉义疏》、罗立乾《新译文心雕龙》之后,诞生于珞珈山讲坛的《博观雅制》亦不例外。

作者李建中教授曾以"导游"为喻,认为人文社科经典的导引者需要带领学生"游于艺",游于从"前轴心"到"后现代"的人类文明之巨川。②导游不同,游客的观感和体验自然迥异。因为优秀的导游会用自成一家的风格引人入胜,不会把自己和游客限制在模式化的路线和解说词里。在《博观雅制》中,"导游"并未沿用总论、文体论、创作论、批评论的常见阅读顺序(亦即"《文心》之作"的逻辑),而是围绕"博雅"这一主题,从知人论世、选文定篇和授人以渔三个板块重新设计了游览路线。

于出发伊始,导游(作者)就介绍了此次游览的主题"博雅"(绪论);再以游客(读者)熟知的儒道释文化为参照,从刘勰的"博雅"思想

---

① 李建中:《博观雅制:〈文心雕龙〉导引》,商务印书馆,2023,第 218 页。
② 参见李建中《第三版后记》,《人文社科经典导引》,武汉大学出版社,2021,第 328 页。

讲起（第一章至第三章），论其世而知其人，见其人而读其书；随后将"博雅"的游览主题分解、组构为"博通"与"雅正"（第四章至第五章）、"博观"与"雅美"（第六章至第七章）两大板块，让"博雅"的游览主题落地，进入其精心选定的景区（篇章）与景点（字句）；还有不同景区（篇章）与景点（字句）之间的串联，继细读文本的深度体验之后，再整体把握刘勰独特的思维与话语方式（第八章至第十章）；最后是关于《文心雕龙》"可以读一辈子"的现身说法（结语），号召读者由"导引"进入"经典"，让"经典"成为"我的经典"。

为了避免"乱花迷眼"抑或"走马观花"之憾，《博观雅制》还设计了清晰且整饬的"导引"体例。除了全书绪论"'博雅'的中西渊源"与结语"一本书，一辈子"，每章还有各自的引言与小结，便于初学者厘清思路。各章还会根据经典与阐释凝练出三个关键词，既响应本章题目，又彰显行文逻辑，一引其纲而万目皆张。例如，第一章"青春梦孔"，在"圣人垂梦""周孔为师""五经含文"三节中，依次分析《序志》《征圣》《宗经》三篇所见儒家思想对刘勰的影响。从"梦孔"讲到"论文"，再到"师乎圣"和"体乎经"，儒家思想的主题不变，却营造出移步换景的新奇感。再辅以弗洛伊德"释梦"和杜丽娘"惊梦"之引言，与"儒家思想资源具体表现在《文心雕龙》的写作动机与文学理想两大层面"之小结，简练又不失生动地彰显了刘勰"博雅"思想中的儒家之维。

这一打破原有文本秩序的"导引"，敢于并且善于"跳着讲"乃至"反着讲"，在同类著作中并不多见。毕竟刘勰曾自陈谋篇布局的用意："盖《文心》之作也，本乎道，师乎圣，体乎经，酌乎纬，变乎骚，文之枢纽，亦云极矣……摘《神》《性》，图《风》《势》，苞《会》《通》，阅《声》《字》，崇替于《时序》，褒贬于《才略》，怊怅于《知音》，耿介于《程器》，长怀《序志》，以驭群篇，下篇以下，毛目显矣。"[①] 阅读《文心雕龙》，须熟知"《文心》之作"的周密设计，但也不必囿于刘勰本人的"思维导图"。因为有些阅读主题需要跨越篇章和打乱顺序。例如刘勰的道家思想与《文心雕龙》的老庄美学，不只是《序志》篇"逐物实难，凭性良

---

① 刘勰著，范文澜注《文心雕龙注》，人民文学出版社，1958，第727页。本文凡引用《文心雕龙》原文均据此版本，不再一一标注。

易"一句就能囊括的，还显现为《原道》篇"自然之道"的本体论，亦表征于《定势》篇"自然之势"的风格论和《明诗》《情采》两篇的情感自然论。据此而言，《序志》《原道》《定势》《明诗》《情采》的"路线图"，虽有别于"《文心》之作"，却有利于"《文心》之读"。《博观雅制》的成功尝试，也让我们对非线性、个性化、主题式的"《文心》之读"充满了期待。卡尔维诺曾言，经典是需要"重读"的书——《文心雕龙》的滋味、意义、细节、层次与乐趣之显现，除了读者个人的熟读深思抑或不求甚解，还有赖于导引者的别具只眼与独运匠心。

二 "导引"作为方法："宣导壅塞"与"吐故纳新"

书名所用"导引"，古作"導引"或"道引"，有循道而引之意，原为中医养生之术，融通儒道而兼采阴阳。李颐注《庄子》有言"导气令和，引体令柔"[①]，古代士人通过"导引"的方式修身养性，其中既有出于强身健体、延年益寿的现实考虑，亦不乏安心立命的精神需要。

"导引"之术可溯及远古。有学者指出，原始先民祭祀时的巫舞仪式可视作中医导引术的起源。[②] 正如《吕氏春秋·古乐》所载："昔陶唐氏之始，阴多滞伏而湛积，水道壅塞，不行其原，民气郁阏而滞著，筋骨瑟缩不达，故作为舞以宣导之。"[③] 在恶劣的自然环境中，古人"舞以宣导"，通过肢体的屈伸俯仰，舒活关节，通畅气血，利导情志。《庄子·刻意》云："吹呴呼吸，吐故纳新，熊经鸟申，为寿而已矣；此导引之士，养形之人，彭祖寿考者之所好也。"[④] 若说"熊经鸟申"仍停留在形体层面，那么"呼吸吐纳"则指向"导引之士"对"气"与"神"的重视。形体与气神兼顾的中国式"导引"，在历史流变中吸纳了先秦术士修身养性、魏晋士人参玄悟道、宋明儒家体证天理等丰富指涉，注重"学习"过程中的身心合一与内外兼修，亦综合了言意、知行、进止、本末等多重意涵。

---

① 郭庆藩撰，王孝鱼点校《庄子集释》，中华书局，1961，第537页。
② 刘树军、王苑苑：《仿生与古代导引养生的起源》，《武汉体育学院学报》2001年第1期。
③ 吕不韦编，许维遹集释，梁运华整理《吕氏春秋集释》，中华书局，2009，第119页。
④ 郭庆藩撰，王孝鱼点校《庄子集释》，中华书局，1961，第535页。

于是，作为方法的"导引"，在古今演绎中承续了"宣导壅塞"和"吐故纳新"的功用，从而在中西对接时呈现出有别于西式"guide"的中国特色。①《博观雅制》以中国式"导引"为方法，既"宣导壅塞"，为阅读与鉴赏《文心雕龙》释疑解惑；又"吐故纳新"，推动龙学研究与时俱进。

所谓"宣导壅塞"，针对的是《文心雕龙》原典与阐释中的"不通"。例如，《神思》篇"拙辞或孕于巧义，庸事或萌于新意"和《原道》篇"《河图》孕乎八卦，《洛书》韫乎九畴"两句中的"于"与"乎"并不表义，若保留这两个虚字便会误判主谓关系，导致"拙辞是巧义里面孕育出的，庸事是新意里萌生出的"与"《河图》孕育出了八卦，《洛书》产生出了九畴"式的"说不通"。② 解释时略去一字，便豁然开朗。但有时候，又需增加一字以疏通壅塞的文意。例如，《神思》篇的"意授于思，言授于意"，当作"意授之于思，言授之于意"，方才符合"思—意—言"的深层结构。③

作者的"导引"不唯疏通原典之"章句"，还为历代阐释"指瑕"。有对错误旧解的纠正，如第三章借助"丽辞"以证《原道》篇中的"玄圣"并非释迦牟尼："'爰自……暨于……'就是'从……到……'，也就是从伏羲到孔子；后面的'玄圣'和'素王'，明显是要对应前面的，因为骈文是要讲究对应的，那么'玄圣'就是指伏羲，'素王'则是指孔子。'素王'指孔子很容易理解，但是，如果'玄圣'是释迦牟尼，那么'素王'就没有办法落实了。"④ 有对过度阐释的纠偏，如第四章面向"事类"，指出《神思》开篇引用《庄子·让王》"形在江海之上，心存魏阙之下"，只是揭示一般意义上的形神分离，不像宇文所安分析得那么复杂——刘勰没有刻意回避陆机《文赋》"精骛八极，心游万仞"之论，也并未暗指陆机隐于江海（华亭）而心系魏阙（洛阳为官）的身世心态。⑤ 还有对纷纭众说的

---

① 英语中的"guide"更强调"领路"（lead）、"指导"（direct）、"阐明"（explain）等行为及效果。
② 参见李建中《博观雅制：〈文心雕龙〉导引》，商务印书馆，2023，第80页。
③ 参见李建中《博观雅制：〈文心雕龙〉导引》，商务印书馆，2023，第77页。
④ 李建中：《博观雅制：〈文心雕龙〉导引》，商务印书馆，2023，第61页。
⑤ 参见李建中《博观雅制：〈文心雕龙〉导引》，商务印书馆，2023，第70页。

识断,如第四章介绍"神思"与佛教"触象而寄"的联系①,又如第五章认为"势"并非黄侃所谓"法度"、刘永济所谓"姿态"、范文澜所谓"标准",或詹锳、王元化所谓一般意义上的"风格",而是"从动态层面解释风格"②。

正是因为熟读原典,且不囿成说,《博观雅制》才能运用刘勰的"章句""丽辞""事类"之学和"指瑕"之术,为研读《文心雕龙》者"宣导壅塞",进而推动"龙学"研究"吐故纳新"。除去纠正、纠偏和识断,作者每于平常、细微处见《文心雕龙》之"异采"。诸如第七章论析"隐""秀"各有两层含义,第八章坚持"通变"是动宾(通晓变化)而非并列(通与变)关系,第九章发现刘勰"心物赠答"是对前人"物感"与"心造"两说的折衷,皆属于理论层面的发微抉隐。还有通经致用或曰"创造性转换"的实践,如第六章用《知音》篇的"六观"来鉴赏《记念刘和珍君》;第一章以今日的"开题报告"类比刘勰的《序志》,尤其是结语提及辅导学生用骈体文书写文论的《青春版〈文心雕龙〉》。上述理论与实践两方面的"见异",为"龙学"研究中的诸多论题乃至难题,提供了新见解和新思路。从《知音》篇"见异唯知音耳"的意义讲,导引者洵为作者的异代知音。

三 "博雅"之为关键词:"务先博观"与"必先雅制"

同一部《文心雕龙》,若论其核心关键词,或尊奉"道",或高扬"神",或拈出"雅丽",或归为"文术",而该书独见"博雅"。这当然与该书作者兼任武汉大学通识教育中心主任有关。在兼顾《文心雕龙》研究与通识教育改革的八年间,李建中教授以"文心"会"博雅",发现了二者的内在关联:"'通识教育'又称'博雅教育',而刘勰是真正意义上的'博雅君子',《文心雕龙》是真正意义上的'博雅经典。'"③

---

① 参见李建中《博观雅制:〈文心雕龙〉导引》,商务印书馆,2023,第82~83页。
② 参见李建中《博观雅制:〈文心雕龙〉导引》,商务印书馆,2023,第97页。
③ 李建中:《〈文心雕龙〉与博雅》,《中国文化课:12部经典读懂中国》,贵州人民出版社,2024,第385页。

将"博雅"视作"《文心》之读"的核心关键词,全书已有论证。这里从字量、字频、构词、造句等微观层面予以佐证。①

《文心雕龙》中"博"字共出现41次(含"博徒"2次②),分布于23篇中。刘勰多用"博"字品藻人物和评论文章,如"四贤博练"(《正纬》),"伟长博通"(《诠赋》),"崔骃《七依》,入博雅之巧"(《杂文》),"韩非著博喻之富"(《诸子》),"公孙之对,简而未博"(《议对》),"王逸博识有功"(《才略》),"魏武称张子之文为拙,然学问肤浅,所见不博"(《事类》),等等。既有对"博练""博通""博雅""博喻""博识"之人与文的赏誉,亦不乏对"未博""不博"者的惋惜。在《文心雕龙》的文论话语体系中,"博"之有无与多少,涉及"选文定篇",更关乎"割情析采"。"博练""博见"之于构思(《神思》),"博见""博学"之于用典(《事类》),"博览"之于文学史论(《通变》),"博识"之于作家论(《才略》),"博观"之于鉴赏论(《知音》),皆可为证。其中,《事类》篇"将赡才力,务在博见"与《知音》篇"圆照之象,务先博观",还以"务"之必要性与"先"之首要性,强调"博"的重要性。

《文心雕龙》中"雅"字共出现94次(含《雅》24次),涉及31篇,其中《体性》《时序》单篇出现8次。结合分布与侧重来看,刘勰论"雅"遍及文章的体裁、体貌与体要。"准的乎典雅"(《定势》),或曰以"圣文之雅丽"(《征圣》)为高标,刘勰对"雅润""舒雅""雅赡""明雅""密雅""博雅""儒雅""渊雅""典雅""英雅""温雅""精雅""雅壮"等多有称道,同时也从反面批评马融的"雅而似赋"(《颂赞》)、谐体的"本体不雅"(《谐讔》),以及文章的"雅郑而共篇"(《定势》)。还有《知音》篇概括的"五弊",皆可视为不够"雅":"时间意义上的'贵古贱今'和空间意义上的'贵远贱近'是缺乏'雅识','崇己抑人'是缺乏'雅量',

---

① 考虑到版本差异,我们以通行本"范注"(刘勰著,范文澜注《文心雕龙注》,人民文学出版社,1958)为统计底本。
② "博徒"在《辨骚》和《知音》两篇各出现一次,诸家解释有异。《知音》篇的"彼实博徒,轻言负诮,况乎文士",当取贬义,与崇博观念无关。《辨骚》篇的"雅颂之博徒"则不离博雅语境,若取其褒义为"博通之徒""博雅通达之者",亦可取其贬义,指《楚辞》"体慢于三代",不及五经之典雅。

以"文心"会"博雅"

'信伪迷真'是缺乏'雅鉴','深废浅售'则属于'俗鉴'。"① 以"雅"为"正",刘勰用"雅"来疗救"淫""郑""奇""巧"之讹体与失体。与"务先博观"相似,《体性》篇"童子雕琢,必先雅制"也将"雅"推至必要且首要的地位。

在前述崇博与尚雅的语境中,"博雅"一词出现4次,于其人其文有褒有贬,重实录之笔而尚骨鲠之气。《杂文》开篇概说:"智术之子,博雅之人,藻溢于辞,辞盈乎气,苑囿文情,故日新殊致。"又论及东汉:"傅毅《七激》,会清要之工;崔骃《七依》,入博雅之巧。"前者品藻人物,将"博雅"与"智术"并列,奉为杂文作者的典范;后者品评文章,与傅毅《七激》之"清要"对举,也呼应了《才略》篇的"傅毅、崔骃,光采比肩"。《史传》篇褒贬《史记》:"尔其实录无隐之旨,博雅弘辩之才,爱奇反经之尤,条例踳落之失,叔皮论之详矣。"依照《丽辞》"四对"来理解,"博雅弘辩"之"正对"是"实录无隐",指向博实;"反对"是"爱奇反经""条例踳落",映衬雅正。《奏启》篇选评东汉奏文,以"杨秉耿介于灾异,陈蕃愤懑于尺一,骨鲠得焉;张衡指摘于史职,蔡邕铨列于朝仪,博雅明焉"为群贤之嘉言。"博"可疏通知远、见微知著,"雅"则不流于俗、不媚于上,故"博雅"与"骨鲠"相映。此外,《才略》篇"张衡通赡,蔡邕精雅,文史彬彬,隔世相望",亦视张蔡为博通雅正之士。

回到书名,"博观"取自《知音》篇的"圆照之象,务先博观","雅制"源于《体性》篇的"童子雕琢,必先雅制"。前者论鉴赏与接受,奉"博雅"为"君子"之道;后者谈文体与文心,引"博雅"为"童子"之术。于是,作者导引着我们进入《文心雕龙》,进入《文心雕龙》的"博雅",从入门到进阶,从习得文术到陶铸文心,技进于道,艺通乎神。

自2016年龙学研究专家李建中先生出任武汉大学通识教育中心主任至今,无论是以"文心"会"博雅"还是以"博雅"会"文心",经久不衰的《文心雕龙》与方兴未艾的通识教育在青春的大学校园"双向奔赴"。《文心雕龙》为通识教育提供"博观雅制"的本土智慧,通识教育让专业精

---

① 李建中:《〈文心雕龙〉与博雅》,《人文社科经典导引》,武汉大学出版社,2021,第102页。

· 235 ·

深的《文心雕龙》走向全校乃至全社会。于是，传统智慧与现代理念相得益彰，通识视域与专业景深相辅相成——这种因缘际会和贯通融会之"会"，庶几可谓"情往似赠，兴来如答"（《文心雕龙·物色》）！

作者简介：胡灿，武汉大学汉语言文学专业本科生；袁劲，武汉大学文学院副教授。

关键词视野中的《汉代经学与文论》

吴星系

(中南财经政法大学新闻与文化传播学院)

摘　要：《汉代经学与文论》以刘勰"原始以表末，释名以章义，选文以定篇，敷理以举统"的四项基本原则为指南，既以关键词为研究对象，又以关键词为研究方法，深入研讨了汉代经学与文论的会通关系。以关键词为研究对象，《汉代经学与文论》不仅重点阐释了"天人合一""类推思维""述而不作""崇圣宗经""依经立义"等关键词，还提炼出"依经评骚""依经评史""依经评赋""尊废之争""风喻批评"等新关键词，构成一部汉代经学与文论关键词阐释的专著；将关键词作为方法，《汉代经学与文论》分设引言、正文、结语三部分，以研究视界、文化场域、话语规则、经学文论、文体文论、赓续影响、现代意义为面向，实现了历史与逻辑的有机结合，自成体系而多有新见。

关键词：汉代经学；汉代文论；关键词研究；《汉代经学与文论》

　　两汉是中国经学"昌明"与"极盛"的关键时代，也是中国文论从"创生"到"发展"的重要时期。将关键词作为对象和方法，张金梅《汉代经学与文论》（中华书局，2022）探讨汉代经学与文论的关系，以刘勰"原始以表末，释名以章义，选文以定篇，敷理以举统"的四项基本原则为指南，以汉代经学与文论的重要关键词为专题，既研究汉代经学作为主流意识形态对汉代文论产生的影响，又分析汉代经学文论作为汉代文论的有机构成的重要地位，还关注两者之间的会通及其对后世的影响。该书从文化探源中寻求汉代文论所赖以形成、发展的基本规律，为中国经学与文论关系研讨提供了一个较为成功的范例。

一　"原始以表末"：汉代经学与文论的前世今生

"原始以表末"是刘勰在讨论具体文学体裁时，既追溯其历史渊源（即"原始"），又展示其发展脉络（即"表末"），以达到更深层次理解和评价的一种基本原则。自汉武帝"罢黜百家，独尊儒术"伊始，经学逐渐成为中国传统社会的主流意识形态。经学的形成与汉代社会的大一统政治格局密切相关，并受惠于先秦以来的"天人合一"思潮和早期先民的"类比推衍"思维——二者在文化背景、思维方式上为汉代经学和文论关键词的意义生成提供了丰富的话语资源。因此《汉代经学与文论》第一章首先对"天人关系"和"类推思维"这两个关键词"沿波讨源"，并将其都划分为前汉、汉代两个历史阶段。这里暂以"类推思维"为例。"类"的划分是类推思想得以走向成熟的前提。中国先民从"类"的划分、界定、推演出发，以触类旁通的方式展现其对外部世界的认识。基于此，《汉代经学与文论》将"类推思维"在前汉的发展脉络归结为四个重要环节。

第一个环节："因德而类"。中国先民"类"意识的形成经过了较为漫长的发展过程，直至殷周交替之际才逐渐走向成熟。从《山海经·南山经》的"其名曰类"，《诗经·大雅·皇矣》的"是类是祃"，《尚书·舜典》的"肆类于上帝"，或为兽名，或为祭祀之名，到《尚书·说命》的"惟恐德弗类"，《尚书·太甲》的"予小子不明于德，自厎不类"，作为因德而类的划分，充分体现了周人从道德伦理角度出发解读"类"与"不类"（"弗类"）的基本立场。

第二个环节："援类而推"。"类"的内涵在西周"德"文化的影响下开始走向成熟，其后便逐渐从道德范畴溢出至族类、种类等新领域，朝着更为宽泛的领域发展，并试图在其中找寻到更为本质的同一性特征。如《周易·同人卦》"君子以类族辨物"就揭示出周人打破名物束缚，试图以"类族"方式掌握外部世界的思想痕迹。而《周易》也以八经卦、六十四复卦及据此衍生的三百八十六爻（包括乾卦"用九"、坤卦"用六"）初步建立起一套以"类"的划分为基础，以卦爻符号为表现形式而推衍形成的符号表达系统。

第三个环节："引譬援类"。迨至春秋战国，鉴于推销政治主张和表达学术思想的现实诉求，诸子往往采用寓言、故事等形式，将《周易》为代表的"援类而推"思维发展成为"引譬援类"的言说方式，使得类推思维逐渐走向成熟。如孔子以"大车无輗，小车无軏"作喻，论证"人而无信，不知其可"，强调诚信的重要；墨子在回答"为义孰为大者"时，以筑墙为例，主张能谈辩者、能说书者、能从事者共同协作；公孙龙以仲尼"异楚人于所谓人"和"异白马于所谓马"在逻辑形式上的高度一致性，提出"白马非马"论等。这种以"言事"与"言道"为表征、以"引譬援类"为内核的思维形态，不仅有效地弥合了"事"与"道"之间的思想鸿沟，还在一定程度上实现了"事"服务于"道"的目标。

第四个环节："类比推衍"。进入战国末期，荀子不再满足于针对具体事象来发挥类推思想的作用，而是侧重于类推思维的理论建构。他从"物类之起，必有所始"入手，强调"物各从其类"，形成了一个由"物"到"类"，再由"类"到"推"的类比推衍模式，为汉代经学思想中感应比类学说的发展奠定了基础。

在汉代经学的文化场域中，基于"天人相与之际"的政治立场，董仲舒建构的"天人感应"学说虽被后世学者多番诘难并饱受诟病，却在前汉类推思维的浸染中被赋予了"人副天数—同类而动—天人感应"的感应比类内涵。既配合了汉王朝意识形态建设的需要，也促进了儒学的转型。自此，"类"作为中国哲学的概念之一，经过董仲舒的培育，便逾越了类属的范畴而升华至认识论，并融会成"大一统"的汉帝国独特的文化诉求。对此，《汉代经学与文论》在深入辨析其基本内涵之后，重点论述了"类推思维"在汉代"大一统"视域中的三个重要表现。

其一，"观象比类"。《说文解字》《尔雅》等传统意义上被视为字典的著作，生动地体现了汉代的感应比类思维。以《说文解字》为例，许慎按照"方以类聚，物以群分"的整体构思，通过对篆文形体构造的分析，概括出540个部首。每一个部首的字都写有"凡某之属皆从某"，是对前汉"援类而推"思维的承续与活用；而对不同字的归属进行进一步划分的文字分类标准——"分别部居，不相杂厕"，则是前汉类推思维从"具象"到"意象"发展过程的真实表现。

其二，"比类象喻"。作为汉代经学文化场域的重要构成要素，谶纬的理论基础虽是董仲舒的"天人感应"学说，但谶纬的作者们并不满足于以笼统描述来概括"天"与"人"的互动关系，而是试图将其细化为可以感知、可以触碰的现实。因此，谶纬以象喻、类推相结合的方式，融"比附于天"的论证模式与"由此及彼"的言说方式为一体，将人世间的万事万物与天上的日月星辰相对应，同时结合阴阳五行思想，将汉代经学发展成为一种"天地精通，神明列序"的新学说。

其三，"类比联通"。汉大赋融"铺采摛文"和"体物写志"为一体，将前汉"引譬援类"的思维方式发挥到了极致。以《上林赋》为例，为了能够与帝王气象相匹配，司马相如采用了"类推"手段，由"崇山矗矗"而至"深林巨木"，由"南山峨峨"而至"摧崣崛崎"。这是一种由"类"而赋的演进结果，其所展现的空间想象只有在空前强大的"大一统"时代才会出现。

如果说在汉代经学与文论的文化场域中，"援类而推"的思维方式既促进了汉代经学的发展，也为汉代经学与文论之间的会通创造了条件，是一种前溯式的"原始"；那么探析汉代经学与文论的兼性文本《毛诗序》自汉迄今"尊""废"之变的学术史，则是一种后述式的"表末"。对此，《汉代经学与文论》第五章第一节以时间为序，切实详尽地梳理了《毛诗序》在中国经学史、文论史上的遭遇、地位与影响，将《毛诗序》之尊废的学术演进划分为"尊序"与汉唐经学、"废序"与宋明理学、"尊序"与汉学复兴、"废序"与现代转型、"争鸣"与当代学术五个阶段，较为全面地呈现了不同历史语境和历史进程下《毛诗序》在存序、尊序、疑序、反序、废序之争中的整体风貌，在一定程度上彰显了中国经学与文论曲折发展的隐秘。而在《汉代经学与文论》的结语中，作者对"依经立义"作为现代方法论的意义进行理论重构，将其概括为"依经立论"和"借石攻玉"两个动力，亦是试图揭示汉代经学与文论的意义生成规则——"依经立义"在中国当代文论建设中的现代意义。

二 "释名以章义"：汉代经学与文论的阐释规则

"释名以章义"是刘勰在讨论具体文学体裁时，通过对各种文学体裁名称的解释来明确其内涵和意义的一种基本原则。在汉代经学与文论视域中，

"以读经为本、解经为事、依经立义的普遍的解读模式和意义建构方式"的形成,"一方面在于孔子奠定了'述而不作'的文化范型和话语模式,另一方面在于历代(尤其是汉代)经学家(包括古文家和今文家)、史学家、文学(论)家对其解读模式和意义建构方式的阐释和发挥"[①]。他们以此为中心而历史地展开各种人文阐释活动,最终形成了"原道""征圣""宗经"三位一体的"依经立义"话语规则。对此,《汉代经学与文论》第二章便采用"释名以章义"的阐释规则,以理论阐释为经,以时代演绎为纬,分别对"述而不作""崇圣宗经""依经立义"三个关键词进行了深入论述。这里仅以"依经立义"为例,略作分析。

"依经立义"首次见于王逸《楚辞章句序》:"夫《离骚》之文,依托《五经》以立义焉。"后经刘勰引用加以简化:"王逸以为:'诗人提耳,屈原婉顺。《离骚》之文,依经立义。'"前者旨在驳斥班固评骚"非经义所载"的错误观念,后者意在辨述王逸骚评"人文并重"的主要特点,一定程度上反映了汉代儒生依经评骚却立论有别的大体风貌,是"依经立义"话语规则正式出场的重要标志。不过,《汉代经学与文论》认为,作为汉代经学和文论的话语言说方式、意义建构方式和话语解读模式,"依经立义"话语萌芽于先秦,确立于汉代,是先秦以降"述而不作"和"崇圣宗经"思潮发展的必然结果。也正缘于此,《汉代经学与文论》在依次论述"述而不作"和"崇圣宗经"之后,再辨析"依经立义"。

从形式上看,汉代"依经立义"话语言说方式、意义建构方式和话语解读模式以儒家五经为话语建构源和意义生长点。换言之,"依经立义"话语言说方式、意义建构方式和话语解读模式在汉代的确立以儒家独尊地位的形成为前提。因此,《汉代经学与文论》认为经学昌明是汉代"依经立义"话语言说方式、意义建构方式和话语解读模式确立的先决条件。

从内容上看,汉代"依经立义"话语言说方式、意义建构方式和话语解读模式以"从变从义"为其理论建构的坚实基础。"从变从义"一语最早见于董仲舒《春秋繁露·精华》:"所闻《诗》无达诂,《易》无达占,《春秋》无达辞,从变从义,而一以奉人。"鉴于"从变"的解释在学界几无分

---

① 张金梅:《汉代经学与文论》,中华书局,2022,第12页。

歧，《汉代经学与文论》重点分析了"从义"。综合甲骨文、篆文、楷书，追溯"义"之字源演变，作者认为"义"之本义虽应训为"宜"，但前后有别。在上古时期，祭祀活动、祭祀场所、祭祀仪式、分配原则等祭祀、卜辞活动共同成就其"祭祀"义；先民认识能力提高，主体意识增强后，"义"则多取其合宜、合适义。在"道术将为天下裂"的子学时代，"义"虽然在儒、道、墨、法诸家已呈现"是其义，而非人之义"言人人殊的百家争鸣状态，但有一点是相同的，那便是合适、合宜。迨至汉代，董仲舒重新释"义"，既踵武前贤，又有所新创。结合其"宜我合一"的基本原则，《汉代经学与文论》认为，董仲舒"所谓'从义'应是指在历史长河中逐渐形成的一套合宜的、公正的、正义的伦理道德规范。随着时代变化，其具体内容可能不同，即便是同一时代语境，也还会因不同的'我'而异，但合宜、公正、正义、仁道一以贯之"①。而董仲舒所谓"从变从义"则指："对《诗》《易》《春秋》等儒家经典的理解和解释虽然可以'无达诂''无达占''无达辞'，即不同的阐释者根据自己的'前理解'或'偏见'可以采取不同甚至完全相反的解释，但是其解释必须遵循一个前提，那就是'义'，即儒家公正合宜的道德伦理规范。"② 也正缘于此，《汉代经学与文论》认为，"从变从义"作为儒家文化话语的意义建构方式，使中国历代儒生秉执"宜""我"两端，皓首穷经，极大地丰富完善了儒家文化话语的理论内涵和现实意义。

以《春秋·哀公十四年》"西狩获麟"为例。《左传》以事传经，客观记述了叔孙氏车夫商鉏获麟、孔子取麟事件的来龙去脉。而晋人杜预则以此为基础，将其推衍为孔子"绝笔于获麟"。《公羊传》自问自答，侧重"君子乐道"之象征意味，释为孔子"道穷"，即孔子所尊奉的尧、舜之道难以实现。基于灵兽乍现，天降祥瑞，王充释为孔子受命"不王之圣"，何休继而衍为汉将受命之兆。《穀梁传》聚焦于"狩""获"的选择和"来""有"的不用等几个关键词的训诂，突出其"贵中国"的思想。《春秋纬》则将其演变为"周亡汉兴""玄丘制命""为汉制法"等更加神奇的故事。这样，依托《春秋》"西狩获麟"，《汉代经学与文论》认为，《左传》《公羊传》《穀梁传》《春秋纬》都完成了"从变从义"的言说。

---

① 张金梅：《汉代经学与文论》，中华书局，2022，第139页。
② 张金梅：《汉代经学与文论》，中华书局，2022，第139~140页。

就"从变"而言，《左传》《公羊传》《穀梁传》《春秋纬》因各自的阐释路径不同，得出了截然不同的内涵——《左传》"绝笔"，《公羊传》"道穷"，《穀梁传》"贵中国"，《春秋纬》"代汉立法"。就"从义"而言，《左传》《公羊传》《穀梁传》《春秋纬》都有一定的政治色彩，都是古代知识分子在面向现实生活之际，依托于对《春秋》的确认来争取批评权力的精神行为。"义"在这里所体现的合宜、公正、正义、仁道等言说方式和解读规范，积淀了大量的思想经验和历史隐秘，不仅表现出当时文化机制中某一类人或社会集团浓厚的利益诉求，还具有超越时代、超越民族的普适性。而这也正是两千多年来"《诗》无达诂、《易》无达占、《春秋》无达辞"等儒家文化话语得以不断传承、推演的根本原因。也正是在这个意义上，《汉代经学与文论》认为"依经立义"是儒家文化话语的意义建构方式，其"依"有所本，其"立"有所创，以"从变从义"的立场实现经典的传承与创新，表现出限制与自由的对立统一，既极大地丰富完善了儒家文化话语的理论内涵和现实意义，又为汉代经学与文论的同源互动奠定了坚实基础。

除"述而不作""崇圣宗经""依经立义"三个关键词外，《汉代经学与文论》对"释名以章义"阐释规则运用得较为突出者，还有第五章第二节关于《诗大序》之风喻批评与诗教传统的论述。对于出现在《诗大序》中的17处"风"字，作者从古今异读入手，将其现代读音辨析为三种：13处读作fēng，解为风诗、风俗；3处读作fěng，解为劝告、讽谏；1处读作fèng，解为风化、教化。作者认为《诗大序》中的"风"不仅读音多元，而且意蕴丰富，三类语义水乳交融，形成了"风—风诗—风用"的风喻。无论是"缘风喻诗"还是"托风喻用"，都以"风"为喻体，借"风"丰盈的美学内涵形成了关于诗之源、诗之体和诗之用整体的风喻批评和诗教传统。

三 "选文以定篇"：汉代文体文论的经学映射

"选文以定篇"是刘勰在讨论具体文学体裁时，通过精选具有代表性的文学作品来确定和阐明每种文学体裁特点和规范的一种基本原则。作为一种主流意识形态和政治信仰,汉代经学对同时代的文学理论产生了重要影响。如蒋凡曾总结道:"围绕着对屈原及其文学的评价,有关司马迁及《史记》的评价,以及对于当时的现代文学如汉赋的审美评价,这三大有关文学问题的论争,几乎贯穿了整个汉代。"[1] 有鉴于此,《汉代经学与文论》便以骚、史、赋三种最有代表性的文体为例,重点分析"依经立义"圣化言说方式和意义建构方式对汉代骚评、史论和赋论的影响。而依经评骚、依经评史、依经评赋也顺势而成了《汉代经学与文论》在讨论汉代经学对同时期文论产生重大影响的三个关键词。

  首先,依经评骚。汉代文学上承先秦,屈原之《离骚》大受统治者的嘉赏,刺激了后来文人对《离骚》的师范、模拟与评论。对此,《汉代经学与文论》主要从骚拟和骚评两个方面进行研讨。一方面,有汉一代,屈赋被文人广泛接受和师范模拟。如王逸《楚辞章句》自卷一一至卷一七,收录了七篇汉人拟骚赋。这些拟骚之作既有对屈原作品浅层次的模拟效仿,也有深层次的感知解读。《汉代经学与文论》认为,拟骚赋的作者们在"追念闵伤"屈原以"嘉其义""赞其志"的同时,又往往将自身的个人经历、情感体验一并融入其中。这种模拟效仿与体认感知,不仅加深了他们对屈原的理解和同情,而且增强了他们对屈骚的认同与鉴赏,使得屈骚成为汉代文人笔下最为广泛的议题之一,并为屈骚最终被尊为"经"奠定了基础。另一方面,受"罢黜百家,独尊儒术"主流意识形态的影响,汉代士人又掀起了一股评论屈原及其《离骚》的热潮,贾谊开其端,王逸集大成。《汉代经学与文论》将骚评一分为二。其一,对屈原其人的评论,《汉代经学与文论》认为评论家们虽都以儒家的行为原则为标准,从品格、出处上加以探讨,却走出了两条截然不同的人生路向,或赞其忠义洁廉,或鄙之狂狷景行;或歌其忠正伏节,或惜之不能潜藏自珍。其二,对屈原其文的评论,《汉代经学与文论》从渊薮(祖圣垂典,渊源有自)、旨义(上以风谏,下以自慰)、风格(取法比兴,辞温义雅)、体例(宗经尊经,传序章句)等多方面展开批评,力图挖掘其间的相似乃至相同性,从而确立《离骚》的经典地位。虽然《离骚》称"经"的具体时间在《汉代经学与文论》中被

---

[1] 王运熙、顾易生主编《中国文学批评通史·先秦两汉卷》,上海古籍出版社,2011,第350~351页。

搁置，但《离骚》被尊称为"经"，乃是一个既成的客观事实。诚如熊良智先生所说："研究称经的著作，并不在于它是否赋予了'经'的名称，根本问题还在于它是否属于儒家经学的范式。"① 事实上，在经学影响下，屈原及《离骚》评论一开始就浸染着经学色彩，而评论家们以"依经立义"作为屈骚解读的首选方法，则加快完成了《离骚》经典化的整合过程，并最终使其成为堪与儒家经典相比肩的重要典范。

其次，依经评史。史论自《左传》"君子曰"发轫，是针对历史事件、历史人物发表评价并蕴含论者内心"微言大义"的评论文字。发展至汉代，史论受经学影响的痕迹日趋明显。《汉代经学与文论》认为经学视野下的汉代史论可从四个方面探讨。

其一，孔子"厄作"《春秋》与司马迁"发愤"著史的关系。虽然司马迁在回答大夫壶遂询问其"欲以何明"时，自我辩解说《史记》无意于比况《春秋》，但《汉代经学与文论》通过详细比较《太史公自序》和《报任安书》两文的异同，指出司马迁的"发愤著书"学说根源于"仲尼厄而作《春秋》"的著述传统，既是对孔子"诗可以怨"思想的继承，也与《诗》《书》等五经之"隐约"有紧密而直接的联系。

其二，《春秋》义法与《史记》笔法的关联。《汉代经学与文论》认为，司马迁作《史记》于体例多有创新，不仅以"寓论断于序事""藏美刺于互见""定褒贬于论赞"的史迁笔法有效地发展了"春秋笔法"，还在"太史公曰"中直接点评了《春秋》笔法，或揭橥孔子作《春秋》恪守的信史原则，或昭示孔子作《春秋》的目的和效用，或指明孔子作《春秋》"推见至隐""辞微指博"之特点。

其三，《汉书》"旁贯五经"、以史"宣汉"的经学因子。与孔子"厄作"《春秋》、史迁"发愤"著《史记》不同，班固奉敕官修，且深受经学浸染，故重皇权、贯经义必然会在《汉书》中打下深深烙印。对此，《汉代经学与文论》从《汉书》的著史功能和著史原则两方面展开：一方面，班固承续班彪"汉绍尧运"思想，进一步发展成"以史宣汉"的著史行动；另一方面，《汉书》或原经义立意定篇，或依经义开创新体，或借经义去取

---

① 熊良智：《〈离骚〉称"经"的文化考察》，《四川师范大学学报》（社会科学版）2000年第6期。

史料，或以经义述史入赞，充分体现了班彪所强调的"依五经之法言，同圣人之是非"原则。

其四，汉人基于经学视野给予《史记》何种评价。《春秋》作为孔子表达是非褒贬的言说方式，在经学氛围更为浓厚的东汉受到了更多的尊崇，其影响力渗透至史学最为直接的体现是班彪、班固对司马迁所著《史记》的批评。《汉代经学与文论》认为，班氏父子虽大体肯定了《史记》"文直""事核""不虚美，不隐恶"的"实录"精神，但更强调《史记》存在"是非颇缪于圣人"的弊端和缺陷。

最后，依经评赋。作为"一代之文学"，赋既表征鲜明的"尚文求美"之艺术倾向，又具有特殊的"尚用讽谏"之功利要求。《汉代经学与文论》认为，汉人论赋以"依经立义"为出发点和归宿，在"赋体""赋法""赋美""赋用""赋评"上都烙下了经学印迹。从"赋体"看，无论是辞赋无别、"不歌而诵"、"古诗之流"，还是诗赋连论、以颂称赋，都将赋比附于《诗》，以攀缘上"经"的权威与光辉，为赋争取立足于文坛的资格。从"赋法"看，"赋家之心"突出赋家"控引天地、错综古今"的超强艺术想象力和高度艺术概括力；而"疾虚妄""务实诚"以"义正""事实"为创作原则，又对汉赋之过度虚构夸张颇有微词。从"赋美"看，事辞相称的"丽则"观和丽雅征实的"典实"观，倡导汉赋思想内容与艺术形式的统一。从"赋用"看，汉赋紧承《诗经》"美""刺"二端，形成了"或以抒下情而通讽喻，或以宣上德而尽忠孝"的颂扬与讽谏两大传统。从"赋评"看，司马迁的作家传记批评、扬雄的分类比较评价、班固的风格个性关系论、班昭为赋作注等，分别对汉赋作家作品予以褒贬，依经立论。

四 "敷理以举统"：汉代经学文论的体系建构

"敷理以举统"是刘勰在讨论具体文学体裁时，通过对各种文学体裁的深入分析和理解，总结和提炼其核心的写作法则及特点，从而把握其精髓要领和理论规律的一种基本原则。就中国文论而言，不仅"文本于经"是中国文论话语的生成模式与言说方式，而且经学话语本身也是文学理论的一个重要组成部分。也正缘于此，《汉代经学与文论》认为汉代经学与文论之间经常是一体两面的共生关系，而且汉代经学文论直接参与了汉代文论体系的建构。汉代经学文论对文艺本源论、创作论、作品论、价值论的阐述，不仅充实了中国经学的血肉，也构成了中国文论的躯干，并以关键词的形式影响至深至远。

就本源论而言，《汉代经学与文论》在汉代经学文论中阐释了"志本""情本""心本"三个向度。第一个向度，"志本"。在先秦"诗言志"说基础上，围绕"心→志→诗"话语模式，汉儒释"志"为"志意"或"心志"，带有浓厚的伦理教化色彩。第二个向度，"情本"。受性情论影响，汉儒虽注意到"情"之于文艺的发生学意义，但也进行了政治道德限定，甚至表现出神秘化倾向。第三个向度，"心本"。与"志本论""情本论"相似，"心本论"认为人心之动产生诗乐，但又主张"心"非个人心理活动，而是受政治与伦理调控的心理世界，使"心"皴染上了浓厚的政治伦理色彩。在阐述"志本""情本""心本"时，《汉代经学与文论》都是从文本细读入手，结合历史文化语境和汉代经学文献上下文语境进行细致辨析。

就创作论而言，《汉代经学与文论》在汉代经学文论中选取了"感物""美刺""食事"三个范畴。

第一个范畴，"感物"。《汉代经学与文论》从渊源、特色、影响三方面进行了阐述。从渊源上看，受先秦以来天人之学，尤其是董仲舒"天人相应"思潮影响，"感物"说在《乐记》中发端，是后世感物美学之滥觞。从特色上看，《乐记》将音乐有感于外物而生的具体过程和内在机制简化为"物—心—声—音—乐"模式，却又因人心之善恶在"感物"过程中起决定作用而使"感物"说最终陷入了政治牢笼和伦理审判。从影响上看，《乐纬·乐动声仪》剔除《乐记》中的政治伦理色彩，将诗人由感而作的具体过程发展为"感—思—积—满—作"，则为魏晋南北朝"感物"美学的兴盛导夫先路。

第二个范畴，"美刺"。诗人以美、刺反映社会时世，臧否政治，使诗成为显现国家治乱兴衰的工具。对此，《汉代经学与文论》主要以董仲舒和郑玄为例。针对诗人出于美刺目的而作诗的现象，董仲舒提出了"诗人美之而作"和"诗人疾而刺之"两种态度；郑玄则将其总结为"论功颂德所以将顺其美，刺过讥失所以匡救其恶"。虽然囿于特定的政治文化环境，汉儒倡言文学创作之"美刺"自有其流弊,但是后世从中获得了以文学讥刺社会、干预时世的理论基础和精神指引。

第三个范畴,"食事"。即"饥者歌其食,劳者歌其事",普通百姓(劳者、饥者)对现实生活不满,其愤懑之情发而为诗。《汉代经学与文论》认为,鉴于战争之伤、稼穑之艰、剥削之酷、相思之苦等普通百姓生活场景的描绘与观照,曾是《诗经》民本思想的重要内涵,汉儒对《诗经》创作与人民生活的密切关系多有关注。例如何休所谓"男女有所怨恨,相从而歌",就从根本上揭示了诗歌创作中的人民底色。

就作品论而言,《汉代经学与文论》在汉代经学文论中实现了从"六诗"到"六义",从"治道文质论"到"文艺文质论"两个转捩。第一个转捩,从"六诗"到"六义"。"六诗"语出《周礼·春官·大师》,与先秦时期的宗教信仰、礼乐教化、政治制度、军旅征伐、社会习俗等均休戚关联。"六义"首见于《诗大序》,虽然直接承续"六诗",仅改"诗"为"义",而且"风、赋、比、兴、雅、颂"的次第亦没有任何改变,但二者并不是一回事。《汉代经学与文论》认为,从"六诗"到"六义"体现了汉儒对文艺作品认知的巨大进步,前者单以音乐区分诗歌类别;后者以"风雅颂"为诗之体,"赋比兴"为诗之用,虽富有政教色彩,却是政治、地理、民俗、历史等多重视角的综合判定和运用。第二个转捩,从"治道文质论"到"文艺文质论"。在儒家思想体系中,自孔子倡言"文质彬彬","文质"论就被用于君子人格的形塑,可视作一种道德伦理学说,为荀子引之以言"礼"并与治道相联系创造了条件。迨至汉代,儒家经生将其全面用于言论社会政治。如《礼记》之"文质"论,既有以之言虞夏、殷周文化,亦有言"君子之德",还有言"礼",呈现出明显的多元化、过渡性色彩;董仲舒以"文质"言"礼"言政,虽有重"质"轻"文"、以"质"救"文"之倾向,却为以"文质"论文艺奠定了理论基础,如扬雄的文质相符、王充论文质与文章等当受其启发。

就价值论而言,《汉代经学与文论》在汉代经学文论中辨析了"经国大业""化下刺上""利情治性"三个功能。

第一个功能,"经国大业"。"盖文章,乃经国之大业"虽出自曹丕《典论·论文》,但将这一功能提前实施并发挥到极致的则无疑是汉代儒生。基于维护国家长治久安的需要，汉儒多将诗乐与帝王政治、国家意志密切勾连。对此，《汉代经学与文论》主要结合《礼记·乐记》《诗大序》等具体的经学文本细读分析。

第二个功能，"化下刺上"。在汉代经学文本中，围绕"民心—礼乐—民心"周而复始的循环思维，《礼记·乐记》将礼乐"教民平好恶而反人道之正"的功能发挥得淋漓尽致。《诗大序》则不仅将风诗从礼乐中转化出来，还首次方向鲜明地区分了风诗的教化途径："上以风化下，下以风刺上。"在辨析《礼记·乐记》主创"化下"循环功能、《诗大序》兼论"化下刺上"功能之后，《汉代经学与文论》指出，"化下"和"刺上"虽然是一个双向互动的过程，但实际操作起来则有主次之别——教化为主，讽谏为次。二者都以更好地实施政治教化为目的，故从根本上讲，二者殊途同归。

第三个功能，"利情治性"。《汉代经学与文论》认为，汉儒谈论文学功能虽以社会政治、道德伦理功用为核心，但已在一定程度上认识到文学的审美属性。如陆贾《新语·慎微》论及诗的"情得以利""性得以治"功能，《礼记·乐记》高扬"乐者，乐也，人情之所不能免也"，认为欣赏音乐可以引起人的欢悦之情。不过，囿于汉代特定的社会环境与经学语境，尤其是出于维护统治权威的先是需求，汉儒难以对诗乐艺术的审美特质进行直接阐述，最终表现出一种内在的矛盾。

结　语

综上，《汉代经学与文论》以汉代经学与文论的关系为研究对象，从历史发生和逻辑分析相结合的视角，运用"原始以表末，释名以章义，选文以定篇，敷理以举统"四项基本原则，通过搜集整理散见于汉代各种文献典籍中的相关资料，寻绎出汉代经学对文论文化心理、思维方式、话语规则、审美观感、价值系统、诠释方式的影响因素，并据此形成了探讨汉代经学与文论关系的关键词研究成果。

以关键词为研究对象，《汉代经学与文论》从汉代经学与文论会通的视域，不仅重点阐释了一些"旧"关键词，如汉代经学与文论的文化发生背景("天人合一"和"类推思维"),汉代经学和文论的意义生成规则("述而不作""崇圣宗经""依经立义"),汉代经学文论的本源论("志本""情本""心本")、创作论("感物""美刺""食事")、作品论("六义""文质")、批评论("《诗》无达诂""美刺解《诗》")、价值论("经国大业""化下刺上""利情治性");而且提炼出了一些"新"关键词,如汉代文体文论中的"依经评骚""依经评史""依经评赋",汉代经学与文论兼性文本《毛诗序》相关的"尊废之争"与"风喻批评",等等,据此构成一部汉代经学与文论关键词阐释的专著。

以关键词为研究方法,《汉代经学与文论》全书分设引言、正文、结语三部分,以研究视界、文化场域、话语规则、经学文论、文体文论、赓续影响、现代意义为七大面向,历史与逻辑相结合,自成体系而多有新见。作者指出,浸染于先秦以来的"天人合一"思潮和早期先民的"类比推衍"思维,在孔子奠定的"述而不作"文化范型和话语模式下,汉代儒生形成了以读经为本、解经为事,融崇道、尊圣、宗经为一体的"依经立义"话语规则,对汉代经学与文论各自生成发展及二者彼此互动都产生了重要影响。一方面,汉代经学著述对文艺本源论、创作论、作品论、批评论、功能论多有阐述,既是汉代经学研究的有机组成部分,又是汉代文论创构的重要理论源泉;另一方面,文学理论虽有其自身发展演变的基本规律,但"依经立义"圣化言说方式和意义建构方式又直接决定了汉代的骚评、史论和赋论,使汉代文论烙上了深厚的经学底色。文论场域中的汉代经学阐释和经学视野下的汉代文论叙述一起构成汉代文论的双重内核,前者以经学与文论的一体两面实现同体同构,后者以经学对文论的规约影响而异质同构,在一定程度上体现了汉代经学与文论的会通化成。而作为汉代经学与文论兼性文本的《毛诗序》,则以其自汉迄今尊废之争的学术演进史、风喻批评与诗教传统,昭示着汉代经学与文论对后世的赓续和影响。

作者简介:吴星系,中南财经政法大学文艺学专业硕士研究生。

(栏目编辑:何敏燕 袁 劲)

·中华字文化大系（第二辑）出版预告·

作为文学范畴的"游"：词源与演变*

陈民镇

（北京语言大学文学院）

摘　要：作为中国古代文化的关键词，"游"在文学、艺术、哲学等领域扮演着重要角色。关于"游"的词源，论者多追溯至《说文解字》，但《说文解字》对"游"之本义和构形的解释均存在疏误。"斿"或"游"本身并无旗旒之义。作为文学范畴的"游"，来自表出游等义的"遊"。诸如"逍遥游"、"神与物游"、纪游文学、游仙文学、山水文学等文学命题或文学类型，均从"遊"的各种义项引申而出。"游"本为行为方式，后演变为文学范畴。战国时期，"游"的三个面向——"心游""行游""仙游"均已确立。魏晋南北朝时期，作为文学范畴的"游"得到进一步发展，具体表现为山水文学的形成、游仙诗的形成，以及"游"开始进入文艺理论批评的视野，并对后世产生深远影响。

关键词：游；词源；游于艺；逍遥游；神与物游

作为中国古代文化的关键词，"游"在文学、艺术、哲学等领域扮演着重要角色。"游"本为行为方式，后演变为文学范畴，并衍生出纪游文学、游仙文学、山水文学、宦游文学等文学类型。一些学者已经注意到"游"的审美意蕴和丰富内涵，并从不同角度予以揭示。[①] 《论语》"游于艺"、

---

* 本文为《"游"于艺："游"范畴的文学与文艺学阐释》（陈民镇、魏逸暄、孔祥睿著）一书绪论的一部分。该书将由武汉大学出版社出版。

① 龚鹏程：《游的精神文化史论》，河北教育出版社，2001；周甲辰：《游：中国式的审美沉醉》，《贵州社会科学》2007年第2期；文彦波：《论"游"的审美意蕴的流变及意义》，《绥化学院学报》2008年第2期；王乐乐：《古代文论"游"范畴阐说》，《绥化学院学报》2008年第3期；薛显超：《中国古典美学"游"范畴探源》，《中国社会科学院研究生院学报》2011年第3期；薛显超：《论中国古典美学"游"范畴的审美意蕴》，《理论月刊》2012年第6期；刘建玲：《中国古典美学中"游"的美学阐释》，山东师（转下页注）

《庄子》"逍遥游"和《文心雕龙》"神与物游",是三个与"游"相关且受到广泛讨论的命题,研究成果甚多。本文尝试对"游"的词源以及它由行为方式演变为文学范畴的过程略作梳理,并对学界的相关误解加以辨析。

一 "游"的词源追溯

《说文解字·㫃部》云:"游,旌旗之流也。从㫃,汓声。"① 学者在讨论"游"的词源时,多追溯于此。但《说文解字》的这一说法并不准确,这里有必要分别辨析"斿""旒""流""游""遊"诸字,并讨论它们之间的关系。

1. 斿

商代晚期的殷墟甲骨文但见"斿",不见"游"或"遊"。甲骨文的"斿"写作 ②,从㫃从子,象一人立于旗帜之下或一人执旗之形。从金文的某些字形看,如同样是商代晚期的亚若癸簋(《集成》3713)所见 ![字形]③,可知"斿"的字形表现的应是一人执旗。

甲骨文中的"斿"用作地名,如:

> 戊午〔卜,何〕贞:王其〔田〕斿。往来无灾,在九月。(《合集》27778)④
>
> 壬子卜,贞:王田于斿,往来无灾。兹孚。获麋十一。(《合集》37460)⑤
>
> 王其逐斿麋,弥日无灾。(《合集》28370)⑥

(接上页注①)范大学硕士学位论文,2005;生岩岩:《中国古典审美活动"游"范畴通论》,山东大学硕士学位论文,2010;王丹:《美学视野中的"游"范畴研究》,广西师范大学硕士学位论文,2013。
① 许慎:《说文解字》,中华书局,1963,第140页。
② 黄天树主编《甲骨文摹本大系》第23册,北京大学出版社,2022,第7177页。本文所引出土文献释文均为宽式,以下不一一说明。
③ 吴镇烽编著《商周青铜器铭文暨图像集成》第9卷,上海古籍出版社,2012,第329页。
④ 黄天树主编《甲骨文摹本大系》第34册,北京大学出版社,2022,第2591页。
⑤ 黄天树主编《甲骨文摹本大系》第35册,北京大学出版社,2022,第2849页。
⑥ 黄天树主编《甲骨文摹本大系》第37册,北京大学出版社,2022,第3660页。

王惠翌日辛射㝏兕，无［灾］。(《合集》37396)①

在这些辞例中，"㝏"均指商王的畋猎之地，"田㝏"指在㝏地畋猎，"㝏麋""㝏兕"指㝏地的麋、兕等野生动物。

关于"㝏"的本义，或以为"㝏"是"旒"之初文②，或以为甲骨文的"㝏"表"督导"之义，与"纛"同源③。由于甲骨文的"㝏"仅用作地名，限于辞例，尚难以看出它的本义。"旅"与"㝏"颇有可比性，前者的字形为二人立于旗帜之下（，《合集》5823)④，表现的是师旅之众，后者的字形则为一人立于旗帜之下。单从字形看，甲骨文的"㝏"象一人执旗，似在强调军事活动或军事指挥。但由于缺乏词义的实际用例和连续性线索，已难以深求。

2. 旒、流

旒为旌旗的下垂饰物。《诗经·商颂·长发》"受小球大球，为下国缀旒"，郑玄笺云："旒，旌旗之垂者也。"⑤ "旒"又写作"流"，《礼记·乐记》有"龙旂九旒"，《经典释文》谓"流，本又作旒"⑥。此处"流"系"旒"之假借。

《说文解字》在解释"游"时称："旌旗之流也。"《玉篇·㫃部》云："㝏，旌旗之末垂者。或作游。"⑦ 延续的是《说文解字》的说法。《周礼·春官·巾车》"建大常，十有二斿"⑧，此处"斿"便指旒。《左传·桓公二年》"藻率、鞞鞛、鞶、厉、游、缨，昭其数也"，杜预注云："游，旌旗之游。"⑨ 此处"游"亦指旒。

从甲骨文"㝏"的写法看，它与"旒"在字形上的共性是皆从㫃，即旗帜之形。但据此判定"㝏"是"旒"的初文，证据仍嫌不足。其他从㫃

---

① 黄天树主编《甲骨文摹本大系》第34册，北京大学出版社，2022，第2611页。
② 黄德宽主编《古文字谱系疏证》，商务印书馆，2007，第605页。
③ 李学勤主编《字源》，天津古籍出版社，2012，第614页。
④ 黄天树主编《甲骨文摹本大系》第2册，北京大学出版社，2022，第352页。
⑤ 阮元校刻《十三经注疏·毛诗正义》，中华书局，2009，第1352页。
⑥ 黄焯：《经典释文汇校》，中华书局，1980，第135页。
⑦ 顾野王：《宋本玉篇》，北京市中国书店，1983，第312页。
⑧ 阮元校刻《十三经注疏·周礼正义》，中华书局，2009，第1776页。
⑨ 阮元校刻《十三经注疏·左传正义》，中华书局，2009，第3783页。

之字，如"旅"，从㫃从从，我们显然不能因"旅"从㫃便认为它与旗旒有关。甲骨文的"中"写作𠁩（《合集》811正）①，一般认为"中"字上下所飘扬的便是旌旗之旒。而甲骨文的"斿"字，对旗旒并无刻意表现。

"斿"或"游"可指旌旒，主要还是基于通假关系。"旒"和"流"均为来母幽部字，"斿""游""遊"均为余母幽部字，韵部相同，声纽相近，音近可通。"流"与"游"常可通假，如马王堆帛书《道原》"鸟得而蜚（飞），鱼得而流（游），兽得而走"②，"游"便写作"流"。《楚辞·大招》"螭龙并流，上下悠悠只"③，"并流"即"并游"。"游"与"旒"的关系正如"游"与"流"的关系，主要是音近通假。

从现有的证据看，"斿"或"游"本身并无旗旒之义，因"旒""流"可与"斿""游"相通，故旗旒有时写作"斿""游"。《说文解字》以旗旒解释"游"，实际上是以其某种通假的用法来诠解本义，并不能得其实。

3. 游

"游"从水斿声，"斿"为"游"之声符。《说文解字》将"游"分析为从㫃汓声，并不准确。不过"游"确与"汓"有关，二者是异体关系。《说文解字·水部》："汓，浮行水上也。从水，从子。古或以汓为'没'。泅，汓或从囚声。"④"游""汓""泅"均指游水。"汓"为会意字，会一人浮水上之意。"游"和"泅"则是形声字，是"汓"的另一种写法。

古文字中"游"或写作"斿"，如春秋时期秦国的石鼓文云："汧有小鱼，其斿（游）趰趰。"⑤"游"便写作"斿"。

4. 遊

《说文解字》仅见"游"，而未载录"斿"和"遊"。"遊"从辵斿声，"斿"为"游"之声符。辵旁又可省作彳或止。"遊"有出游、遨游、游行、游览、游乐等义。

---

① 黄天树主编《甲骨文摹本大系》第4册，北京大学出版社，2022，第1211页。
② 湖南省博物馆、复旦大学出土文献与古文字研究中心编纂《长沙马王堆简帛集成》（肆），中华书局，2014，第189页。
③ 洪兴祖撰，白化文等点校《楚辞补注》，中华书局，1983，第217页。
④ 许慎：《说文解字》，中华书局，1963，第233页。
⑤ 徐宝贵：《石鼓文整理研究》，中华书局，2008，第766页。

作为文学范畴的"游":词源与演变

古文字中"遊"或写作"斿",如石鼓文云:"員獵員斿(遊)。"① 北大汉简《赵正书》"出斿(遊)天下""使斿(遊)诸侯""兴斿(遊)观"②,"遊"均写作"斿"。

"游"之形符为水,故指游水;"遊"之形符为辵,故指出游。二者因可通假,故又常混用。《庄子·外物》"人有能遊,且得不遊乎"③,《韩非子·说林上》"越人虽善遊"④,文中的"遊"均指游水,本字为"游"。阜阳汉简《诗经·卫风·竹竿》"驾言出游(遊)"⑤,"遊"写作"游"。《仪礼·士相见礼》"若父则遊目,毋上于面,毋下于带"⑥,武威汉简《仪礼》"遊目"作"游目"⑦。从今本《诗经》看,"游""遊"二字之区分还是比较分明的,除了《大雅·卷阿》"岂弟君子,来游来歌,以矢其音"⑧ 中的"游"当作"遊"之外,其他辞例均不混用。

作为文学范畴的"游",从词源学的角度讲,都是来自表出游等义的"遊"。诸如"逍遥游"、"神与物游"、纪游文学、游仙文学、山水文学等文学命题或文学类型,均从"遊"的各种义项引申而出。今天通行的简体字,"游"与"遊"二字归并为"游",因此,除非特定条件下的区分,本文一概将"遊"写作"游"。

根据前文的讨论,《说文解字》"游,旌旗之流也。从㫃,汓声"的解释并不准确。"游"表"旌旗之流",这只是某种通假用法的意义。"从㫃,汓声"也不能概括"游"的造字理据。许多讨论"游"的范畴的论著基于《说文解字》的解释展开,这些说法也便值得怀疑了。如徐复观指出"旌旗所垂之旒,随风飘荡而无所系缚,故引申为游戏之游"⑨。再如薛显超认为"游"对于人的影响与旗帜的来源及作用是分不开的:"游"来自原始先民对于星体运行的观察,作为旗帜飘带的"游"象征着星与命具有沟通天人的作

---

① 徐宝贵:《石鼓文整理研究》,中华书局,2008,第823页。
② 北京大学出土文献研究所编《北京大学藏西汉竹书》(叁),2015,第189、192页。
③ 郭庆藩撰,王孝鱼点校《庄子集释》,中华书局,1961,第936页。
④ 王先慎撰,钟哲点校《韩非子集解》,中华书局,1998,第177页。
⑤ 胡平生、韩自强:《阜阳汉简诗经研究》,上海古籍出版社,1988,第9页。
⑥ 阮元校刻《十三经注疏·仪礼注疏》,中华书局,2009,第2109页。
⑦ 甘肃省博物馆、中国科学院考古研究所编《武威汉简》,文物出版社,1964,第89页。
⑧ 阮元校刻《十三经注疏·毛诗正义》,中华书局,2009,第1176页。
⑨ 徐复观:《中国艺术精神》,商务印书馆,2010,第68页。

用；旗帜在祭祀和战争中的重要功能强烈地影响了原始先民的思想意识。① 梁晓萍也认为，自远古至周代，"旒"（游、斿）便成为人与星、人与天、人与神、人与礼之间的一种连接物，并以其独特的神性内涵和现实指向，深刻地影响着中国文化与中国艺术精神。② 此类词源追溯主要存在以下三个问题：其一，并没有明确的证据能够说明旗旒是"游"的本义，其实"旒"与"斿""遊"主要是音近通假的关系；其二，即便"斿""游"的本义指旗旒，但作为文学范畴的"游"主要是就"遊"而言的，而"遊"与旗旒并没有什么联系；其三，"字"和"词"有必要加以区分，文学范畴的"游"源自"遊"的出游等义，建立在出游等词义的基础上，而作为形声字的"游"和"遊"，有关其字形尤其是声符（斿）的讨论，对于词义的理解可以说意义有限。

有学者指出，近几十年以来，通过古文字的本形本义演绎出某种理论构想，即"以字源学方法解决文化问题"的模式甚为盛行，但它超出了字源学方法所能负载的限度，不少论说不同程度地存在文字考释不准确、拘形索义和夸大汉字文化功能等问题。③ 这一提醒显然是有必要的。字源或词源的追溯可帮助我们认识某一关键词或观念的来龙去脉，但这种追溯应建立在准确理解字形演变、词义变迁以及字词关系的基础之上。很多时候，实际应用中的词义，要比远去甚至消逝的所谓"本义"更为重要。

二 从行为方式到文学范畴："游"的演变脉络

在早期文献中，"游"往往指出游，④ 尤其是贵族的出游，如《诗经》中的以下诗句：

> 游于北园，四马既闲。（《诗经·秦风·驷驖》）⑤

---

① 薛显超：《中国古典美学"游"范畴探源》，《中国社会科学院研究生院学报》2011年第3期。
② 梁晓萍：《庄子审美之"游"与中国艺术精神》，《山西大学学报》（哲学社会科学版）2018年第4期。
③ 刘涛：《"诗言志"字源学研究辨证》，《江海学刊》2024年第2期。
④ 下引《诗经》《尚书》《庄子》等文献的"游"，原文均写作"遊"，不一一说明。
⑤ 阮元校刻《十三经注疏·毛诗正义》，中华书局，2009，第785页。

作为文学范畴的"游":词源与演变

思须与漕,我心悠悠。驾言出游,以写我忧。(《诗经·邶风·泉水》)①

淇水滺滺,桧楫松舟。驾言出游,以写我忧。(《诗经·卫风·竹竿》)②

微我无酒,以敖以游。(《诗经·邶风·柏舟》)③

鲁道有荡,齐子游敖。(《诗经·邶风·载驱》)④

《尚书·无逸》记载了周公对先王事迹的追溯,称"文王不敢盘于游田",同时也告诫成王"无淫于观、于逸、于游、于田"。⑤ 在周公的口中,"游"与"田(畋)"是并列的,出游与畋猎都属于休闲活动、逸乐之事。可见,"游"最初是就行为方式而言的。

春秋战国和魏晋南北朝是中国历史上的两个分裂时期,同时也是两个重要的思想争鸣时期。这两个时期促成了"游"向文学范畴或审美观念的转变,"游"的内涵愈加丰富。

春秋以降,各诸侯国之间的交流愈加密切,人员流动愈加频繁。春秋时期有两个重要人物游历列国的事件,分别是重耳流亡列国和孔子周游列国。游历列国的传奇性,给后世文学作品以启发。到了战国时期,出现了以周穆王西游为题材的《穆天子传》(又称《周王游行》《周王游行记》),这一作品已有小说的性质,标志着纪游文学初现雏形。而战国时期之所以能出现《穆天子传》,与当时地理观念的扩大化,以及方术流行的时代背景有关。⑥

战国时期,百家争鸣,人文理性进一步觉醒,诸子更多关注内在精神的超越。论者在讨论先秦时期"游"的观念时,绕不开《论语》"游于艺"和《庄子》"逍遥游"。但根据传世文献与出土文献的互证,可知《论语·述而》"游于艺"⑦之"游"实际上应读作"由"⑧,如此一来,将"游"

---

① 阮元校刻《十三经注疏·毛诗正义》,中华书局,2009,第652页。
② 阮元校刻《十三经注疏·毛诗正义》,中华书局,2009,第687页。
③ 阮元校刻《十三经注疏·毛诗正义》,中华书局,2009,第624页。
④ 阮元校刻《十三经注疏·毛诗正义》,中华书局,2009,第751页。
⑤ 阮元校刻《十三经注疏·尚书正义》,中华书局,2009,第472页。
⑥ 参见常金仓《〈穆天子传〉的时代和文献性质》,《社会科学战线》2006年第6期。
⑦ 阮元校刻《十三经注疏·论语注疏》,中华书局,2009,第5390页。
⑧ 陈民镇等:《上博简楚辞类文献研究》,花木兰文化出版社,2014,第181~183页。

· 257 ·

解释为"玩物适情之谓"①、"游憩"②或"游心"③也便无从谈起了。真正对后世"游"的观念产生深刻影响的,还是《庄子》。在《庄子》一书中,出现了97次"遊"字④,其中《逍遥游》一篇提出"乘天地之正,而御六气之辩,以游无穷"⑤时,需要无所"待"、无所束缚,与天地精神相往来,追求绝对的精神自由。《逍遥游》推崇"至人无己,神人无功,圣人无名"⑥的境界,在《庄子》的描述中,"神人""乘云气,御飞龙,而游乎四海之外"(《逍遥游》)⑦,"至人""乘云气,骑日月,而游乎四海之外"(《齐物论》)⑧,"圣人""无谓有谓,有谓无谓,而游乎尘垢之外"(《齐物论》)⑨,广成子"入无穷之门,以游无极之野。吾与日月参光,吾与天地为常"(《在宥》)⑩,均游离于俗世,超越身心的局限和现实的束缚。通过《庄子》的提炼与升华,"游"不再仅仅是一种行为方式,而已然成为一种灵动的诗性与艺术想象,为后世的文艺活动提供了丰富的给养。

《庄子》一书所追求的"逍遥游",更多是一种精神之游。在《人间世》中,作者明确提出"乘物以游心"⑪。所谓"游心",亦相当于"神游"⑫。《楚辞》中的《离骚》和《远游》所体现的也是精神之游。战国时期,在道家、方术、楚地巫风等因素的推动下,人们产生了对方外仙境的向往,游仙文学也便呼之欲出了。

可见,战国时期,作为文学范畴的"游"的三个面向——"心游""行游""仙游"都已经确立。"心游"为精神之游,以《庄子》为代表;"行游"为现实之游(尽管会有虚构夸张的成分),体现为以《穆天子传》为代

---

① 朱熹:《四书章句集注》,中华书局,1983,第94页。
② 杨伯峻:《论语译注》,中华书局,1980,第67页。
③ 李零:《丧家狗——我读〈论语〉》,山西人民出版社,2007,第146页。
④ 此处仅统计"遊",未统计"游"。其中一般被视作庄子本人作品的《庄子·内篇》7篇,共出现"遊"30次,其频次要高于外篇和杂篇。
⑤ 郭庆藩撰,王孝鱼点校《庄子集释》,中华书局,1961,第17页。
⑥ 郭庆藩撰,王孝鱼点校《庄子集释》,中华书局,1961,第17页。
⑦ 郭庆藩撰,王孝鱼点校《庄子集释》,中华书局,1961,第28页。
⑧ 郭庆藩撰,王孝鱼点校《庄子集释》,中华书局,1961,第96页。
⑨ 郭庆藩撰,王孝鱼点校《庄子集释》,中华书局,1961,第97页。
⑩ 郭庆藩撰,王孝鱼点校《庄子集释》,中华书局,1961,第384页。
⑪ 郭庆藩撰,王孝鱼点校《庄子集释》,中华书局,1961,第160页。
⑫ 于雪棠:《形神关系视角下〈庄子〉逍遥游意蕴发微》,《励耘学刊》第26辑,学苑出版社,2017,第129页。

表的纪游文学；"仙游"介于二者之间，体现为以《离骚》《远游》为代表的游仙文学。

魏晋南北朝是又一个思想高度活跃的时期，也是文学观念趋于自觉的时期。在这一时期，作为文学范畴的"游"得到进一步发展。

其一，山水文学的形成。魏晋以来，士人寄情山水，自然山水开始成为独立的审美对象，山水诗和山水赋也便应运而生。东晋时期，山水与玄言相杂，迨至南朝，山水诗逐渐成为独立的诗体，出现了以南朝谢灵运为代表的山水诗人。山水文学属于现实之游，它所观览的对象为自然山水。

其二，游仙诗的形成。以东晋郭璞为代表，魏晋以来游仙诗正式确立。而其远源正是战国时期的《离骚》《远游》。

其三，"游"开始进入文艺理论批评的视野。真正意义上的文艺理论批评，是在魏晋以来确立的，"游"成为文艺理论批评的概念，也是在此时期间。陆机《文赋》云："其始也，皆收视反听，耽思傍讯，精骛八极，心游万仞。"[1] 讲的是创作过程中的"心游"，亦即神思之"游"。在刘勰《文心雕龙·神思》中，这种神思之游被表述为"故寂然凝虑，思接千载；悄焉动容，视通万里"[2]。刘勰还提出了"思理为妙，神与物游"[3] 的说法，主张主体意识与客体的结合，在文学理论批评史上具有重要意义。在画论领域，宗炳倡"澄怀观道，卧以游之"[4] 之论，"卧游"非现实之游，它更多反映的是艺术想象与审美活动。此类"游心"之论，实则远绍《庄子》的"逍遥游"。

魏晋南北朝确立了与"游"有关的文学品类与文艺理论批评，后世的演变莫不出于此。唐宋以来，山水文学进一步发展，宦游文学亦与山水文学密切相关。佛教禅宗的"游戏三昧"说在一定程度上吸收了道家"逍遥游"的思想，它所追求的自在无碍的境界与"逍遥游"气息相通，并被应用到文艺理论批评的领域。[5] 金元之际的郝经有"内游"之论，谓"身不离于衽席之

---

[1] 陆机著，张少康集释《文赋集释》，人民文学出版社，2002，第36页。
[2] 刘勰著，范文澜注《文心雕龙注》，人民文学出版社，1958，第493页。
[3] 刘勰著，范文澜注《文心雕龙注》，人民文学出版社，1958，第493页。
[4] 《宋书》，中华书局，1974，第2278页。
[5] 参见王悦、张勇《"游戏三昧"的禅学内涵与诗学意义》，《西南交通大学学报》（社会科学版）2023年第5期。

上而游于六合之外,生乎千古之下而游于千古之上"①,清初李渔有"梦往神游"② 之说,与魏晋南北朝时期的"神与物游""卧游"等说法亦相呼应。

结　语

如若追溯作为文学范畴的"游"的词源,可知它源于"遊"的出游等义,而与游水之"游"、旗旒之"斿"并无直接关联。《说文解字》对"游"的解释存在疏误之处,过去有关"游"的讨论多受其误导。这也启示我们在从事关键词研究时,需要准确理解字形演变、词义变迁以及字词关系。

"遊"之出游等义,表明它原本是行为方式,后演变为文学范畴。这一演变的发生有两个关键的阶段,分别是春秋战国时期和魏晋南北朝时期。在春秋战国时期,纪游文学和游仙文学初现雏形,《庄子》的"游心"之论影响深远,是后来"神与物游"等观念的远源,也是"游"成为文学范畴的关键。原本只是行为方式的"游"被赋予了诗性。魏晋南北朝时期延续战国以来的文学品类和文学观念,山水文学和游仙诗得以形成,"游"也开始进入文艺理论批评的视野,具体表现为"神与物游""卧游"等观念。魏晋南北朝承前启后,唐宋以来山水文学的发展、"内游"等观念皆是在前一阶段基础上的延续。

"游"并不是一个孤立的概念,它串联起文学、艺术、哲学等领域的诸多命题。如"逍遥游"本是哲学的思考,却启发了文学的创作论。再如"游戏三昧"本是佛家言,但也被引入文艺理论批评的视域之中。此外,山水诗脱胎自玄言诗,游仙诗与宗教观念密不可分。因此,对作为文学范畴的"游"的研究,显然不能局限于文学,而需要将其置于中国文化语境中予以考察。

作者简介: 陈民镇,北京语言大学文学院教授,主要研究方向为出土文献、先秦史、中国古代文体学。

---

① 郝经著,吴广隆、马甫平点校《陵川集》,山西古籍出版社,2006,第690页。
② 李渔著,单锦珩点校《李渔全集·闲情偶寄》,浙江古籍出版社,2014,第41页。

稿　约

《关键词》是武汉大学文学院主办的学术集刊，依托国家社会科学基金重大项目"中国文论关键词研究的历史流变及其理论范式构建"课题组，由社会科学文献出版社出版发行，每年出版两辑。本集刊关注海内外关键词研究的最新走向，主要刊发关键词研究（尤其是中国文化及文论关键词研究）的最新成果，设有学术史、方法论、学者论、要籍叙录、成果总目、文化及文论关键词考察、学术动态等栏目，诚邀海内外专家学者惠赐佳作。相关情况说明如下。

一、本集刊实行匿名审稿和三审制，坚持"以质取文"，鼓励学术争鸣，注重扶植学术新人，欢迎具有学术性、前沿性、思想性的稿件。

二、来稿字数请控制在 10000~15000 字，特殊稿件可放宽至 20000 字。译稿须附原文及原文作者的授权证明。若有图片，请提供清晰度在 300dpi 以上的 jpg 格式电子版。

三、来稿请采用 word 电子文本，发送至本集刊电子邮箱：zgwlgjc@163.com。请附上作者简介：姓名、性别、出生年月、所在单位（具体到院系或研究所）、职务或职称、单位所在省市、邮编、联系电话。

四、通过初审的稿件，将由编辑部送请专家匿名评审。稿件若被采用，编辑部将及时联系，并寄赠样刊两册。未用稿件，恕不退稿。若两个月内未接到用稿通知，作者可自行处理。请遵守学术规范，勿一稿多投。

五、本集刊对采用的稿件有删改权，作者如不同意，请在来稿时书面说明。本集刊已许可中国知网以数字化方式传播，如有异议，亦请在来稿时说明。

六、格式要求

（一）字体

标题使用黑体小二号，二级标题使用宋体小三号加粗，并以一、二、三顺序列出；三级标题使用宋体小四号加粗，并以（一）（二）（三）顺序列出。正文内中文内容使用宋体小四号，英文内容使用 Times New Roman 小四号。独立引文请另起一行并左缩进两格排版，且上下各空一行，使用楷体小四号。所有行距为固定值20磅。脚注为宋体小五号。

（二）数字

1. 公历世纪、年代、年、月、日、时刻、图表序号使用阿拉伯数字。如，公元前5世纪、公元前841年、20世纪40年代、2023年8月1日。

2. 非公历纪年，一律用汉字数字标示，但应采用阿拉伯数字括注公历。如，秦文公四十四年（前722）、唐高祖武德九年（626）。

3. 文章中请勿使用"今年""去年""明年""最近""上世纪"等时间词。

（三）注释

本集刊不另列参考文献，相关参考与引用文献皆在注释中说明。一律采用脚注，每页编号自为起止，使用①、②、③标示。

脚注中引证文献标注项目一般规则为：中文文章名、刊物名、书名、报纸名等用书名号标注；英文中，文章名用双引号标注，书名以及刊物名用斜体标注。

责任方式为著时，"著"字可省略，用冒号替代，其他责任方式不可省略；如作者名之后有"著""编""编著""主编""编译"等词语时，则不加冒号。如作者名前有"转引自""参见""见"等词语时，文献与作者之间的冒号省略。责任者本人的选集、文集等可省略责任者。

1. 中文文献

（1）专著

××（作者）：《×××》（书名）×(卷册)，××××（出版社），××××（年份），第×页。示例：

李建中：《元典关键词研究的理论范式》，人民出版社，2021，第320~

328 页。

（2）论文集、作品集及其他编辑作品

××（作者）：《×××》（篇名），载××（作者）《×××》（书名），××××（出版社），××××（年份），第×页。示例：

徐中玉：《古代文论中的"出入"说》，载中国古代文学理论学会编《古代文学理论研究》第1辑，上海古籍出版社，1979，第19页。

（3）期刊

××（作者）：《×××》（文章名），《×××》（期刊名）××××年第×期。示例：

汪晖：《关键词与文化变迁》，《读书》1995年第2期。

（4）报纸

××（作者）：《×××》（文章名），《×××》（报纸名）××××年×月×日，第×版。示例：

明海英：《关键词研究：一部别样视角的文化史》，《中国社会科学报》2014年3月26日，第2版。

（5）学位论文

××（作者）：《×××》（论文名），××（博士或硕士学位论文），××××（作者单位），××××（年份），第×页。示例：

刘金波：《礼以节情　乐以发和——〈礼记〉文论关键词研究》，博士学位论文，武汉大学，2009年，第8页。

（6）会议论文

××（作者）：《×××》（论文名），××（会议名称），××××（会议地点），××××年×月（召开时间），第×页。示例：

刘绍瑾：《研究台港及海外华人美学的意义》，"文明互鉴与对话：文艺理论的中国问题"学术研讨会，湖北武汉，2019年12月，第116~122页。

（7）古籍刻本

××（作者）编（辑，等）《×××》（书名）×（卷册），××××（版本），第×页。示例：

张金吾编《金文最》卷一一，光绪十七年江苏书局刻本，第18页b。

（8）古籍点校本、整理本

××（作者）编（辑，等），××点校（整理，等）《×××》（书名）×

（卷册）《×××》（卷册名），××××（出版社），××××（年份），第×页。示例：

苏天爵辑，姚景安点校《元朝名臣事略》卷一三《廉访使杨文宪公》，中华书局，1996，第257~258页。

（9）古籍影印本

××（作者）：《×××》（书名）×（卷册）《×××》（卷册名），××××（出版社），××××（年份）影印本，第×页。示例：

杨钟羲：《雪桥诗话续集》卷五上册，辽沈书社，1991年影印本，第461页下栏。

2. 译著

标准格式：××（作者）著（编，等）《×××》（书名），××（译者），××××（出版社），××××（年份），第×页。示例：

雷蒙·威廉斯：《关键词：文化与社会的词汇》，刘建基译，生活·读书·新知三联书店，2016，第1页。

3. 外文文献

（1）专著：作者，书名（斜体）（出版地点：出版社，出版时间），页码。示例：

Polybius, *The Histories* (New York: Oxford University Press, 2021), pp. 10-11.

（2）期刊论文：作者，文章名（加引号），期刊名称（斜体）卷册（出版时间）：页码。示例：

Cheng Leonard K., Wei Xiangdong, "Boya education in China: Lessons from liberal arts education in the U.S. and Hong Kong," *International Journal of Educational Development*, Vol. 84 (2021): 84.

以上说明未尽之处，请参照《社会科学文献出版社作者手册》，网址：https://www.ssap.com.cn/upload/resources/file/2016/09/12/120283.pdf。

邮箱：zgwlgjc@163.com。

地址：湖北省武汉市武昌区八一路299号武汉大学文学院《关键词》编辑部。

图书在版编目（CIP）数据

关键词. 第四辑，文化传承与文明互鉴 / 李建中主编 . -- 北京：社会科学文献出版社，2025.7. -- ISBN 978-7-5228-5476-2

Ⅰ. I206-53

中国国家版本馆 CIP 数据核字第 2025AM5740 号

关键词（第四辑）
文化传承与文明互鉴

主　　编 / 李建中

出 版 人 / 冀祥德
责任编辑 / 杜文婕
文稿编辑 / 公靖靖
责任印制 / 岳　阳

出　　版 / 社会科学文献出版社
　　　　　　地址：北京市北三环中路甲29号院华龙大厦　邮编：100029
　　　　　　网址：www.ssap.com.cn
发　　行 / 社会科学文献出版社（010）59367028
印　　装 / 三河市龙林印务有限公司

规　　格 / 开　本：787mm×1092mm　1/16
　　　　　　印　张：16.75　字　数：266千字
版　　次 / 2025年7月第1版　2025年7月第1次印刷
书　　号 / ISBN 978-7-5228-5476-2
定　　价 / 128.00元

读者服务电话：4008918866

版权所有 翻印必究